U0839403

齿生有缘

黄北平 刘秀品 著

中国青年出版社

图书在版编目（CIP）数据

齿生有缘 / 黄北平, 刘秀品著. -- 北京 : 中国青年出版社, 2024. 11. -- ISBN 978-7-5153-7493-2

Ⅰ. I247.7

中国国家版本馆CIP数据核字第2024YX4685号

齿生有缘

作　　者：黄北平　刘秀品
责任编辑：周　红
文字编辑：张祎琳
美术编辑：佟雪莹
封面题字：刘格林
出　　版：中国青年出版社
发　　行：北京中青文文化传媒有限公司
电　　话：010-65511272 / 65516873
公司网址：www.cyb.com.cn
购书网址：zqwts.tmall.com
印　　刷：大厂回族自治县益利印刷有限公司
版　　次：2024年11月第1版
印　　次：2024年11月第1次印刷
开　　本：787mm×1092mm　1/16
字　　数：246千字
印　　张：22.5
书　　号：ISBN 978-7-5153-7493-2
定　　价：69.00元

作者简介

黄北平

1961年8月生于四川省南江县，1984年毕业于四川医学院口腔系，分配到达县地区中心医院口腔科，1998年调入达州市红十字会口腔病防治所，现任达州市北平牙科医院院长、中华口腔医学会会员、中华民营口腔专委会委员、四川省科普作家协会会员。出版了《苍天大地》《巴山猎王传奇》《狗坟》《第二父母》《华西坝的钟声》等中长篇文学作品。有几部作品在《北京晚报》《华西都市报》《桂林晚报》等报刊连载，多篇作品散见于《北京晚报》《达州晚报》等多家媒体。《齿生有缘》是其又一部新作。

刘秀品

1989年加入中国作家协会四川分会，中国科普作家协会会员，高级记者，《达州晚报》首任总编辑。著有《囚徒生活纪实》《麻风村》《车祸猛于虎》《壶里乾坤》等10多部长篇作品和7部散文随笔集。其中《麻风野史》《白粉女郎》《三审女囚》《夜宿女儿国》等10余部中长篇作品在《羊城晚报》《北京晚报》《华西都市报》《成都晚报》《宁波晚报》等10多家报纸连载。《秀品杂说》荣获四川省“第五届四川文学奖”。曾获得由四川省人民政府和成都军区联合颁发的“军队优秀转业干部”称号。

CONTENTS

目　录

序言　医生的独特力量 / 曹泽毅　005
结缘华西坝　009
黄锐和那把拔牙钳　016
张老师的遗憾　033
万恶的智齿　052
治牙为什么要拍片　073
要命的“面子工程”　090
“大猩猩”变“小美人”　109
牙医成了“送子娘娘”　130
与癌症并列的牙周病　147
难忘三位癌症患者　164
专家都是吓大的　181
值得敬重的患者　200
震动心灵的新兵体检　216

"世代仇人"来治牙 234

"老白鼠"谭龙云 247

气功不是万能的 268

我的"棒棒"朋友 288

为了天佑远离龋齿 309

被"误判死刑"的牙齿 326

没打起来的官司 342

跋 文化的传承者和知识的传播者 /周学东 357

医生的独特力量

几年前，从四川医学院毕业的黄北平送给我一本《华西坝的钟声》，那是他和作家刘秀品合作完成的非虚构文学作品，记录了他大学的学生生活，赞美了华西老一代教职员工的勤勉尽职，歌颂了厚德精业、求实创新的华西精神。我读了后，感触颇深，曾欣然提笔，以《华西坝的钟声永不停歇》为题，为之作序。

今天，我又翻阅了黄北平和刘秀品用三年时间写出的另一部文学作品《齿生有缘》，讲述了黄北平毕业40年来与众多患者“千里有缘来相会”的生动故事。我看到了这位走出华西坝的学子，在大巴山基层扎根，勤奋工作，一步一步走到今天的踏实脚印。

40年前，黄北平从四川医学院口腔系毕业分配到四川达县地区。这里属大巴山，生活条件艰苦，仅次于四川的少数民族地区“甘（孜）、阿（坝）、凉（山）”，那是毕业生最不愿意去的老少边穷地区，医疗资源匮乏，有些口腔毕业生分去之后，由于没有口腔治疗设备，只能从事其他专业，造成学非所用。他又是非常幸运的，遇到了同样是四川医学院口腔系毕业的牙科老主任黄锐。黄锐不仅在生活上关心他，更是在业务上手把手地带他。老主任离开达县地区时，送给他自己家传的一把珍贵的拔牙钳，他视若至宝，珍藏至今。在偏僻的巴山深处，老少两代华西人矢志不渝，让华西精神更加璀璨夺目，这不仅仅是一种华西精神的传承，更是一种华西精神的弘扬！

我从事医务工作70年，至今也没有离开临床，深知医生是一个崇高而艰险的职业，肩上担的一头是病人的生死安危，一头是自己的身家性命。接触病人越多，越是如临深渊、如履薄冰。任何一个医生，如果知识储备不够，操作稍微一点失误，都有可能给患者造成难以挽回的伤害，使自己遗恨终身。正因为如此，时过40年，黄北平还牢记着华西口腔医院老院长王翰章的一句话："要当好医生，首先得把自己想成一个病人。"还记得毛彦祥教授不容丝毫瑕疵，让他重做高嵌体的往事。谨遵师训，学习学习再学习，实践实践再实践，严谨严谨再严谨，不断更新自己的知识和技能，这既是一个医生职业生涯中必不可少的素养，也是少走弯路、少犯错误的最佳途径。

医学，关系到患者的生命健康，无论在体制内，还是在体制外，医务人员都必须有崇高的职业操守，除了深厚的知识积累，更要有一颗仁善火热的心，始终坚守一个医务工作者的初心和使命。古代，华佗、扁鹊以医术救人无数，他们的名字，千古流芳。现代，吴阶平、林巧稚这些伟大的医学家，他们不仅治愈患者的疾病，更以博大的爱心和卓越的医术，赢得了人们的尊敬。作为新时代的医务工作者，更要牢记使命，严谨求实，诚实守信，关爱患者，尊重同行，构建健康和谐的医患关系。

书中黄医生接触的患者中，有当地行政长官，也有游荡街头的"巴山棒棒"；有富甲一方的巨富大贾，也有打零工度日的贩夫走卒；有抱病求医的真正患者，也有寻衅滋事的地痞流氓……我们在

《齿生有缘》中看到了医疗领域的多元、复杂，给现阶段的医生执业提出了更严峻的考验。而黄北平仅仅以一个平凡的医生担当，不自觉地、出自职业本能地为化解一些医患矛盾尽了他的微薄之力。不能不说，这是医生这一职业的独特力量！我们应该随时铭记自己的职业操守，做好自己的本职工作。作为医务工作者，我愿与同行共勉。

黄北平和刘秀品合著的《齿生有缘》，虽然讲的是牙科医生和患者之间的故事，但它用文学的形式，生动地表现了医生与患者之间平等相待、真诚沟通、医患互信的良好关系，这对社会而言，有广泛的价值。

有必要再补充几句。黄北平1984年从四川医学院毕业时，我任该院院长，他的毕业证由我签署。几十年来，从华西坝走出的学生，有的在高等学府任教，成了著名的医学教育专家；有的在大医院工作，成了一代名医；有的在基层医疗单位挑重担，用诚实的劳动为社会做贡献。他们遍布全世界，成就有大小，名望有高低，但都不愧为华西的优秀弟子，我甚感欣慰。鉴于此，以上这些粗浅的文字，既是我给《齿生有缘》一书写的短序，也算是我给华西学生工作40年签署的又一本“毕业证”，以表示对他们勤奋努力、服务大众的肯定。

以上引言，求方家教正。

2024.7.2.

曹泽毅，1933年3月生于四川省成都市，1956年毕业于四川医学院（今四川大学华西医学中心），1968年北京医学院（今北京大学医学部）研究生毕业，1982年获瑞士巴塞尔大学医学博士学位。历任华西医科大学妇产科医生、教授、校长，卫生部副部长。著有《中华妇产科学》《中国妇科肿瘤学》《子宫颈癌》等专著。从医70年，擅长妇产科各种疑难病的诊断治疗，特别是妇科肿瘤的早期诊断和手术治疗，对子宫颈癌的早期诊断和手术治疗有较深造诣。曾任中华医学会常务副会长。

结缘华西坝

运气其实就是机遇，抓住了就是运气好，没抓住就是运气不好。我这一辈子的运气就比较好。

回过头看，我运气好的地方，最明显的有几处：第一是我在1961年能来到这个世界；第二是生下地时只有2斤9两的我能顺利长大；第三是碰上了改革开放后的高考；第四是与华西口腔结缘，当上了牙医。

我1961年8月出生在大巴山腹地的四川省南江县仁和乡，父母亲都是农民。我呱呱落地时虽四肢健全，却只有2斤9两。为了给娘补充营养，让我有奶吃，父亲起早贪黑，上山打鸟，下河捉鱼，可奶水还是催不出来。父亲一咬牙，将家里唯一的一只小猪杀了，炖着给娘吃，娘这才有了一点奶水。我稍大一点，就喂米浆。

当时，没有婴儿床，怕我睡觉有闪失，父亲费尽心思做了一个提篮，在提篮里铺上棉褥子，将我放在提篮里睡觉。怕蚊子咬我，父亲还到乡医院找了一块医用纱布，做了一顶小蚊帐，将提篮罩住。白天姐姐和奶奶守着我，隔一会儿就掀开蚊帐看看，晚上父亲和娘守着我，父亲守上半夜，娘守下半夜。时至今日，仍无法想象，没有婴儿保暖箱，没有婴儿奶粉，没有能量药品的补充，父亲和娘是如何养活我的？

我在当地仁和公社小学读了5年的小学和2年的戴帽初中，1976年被推荐到南江县下两中学读高中。在党中央的大力倡导下，1977年底恢复了高考制度。

1978年，我高中毕业，参加高考，以低于录取线9分之差名落孙山，只得心灰意冷地回到了仁和乡。当年九月份，由仁和小学校长赵子章推荐，我在熊家河村小当代课老师。身为农村孩子，能够当上代课老师，从此不用顶风冒雨下地干活，已经很满足了。当时家里还有两个弟弟和一个妹妹正在读书，我每个月有24元工资，大大减轻了父母的经济负担，也就没有准备再“回锅”高考。

可是，下两中学的老师都觉得我有冲刺高考的潜力，听说回乡当了民办教师，很为我惋惜。

“黄北平啊，你第一次高考只差9分，回去复读，只要努把力，今年再考很有希望。”物理老师赵益忠的家就在仁和乡，一个星期天，他专程来家劝导我。

“我缺了那么多课，半路回去复读，能跟得上吗？”听赵老师这样说，我虽心动，却很担忧——当了一学期加一个月的代课老师，缺的课太多，怕跟不上。

“那没关系，我们几个老师利用休息时间给你开小灶，你加把劲赶上来就是嘛。我相信你有这个实力。”赵老师鼓励我。

听了赵老师的一番话，我又回到下两中学复读。复读班已经开了一个多学期的课，为了帮助我赶上其他同学，几位老师放弃宝贵的休息时间，陪着我，把给其他同学讲过的课又给我重讲一遍，把给其他同学做过的习题让我重做一遍，如此一来，我很快赶上了其他同学。

现在想来，如果那年不回校复读，我这一辈子，肯定与大学无缘了。

而在填志愿时，我又犯难了。1977年和1978年是大学、中专合在一起考，做同一套试卷，从高分往低分录。但1979年大专和中专是分考分录，大专的考题直接由国家教委出，中专的考题由省教委出，大专和中专不能同时报考，那么报考大专还是报考中专？我最先想到的还是回家与父母商量。

“不要填得太高了，还是保险一些好，就报个中专吧。”父亲率先表态。

“你先把饭碗找着再说，我们家娃儿多，出去一个算一个。要是走不了，还得窝在农村。”娘是一贯的夫唱妇随，见父亲表了态，马上搭顺风船。

“招中专的学校很多。有师范，毕业后当正式的小学老师；有财贸学校，毕业后到单位当出纳会计；有技校，毕业后分到工厂当工人；有卫校，出来当医生。大专出的题难些，中专出的题简单些。稳妥起见，我就报中专。”我如此答道。

“如果读中专，将来能当个医生或者老师，也就可以了。”父亲很高兴，娘也笑呵呵的。在父母的眼中，家里能有一个孩子“跳出农门”吃商品粮，那也是很了不起的事。

第一次高考失败，我心里余悸尚存，听了父亲和娘的话，填报志愿时，我就没有填报大专。

“黄北平，你为什么报中专？”我报送志愿时，赵益忠老师恰巧到南江中学观摩教学去了，没有在学校，回校后在下两区教育督导室看到了我填报的志愿，立马把我叫到他的办公室。

“爸爸和娘都是这个意思，我兄弟姊妹多，要我报中专保险些。”我说出了自己内心的算盘。

“黄北平啊，你去年没有考上大学，不等于今年就考不上，一次没考好不能把信心给打垮了啊，我觉得你今年的学习比去年扎实多了，通过几次摸底考试，凭我的经验，今年考大学没问题。人最重要的是要有信心，没有信心，将一事无成！难道你就这么没有出息？”赵老师把我狠狠地骂了一顿。

“那我到督导室去把志愿拿回来。”经赵老师这一顿“臭骂”，我顿时对高考信心大增。

“现在你快去改志愿，要是督导室把志愿报走了，想改都改不了啦。”

“好的。”听了赵老师的话，我一溜烟跑到下两区督导室，将志愿取了回来，由报考中专改成了报考大专。

事后想起来也真是庆幸啦！假如赵益忠老师从外地归来不到区教育督导室查看学生填报的志愿，假如赵老师看到了我填报的志愿漠不关心，我这一辈子就肯定与牙科医生无缘了。

1979年，我第二次参加高考，成绩公布，在满分500分的情况下考得305分，名列南江县下两中学第一。

据讲，1979年的高考题出得特别难，录取的分数线比1978年下降很多，1978年的录取线是290分，1979年的录取线才245分，重点大学的录取线290分。我的考试成绩超过录取线60分，超过重点大学录取线15分。这意味着，我不但上了录取线，还高出重点线。

“那我填哪所大学呢？”高考成绩公布后，我兴冲冲地问赵老师。

“具体填哪所大学等我与其他老师再商量商量。”赵老师为了让我既能读上好的学校，又不掉榜，与在家的任课老师根据《招生简章》对各类大专院校进行认真比较。针对我的考分，帮我备选几个学校，供我填报志愿时选择。

“我觉得黄北平填北京师范大学比较合适。读北师大有两点好处，一是在那里读几年书，就能学一口标准的普通话，有利于将来工作。二是北京的平台高，在北京读书能结识一些高层次的朋友，拓展开人脉，对将来走上社会大有好处。”化学老师纪道清1964年从巴中中学考入北京师范大学化学系，对北京很熟悉也很有感情，因而首先向我推荐北师大。

“不报北师大，报川大。四川大学在西南的高等学府中首屈一指，数学系名声不小，谭维明主任有好几个同学都在川大教书，毕业分配他们还可以帮上忙，就报川大数学系吧。”数学老师覃祥寿说。谭维明是四川大学数学系毕业，曾任南江县下两中学的教导主任，此时任四川音乐学院党委书记。

“报四川大学数学系，还不如报四川大学物理系。学物理的大学生毕业后能分配个好工作不说，就是替别人装电视机、修录音机，外快也能挣不少。听说川大物理系有个老师，利用休息时间给别人装黑白电视机，装一台就收入100多元，抵得上几个月的工资。装一台电视机就几天的工夫，他一个月装好多台，川大数他最发财。”“敲锣卖糖，各喊一行”，赵益忠老师鼓励我报考四川大学物理系。

那时，电视机还是稀罕物，买电视机要票，“走后门”，城市里流行自己买电子原件装配，谁家要有台菜盘子那么大的黑白电视机，就很洋气，有谁会装电视机那谁准能“暴发”，赵老师虽然不是大学物理系的科班出身，但他对川大物理系极为崇拜。

“各位老师，很感谢你们为我考虑得这么周全，数学系好、物理系也好，可如果让我选报大学，最想进的还是医学院，因为我特别想当一个医生。”听完了几位老师的建议，我说出了自己的想法。我一直记得，小时候经常病病怏怏，多次高烧不退，抽搐昏厥，自己遭罪，把父母也折腾得够呛，吃过缺医少药的亏，很想读医科大学，将来自己当医生。

“你想学医，那就填北京医学院。将来毕业了还有机会分配在北京工作。凭你的高考分数，肯定能被北京医学院录取。”纪道清老师在北京生活多年，一直希望我到北京读书。

“依我看，那就报四川医学院。成都离家近，来去也很方便。”语文老师冷维高建议。“好咧，那我就报考四川医学院。”听冷老师这样一说，我马上表态。

一听我报四川医学院，几个老师都表示同意。填报专业可填两个，我就选了口腔系和医学系，结果被口腔系录取，成了仁和乡恢复高考制度后的第一个大学生。

四川医学院原是卫生部直属的全国重点医科大学之一，坐落在美丽富饶的川西平原华西坝上。华西坝曾是三国蜀汉都城，五代孟蜀后花园。当时医学院占地1000余亩，建筑面积48万多平方米。四川医学院原名华西协合大学，1951年更名为华西大学，1953年更名为四川医学院，1986年更名为华西医科大学，2000年与四川大学合并，改称四川大学华西医学中心。

四川医学院的前身是一所教会学校。1905年，经基督教华西各差会顾问部讨论，决议在成都华西坝联合创办一所“规模宏大”“学科完备”的高等学府，大学正式成立于1910年。因校址坐落在华西坝，又由国内5个基督教会联合协议开办，所以定名为“华西协合大学”，是全国13所教会大学之一，办学之初教员多为英、美、加三国人，是四川真正意义上第一所与国际接轨的大学。

抗战时期，为保存文化实力，经“私立华西协合大学”校务会议多次讨论，决定尽力接纳内迁的学校。1937年首先接纳了中央大学医学院；1938年2月又接纳了金陵大学；1938年秋接纳了齐鲁大学医学院、东吴大学生物系；1938年11月接纳了金陵女子文理学院；1942年春接纳燕京大学；北平协和医学院的部分师生以及护士专科学校等亦来联合办学。学校设有文、理、医等专业学院，77个系及一些专修科，聚集了学生近4000人，成为抗战时期中国学科设置最多、规模最大的大学。文、理、医等各科大师云集，吕叔湘、许寿堂、陈寅恪、钱穆、顾颉刚、冯友兰、童第周、侯宝璋等在全国甚至全世界都大名鼎鼎的人物都到华西坝讲学，学者荟萃，盛极一时，成为大后方的文化教育中心，为把中国的教育事业推向前进，培养了大批人才，为四川的高等教育事业，为中国的文化学术繁荣做出了重要贡献。连外籍博士亨斯曼都发出这样的感叹：“世界上任何地方最著名的大学教授和学术权威都聚集于成都。”

四川医学院口腔系来自华西协合大学牙学系（因四川医学院口腔系多次易名，为便于叙述，根据校友的称谓习惯，下文统称为华西口腔），开创者是牙科传教士加拿大人林则，被称为中国现代口腔医学的发源地和摇篮，是中国现代口腔发展史上的一个里程碑。

林则博士是第一个被西方教会派往中国的牙科传教士，毕业于多伦多大学牙学院，是牙医学博士、口腔外科教授，学识渊博、技术精湛。他1907年来到四川，在成都开办了仁济牙科诊所，仁济牙科诊所也是中国建起的第一家有现代诊疗技术的牙症医院，揭开了中国牙医学史新的篇章。1917年，林则在“牙症医院”的基础上，建起了华西协合大学牙学院，这是中国第一个以培养现代口腔医学高等人才为目的的牙医学高等学府。林则在创办牙症医院时，保持了始终如一的精英教育理念，他在主持口腔医学教育、推动世界口腔医学发展中，取得了丰硕成果。1929年，他在美国牙医学杂志发表了《下齿槽神经阻滞麻醉直接注射法》一文，这个方法，以后就叫作“林则方法”，至今仍在国际上普遍采用。

为保证教学目标的实现，林则组织引进了不少的外国牙医志愿者、多伦多大学皇家医学院博士、专家到这里任教，使中国现代口腔医学一开始就建立在国际水平的基点上。

华西口腔的教学质量蜚声海内外，牙学系开办后不但接受中国学生，还接受苏联、匈牙利、印尼、朝鲜等国家的留学生。华西口腔医院的毕业文凭，得到美国哈佛大学口腔学院、多伦多大学口腔学院的承认。从华西口腔毕业的校友有很多科研成果和临床手术对国际医学都有巨大贡献。

我在四川医学院口腔系五年的学习中，在一群医术高超、医德高尚的老师教导下，完成了一个从不懂事的农村孩子到牙科专业医生的转变。

与华西坝结缘，师生缘、同学缘、朋友缘、医患缘，缘缘相投，缘情体物。

尊敬的读者，那就请你们跟随我们的笔，走进我的牙医生活吧。

黄锐和那把拔牙钳

从大学毕业走上社会，进入达县地区中心医院，黄锐是我第一个认识的人。

初识黄锐

20世纪80年代，大学生是名副其实的天之骄子，我这个农村孩子，在大学里不但年年享受甲等助学金，而且毕业后国家还统一分配工作，真是感谢党和国家对我们这一代大中专学生的偏爱。

1984年秋天，我领到了一张四川医学院口腔系的毕业证书和一张到达县地区人事局报到的派遣通知单。

当时，达县地区中心医院全院职工总共只有400多人。由于十年动乱，学校停招，导致技术人才紧缺，有很多单位向人事局申请大中专学生名额，但供不应求。在国家的统筹安排下，只能优先满足国家和省部级，以及当地重点单位。达县地区中心医院是达县地区最大的医院，当年从学校分配进入医院的大中专学生有20人，其中本科生3人，大专生3人，中专医士4人，技工和护士共10人。

达县地区对我来说，本来不应该陌生。我原籍南江县，那时达县地区与巴中还没有分家，巴中和南江都属于达县地区管辖，达县和南江相距近300公里。那时交通不发达，从南江坐客车到达县，如果一切顺利的话，早晨蒙蒙亮上车，也要傍晚太阳下山才能到达。

南江靠近广元，我上大学都是从广元坐火车到成都。大二暑假，因洪水导致宝成铁路通行受阻，我不得不从成都绕道重庆，从重庆到达县，坐了一天一夜火车。再从达县转汽车回南江，在达县作了一次短暂停留。对我将要长期工作生活的达县，实际上还相当陌生，举目无亲。

我怀揣派遣证，提着装满图书的一口大木箱，买一角钱的车票，从达县火车站坐上车顶带了一个大气囊的公共汽车，到达终点站——当时达县最豪华的旅馆——红旗旅馆。准备住下，一问价格，两人间每床每天2元，三人间每床每天1.5元。正准备交钱入住，听到旁边一个学生模样的人说，矿务局旅馆三人间每床每天只要1元。

为了每天节约五毛钱，我又提着七八十斤重的木箱，向路人打听矿务局旅馆的地址。经过老达一中、达巴路口、军分区，终于住上了每晚一元的旅馆。同房间已经住了两个等待分配的大学毕业生，一个毕业于重庆师范学院，籍贯巴中，另一个毕业于昆明工学院，籍贯渠县。他们已经住了7天，还没有拿到单位报到通知书。

第二天，我将派遣通知单交到地区人事局，等候第二次分配。

其他专业的学生涉及城市和单位的好孬，往往要等十多天才能拿到单位报到函，而我是单位申请名额，这个专业只有我一个人，交了派遣证，马上就给我开了单位报到通知单，分配到达县地区中心医院口腔科。

拿着单位报到通知单，我怀着既兴奋又忐忑的心情，到处打听达县地区中心医院口腔科的位置。我工作的单位属于最基层的医院，设有内、外、妇、儿四大科，还有中医科、五官科、皮肤科、急诊科、检验科、理疗科等科室，口腔科在综合性医院里是一个被边缘化的的科室。而达县地区中心医院能够单独设立口腔科，那还是相当看得起口腔科了。有些地区的中心医院当时根本就没有设立口腔科，而是将口腔合并在五官科里。

刚走入社会，什么都不懂。我以为分配到口腔科工作就应该去口腔科报到。经过多方打听，知道口腔科设在地区医院门诊部大楼里，门诊部大楼在达县的小东门。达县当时并不大，主街只有四五条，我很快在小东门找到了门诊部大楼。门诊部大楼其实也不大，就是一座普通的三层楼房。

口腔科位于门诊部大楼一层的一个角落，整个科室只有一间十多平方米的房子，光线暗淡，设备陈旧。科室只有四个人，三个医生，都50岁以上的年纪，一个技工，30多岁，转业军人。

难道我就要在这样的地方工作一辈子？这报到的第一印象，着实是给我兜头泼了一盆冷水。

“你这个小同志，是来看牙齿的吗？”见我站在科室门前发呆，一个穿着白大褂的老医生看着我问。他个子一米六五左右，身材瘦削。他将眼镜从鼻梁上取下，拿在手里，直直地盯着我。

“不是，不是，我是分配到地区中心医院口腔科的，今天来报到。”我诚实地回答。

“你是来报到的？从哪个学校毕业的？”那个老医生听说我是来报到的，先是一愣。

“我是从四川医学院口腔系毕业的。”我将报到通知单递到他的面前。

“四川医学院口腔系？好！好！好！我们还是校友。我叫黄锐，你能来真好，我们正担心口腔科后继无人呢，这是张医生，这是代医生！”那个自称黄锐的老头儿戴上眼镜，将那张报到通知单粗略浏览了一下，拍着手说，还一一给我介绍了科室的另外两位医生和那名技工。

“他是我们口腔科的黄主任。”旁边那位姓张的女医生指着黄锐向我介绍。

“什么主任不主任啰，都是整牙齿的。欢迎你的到来。”介绍完科室的人员后，黄老师接着问我：“你报到了没有？”

“我就是到科室来报到的，还要在哪里报到？”我连连摇头。

“我们这里是医院的门诊部，你得先到住院部的政工科，在那里确定了工资待遇等事宜后，再到科室来工作。”黄老师热情地给我解释。

“住院部在哪里？”

“住院部在胡家坝，离这里有三公里远。我去给你想想办法。”说完，黄老师便朝着窗外一个坐在黄桷树下乘凉的人吼了一声：“张师傅，你们今天去不去住院部？”

“不去，不去！”门外那个叫张师傅的人朝窗子里看了看，边说边摇头。原来，他是救护车驾驶员。黄老师本意是想让我搭便车去住院部报到。

“救护车今天不开，这样吧，你稍等一下，我回家去推车。”黄锐说着，没等我回话，转身便出了口腔科的门。

知道没有便车可搭，黄老师要回家去推自行车来送我，我心里很感动。

过了大概十分钟，黄老师便骑着一辆永久牌自行车回来了。他说：“你在后架上坐稳，要不了多久，我们就能到住院部。”

见黄老师那么大的年纪，身体也并不强壮，我本来想自己骑车载他，可又不敢。我是在南江的大山里长大的，读大学前，家乡不通公路，别说骑自行车，连见都很少见着，还是在大学期间，借了一位同学的自行车，才勉强学会，可是在车来车往的城市里骑车载人，我这个“三脚猫”的骑车技术，还真没那个胆量。把车撞坏了还可以修，把人撞伤了怎么办？

从小东门到胡家坝，确实不远，现在坐公共汽车只有5站路，可当时达城除火车站到红旗旅馆开了一条公交线路外，其他地方还没有开通公共汽车，想挤公共汽车都没得挤。沿途还要过凤翎关，那里坡很陡，路很不好走。黄老师骑车载着我，骑平坦的路费力不大，但是骑到老车坝开始上坡时，负担就很重了，再加上还载着人，压得车子吱吱呀呀地响。好几次我向黄老师建议：“我下来，我们走路吧。”“不用，不用。再走一截，还是骑车快些。”他坚持载着我走。直至骑到凤翎关前，坡度更大，再也骑不动了，黄锐才停下车。我们一起推着车，到了住院部。

黄老师带我到政工科，办理了报到手续，还把我带到院领导办公室和其他科室，让我大概熟悉了医院的人事和环境。

因为初来乍到，既要解决工作的问题，还要找个住处。黄老师又带着我跑上跑下，找总务处安排我的住宿，给我在单身宿舍里找了一个铺位。

看着忙上忙下的黄老师，我心里暖烘烘的，陌生与不安眨眼间烟消云散。在这个异地他乡，虽然工作的环境不理想，住宿也很逼仄，但有了黄老师这位热心肠的顶头上司，生活中就有了爱，有了和煦的阳光照耀。

我在那间单身宿舍住了下来，按照当时的规定，单身员工只能住集体宿舍，只有夫妻双方都有工作单位，才能享受单间的福利。因为同寝室舍友的妻子是农村人，只能按单身员工对待。第一天晚上我住进去之后，就觉得室友不太友好，他把收音机的音量开得很大，故意干扰我。我是新人，不便说什么，只好忍了。第二天，他特地捎信把妻子叫来。他的妻子用粪桶挑菜卖，把粪桶放在寝室里。屋子中间挂一块布帘子做屏帐，他们肆无忌惮地大声说笑到深夜，完全不顾我的感受，让我很是难堪。在寝室里两晚上我都没有睡好，以至于上班都哈欠不断，使我惶惶不安。

要知道，我来达县，并没有在这里扎根一辈子的精神准备，我当时还有雄心，准备考研离开这个地方。如果长期待在这个连觉都睡不好的屋子里，我考研的计划就很难实施了。

坚持了几天，实在忍不下去了，我只好再次找到黄老师这位热心的上司兼“校友”。

“他这个人心胸狭窄，对医院的分房政策有意见，可再大的意见，也不应该这样对待新来的同事嘛。这样吧，我再去打听打听，看还能不能想点别的办法。”黄老师打听到，医院留给进修生住的宿舍还有一个铺位空着，他去找了总务科，总务科同意我暂时去住那个铺位。不过黄老师告诉我：“那是个三人间，里面已经住了两个进修生，他们是单身汉，睡上下铺，还剩一个单人床，你愿不愿意和他们住在一起？”

“愿意！愿意！”我立即答应了。

我当时之所以答应得那样痛快，想的是，那两个进修生既然是来进修的，肯定爱好学习，不会无缘无故地找碴儿折磨我。只要他们能好好学习，我们完全可以和平共处。而且当时所有单位住宿都紧张，找间房子比找对象还困难。有些男女青年结婚多年，孩子都该上小学了，还住单位的集体宿舍。家属来探亲，要么其他室友去找地方临时搭铺，给来探亲的室友让出“阵地”；要么就用一张布帘子把床遮住，隔出一块所谓的独立空间。我一个小光棍，一入职能有个铺位应该很满足啦。就这样，我住进了进修生的临时宿舍。

遮风挡雨的大树

如我想象的那样，那两位进修生很珍惜到我们医院进修的机会，很喜欢学习，晚上都在宿舍看书，不懂的地方还向我这个助理医生求教。晚上，我们一同看书，一同锻炼，相处得非常融洽。

真是多亏了黄老师帮忙，才让我暂时有了一个和谐的窝，我对他从心里更生了一层敬意。

慢慢适应了医院的生活状态，有一天傍晚，我正在科室看书，进来了一对父女。

“哎哟！哎哟！”女孩捂着腮帮子不停地吆喝。

“黄锐不在？你是进修生吗？”那个当父亲的居高临下地对我说，很是强势。

“我是刚分配来的。”我回答。

“哪个学校毕业的？”

“四川医学院口腔系。”

“四川医学院不错。我是外科的。我女儿牙齿痛，你给她看看。”他指派我。

“这是典型的龋齿而引起的根尖周炎。最好的治疗办法就是钻开牙髓腔，拔除牙髓，让根尖周的分泌物通过根管流出来，减轻压力，减轻疼痛。”我检查了他女儿的牙齿，发现她的右下颌第一磨牙有一个龋洞，叩痛特别明显，诊断她是急性根尖周炎。

“那你就给她治疗吧。”那位当父亲的吩咐。

我根据根尖周炎的治疗常规，给她做了开髓、拔髓处理。我看见有脓血分泌物流出，心想压力减轻了，她晚上一定会睡个安稳觉了。

哪知，第二天一早，那位父亲气冲冲地来到了口腔科。

“你是怎么看病的？昨天给我女儿钻了牙齿，今天整个脸都肿了！”女孩的父亲眼睛瞪着我，很气愤地嚷嚷。

这时我回头看到了坐在椅子上的小女孩，确实是整个脸都肿了。我思虑了一下回答道：“我没有诊断错，急性根尖周炎就是该开髓、拔髓、引流啊。”

“你刚来医院，没有处方权，不能独立操作，你把我女儿牙齿钻错了，我要到院领导那里告你！”女孩的父亲抓住我转正之前原则上不能独立操作的事不依不饶。

本来是他要求我给他女儿治牙齿的，这下倒完全成了我的错。而且我的治疗并没有错，只得据理力争，一遍又一遍地给他解释。但我只是一个刚走进医院的年轻医师，人微言轻，再耐心的解释都显得苍白无力，他根本听不进去，也不想听。

正当我们争执不休时，黄老师来了，他问了一下事情的经过，开始检查女孩口腔里的情况。

“小黄医生是科班出身的，操作步骤很正规，没有任何不当，是我的话，也会这样治疗。你女儿牙齿疼痛已经好几天，根尖化脓，脓液太黏稠，根尖引流不畅，造成面部肿胀。我把孩子的根管再冲洗一下，让脓液稀释稀释，让引流更通畅一些，再吃点消炎的药，肿胀很快就会消退。”黄老师从更专业的角度分析了孩子面部肿胀的原因，并阐明了后续的治疗方法。边说，边给小女孩的根管进行冲洗。

"周主任啊，我们都是一起分到医院来的，也是从年轻医师过来的，不要这样对待年轻医生嘛。虽然上级文件有规定，实习医师在一年的转正期内没有处方权，但是王院长在科干会上也说了，现在医院人手紧张，本科毕业生可以当住院医师看待，若非重大疑难症状，不必找上级医师签字，可以直接处方。老周啊，我们终究都会老的，未来还是要靠他们年轻人。"处理完毕，黄老师又以一个老熟人的身份，委婉地批评了女儿的父亲。

哦，原来那女孩的父亲不但是本院的人，还是外科的主任，怪不得那么凶。

"对！对！黄主任说得对，对不起啊。小黄，我的话说得重一点，你不要见怪。我女儿以后的治疗还是请你来做。"周主任听了黄老师的解释，气慢慢消了，还向我道了歉，并邀请我继续给他女儿治牙。

"小黄，这个病人你诊断没有问题，操作也没问题，但你忽略了一点——这个病人急性根尖周炎，仅仅开髓引流是不够的，还必须加抗生素消炎，效果才更好。"送走了周主任父女后，黄老师耐心点拨我。

听了黄老师的话，我反思处理这个女孩的牙病，认识到确实有做得不够周全的地方。有些疾病，多选择几种治疗方法，并预先告知患者可能产生的症状和并发症，即使出现了问题和并发症，患者也能理解，医疗纠纷也会少得多。

那个小女孩后来又找我治了几次牙，很快她脸上的肿消了，牙齿也不痛了。从那以后，周主任见着我，总笑着和我打招呼，还介绍他的亲戚朋友找我看牙。

医生救治病人，知识来自课堂，经验来自临床。在黄老师孜孜不倦的教导下，我学习到了很多书本上没有的知识，成长进步很快。

有一天，一位安假牙的患者走进科室，依就诊轮次，该由我给她处理。那位患者多颗牙缺失，剩余的牙齿伸长，有的牙齿前后倾倒。由于对印模材料的性能不很熟悉，我按照大学老师教的方法取模，打了四五次都没有成功。调干了黏膜和倒凹处不清晰，调稀了流动性过大材料又压不到位。

黄老师见状，教我说："这个病人缺失牙很多，需要的材料很多。你先把印模材料调干一些，在没有凝固完成的时候就取出口腔，这样就保证了材料的稳定性，然后再把调稀一点的印模材料放在印模的组织面，快速放入口腔，轻微用力让稀的印模材料进入组织的每一个角落，这样既能保证印模的尺寸稳定性，又能保证印模对组织的精确性，牙齿再怎么东歪西倒，都可以一次性完成调合打样。你照我说的再试试。"

按照黄老师教的方法，我一次就取出了理想的牙颌模型，既节约了材料，又节约了时间。我不得不佩服黄老师的实践经验。以后安装难度较高的假牙，我多次用黄老师教给我的这种技巧，屡试不爽。

与黄老师在一个科室工作，天天低头不见抬头见。相处的时间越久，对黄老师其人也就了解得更深。他不但医术造诣很深，还是一个阅历丰富、身上装满故事的人。

黄老师的老家在川西平原的眉山县，1956年从四川医学院口腔专业毕业，分配到达县地区中心医院工作。由于一个人远离家乡和亲人，他从分配到这里开始，就一直想调回川西平原，可那时调动工作实在是一件很不容易的事情，既要本单位同意放人，还得要接收单位同意接收。有的工作单位同意放人了，接收单位也同意接收了，如果有关领导从政治安全或从工作需要考虑，硬是卡着不放，调动的事也要告吹。

几十年来，黄老师向人事局写了30多份调动申请，调动工作的愿望始终没有达成。

儿子取名"黄河"

黄老师为什么一直想调回老家工作呢？一是离亲人太远，回去探亲很不方便，二是达县地区相比眉山，自然环境相差很多。

达县地区，古属巴国，西魏改万州为通州，北宋改通州为达州，清嘉庆达州升格为绥定府。1950年，改为达县地区，1999年撤地区成立达州市。达县当时是一个只有三四万人的小城镇。

那个时候没有天然气，也少有煤，家家户户做饭都是烧柴火。由于达县县城四面环山，城市建在州河边的窝凼里，空气流动性差，百姓煮饭烧柴烧煤，加上建设在城里的火电厂、水泥厂、钢铁厂、纺织厂，无数个高烟囱天天冒出黑烟，浓雾盘旋在城市的上空，久久不能散去。洗干净脸出门，回家就灰头土脸；穿着白衣服上街，回家就变成了灰衣服。

黄老师调动申请写了无数次，又到处托人拉关系，仍无法完成调动大事。于是在达县找了对象，结婚生子，扎下根来。

为了贯彻执行毛泽东主席“把医疗卫生工作的重点放到农村去”的最高指示，1968年，达县地区卫生局从各医疗单位抽调人员，组建巡回医疗队，到基层指导工作，为贫困山区的农民送医送药。

那时候医院为了完成人员抽调任务，派进巡回医疗队的，有的是行政人员，有的是后勤人员，有的是护士，真正的医生很少。单靠行政人员、后勤人员，外加几个护士，也撑不起一个巡回医疗队啊，卫生局不得不下死命令，要地区中心医院必须派一个高年资、高水平医生。医院接到命令，舍不得派内科、外科、儿科、妇产科医生，挑来挑去，只得从口腔科挑一个。在医院领导的眼里，内科、外科、儿科、妇产科是医院最重要的科室，那些科室的医生是挑大梁的，不能动。而口腔科不是医院的重要科室，少一个人对医院的业务工作也没有太大影响。所以，每一次组建巡回医疗队，口腔科都跑不脱。那一次，黄老师就被光荣地派去参加了巡回医疗队。因为他有四川医学院毕业的金字招牌，还被任命为平昌县巡回医疗队的队长，常驻云台区。

整个医疗队除黄锐这个大学本科毕业的医生外，再没有别的医生。那些搞行政的、搞后勤的队员，根本看不了病，就天天帮助农民干活。他就带着几个护士天天坐诊。来看内科的，他就当内科医生；来看外科的，他就当外科医生；来看眼睛的，他就当眼科医生；来了儿童，他又当儿科医生；来了孕妇，他只得当妇产科医生。

幸喜四川医学院设置课程时，不管学的是什么专业，医学系开设的课程，其他专业都得要学习。黄老师虽然学的是口腔专业，分配到地区中心医院后，口腔科设置在门诊部，而当时的整个门诊部，包括内科、外科、五官科、儿科、妇产科总共只有13个医生，他们都要轮流参加门诊部值夜班。值夜班就不分什么科室了，只要来了病人，内科、外科、妇产科、儿科、五官科的都要看。能够门诊处理的就马上处理，实在处理不了的，再找专业医生协同处理，病情严重的才送到住院部。这样值几年夜班，什么样的病人没有见过？什么样的疑难病症没有处理过？时间磨炼人，实践出真知。不是全科医生的黄老师，经过时间的打磨，也被磨成了全科医生，这也为他在巡回医疗队里大显身手奠定了良好的基础。他成了名副其实的全科医生，被当地老百姓敬为“神医”。

“咚！咚！咚！”“医生啊，快死人啦，求你们救救命啦！”有一天晚上黄老师刚躺下，巡回医疗队住处的大门突然传来“咚咚咚”的捶打声和声嘶力竭的吼叫。

“救谁的命？”黄老师披衣开门，见门外站着一条汉子，手里举着火把。

“我婆娘生娃儿生不下来，快要死啦，求求医生去救救命！”那汉子大声嘶吼。

“你们家住哪里？”

“住石垭乡八村四组。”

一听住石垭乡的八村四组，黄老师的额头上立即冒出汗来。云台区是平昌县的边远山区，石垭乡又是云台区的边远乡，而石垭乡的八村则是石垭乡的边远村，离巡回医疗队的住处20多里，别说没有通公路，连山路都只有一条羊肠小道，白天行走都得小心翼翼，谨防一失足落下悬崖，晚上行走更是危机四伏。但救人要紧，黄老师也顾不得危险了，他二话没说，带着护士，背上急救产妇所需的药品和手术器械，跟着那个汉子，飞快地向石垭八村奔去。一行人翻山越岭，抓藤攀岩，走了四个多小时，鸡叫三遍时才到那汉子的家。经检查，那产妇已经处于半昏迷状态，根本不可能自主分娩，只有立即实施剖腹产。没有救治产妇的产床，没有消毒分娩室，没有无影灯，怎么办？那就有什么武器打什么仗，遇什么条件做什么手术。没有产床吗？黄老师让那汉子取下一扇门，用两条板凳支起；没有无影灯，就用电筒照明。手术条件简陋，操作规程不变，黄老师用碘酒酒精对手术区域严格消毒。可当他切开孕妇的皮肤、皮下、腹膜，进到腹腔，见到子宫已破，却没有看见应该出现在他眼前的婴儿！

黄老师做剖腹产手术已经不是一个两个了，这种情况他还是第一次遇见。婴儿哪里去了？黄老师的心一下紧缩起来。黄老师做了几次深呼吸，努力让自己镇静下来，他仔细寻找，终于在肠管后方找到了胎儿，而且是个带把儿的。

他将婴儿口腔的羊水清除之后，在他屁股上啪啪拍了两巴掌。“哇！”婴儿发出了来到这个世界的第一声呐喊，声音清脆响亮。黄老师让护士将婴儿裹进襁褓，自己又来抢救产妇。经过一个多小时的抢救，产妇转危为安。

“真是救命恩人啊！神医呀！”那汉子家三代单传，黄老师不但保住了他婆娘的命，还让他得了一个儿子，走到哪里，他就将黄老师的恩德宣传到哪里。还做了一面锦旗，专程送到巡回医疗队。

黄老师在云台留下一个深夜翻山越岭救产妇的故事，也留下一段有关他老婆生产的轶闻。他在巡回医疗队天天忙于给农民看病，却连他夫人的预产期都忘了。那天，夫人临盆前被同事紧急送到地区中心医院妇产科，安排好住院后才给他打电话。

那时不但交通落后，通讯也不发达，农村流传着这样一段顺口溜：“出行基本靠走，治安基本靠狗，通讯基本靠吼。”达县地区用的还是最原始的摇把电话，得从达县地区摇到平昌县，从平昌县摇到云台区，再从云台区摇到乡，到了乡里不能再摇了，就得靠人去吼叫，传递电话内容。正巧那天黄老师带队下乡巡回医疗，没在云台区，当电话摇到他去的那个乡，再通过几个人的转达，不知道是通话信号不好，接电话的人没听清楚呢，还是转达的人缺少最基本的医学常识，电话原来的内容是："黄老师，你夫人快生了，赶快回去，医院打电话说，宫口都开了五公分啦！"传到黄老师那里，其他内容没有变，就把"宫口都开了五公分啦"，传成了"宫口都开了五公尺啦"。

"宫口都开了五公尺，那黄河牌汽车都可以开出来啦！"黄老师一听"宫口开了五公尺"，哈哈大笑，非常幽默地说了这么一句话。

"如果生个儿子，干脆就叫'黄河'！这名字又好记，又大气，还很有纪念意义！"旁边的乡文书听到黄老师那句幽默后补了一句。

黄老师紧赶慢赶，从乡下赶回云台区，从云台区赶回平昌县，再从平昌县赶回达城，老婆已经顺利生产一天了，而且生的正是个儿子。黄老师就听了乡文书的建议，真给儿子取名"黄河"，从幼儿叫到少年，一直叫到现在。

舞文弄墨惹是非

黄老师喜欢"舞文弄墨"，读书时就多次在校报上发表豆腐干文章。听科室老同事讲，黄老师工作后，还曾写过一篇名叫《三进医院》的散文，在报纸上发表。那是以一个病人的口吻，叙说三次进医院的过程。一次进医院等了很长时间，可接诊的医生态度生硬，责任心不强，只说了几句话，病情都没有说完，医生就把处方开好，把他打发了。第二次进医院输液，打针的护士操作技术不过硬，给他扎了几次，针都没有进入血管，还给他在手腕上打了几个血包。第三次进医院才遇到一个态度和蔼的医生和一个技术过硬的护士，病症弄清楚了，输液顺利，病很快治好了。

"黄老师，听说您写过散文？"有一天，在下班回家的路上，我问黄老师。我是出于好奇，同时也想向他讨教散文的写法。

“说不得，说不得，就是那个狗屁散文哟！差点把我打成右派分子！我这辈子从那篇狗屁散文起，再也没有摸笔了！”一听我问起他写散文的事，黄老师把脖子摇得差点脱臼。黄老师写《三进医院》的目的，无外乎是想告诫医务工作者，要牢固树立为人民服务的思想，练好基本功，好好为患者服务。

黄老师喜欢照相，买了一个相机，走到哪里都喜欢照几张风景照和人物照。

达县的通川桥俗称铁桥，横跨州河，连接着达城的南外和市中心，是抗日战争中修建的汉渝公路的重点工程，由曾两度担任上海市副市长、著名的建筑学家赵祖康先生组织设计建造，并题名。桥长300余米，宽接近10米，桥墩全部用大条石砌成，雄伟壮观，是达城当时当之无愧的标志性建筑，也是当时达城最著名的旅游景点。黄老师照了很多张铁桥的照片，选了一张最满意的，加洗放大，挂在家里。

“文化大革命”开始后，因有人揭发举报，说黄老师在家里挂铁桥照片是研究铁桥结构，想炸铁桥，黄老师被关进牛棚接受改造。

虽然黄老师经历过一个又一个的坡坡坎坎，但一直默默无闻地在达县地区中心医院口腔科工作，任口腔科主任。

一把拔牙钳

黄老师自从分配到达县，就一直想调回眉山，想回到父母和姊妹的身边。这个申请调动工作的愿望，是他在大巴山扎根30多年后，才终于调到成都平原的彭州市人民医院，此时他已经50多岁了。

黄老师要走了，他不但把口腔科主任的位置留给了我，还把他视为珍宝的一把拔牙钳也留给了我。

说起黄老师留给我的这把拔牙钳，故事更多，它见证了中国现代口腔医学从无到有、从小到大、从大到盛的发展历程。其内容的精彩和深度，不够写一部长篇小说，写一部中篇小说肯定绰绰有余。

20世纪初，随着洋火、洋油、洋布等大量带洋字号的商品涌入中国，手表、相馆、镶牙术也在中国遍地开花。谁要是手腕上戴只手表，口袋里揣着一只怀表，口里镶几颗亮晶晶的大金牙，屋子里挂着一只闹钟，家里再摆上一张全家福照片，表明他非富即贵，家道殷实，社会地位不低。随着钟表、照相、镶牙技术的涌入，钟表修理匠、照相师和镶牙匠开始出现。

黄老师的父亲黄老先生祖籍四川眉山县，读过几年私塾，聪明好学。当时有一个名叫巴平的日本牙科医生，在成都开了一间镶牙馆，生意非常红火，因为人手不够，就招收徒弟。当时镶牙的收费很高，镶牙师的工资丰厚，很多大户人家的子弟都托人花重金向巴平拜师学艺。一个徒弟收30到50个银元的学费，学习时没有工资。跟巴平学成之后，自己就能开牙科诊所，因而报名的人很多。

黄老先生花了30多个银元，拜在了巴平的门下。两年时间，黄老先生基本上学到了现代的镶牙技术，准备回眉山开牙科诊所。在离开巴平诊所前，他向巴平购买了一把拔牙钳。那把拔牙钳是德国制造，特别精致，花了20块大洋。

黄老先生回到眉山，开起了牙科诊所，当起了让当时很多人羡慕的镶牙匠。

由于受父亲的影响，黄老师从小也爱上了镶牙技术。1951年，他考上了华西大学口腔系，到成都开始正规的牙病治疗技术学习，黄老先生则继续在眉山用他的镶牙手艺挣钱养家。

1956年，黄老师分配到达县地区中心医院，黄老先生则把他用了20多年的这把拔牙钳，作为传家宝，交给了黄老师。

黄老师的子女，没有学口腔专业，大学毕业之后也没有回到达县，而是在黄老师老家彭县参加了工作。这时，年迈的双亲需要照顾，家人需要团聚，黄老师调离达县的理由更充分了。尤其那时有学历文凭很吃香，黄老师既是地区中心医院的口腔科主任，又有华西医科大学的学历文凭，调动工作的事很快协调成功。1989年年初，黄老师由达县地区中心医院调到彭州市人民医院工作。

离别的前一天，黄老师把我叫到他的身旁，对我说："北平啊，我们在一起工作这么多年了，在即将离别之前，我想送你一个礼物。"说着，黄老师拿出了黄老先生留给他的那把拔牙钳，当着全科室同仁的面，亲手送给我，接着说："北平，你知道这把拔牙钳是父亲留给我的，非常好用，你过去也多次用过，于我而言，它既是拔牙工具，也是传家的信物，现在我要离开这里了，没有别的礼品相赠，就将这把拔牙钳送给你！"

一听这话，我有点儿懵了。我不但知道这把拔牙钳的历史过往，知道它于黄老师的非凡意义，而且知道这把拔牙钳无可挑剔的质量。我曾参加过大大小小的医疗器械展销会，看到过各种各样的拔牙钳，却从未见过和这把拔牙钳外形一模一样，那么好用，那么耐用的。有的拔牙钳用不了多久就钳口松动，锈迹斑斑，而这把拔牙钳已经几代人使用，钳口还咬力十足，钳身银光闪闪，或许再用100年都还能用，真是一件牙医千金难求的宝物。

君子不夺人之爱，黄老师这样的大礼我怎么敢接受呢？

"黄老师，您到了彭县，还是搞口腔工作，这把拔牙钳还是您自己留着用吧！"我虽然没有正式拜黄老师为师，但他一直在带我这个徒弟，于我恩同再造。临别了，又要将传家宝送给我。黄老师即将离开大巴山，山重水复，关山阻隔，以后见上一面都难啦。想到这些，我又激动，又悲伤，禁不住两眼含泪，声音哽咽，将黄老师递拔牙钳的手往回推。

"北平，我干不了几年，就要退休了，我子女又没有学口腔的，我想了一下，这把拔牙钳留给你，我相信比留在我身边更有用处。以后你看到这把钳子，就等于看到我。这是我一点小小心意，你就不要推辞了。"说着，黄老师掰开我的手，将拔牙钳塞进我的手里。

话都说到了这个份儿上，只有恭敬不如从命了，我含泪接过了那把带有传奇故事的拔牙钳。

我接过黄老师的班，负责医院口腔科的工作，我使用这把拔牙钳，其他同事也使用过这把拔牙钳，一直到现在，它依然发挥着独特的功效，帮助无数的患者脱离了牙痛的苦海。

这不是一把普通的拔牙钳。它无论于我，于黄老师，于黄老师的父亲黄老先生，都是一段历史的见证。它见证了苦难深重的旧中国，见证了动乱年代，见证了和平时期新中国的飞速发展，见证了中国民营口腔医疗的从无到有，从小到大……

时间如过隙之驹，如今，我得到这把拔牙钳又过了30多年，黄老先生早已作古，黄老师也成耄耋之翁，我也年过六旬，而这把拔牙钳，还是我初见时的那样锃明瓦亮，经磨耐用，并未因为时间的流逝而改变容颜。我曾想过，在我退休以后，将这把拔牙钳捐赠给母校的口腔博物馆，给它找一个更理想的归属，让后辈们能够知道它的故事，知道它存世的独特意义。

张老师的遗憾

我到岗后，口腔科总共只有4名口腔医师。黄锐、代麟生是四川医学院口腔系毕业的，张树华是北京医学院口腔系毕业的。他们三个都四五十岁了，对我这个年轻后生非常器重，一上岗，就直接把我当成科室骨干培养。我操作完成的病例，也礼节性地找他们看一看，他们既在患者面前表扬我操作正规，私下里又间接指出诊断和操作的不足。

北京“空降”的专家

张树华老师是口腔科中唯一一个说普通话的医生，慢慢地，我对她的家庭情况和工作变迁有了进一步的了解。

张老师祖籍北京，出身于书香门第，哥哥姐姐都是大学教授，上辈曾是清朝的大官，在离天安门不远的一条胡同里置有一座很大的宅院。她于1951年考入北京医学院口腔系，毕业后分配到铁路总医院口腔科工作，由于她勤奋好学，又为人谦虚，是科主任的重点培养对象。

北京铁路总医院始建于1915年，在北京乃至全国都有很大的名气，慕名前来的患者络绎不绝。张老师说她在那里工作的时候，加班加点工作是常态，到点下班反成了一种奢望。谈到大医院的工作强度，她还给我们讲了一个小故事。

有一次，她母亲牙疼，告诉她上午要去找她看牙齿，张老师满口答应，可当她母亲来到医院却傻了眼，见她诊室门前的椅子上早已座无虚席，还有不少候诊者站着，心里一琢磨，这还不知要等到啥时候，当即决定回家吃了午饭再来。可午饭后到医院一看，张老师诊室门前的候诊患者依旧是人满为患，老太太看这架势，那还得了，就算是等到下班，自己也轮不上，只得回去了。

因为太忙，张老师早把母亲到医院看牙的约定忘记了，晚上回到家，看到母亲，才猛地想起老人家上午要到医院看牙齿这件事，就问母亲："您说好要去看牙齿，怎么没有来？"母亲叹了口气，告诉她："今儿我不但来了，还全天候着。"张老师听母亲说了一天的经历，两手一摊，无奈地说道："唉。您今天见我这样，我哪天又不是这样？您要等到我上班时没人才看牙，恐怕永远都等不到。这样吧，我明天上班提前一点，您和我一起去医院，到了后我第一个给您治疗。"

第二天，张老师领着母亲，早早到达医院，趁医院还没正式开门，提前给母亲挂了号，做了治疗。

张老师不但工作顺风顺水，婚姻也和谐美满。1956年，她与唐昌煊教授相爱结婚。唐教授从南京大学中文系毕业，后考入燕京大学读研，分配到中国社会科学院语言研究所，在汉语言文学方面造诣很深，在全国有一定的知名度，不少人都称赞他们是天造地设的一对。

后来，唐昌煊教授被下放到四川省达县地区的达县师范学校。面对这样的变故，张老师也只有申请跟随丈夫，从北京的铁路总医院"下放"到达县地区中心医院，这样，医护人员极度紧缺的达县地区中心医院，突然"捡到"一个北京来的口腔科医生。

我认识张老师那年，她已在大巴山生活了20多年。

张老师由北京铁路总医院调到达县地区医院，工作、生活环境与之前相比，简直天壤之别。在北京上班，出门就坐车，走路也是平平坦坦的。达县地区地处大巴山区，不是爬坡，就得下坎，她刚到这里时，稍陡的坡路她都不敢走。

达县地区中心医院的工作条件比起北京铁路总医院更是无法相比。在北京，一个医生、一个护士那是标配。调到达县地区中心医院后，口腔科没有护士，清洗、消毒、打包、调药，这些事都压在了医生肩上。张老师是左撇子，在没有助手的情况下，只得咬紧牙关顶着上，在工作中不断训练左手的操作配合，并充分利用左手灵活、力大的优势，左右协作，独立完成两个人的工作。例如拔阻生牙敲击牙齿的时候，她右手掌握劈冠器，左手用榔头敲击，敲击力的大小、方向、着力点均由一个人完成，由一个大脑指挥，即使在敲击的过程中，劈冠器的着力点突然出现了些许偏差，大脑都可以及时做出更正，避免了由双人操作时可能出现的操作不同步，对患者造成损伤。

我曾经也是左撇子，在大学阶段，也曾坚持训练过左手的配合，可始终未能做到双手协调如一。工作之后，我看到张老师左右手操作十分协调，就向她请教。张老师总是不厌其烦，耐心地教导我用左手调药，左手敲击劈冠器，左手用牙挺，左右手联动。这样在治疗患者左侧牙齿的时候，既不影响口腔的灯光照明，也不需要扭动身体，节约了操作时间，减少了患者的痛苦，使我向“左右开弓”迈进了一步。

张老师从小生活在北京，在诗书环境中长大，知识渊博，医术精湛，是一位洒脱、勇敢、温柔、和蔼可亲的长者，在我的整个从医生涯中，对我影响深远。

十五的月亮分外明

我们在学校经过5年系统化的专业学习，几十本书不能说倒背如流，至少对于其中的知识重点，也算了然于心。特别是口腔专业，每一种病的病因、诊断、鉴别诊断，以及治疗方法和步骤，早已经历过无数次考试。在实习的时候，又得到了巩固和加强，一进入工作单位，真可谓是信心满满，仿佛自己离名医的水平差得不远了。

真是初生牛犊不怕虎，我在为科室几位老医生娴熟的操作、丰富的经验暗暗叫好时，有时也觉得他们在一些流程上偷懒，缺乏规范性。比如做根管治疗，依书本所述，根管治疗的步骤是开髓、拔髓、根管预备、根管封药、根管充填。实习的时候，老师也要我们严格按照书上的步骤，每一次做一步，而且每一步骤做完之后，老师还要检查，看看操作是否规范。所以我们在实习的时候，做一个根管治疗，病人需要来复诊四五次。而我观察到几位老师经常几个步骤并作一起，一步到位。特别是1985年中秋节救治一个患者时，张老师居然连多学科、多步骤都一次性完成，还自创简易钢丝代替复杂的牙周夹板，这与我书本上所学的治疗方法大相径庭，让我感到很是震惊。

那天，凉爽的秋风吹走了绵绵秋雨，天高云淡，秋高气爽，阳光明媚，是一个难得的赏月好天气。本来那天按排班表是我和张树华老师上班，恰逢中秋佳节，平时人满为患的医院门可罗雀，张老师向黄主任申请，我们一个人上半天，她上午上班，我下午上班。

下午四点多钟，来了一个牙外伤患者。他16岁，初二学生，在打篮球的时候跳起来争抢头球，落地时，重心不稳，与篮球架柱发生碰撞，导致右侧中切牙牙冠横向折断，左侧中切牙牙冠颈三分之一横向折断，两颗牙齿三度松动，牙齿明显脱离牙槽窝，上唇纵向裂开3厘米的伤口，血肉模糊，惨不忍睹。

面对这样一个病人，我开始犯难了。唇部外伤，清创缝合不是问题。

右侧中切牙的牙髓暴露，该做根管治疗，也没有多大问题。可左侧中切牙该如何处理呢？拔了吗？该患者才16岁，拔了之后将戴一辈子假牙。如果保留牙齿，则要先将牙齿复位，然后用牙周夹板固定3个月，但是，当时科室没有牙周夹板。我心里清楚，如果不固定，这个牙齿必然会自行脱落。即使有牙周夹板，按照常规，这个牙齿还得做根管治疗、拔髓、扩锉、根管换药、根管充填，每一次操作都会影响这颗牙齿的愈合。

综合考虑，我建议把这个脱位的外伤牙拔除，待伤口长好之后，镶一颗假牙。

患者小秦很坚强，我给他打麻药、清创，他都没哼一声。但是当我说他左上中切牙可能保不住的时候，他的情绪激动起来，眼泪一下就流了下来。

“叔叔，麻烦您帮我把这个牙齿保住吧，我才16岁啊！”小秦拉住我的手，苦苦央求。

我当时也才24岁，他叫我叔叔，我有点不自在。怎么办，拔还是不拔？我绞尽脑汁，也想不出一个万全之策，只好求助已经下班休息的张树华老师。

一听到我的求助，张老师迅速赶到了口腔科，二话没说，马上仔细检查小秦的牙齿和嘴唇的受伤情况。

“这个患者这么年轻，牙齿要尽量保留。先复位，然后做根管治疗，再将松牙固定。”张老师拿定了主意。

“张老师，做一个根管治疗要来三四次，时间至少需要一个月，每次换药都会对牙齿愈合产生影响。现在科室里又没有牙周夹板，怎么固定？”我对张老师这套方案表示质疑。

“为了避免操作创伤，一次性完成所有治疗。”张老师说。

“一次性完成？”听到张老师这样说，我很惊讶。

这个外伤患者的治疗，如果在华西口腔医院，将由口腔内科、颌面外科、口腔修复科三个科室的医生来完成。口腔内科医生做根管治疗；颌面外科的医生负责清创缝合、牙复位和牙固定；口腔修复科医生负责恢复牙齿的外形和美观。张老师准备一次性完成，效率虽高，但治疗效果能达到吗？

张老师抬头琢磨了一会儿，准备了三个检查盘，分别在每一个检查盘里，放置一些操作器械，然后在旁边操作台上准备了根管充填剂、纸尖、牙胶尖、磷酸锌粘固粉、EB树脂、双氧水、酒精灯等物品。又用技工钳将0.9的不锈钢丝弯成一个U字形，用酒精消毒之后放在检查盘内备用。

做好准备工作，张老师主刀，我当助手。经过口腔、颌面部消毒后，先进行颌面外科的清创缝合，然后将脱位的中切牙压入牙槽窝，让其回到原来的位置。复位之后，张老师用左手固定复位牙，我负责给她传递器械和调配药品，她用右手在这颗牙上做拔除牙髓、扩锉根管、冲洗吸干、根管充填这一连串口腔内科操作。做完了两颗外伤牙的根管治疗，张老师又将U型钢丝插入两颗牙的根管内，使两颗牙连成一个整体，上面用EB树脂修复断裂部分的形态。

这样，脱位松动的牙齿得到了固定，按常规需要复诊4—5次的根管治疗，一次性完成，牙齿也恢复了原来的美观。

小秦如果在华西口腔医院由颌面外科、颌面内科、口腔修复科三个科会诊合作治疗，至少也要半天时间。而张老师一个人仅用了半个多小时，就完成了整个操作。

手术完成，一轮满月已上柳梢头。

“小黄，今天中秋，你一个人在达县，没别的地方去，到我家去吃顿便饭吧，我不会做川菜，但我从小在北方长大，很会做饺子，去尝尝我的手艺吧。”张老师说。

“要得嘛。”那时候小光棍一个，生活艰苦，面对张老师的邀请，我并不矫情，一口答应下来。就像我们老家俗语说的——“沙地里的萝卜，一带就来了”。

张老师丈夫唐老师，由于达县师范学校一周只给他安排了几节课，空余时间就是买菜做饭，简直成了半个“家庭主夫”。我们到他家的时候，唐老师已经把晚饭做好了。

“唐老师，你去做馅儿，我来和面，我给小黄说了，我们包饺子。”张老师对唐老师说。

“要得！也让小黄见识一下你的手艺。”唐老师积极响应张老师的提议。

或许唐老师没有估计到张老师会领着我到他家去吃饭，他们夫妻加上两个女儿，临时加上我这么个大肚汉，准备的饭菜肯定不够吃。

唐老师做馅儿，张老师和面。只见她把面粉倒在干净的桌面上，在中间挖出一个洞，加水揉成一个大面团，麻利地揉搓成一个长条形，切成一段一段的小面疙瘩，用手掌快速压成面饼，然后左手拿擀面杖，右手飞快转动面饼，很快就擀出了一堆薄薄的圆圆的饺子皮。

他们的两个女儿也参与包饺子，张老师还手把手地教我包饺子，她告诉我包饺子馅儿多却不露馅的诀窍。

从和面开始，不到20分钟，就将热腾腾的饺子端上了桌。

唐老师很热情，还特地拿出了一瓶泸州老窖特曲。

“张老师，今天下午这个病人，您牙齿复位和根管治疗一次性完成，能成功吗？”我喝了点酒，壮着胆子将我的疑问说了出来。

“小黄，你担心的是什么？”张老师亲切地问。

“我们老师教的，根管治疗要经过开髓、拔髓、根管预备、根管消毒、根管充填，您一次性完成，万一感染怎么办？”我平时对几个老师减少治疗步骤，本来早就存疑，干脆一股脑儿全说出来。

“小黄，如果是感染根管，多封几次药，那是应该的，但是这个病人是外伤，根管根尖没有炎症，有必要封几次药吗？如果你封几次药，还有可能把外界的细菌带到根管，造成感染。学校的老师那样教你们，是让你们掌握每一个步骤，但是在临床上要根据病人的病情来增减步骤。”张老师娓娓道来。

张老师一点拨，我豁然开朗，“纸上得来终觉浅”啊。教科书的知识是死的，但是临床上操作是活的，“本本”主义终究不行，还得在实践中提高。经此一事，我对张老师的专业技术和道德人品打心底里佩服，真是一位诲人不倦的好前辈啊。

我无论从资历，还是年龄来说，都算是张老师的晚辈，可我们二人非亲非故，只是普通的同事关系，她却能放下前辈的架子，悉心教导我这个晚辈。

张老师住顶楼，我们酒足饭饱之后，唐老师和张老师带我到顶楼去看月亮，他们的大女儿会舒还端了一盘月饼上来。

圆月褪去了羞涩的面纱，如盛装的姑娘在幽蓝色的夜空中熠熠生辉，皎洁的月光洒落下来，更为这静谧的夜晚增添了一分神秘。在这皎洁月光的辉映下，张老师似乎又回到了少女时期，绘声绘色地讲述了她和唐老师相识相爱的故事，以及从北京到达县工作的原因。唐老师作为中文系研究生毕业的高材生，此刻更是触景生情，兴致高涨，放声吟诵苏轼的《水调歌头》。随后更是诗兴大发，一首赏月诗应景而生。那个中秋夜，我和张老师、唐老师推心置腹，就人生、事业、爱情、工作，谈了很多很多。

小秦经过回访观察，术后没有疼痛，没有肿胀，松动的牙齿逐渐稳固，三个月后拍片，牙齿与周围的牙槽骨完全紧密结合，保牙齿成功。5年之后，科室买了光固化材料，张老师又用光固化树脂换掉了小秦原来色泽不通透的EB树脂，使其色泽形态更加逼真。10年之后，科室开展了烤瓷牙技术，张老师又给他换成了烤瓷牙，使其强度和美观又有了提高。20年之后，张老师退休了，之后生病住院。小秦又找到我，我给他拍片检查，两颗外伤牙的牙根仍很健康。我给他加了玻璃纤维桩，换了两颗全瓷牙。由于全瓷牙里面没有金属，通透性更好，颜色和质感与天然牙基本一致，完全达到了以假乱真的效果。

时至今日，39个中秋节悄然而过，不知怎的，蓦然回首，总觉得1985年中秋节的月亮最亮，最圆，最温馨，最浪漫。

最听话的强强

更让我佩服张老师的，是她对小孩有一种天然的亲和力，再调皮的“熊孩子”在她面前都会变得听话懂事。

有一次诊室来了一个7岁左右的男孩，小名叫强强。因为乳牙没有脱落，恒牙从乳牙的舌侧冒了出来，必须把乳牙拔掉，让间隙腾出来，使恒牙慢慢长到乳牙的位置。如果不拔，恒牙错位萌出，将造成牙齿错位，上下颌牙齿咬合关系异常，既不美观，也影响咀嚼功能。

独生子女被称为“小皇帝”，拔一颗乳牙，亲友就来了四个。因为科室的房间比较小，我建议亲友到门外去等候。

由于怕疼，强强拒绝打麻药，一直不配合拔牙。

“强强，打麻药只有轻微的疼痛感觉，比预防接种打针还要轻松，你把嘴张开，让叔叔看看。”我开始轻声细语地对他说。

“不！不！”强强就是不张嘴。

“你如果不听话，我就拿一个大针给你扎，大针可是非常非常痛喔！”见哄他不见效，我转换策略，吓唬他。

“我不拔牙齿！我不拔牙齿！呜！呜！呜！”强强听说要用大针，“哇”地一声，发出撕心裂肺的哭喊，还紧紧捂住嘴，使劲摇头。

我见强强软硬不吃，彻底没辙了，只得到门外求助亲友团，请他们派一个人给小孩做工作。

“乖孙子，不怕不怕，拔完了奶奶给你买玩具，给你买糖吃，你说好不好？”孩子奶奶义不容辞，率先出马，奶奶平时对孙子溺爱有加，对孩子都是“哄”字为先，这时她对孙子还是用的“哄术”。

“不要！不要！走远点！走远点！”平时奏效的“哄术”此刻却失了灵。面对奶奶的“糖衣炮弹”，强强立场坚定。

“你再不听话，我要打你哟！”说着，奶奶高高地扬起了巴掌，做出了一副要打孙子的凶相。

“打嘛！打嘛！打死我也不打针！”奶奶终究是雷声大，雨点小，巴掌悬在空中，半天也没能落下去，强强的手仍然紧紧捂着嘴巴。

你方唱罢我登场，妈妈推门而入。

“把嘴巴张开！”妈妈一进屋就怒目圆睁，手指着小孩，口里吼道。

强强看到妈妈生气的样子，不敢哭，但将头倔强地偏向一边。

“啪！”妈妈见她的命令没有起到效果，上前抓住强强的胳膊，抡起巴掌就朝强强的屁股狠狠地扇了下去。看得出这个妈，是一个虎妈，巴掌扇得不轻。

“哎哟！哎哟！”强强确实被这一巴掌打痛了，哭得上气不接下气。

“强强小朋友，你这个牙齿必须拔掉，其实打针还没有你妈妈打你屁股这么痛呢，你坚持一下就完了。”我寻思这一巴掌下去，强强应该老实了，连忙趁热打铁。

“呜！呜！呜！”强强哭得更厉害了，但双手仍然紧捂嘴巴，生怕我给他打针。给他做任何解释工作，他都摇头拒绝。

“今天这牙，你拔得拔，不拔也得拔，老实点，配合医生，就少挨点打！”门外的父亲实在是看不下去了，冲进来指着强强吼。强强哭得更伤心，根本不理睬父亲。见儿子连自己的话也不听，父亲转头对我说：“医生，您做好准备，我把他按倒，您打麻药就是了！”说着跨步向前，一只手抓住孩子双手，另一只手圈住小孩脖子，使孩子动弹不得。看来，孩子的妈妈“虎”，爸爸也不是小猫。

“哎哟！哎哟！唔！唔！”孩子哪见过这场景，边“哎哟哎哟”地惊叫，边踢脚蹬腿。他越惊叫越乱踢乱蹬，父亲手下得越重，扼得强强出气都困难，憋得小脸通红，场面像农村杀猪一样混乱，这种情况下，我又哪敢出手给孩子在口腔注射麻药？

“不打麻药了，今天不拔了，跟奶奶回家去。”奶奶听孙子像杀猪一样地吼叫，已憋红了脸，进门就将孙子护在怀里，用手帕给强强擦眼泪，自己眼眶也红了起来。

“就您护着他，看您把他惯成了什么样子！弄得现在哪个大人的话他都不听！像个小霸王！”强强的父亲见奶奶这样护犊子，很是生气。

“妈，您说不拔了，他这牙长歪了怎么办？”强强的妈妈听婆婆说不拔了，急得直跺脚。

“不拔！不拔！牙齿长歪了，以后还可以矫正嘛。大不了多花点钱，怕什么？”奶奶回答。

“妈，您说牙齿长歪了将来矫正？您以为牙齿是那么好矫正的吗？矫正不也得要拔牙吗？而且矫正得再好能有原生牙齿好吗？现在不拔，将来也得拔，现在拔比将来拔要省事得多！现在治疗比将来治疗效果要好得多。拔！今天必须得拔！”强强的妈妈听婆婆说要接强强回家，急眼了。

一家人，有的唱黑脸，有的唱红脸，都没有说服强强打麻药，反而意见不统一，互相埋怨起来。大人吵，小孩哭，把看病的诊断室搞得比农贸市场还热闹。

“这是怎么回事呀？啊，小宝宝不愿意打麻药哟。这样办吧，你们亲属都到门外去等一下，让我给小宝宝做点工作。”正在旁边给患者戴假牙的张树华老师，听见这边吵吵闹闹，过来问明情况，挥挥手，先将几位家属请到了门外。

“小朋友，你叫什么名字呀？”张老师轻轻拉着强强的小手，一边给强强擦眼泪，一边轻声问。

“我叫张馨强。”

“你今年几岁啦？”

“我今年7岁。”

“你是在上幼儿园呢还是在上小学？”

“我在上小学一年级。”

“啊，你都上小学一年级啦，快要成为一个小男子汉啦！”张老师夸赞强强。

张老师女性的独特魅力和那一口标准的普通话，让强强的情绪在一问一答中得到了舒缓。

“你们老师教你们说的是普通话还是四川话呢？”张老师见有效，乘胜追击。

“我们老师说的是四川话。”强强小声回答。

“小朋友，你觉得我说的普通话好听，还是你们老师说的四川话好听？”张老师笑着问强强。

“你说的普通话好听。”

“我以后教你说普通话好不好？”

“好。好。”强强见张老师愿意教他说普通话，马上止住了啜泣。因哭得太久的缘故，他声音已经沙哑。

“那以后你教我说四川话，好不好？”

强强点点头。

“我们交个朋友，行不行？”

“行！”

“那我们以后就是朋友了，你可以叫我张婆婆，婆婆家里面有一个和你差不多大的姐姐，你可以来我家里和姐姐一起玩，她有好多好多的玩具，你们一定会玩得很开心，你以后有什么事都可以到医院里面来找我，张婆婆一直都在这里的哦。”

“……”强强没有直接回答，却连连点头。

“强强，我们已经是朋友了，让张婆婆看看你的牙齿，到底是怎么一回事，我不拔它，只看看，可以吗？”张老师见强强直点头，就把强强抱到治疗椅上坐着，商量道。

“好，但是，不可以拔它哦。”强强虽怕拔牙，可仍然轻声地答应了让张老师看看。

张老师见强强答应了，便用口镜轻轻牵开他下颌嘴唇，用牙科镊子轻轻摇了一下下颌两颗乳中切牙。检查完后，张老师带着温和的语气，慢条斯理地说：“强强，张婆婆发现你的牙齿里面长了两颗新牙齿，外面两颗老牙齿已经松了，张婆婆给它擦点药，擦点药老牙齿可能就会掉下来。”

“擦药痛不痛？我怕痛。”强强仰着头，疑惑地问。

“擦药不痛。”张老师笑眯眯地对着强强说。

“擦了药，老牙齿真会掉下来吗？”强强追问。

“如果你这颗老牙齿听话，它就会自动掉下来。如果擦了药它还不掉下来，那它可就太不听话了。好，把嘴张大一点，我给它擦点药。”强强果然把嘴张得大大的，张老师用棉签蘸上丁卡因在强强牙龈、黏膜处涂抹了一会，又用碘酒棉签擦了一次。问：“强强，擦药痛不痛？”

“不痛。”

“强强，你平时有一点不听爸爸妈妈的话，所以，你的老牙齿也有点不听话，我擦了药它也不掉下来，我打一点点麻药，让它掉下来，如果你痛，不能坚持的话，你就把左手举起来。我看见你举手，就马上停止。如果你能坚持，就不要举手，行不行？”张老师很温柔地鼓励强强。

“打针很痛，我不干，我不干。”强强摇着头，表示拒绝。

“小朋友，打麻药有一点点痛，但没有打预防针那样痛。你可是一个坚强的男子汉。”

“我怕呀，我怕打针。”强强有些犹豫。

“我相信你一定会坚持的，我们先试试。”张老师再次给强强打气。

强强战战兢兢地张开了嘴巴。

张老师用空针吸了两毫升利多卡因，轻轻地刺入了强强下前牙的黏膜下。

“强强，你好勇敢哦，刚才就是最痛的，马上就结束了。”张老师一边鼓励小男孩，一边缓慢地将麻药注入乳牙的根部。

在注射麻药的过程中，强强几次想举左手，可动了动，最终没有举起来，直到麻药推注完毕。

“强强，你真勇敢啊，不愧是个小男子汉，打麻药都没举左手。现在打了麻药，等一下我们就把那两颗不听话的老牙齿拔下来。好不好？”

“嗯。”强强点点头。

“好。那你把嘴张大点。好。”过了一会儿，张老师拿起拔牙钳，轻轻松松地就将强强的那两颗滞留的乳前牙拔了下来。

强强咬住止血纱球，不哭不闹地走到了亲友团的身边。

弄得鸡飞狗跳的拔牙轻喜剧在张老师三言两语下圆满解决。

有尊严地活　优雅地死

2002年，张老师的爱人唐老师患了肺癌。

张老师身为医生，心里当然明白，一个癌症病人，几乎都是判了死刑，只因恶化程度不同，存活时间长短而已。但她还是尽力对唐老师采取了积极治疗，先放疗，后化疗，再姑息治疗，最后进ICU抢救，全身插满管子，输液输氧，直至心跳停止。张老师与唐老师感情甚笃，唐老师生病后一直守在身边，目睹了唐老师生命走到尽头的全过程。唐老师逝世后，张老师在凤凰山公墓买了一个合葬墓，安葬了唐老师。

丈夫去世，张老师从悲痛中走出，又全身心投入到工作中。只是她的脸色更加苍白，精力也大不如前。有一次，她在治疗室突然晕倒，经抢救醒了过来。她把两个女儿叫到病床前，像是开家庭会议，郑重向女儿交代：

“我这么大岁数了，身上的器官像机器的零部件，早就磨损得差不多了，再修修补补也转动不了多久啦。趁我现在头脑还不糊涂，还能说话，我向你们交代清楚。我知道，再先进的医学都无法留住生命的脚步，医生能做的，就是让病人尽量减少一些痛苦。如果全力抢救后不能达到生活自理，我要求就不要再抢救了，这种抢救，不但浪费国家宝贵的医疗资源，对我也是一种肉体伤害，活着也是遭罪。我不愿意进重症监护室，我不愿意做气管切开，不愿意搞心脏按压。我这一生，亲眼看到过很多气管切开的病人，没有几个能抢救过来。有的人只留着一口气拖着，连意识都没有，吃饭还得从鼻子灌，那样活着，还有什么意思？人生命的最后一仗必然是与死亡交手，从失能、失明、失智，生活品质逐渐下滑，最后还得走向灰飞烟灭！死亡是生命的一部分，好比开得再茂盛的花都必然会凋落，再怎么施肥浇水也不可能把它永远留在枝头。有其生必有其亡，人反正都得走最后这条路，我想有尊严地活，很优雅地死。那就让我少一些折腾，少一点痛苦，像睡觉一样平平静静地离开这个世界。你们说好不好？”

张老师说得很轻松，交代得很平静。

“好。好。我们尊重您老人家的意见。”围在床前的女儿眼含热泪，点头应允。

“我不但病危的时候不要搞那些无用的抢救，死后也不要开什么追悼会，一把骨灰与你们爸爸埋在一起，让我继续与你们爸爸长相厮守。你们记住我的话没有？”

“记住了。记住了。”两个女儿纷纷点头表态。

“我买了一瓶五粮液，放在家里的冰箱上，如果将来的某一天我生了重病，你们拿不定主意，我又不能开口说话时，就把这酒瓶的盒子打开，里面有一封我写给你们的信，想要表达的意愿就是刚才给你们交代的这些。至于这瓶酒，等我死了之后，你们在我和你爸爸的墓前打开，把酒洒在坟前。你们爸爸生前爱喝一杯酒，但很少买五粮液这样的好酒喝。那算是我给你们爸带去的礼物吧。你们记住了吗？”

“嗯、嗯。记住了。”两个女儿已泪流满面。

“趁你们都在，我们再照一张全家福吧，给你们留个念想。”张老师向女儿交代完毕，还请照相馆人员帮忙，就在病床前，与两个女儿留了一张全家合影。

“医学再怎么发达，也永远无法战胜死亡。我知道，老年人的器官都衰竭了以后，再好的药和治疗手段对病人已没有什么意义了，继续用药和采取治疗手段，除了浪费国家宝贵的医疗资源，就是增加病人的痛苦。所以，我已经给女儿做了交代，当我生命已无可挽回地走向死亡的时候，放弃一切抢救手段，让我平平静静地离开这个世界。我怕女儿到了那时会心软，不听我的安排，要缠着你们进行不必要的抢救，而医生有救死扶伤的人道主义天职，有最简单、最朴素的行事法则——不轻言放弃，找更多可以采取的措施，尽自己所能延续患者的生命。所以，我当着你们的面，再将我的想法重复一下。其他病人想怎么做我无权干涉，但我自己就是想安宁地离开这个世界，就像睡觉一样睡过去，最好是还能在睡眠中做一个梦，一个有滋有味的梦。拜托大家啦。”张老师在给两个女儿开了家庭会议后，还向我们几个同事和来看望她的医院领导再次表达了病危时放弃过度抢救的愿望，希望自己能安宁地走完生命的最后一段旅程。

张老师的安排得到了医院领导的赞许，也得到了我们这些同事的尊重。

死亡是人生的终极过程，是人人都无法避免的最后结局。但是对结局的选择应该由谁做主这个问题，至今都没有达成社会共识。按说医生最了解病情，直接掌握各种医疗资源，最明白疾病预后情况，但医生只有发言权，做不了决定，他们只能将患者的现状、发展的后果和各种措施的作用、不良反应以及经济代价如实告诉患者和家属。医生只有建议和执行的责任，没有决定权。

患者本人，此时往往已经神志不清和意识混乱，难以做出清醒的科学的决定，所以这一决策权也就交到了家属的手上。医院根据家属的签字，安排下一步医疗方案。事实上，家属是一个非常复杂的群体，对于朝夕相伴的亲人有太多难以割舍的感情，往往以感情代替理性，很难做出科学的决断。像张老师这样，能用更高、更远、更广、更理智的眼光，把死亡看得如此通透，实属难得。

对于张老师的嘱托，两个女儿都当面点头应允了，可点头应允并不代表就一定能执行。

2010年9月10日，张老师突发脑溢血，住进了急救室。两个女儿想起了母亲对他们的嘱咐。大女儿将五粮液的盒子打开，发现里面果真有一封带有生前预嘱性质的嘱托信，大概内容是，第一，感谢两个女儿这么多年的陪伴和孝顺，让她的生活过得很快乐。第二，如果有一天她突发意外，不能说活，或者是即使抢救活了都会变成植物人，希望女儿不要再请医生抢救，让她走前少受一些痛苦，尽量有尊严地离开这个世界。

这也许是张老师对她这一生最强的预感。

两个女儿看到信的内容后，泪流满面。

张老师的女儿一个教书，一个做生意，虽然母女也经常见面，但是，真到母亲病重的时候，心里还是觉得亏欠母亲很多很多。所以，两姊妹并没有听张老师的话，而是通过网络，请成都、重庆、北京最好的专家远程会诊，千方百计抢救母亲。

专家经过会诊，认为张老师脑溢血的部位靠近脑垂体，比较特殊，即使全力抢救，也不可能苏醒，抢救过来有可能成为植物人，建议家属放弃。

尽管各路专家的建议基本相同，张老师的嘱托信也写得清清楚楚，但是，两个女儿接受不了母亲即将离去的现实，情感战胜了理智，两个女儿坚持医院全力抢救，什么药有效，再贵都用，凡是先进的抢救措施，能用则用，哪怕母亲成为植物人，她们也愿意侍候。她们更期盼神灵保佑，奇迹在母亲身上发生。

医院按照张老师女儿的请求，对张老师进行了几次手术，及时止住了颅内出血，尽可能地清除了张老师颅内的血块，将张老师的命保住了，但张老师女儿期盼的医学奇迹并未出现，张老师的命抢救过来了，却真的变成了植物人。

张老师住院期间，我去看望过几次。她头发剃得光光的，头部肿胀变形，全身上下到处插满各种管子，脸上戴着呼吸面罩，像个太空人。

我第一眼看见张老师这种情况，实在难以接受眼前的现实，仿佛她上一秒还在和我说说笑笑，关心我工作怎么样，但下一秒就卧床不起了。我试着叫了几声“张老师”，但她没有任何反应。

张老师的两个女儿非常孝顺，尽管母亲已经成了植物人，每天早晨，仍然要亲自向母亲问好。尽管张老师已经听不见，女儿还是每天用音响给张老师播放音乐，晚上还要给张老师讲世界、中国、身边的新闻故事，从来没有间断。

两个女儿还给张老师请了护工，负责张老师的生活和护理。为了使母亲能得到足够的营养，天天将鸡、鸭、鱼、虾、肉，加上各种蔬菜、水果打成汤汁，用鼻食管注入胃中。每两天给张老师全身擦洗一次。两个女儿还从国外给张老师买了一张可以自动翻身、自动按摩，还能调节软硬度的床，尽可能让张老师睡得舒服一点。

就这样，张老师在病床上闭着眼睛躺了12年，两个女儿精心护理了12年，2022年3月2日，张老师离开了人间，享年88岁。

“妈妈，对不起，我们那时没有听您的话，让您这十几年受了太多的苦，是我们让您没有尊严地活了这十几年，我们是不肖之子！请您原谅。”两个女儿在她的灵前，长跪不起，表示了深深的忏悔。

在一般人眼里，张老师这最后的12年，由于有两个女儿精心侍候，物质生活并不匮乏，可她那样活着不但没感到一点儿幸福，反而遭受了巨大的痛苦。她活这12年，是遭罪的12年，是受尽折磨又无力抗争的12年！

张老师在身体健康、头脑清醒时为自己的后事留下嘱托，既是想让自己病重后少受痛苦，也少给女儿增加负担，这无疑是最理性的选择，她女儿在母亲脑溢血后，想让母亲还能活下去，多活一段时间，倾全力抢救母亲也没有什么过错。即使有错，也是好心办坏事的错。母女双方都体现出了人间的大爱，很令人动容。只不过当局者迷，旁观者清，以第三者视角来看，张老师的女儿多花了上百万的毫无效果的医疗费，以及十几年劳心又劳力，而张老师则过了十几年名副其实的生不如死的日子！张老师会感到深深的痛苦，两个女儿也感到后悔，我们都感到遗憾。

张老师就这样离开了人间，和她的丈夫唐老师合葬在一起。

江南在《龙族》中说："人这一辈子一共会死三次。第一次是你的心脏停止跳动，那么从生物学的角度来说，你死了；第二次是在葬礼上，认识你的人都来祭奠，那么你在社会上的地位就死了；第三次是在最后一个记得你的人死后，那你就真的死了。"根据江南的说法，张老师从生物学和葬礼的角度讲，已经死过两次了，但这个世界上记得她的人还很多，她的许多亲朋好友还记得她，我这个学生兼同事记得她。

特别让我感动的是，那个由张老师做手术保存住中切牙的患者小秦，如今年近六十，不久前带着孙子来诊所看牙，还问起张老师，得知张老师于前年仙逝，显得很悲痛，指着自己的口腔说："这两颗牙齿是张医生和您做手术给保住的，至今还在用。"我特地检查了他的牙齿，他那外伤脱位的上前牙，一点也不松，全瓷牙十分逼真，外人一点都看不出来。

我们一起缅怀张老师时，他的眼眶红了。

那个"小秦"记得她，早已成为顶天立地的男子汉的强强也记得她，千千万万的牙病患者也会记得她。

张老师一直活在我们的心中。

万恶的智齿

大巴山深处的南江县大河区北极牧场，海拔1200多米，是遐迩闻名的南江黄羊的选育基地。南江黄羊从小在森林中生活，喝着山泉水，吃着中草药长大，被誉为“亚洲第一羊”。北极牧场周边有100多平方公里的原始森林，里面有成片的漆树。割开漆树皮，可取生漆。生漆又称土漆、国漆，是一种优良的防腐、防锈的涂料，耐酸耐碱耐高温，在20世纪80年代以前，大部分居民的家具都是涂的这种土漆。

父亲是远近闻名的漆匠，为保证家具涂漆的质量，他都自己上山去割取生漆，再进行精心熬制。他联系北极牧场，愿交纳一定费用，到林区割漆。北极牧场非常乐意，因为漆树长到一定程度，必须割漆放汁，如果不割，新陈代谢减慢，树很容易死亡，而牧场恰恰缺少割漆技术人员。父亲去森林里割漆，既给他们带来一定经济收入，也解决了漆树自然死亡的问题。我从小就跟着父亲，学习掌握割漆、熬漆、刷漆的基本技能。1982年，大学三年级的暑假期间，我随同父亲，一同步行90里山路，到北极牧场割漆。

岳高脸上的恶疮

北极牧场有我的一个远房舅舅，我考上大学时他老人家还曾提着一只大公鸡到家里来祝贺。四川医学院对于当时的南江山区农村，可是神一般的存在。我考上四川医学院，轰动的范围很广，加上舅舅的义务宣传，北极牧场不少人早就知道有我这么一个医科大学生。

北极牧场旁边村子里有一位姓岳的农民，听舅舅说我到了北极牧场，第二天晚上就准备了一桌丰盛的晚餐，并请了乡卫生院的两个医生、牧场的场长作陪，宴请我和父亲。原来是他儿子脸上长了一个恶疮，已经3年了，总是治不好，希望我看一看他儿子脸上那个恶疮，该怎么治。老人家觉得，我既然是四川医学院的学生，而且已经是大学三年级了，技术应该学得差不多了，给他儿子看看病，没有问题。

脸上长恶疮的患者叫岳高，22岁，自述19岁的时候用兽夹夹了（捕获）一只麂子（学名麂鹿），请一帮朋友吃了一顿粉蒸麂子肉，第二天右面部就肿起来了。请村上的赤脚医生开了药，不见好转，到乡医院打针输液，病情竟进一步恶化，右侧面部下方出现了脓肿，长出一个恶疮，把脓液引流之后，疼痛是缓解了，但是脓口始终不愈合，换了无数次药，脓口处仍然红肿、溢脓。

经过各种治疗，都没治好。正在无计可施时，听说我随父亲到北极牧场割漆，如同找到了救星，专门把我和父亲请到他家，要我救救他的儿子。

岳高是个苦命人，初中毕业，成绩优异，本可升学读高中，因为他还有一个弟弟、一个妹妹在读书，家里生活拮据，实在难以供养，父母就让他辍学回家当了个“地球修理工”。岳高很不甘心，想拜一个木匠师傅学做木工活。木匠师傅见他是个初中毕业生，人也聪明，本想收他当徒弟，可他面部生了恶疮，村卫生所、乡医院、区医院、县医院跑了个遍，吃药输液，都没有治好，认为他是得了治不好的传染病，怕岳高把病传染给他，也一口回绝，不肯收他为徒。

岳高连想当一个木匠的愿望都不能实现，只得在家放羊、放牛。当然，放羊、放牛也不能让脸这么烂着啊，他也一心想把脸上的恶疮早点治好，瞪着一双大眼睛望着我。

医学院的学习是一个循序渐进的系统学习过程，我虽然学的是口腔专业，但在前3年，已学了解剖、生理、药理、病理、内科、外科等医学系开设的公共课程。大学四五年级才重点学习口腔专业，并进行临床实习。

我看了看岳高的病状，仅仅从炎症、创伤、发病畸形、肿瘤几个大类中判断，应该是炎症范围，具体是什么原因造成的，以及如何治疗，我心中也是一片茫然。

而面对我这个四川医学院的学生，两位乡卫生院的医生表现得特别谦虚。他们一个毕业于达县地区卫生学校，一个毕业于达县地区中医学校，在临床上已经工作十多年了，诊断、治疗的水平自然要强过我这个未出茅庐的医学生，可他们竟对我这个连处方权都没有的医学院学生一口一个“医生”地叫。

“我们怀疑他是有炎症，但是消炎药用了，就是不断根，请黄医生伸伸援手。”那位毕业于达县地区中医学校的医生说。

“这就是慢性炎症，你跟我一路到成都，几天就治好了。”岳高这个恶疮，我虽说不出个所以然，可几杯白酒下肚，胆子陡然大了起来，嘴上开始冒皮皮（吹牛）了。

民谚云：“三天学个名医，十年学个不医。”意思是说，越老的医生，说话处治越谨慎，而学医学到一半，半生不熟，越自高自大，仿佛世界上没有看不好的病。

“为什么我们换了很多次药都不愈合呢？”那个从达县地区卫生学校毕业的医生一脸诚意地向我请教。

“可能没有把最里面的感染灶清除吧。”我信口开河。

“小黄医生什么时候回成都？”岳高的父亲听说成都能治好儿子的病，如同抓住了一根救命稻草，赶紧问。

“9月1号学校开学，我大概8月28号从家里出发。”我回答。

“只要到成都能治好，那岳高8月底就跟小黄医生一起到成都去治。”岳高的父亲下了决心。

“没问题，我找教授亲自给他治。”我虽然自己内心没有底，但我有强硬的“后台”。四川医学院的医疗水平，在全国都是前几名，不管岳高得的什么病，我坚信，只要到了学校，再难的病都能治好。

“听说大医院看病挤得很，还是要给教授送点什么东西才好嘛。”岳高父亲主动提出。

“用不着，我们老师的态度很好，他们不收患者的东西。”其实，对于岳高这个病到学校后该去找哪个老师，我心里压根没底。当时唯一能想到的，就是去找我们辅导员帮忙，因为进大学后，只有辅导员和我们学生联系最紧密，找他帮忙一般不会掉链子。

“捉一只鸡要不要得？”岳高父亲提议。

“到成都要走两三天，要喂食喂水，路上太麻烦。”那个从达县地区中医学校毕业的乡医院医生说。

“腊猪脚杆（猪蹄的别称）拿着不麻烦，就拿一个猪脚杆。”岳高父亲说。

“我们这大山的猪脚杆，熏得黑黢黢的，吃的时候还得烧皮，城里人不一定喜欢。”牧场场长说。

“我们这里野生的金银花闻起来香，还能清热解毒，可以带一包。”从达县地区中医学校毕业的乡医院医生出了这个主意。

“我们的黄花，外地还有人来收购，说不定他们也喜欢。”岳高父亲说。

“用不着，用不着。”我嘴上虽然这样说，内心想，拿点山区特产也好，找辅导员老师帮忙，两手空空总归不好，带点特产那也是一点心意，“千里送鹅毛，礼轻情意重”嘛。

这个暑假，岳高每天将牛羊赶到山上后，就来帮我的忙。父亲在前面用刀把漆树皮割一个小口，下边插入一个蚌壳，半个小时之后，我和岳高就将蚌壳收集到的漆液倒进一个小桶中。早上6点钟开始，要忙到下午3点钟收工回家。回家之后，我又陪他去收放出去的牛和羊。

“北平哥，成都的房子有多高？街道有多宽？火车像个什么样子？你看没有看见停在地上的飞机？大学里一个班女同学有没有三分之一？你们一间寝室住几个人？学校是不是经常停电？校园里有没有菜园地？”岳高和我同年生，比我小3个月，他对大城市特别感兴趣，我们在一起时，他话匣子一下子就打开了，问题一个接着一个，我都尽其所能地回答他，有时还免不了添点油、加点醋。

“成都有没有农贸市场？农民的农产品怎么卖？外地的物品弄到成都后在哪里卖？”岳高问。

“成都火车北站旁边，有一个叫荷花池的地方，专门从事农产品交易，全国各地的农产品都可以在那里买卖。”这个信息是家住成都的同学告诉我的，此时正好派上了用场。

“我们到成都去的时候，顺便带一些黄花，我估计大城市的价格肯定比我们出产地要贵些。”岳高歪着头想了会儿，说。

“过去我也想过这事，只是以前我一个人，上车、转车不方便，一个人上厕所货物都可能丢失。如果我们两个人一起运点货物到成都，肯定能赚一些钱。”我很赞同岳高的看法。

“那我们就收点黄花带到成都。”

说干就干。我拿出父亲给我上学的50元钱，他拿出看病的80元钱，我们在农民家收购了150多斤黄花，装在麻袋里，上学时用背篼背80里山路，从下两坐班车到了广元汽车站。广元汽车站本来有公交车到火车站，但是公交司机说我们那背篼货物占地方，要加收2元。为了节约这2元公交车费，我们两个便背着黄花走10里路到广元火车站，坐火车到成都，然后将货物背到荷花池。

荷花池人头攒动，热闹非凡。三轮车、板板车、小货车来来往往。卖主的叫卖声、买家的还价声此起彼伏。

我们找到买卖黄花的区域，岳高在原地看守货物，我去了解黄花的交易价格。

我了解到，一斤黄花的收购价在1.25元左右，批发价在1.3元左右，零售价大约1.5元左右。

“我们这里有150斤黄花，您怎么收？”我们将两麻袋黄花背到一个摊主面前，问。

摊主是一位40多岁的瘦高个子，他打开我们的麻袋，抓出一把黄花，在鼻子上闻了一下，然后又在麻袋的底部抓了一把，在鼻子上闻了闻，说了一句：“你这黄花还是比较干，就是晾晒包装没有注意，没有卖相，我全都收购，最多给1元2角钱一斤。”

我看了看他们摊位上的黄花，确实按照头尾方向整齐排列，一斤、两斤捆成一把，卖相好，不像我们收购的黄花乱七八糟塞在一起。

我又去问了几家收购摊主，他们都只给1元2角钱一斤。

我琢磨，我们收购价格才7角5分钱一斤，即使按1.2元出售，也净赚60来元钱，我已经打定主意，准备出货。

“北平哥，您莫忙，我再去问一下看看。”岳高倒是不急。

岳高四下观望了一番，走到一个摊位上，非常有礼貌地向胖胖的摊主鞠了一躬，说：“叔叔好！我从大巴山的南江收了一些野生黄花，这种黄花香，煮都煮不烂，您要不要？”

“你拿过来看看吧。”胖摊主回答。

胖摊主也像瘦高个子摊主一样，抓了一把，凑到鼻子上闻了闻，说了一句：“我全部收，给1.21元。”

“叔叔，您加点钱嘛，我下一次多带一些过来，全部交给您。”岳高说。

“年轻人，你态度好，有礼貌，我再给你添一分。”胖摊主说。

“叔叔，麻烦您拿个纸和笔，我把您的名字和摊位号记下来，我下次好找您。”岳高说。“我姓杨，叫杨学寿。”胖摊主说。

“哎呀，我娘也姓杨，那我就该叫您舅舅了。您可以到我老家来收嘛，还可以在我家住。”岳高说。

“我每天坐在这里就收几千斤，哪里用得着到你们南江收购哟。不过，你以后交到我这里来，我不会坑你。”杨摊主说。

“谢谢舅舅！我老家还有野生的天麻、金银花和其他中草药，您要不要嘛？”岳高还不忘推销家乡的其他土特产。

“我可以收。你直接到荷花池D区二楼138号摊位来找我。”杨摊主一口答应。

“舅舅，我以前也没有做过什么生意，我是第一次来成都。这位是我表哥，他在四川医学院读书，我脸上长了一个疮，这次是专门过来治病，我和表哥背了这两袋黄花，他挣点学费，我挣点医药费。”岳高指着我向摊主介绍。

“哎呀，你们两个都不容易，虽然你们这个黄花品相有点差，但是质量很好。我还是按照最高的价格，1块2角5，全收了。”杨摊主很爽快。

“谢谢舅舅，谢谢舅舅。”岳高连声道谢。

“谢谢叔叔！”他愿意给这么高的价格收购，我非常感激。

“读个大学不容易啊。你要抓紧机会，努力学习啊！如果我的娃儿这样有出息就好啰！”杨摊主说。

杨摊主为人耿直，称的重量比在老家称的还多了一斤。他把钱数给我，还特地嘱咐，这里人多，小偷也多，你们两个人得多个心眼，没事别到人多的地方看热闹。

“北平哥，这个老板，不，这个舅舅人确实很好，没有整我们的秤。我回去后再弄些山货来卖给他。”在回学校的路上，岳高仿佛嗅到了商机，兴冲冲地和我这样说。

“岳老弟，你平时不爱说话，怎么出来嘴巴这么甜，这么会拉关系，讲价钱，将来一定是个做生意的料子。”我称赞他。

“谢谢北平哥的夸奖。出门在外，我们没有钱，没有关系，嘴巴就是师傅了。”岳高说。

我和岳高一起收黄花、运黄花，一共赚了66元。要知道在当时，普通职工一个月工资也就30多元，我们一下就赚了这么多钱，心满意足了。

我提议按出钱多少分配利润，可岳高坚持平均分配，这样，我们每个人赚了33元钱。这也是我和岳高自主创业赚到的“第一桶金”。

原来是智齿作怪

找哪位老师给岳高看病呢？我一时拿不定主意。想了好一阵，觉得七七级的师哥已学完了全部课程，正在进行口腔医疗实习，先请他们看一看，等弄清岳高得的是什么病后，再有目标地去求辅导员帮忙找老师也不迟。吃过晚饭，我带岳高到我们楼上的七七级师哥寝室，听我说明来意，寝室8个师哥都为有这样一个太难得的实习机会而高兴，立即一起给岳高检查会诊，最终得出的结论是：岳高得的是智齿冠周炎引起的面颊部瘘道。

我马上借了一个师哥的《口腔外科学》，翻到智齿冠周炎那一章，认真读了一遍，基本了解了冠周炎的病因、临床表现、并发症，以及治疗方法。

病因确定了，接下来就是对症下药。第二天，由七七级的师哥带到口腔医院拔牙诊室，加了一个号，由陈家富老师确诊，指导七七级的师哥操作，对岳高的前倾智齿进行了拔除，对面颊部瘘管的肉芽组织进行了刮除，整个过程仅仅花了大约半个小时，治疗费总共花了6元钱。

原来，困扰岳高三年的面颊部恶疮，罪魁祸首竟是一颗智齿。

智齿，是指人的口腔内牙槽骨上，靠里面的上下左右各一颗的第三磨牙，总共4颗。大部分第三磨牙是在18岁左右开始萌出，这时候，人的生理、心理发育接近成熟，也是长知识、长智慧的最佳年龄，因此有了智齿的说法。当然，智齿的萌出年龄，也有例外，个别人三四十岁才长，还有的人终生不长。长了智齿的人，有32颗牙齿，没有智齿的人，只有28颗牙齿。

人体有206块骨头，“齿为骨之余”，牙齿不属于人体的206块骨头的范围之内，智齿当然更不在人体的206块骨头之内了。

人为什么会长智齿呢?

古人食物粗糙，而且多是吃生肉食，颌骨发育很粗大，智齿萌出间隙充足，大部分智齿都长得端正，上下咬合也很标准。但随着社会的文明进步，人的食物逐渐精细起来，颌骨发育退化，已远没有古人那么粗大了。颌骨退化了，可牙齿又没有退化，颌骨和牙齿不协调，这样就造成了最后长出来的第三磨牙位置不够。

由于智齿萌出间隙的不足，长出来的智齿要么前倾，要么水平横向，往往东倒西歪。因为与相邻的牙齿没有正常接触，智齿与牙龈之间、智齿与邻牙之间就会产生间隙，容易嵌入食物残渣，滋生细菌。当食物残渣无法及时清除时，一旦身体抵抗力下降，智齿就容易急性发炎，使周围牙周组织红肿化脓，这种情况在临床上称为智齿冠周炎。还有一些智齿前倾，牙冠顶在第二磨牙远中的颈部，造成第二磨牙龋坏，时间长了，第二磨牙就会引起牙髓炎、根尖周炎甚至残冠残根，让好好的第二磨牙报废。

如果冠周炎症没有及时治疗，炎症扩散，还会造成面部肿胀，甚至会像岳高那样，面部形成瘘管，常年不愈合。

凡是形态位置不正常的智齿，都是只搞破坏，不干好事，牙医都建议将它拔除。

有些智齿年轻时不作怪，到了老年也会有祸躲不过。有一位姓刘的患者，智齿在牙槽骨埋伏几十年，已形成了囊肿，快80岁了口腔突然严重肿胀，面部变形，牙齿松动，进食困难，无法正常生活。经过拍片检查，发现囊肿里包裹着一颗牙齿。原来刘先生年轻时那颗智齿没有正常萌出，而是埋伏阻生在牙槽骨里，成了“祸根”。由于智齿“埋伏”得太深，刘先生又年事已高，医院在征得他和家人的同意后，在全麻的情况下拔除了阻生牙，摘除了囊肿，医药费花了三万多。

有患者给我开玩笑：“黄医生，似乎您上辈子与智齿有仇，老是和智齿过不去，见了智齿就喊拔掉。”

牙科医生和智齿过不去，而对于牙科医生而言，拔除智齿也不是一道轻易能过的关，在牙槽外科，智齿拔除可是一个大手术。

智齿的形态变异很大，大部分两个根，有的三个根，有的甚至四五个根。牙根有的可能很端正，有的可能很弯曲；有的牙齿倾斜萌出，压迫前面的牙齿，造成前面的牙齿龋坏；有的牙齿水平阻生，牙齿向牙根方向倒着长，形成颌骨囊肿；有的牙根紧挨着下颌神经和血管，个别牙根还包围或缠绕着神经血管，拔了后可能大出血，或者伤及神经造成下唇麻木；有的牙根与骨质粘连，拔除的时候，必须将牙和骨强行分开，手术难度很大，术后反应很重。

拔智齿术后并发症很多，肿胀、疼痛那是常见，极少情况下会发生大出血、全身感染、阻塞呼吸道等致命性后果。国内国外都有拔智齿导致死亡的病例报道。一般的牙医，对拔智齿都畏惧三分。

岳高顺利地做了手术，又在成都耍了几天，我陪他参观川医校园，陪他到双流机场去看飞机，陪他逛春熙路百货商场。他用8元钱买了一块电子表，还在荷花池买了一些T恤、牛仔裤和毛衣，高高兴兴回家去了。

又过了一个多月，岳高一个人又来到了成都，还给我带了一大块腊肉。我看他拔牙的伤口已经痊愈，脸上的瘘管也完全闭合，只留下黄豆大小的一个愈合瘢痕，颜色稍微深红一点，很为他高兴，又带他去找陈家富老师看了一下。

“你这次手术康复得不错，再过半年，颜色就可以恢复正常了。”陈老师仔细看了看岳高的口腔，还捏了捏岳高的面颊部，告诉他。

“我这小疤儿也能全好吗？”岳高摸着脸上的小疤痕急急忙忙地问。一个年轻小伙子，连对象都还没有找，对于自己的容颜当然上心，很怕脸部破相。

“半年以后，脸上疤痕的颜色与周围皮肤的颜色一致了，就什么都看不出来了，放心吧。”陈老师拍拍他的肩膀，告诉他。

“陈老师，我有一个疑问没弄清楚，想请教请教您。”陈老师刚给岳高说完，我立即见缝插针。

“对这个患者的治疗，你还有什么不明白的？”陈老师瞥了我一眼。

“岳高吃了麂子肉后，智齿就出了毛病，弄不懂岳高为什么凑巧吃了麂子肉就得了智齿冠周炎？”一个学生，老师能给单独提问的机会难得，我紧紧抓住这个机会不放。

“麂子肉中没有脂肪，全是细的肌肉纤维，那种细的肌肉纤维最容易嵌进牙齿之间的间隙，而且很难清理出来，当然容易引起智齿冠周炎了。”陈老师不紧不慢地说。

“啊，明白了。谢谢陈老师。”我真心向陈老师致谢。

岳高兴高采烈地走出了医院，他刚出医院的门就对我说：“听陈教授这么一说，我就完全放心了。上次从成都带回去的牛仔裤、T恤衫和毛衣，在当地很受欢迎，我几天就卖完了。这一来一去，一共赚了80多元钱，这次来成都，一是让医生看一下伤口的愈合情况，二是到荷花池再进一些合适的百货，弄回去卖。”

“你真是做生意的好手，病治好了，大城市逛了，还摸到了赚钱的门道。”我由衷地赞美他。

“我还得感谢荷花池那个舅舅，这一次，我也给他带了一块腊肉，他很高兴，还教了我不少经商之道。”岳高说。

岳高到成都一趟，大开了眼界，找到了成都和南江山区的商品价差，他先在乡上开了个小商店，收购金银花、菊花、半夏、柴胡等药材，把大山中的中药材和土特产运到成都，又把成都的百货、小电器运到南江山区，生意越做越好，越做越大。后来，还买了车，在巴中市买了住房，开了一家大型超市，当上了老板。

40年来，我和岳高虽分隔两地，但联系没断，感情没变。他几乎每年都要到我老家看望我的父母，还给我父母送了烤火炉、电热毯、电热泡脚桶等东西。

有一次我到巴中出差，他知道后在家做了满满的一桌美味。晚饭后，我准备回宾馆休息。

“你到我家了还回什么宾馆？就在我家住。”岳高拉着我不放。

“住家里多麻烦，我都订好宾馆啦。”我坚持要走。

“北平哥，我家里的条件虽然没有宾馆好，但是，听到你要来，我媳妇专门把被子换了的。”岳高说。

“客走主人安。好酒好菜吃了，就不麻烦你们了。”我说。

“北平哥，你说这话，就是把我当外人了。80年代，每次到成都，我和你就挤在学生宿舍那不足一米宽的小床上，现在想起来，都觉得好温暖。北平哥，今天晚上你就委屈一下，我们两兄弟就睡一张床，重温一下过去吧。”岳高说着说着，眼泪都流出来了。

他坚持把我留在家里，让夫人睡小屋子，我和他睡大卧室。我们彻夜畅谈，从北极牧场割漆相识，到背篼背货，从到双流机场看飞机到荷花池进货，从谈恋爱到结婚生子，从父母长辈到亲戚朋友，我们有说不完的话，摆不完的龙门阵，一直到早上6点多，她夫人起床煮早饭了，我们还兴致盎然，没有睡意。

“我这颗智齿，虽然没有给我带来智慧，但是，它让我认识了你这位哥哥，认识了成都那个舅舅，把握了商机，让我走上了经商的道路，有了今天。”岳高感慨。

“是呀。没有你那颗智齿，我们这一辈子就不会认识，是你那颗智齿给我们牵线搭桥哇。”我由衷地感叹。正是因为岳高那颗发炎的智齿！我还是学生时他就成了我的好兄弟，说心里话，我也真的感谢他那颗发炎的智齿！

当医生得先当病人

正因为智齿有害无益，是牙科医生的大敌，拔智齿成为一个口腔系学生必须掌握的技术，在口腔临床实习的时候，全班同学分成小组，每一个同学都要照小牙片和颌骨X光片，如果有智齿，就在老师的指导下，由同学相互进行拔除，既练习手艺，又体验病人的感受。

四川医学院口腔医院老院长王翰章曾给我们讲过一句让学生一辈子都不会忘记的话，让我至今记忆犹新。他说："要当好医生，首先得把自己想成一个病人。"意思是，一个医生，如果能亲身体验病人的痛苦，他就会更加深刻地理解病人的感受和心情，更加注意操作的每一个细节，以精湛的医疗技术和富有爱心的人文关怀，为患者提供优质的医疗服务。

有的同学智齿长得比较端正，牙根不弯曲，同学们拔除还比较顺利，被拔的同学术后反应比较小。

可有些同学的智齿，在颌骨中横向阻生，拔除时就需要从牙龈上面划开一道口子，还要把牙齿上方的骨头凿一个洞，把水平阻生的牙齿敲打成很多小块，再一块一块地取出来。

我们小组的许燕因为智齿低位水平阻生，拔了之后咽喉肿痛，喝水都疼，半夜疼痛难忍到口腔医院去看急诊，值班老师开了几片药。许燕要求打一针止痛药，老师根本不理睬。

"老师，我今天上午拔了一颗低位阻生牙，痛得确实遭不住了。还是给我打一针吧。"许燕捂着下颌央求。

"拔个牙齿有多痛！有烧伤痛吗？有三叉神经病痛吗？有生娃儿痛吗？回去睡一觉就好了。"值班老师不为所动，严厉批评。

"老师，您不晓得那种钻心痛的滋味，确实有撞墙的想法了。"许燕说。

“哪个不晓得！这医院里哪一个医生没有体验过拔智齿的疼痛？我们实习的时候，一样在同学口中找智齿拔，那时候的灯光还是用的白炽灯，既烤人，还不亮！”值班老师说。

“老师，还是给我打一针嘛。”许燕央求。

“不用打针，我有个祖传秘方——回去后，用毛笔抄一百味中药，再抄一百个穴位，马上止痛！”值班老师一脸的严肃。

“这是什么止痛药？什么祖传秘方？真是奇葩！”许燕边回寝室边心里想。但老师的话，学生相信得照着办，不相信也得照着办。许燕回到寝室，找来毛笔和纸，按照老师的吩咐，先认真抄起中药来，还没有抄到一百个，就因为疲劳过度，倒床睡到了天亮。原来老师的祖传秘方是让许燕转移注意力，达到缓解疼痛的作用。

我有个智齿，也是低位水平阻生，就成了同学们最好的练手对象。有的同学给我拔牙前就放出狠话：“对黄北平，我们要有仇的报仇，没仇的练手！”

先是明志强给我打麻药，估计位置没有打准，结果操作的时候还疼，叶志坚给我补了第二针，谢流用手术刀切牙龈的时候手发抖，开始切的深度不够，陈家富老师叫他用力切，哪知他支点不稳，用力过大，又把我颊黏膜划了一个口子。朱刚敲牙齿的时候，劈冠器又在牙齿上打滑，伤到腭部组织。七八个同学刚入临床，不能正确使用口镜，老是觉得视野不够，就使劲把我的口角往后拉。他们使用车轮战术，这个不行，那个上阵，把牙冠劈开了，取出来了，牙根还在牙槽窝里。最后同学们弄得汗流浃背，牙根依旧顽固，始终不肯出来。

弄了接近两个小时，同学们掏得筋疲力尽，不得已，才请陈老师来帮忙。

陈老师亲自上阵，用了十多分钟的时间，才把我那颗刁钻的智齿请出牙槽窝。由于几个同学器械操作不熟练，我的口角产生溃烂，两周才愈合。也因为敲击牙冠不得要领，创伤很大，术后面部肿得像个铁罐，到医务室输了两天消炎的药，面部肿胀才逐渐消退。

因为有切身感受，所以，对于每一颗需要拔除的牙齿，我都会在事先做好功课，严阵以待。牙医拔牙绝不是简简单单地将牙齿从嘴里扯出，那是从开始打麻药到分离牙龈、挺松、拔除、刮除根尖肉芽组织、缝合到纱球压迫止血的一场博弈，每一个步骤都得慎之又慎，不敢有半分懈怠。特别是对于拔智齿，那更是一场攻坚战、一场短兵相接的肉搏战，每次拿起手术刀前都要充分准备，精心操作，丝毫不敢马虎。

但即使准备再充分，操作再精心，也有百密一疏的时候。在我的从业生涯中，几乎每天都要和智齿打交道，而有一个名叫关祥的患者，拔他的智齿的过程，竟让我永生难忘。

关祥，男，45岁，在地级机关一个局当局长，他的4颗智齿在几年前已经找我拔除了上边的两颗。由于他工作繁忙，加之没有大痛，下边的两颗也就没有管它。直到最近半年，下边两颗智齿老是嵌塞食物残渣，还冷热刺激痛，让他苦恼万分，下定狠心找我坚决拔掉。

打开电脑，从资料库里调出关祥的口腔全景片，他的两颗下颌智齿都是倾斜阻生，虽然牙根粗大弯曲，但离神经管还有1—2毫米的距离，不属于最难拔的那一类，一般不用再照三维影像（CBCT）。

“黄医生，我专门抽今天这个周末来拔牙齿，因为后天上午，省检查组要来检查验收我们局里的工作，我必须代表局里做汇报，现在拔牙没问题吧？”关祥问。

“您下面的这两颗智齿，倾斜阻生，离神经血管还有2毫米的距离，手术比较安全，按照常规操作，十多分钟就出来了。今天拔一颗，明天休息一天，后天不但讲话没有问题，喝酒都没问题。”看他似乎还有些顾虑，我安慰道。

应该说，我这样回答绝不算“冒皮皮”——像他这样的智齿，我拔了几十年，胸有成竹。

“我后天这个汇报非常重要，只要不受影响，你就拔吧。”

“您放心！绝对不会有影响。”我仍然信心十足地承诺。

“关局长，您有没有高血压？有没有糖尿病？您对药物过不过敏？吃没吃早饭？”我按照手术常规流程，将所有可能出现的隐患都一一排除。

得到满意的答复后，我在局部麻醉后，在牙龈上做手术切口，翻瓣暴露出部分牙冠组织，用高速直角手机磨掉阻力部分，然后将阻力部分打磨成小块取出，为牙齿拔除留出足够空间。再用微创挺插入牙周间隙，往上一挺，通常这个时候牙齿就能够脱离牙槽窝了。

但是，在我用常规力度挺牙时，却突然发现，这颗牙齿纹丝不动。我用探针探查，牙冠阻力已完全消除，可再加大力度挺，也没有什么松动。换一个角度再挺，牙根仍然不动，继续用力，“咔嚓”一声，一块牙碎片崩了出来。

牙根组织残留越少，操作的支点更少，拔出的难度陡然增大了。我叫关局长马上去照了一张三维影像，通过三维影像，发现关祥这颗智齿的牙根膨大，而且与周围骨组织形成了粘连。也就是说，牙根上部分较小，牙根的根尖部分特别大。

这下让我这个老牙医也犯了难，心里想着刚才的话说得太满，现在骑虎难下了。

我全身开始冒出冷汗，连拿着手术刀的手都开始微微颤抖。

可操作到这个程度，箭在弦上，不得不发，再难拔的牙齿也得拔到底了。我深吸一口气，冷静下来，先把牙齿的近远中根之间分开，一块一块地拔，减少拔除的难度。

远中根的视野比较好。我用微创牙挺沿牙根四周逐渐拓展间隙，腾出空间，很快就拔出来了。

近中根的视野较差，我从近中方向增隙，由于牙根弯曲度过大，稍微用力一挺，牙根又断了，膨大的根尖部固执地留在牙槽窝里。

如果将少量的牙根留在牙槽骨中，只要没有根尖炎症，就没有任何影响。一种可能是牙根慢慢地与骨组织融合在一起，另一种可能是牙根慢慢地朝牙冠方向移动，2到3年，牙根就能达到骨质表面，那个时候，水到渠成，轻轻地一“抓”，牙根就出来了。

“关局长，您这个牙根断了，一种方案是不管它，几年之后长出来再拔，那就很容易了。另一种方案是把它掏出来。但是，这个牙根根尖膨大，拔的时候，创伤也就会比较大。”我跟关祥商量。

“掏，把它掏出来。”可能是关祥单位一把手当久了，说话斩钉截铁，丝毫没有商量的余地。

患者已经发话“掏”，那就没有退路了，顶着压力也得上，再难也要接着掏。

我找出牙根尖挺、榔头挺，一点一点地增隙，终于，牙根松动了，能在牙槽窝里面旋转了。

我想得还是简单：将根分叉下面的牙槽中隔去除一部分，牙根就能钩出来了。我便将牙探针的尖端部分用持针器钳直，再在最尖端部分弯成一个小钩，以便钩出牙根。

当我用根尖挺敲除牙根远中的一块骨质时，可能是碰到了一个小血管，鲜红的血液瞬间便涌了出来，迅速充满口腔。

我被这突如其来的出血吓得心慌意乱，忙将痰盂拿了过来，让他将血吐到痰盂里，哪知鲜血像喷泉一样，一口吐了，下一口又来了。

我深呼吸一口气，努力让自己镇定下来。我知道出血的源头是牙槽窝近中根的靠远中位置，我急忙将棉球塞进牙槽窝，开始止不住，我便继续往里面塞，塞满之后，上面用纱球压住。

创口出血慢慢减少了，我的心跳也慢慢降了下来！

我又用冰袋贴在关祥出血对应的脸部，隔了大约5分钟，出血总算止住了，我出了一口长气，关祥也出了一口长气。

“不拔了！不拔了，太骇人了！我幸好没有心脏病啰，如果我心脏不好，吓都要吓死！”关祥抚着胸口，大口喘着粗气，过了好一会儿才缓过神来，惊魂未定地说。

“关局长，这个时候是拔也得拔，不拔也得拔了。一是牙根已经松动，间隙已经打开。二是出血的牙槽窝还残留着我塞的棉花，如果不取出来，会影响伤口的愈合。”我向关祥解释。

我拿出牙用明胶海绵，这种牙用明胶海绵止血效果比较好，如果再次出血，将牙用明胶海绵塞进牙槽窝，血很容易止住。我小心翼翼地轻轻取出棉球。由于出血块已凝固，棉球也凝结成了小血块。我叫助手拿了一个强光电筒，这样局部视野就看得更清楚了。

我终于看到了牙根。我用弯制好的探针深入到牙根近中，再深入到牙根尖部，向上一钩，牙根就被带出来了。

随着牙根和压迫止血的棉球被掏出来，小血管止住的出血点又开始冒血，不过，这次我做了充分的准备，将明胶海绵迅速塞入牙槽窝，快速将颊舌侧进行了缝合，上面压上纱球，拔牙过程终于结束。

没遵医嘱的关祥

“关局长，今天对不起，拔牙过程中出现了意外。您回去之后，不要吃烫的，不要吃硬的，今天晚上也不要漱口、刷牙。一定得吃消炎的药，最好是输点液。”我将拔牙后的注意事项向关祥做了详细交代。

“只要不影响后天的工作汇报，一切都是小事。”

“回去后一定要记住照我说的话做啊。”临走时我再次强调。

“记住了，记住了。我的身体素质还可以，谢谢你！”关祥与我握手告别。

关祥可能第一次碰上这种大出血的治病场面，回家之后马上在朋友圈里发了这样一句感慨：“拔一个智齿，让我坐了一趟翻滚列车。”

他的几个好朋友听到他拔了智齿，为了让他缓解疼痛和紧张，下午就拉着他到一个茶楼去打麻将。一搓起麻将，注意力转移，牙也不疼了，很快将我的术后医嘱抛之脑后，既没吃消炎药，也没有输液，还喝了不少热茶，拔牙侧面部和颌下组织就出现了大范围的肿胀。

晚上，我刚从白天的高度紧张慢慢回到放松状态，这时，关祥发过来一张图片，我见他脸颊肿得那样厉害，刚刚平静下来的心又提到嗓子眼。

我询问了他家的住址，买了袋水果，拦下一辆出租车，直奔他的住处，发现他口腔伤口没有出血，但面颊部肿胀确实厉害。

“您吃消炎药了吗？输液了吗？”我一见这情况，立即问。

“没有没有，下午几个朋友打麻将，没有觉得痛，就把这个事给忘了。”关祥老老实实地地说。

“现在看来，光吃药效果都不一定好，必须输液，消肿才会快些。你们这附近有没有晚上开门的诊所？”

“附近小诊所倒是有一个，可晚上不开门。”

“现在无法输液，先把药吃上，外加冰敷。您家有消炎的药没有？有冰袋没有？”

“没有。谁家里准备这些东西？”关祥摇头。

我立即打车回到医院，取来消炎的药和冰袋，交给他。

“您明天一定要去输液，后天还要接着输，不然创口感染了可就麻烦了。记住啊，有事随时给我打电话。”忙到半夜，才把关祥的事处理完毕。

第二天，关祥没有给我来电话，第三天也没有来。拔关祥这颗智齿，我虽在处理上并无过错，但总担心他面部肿胀会影响他的工作汇报，甚至会影响到他们单位的检查验收。我本想打电话去关心一下他的病情，但是，怕他心情不好，会把我骂一通，也就没主动再联系他。

隔了一周，关祥该拆线了，我硬着头皮给他发了一条短信，提醒他。

关祥回了一句：“好的。马上过来。”

什么意思？难道是拔牙肿胀，真影响了他的汇报发言？影响了他们单位的检查验收？他要过来找我麻烦吗？

我又有点紧张起来。但转念一想，他作为一个单位的领导，总不能对我拳脚相加吧，顶多骂我一通，出出气。还有一种可能就是索赔。

细细盘算了一阵子，也就逐渐淡定下来。死猪不怕开水烫，骂就骂吧，我洗耳恭听就是了。至于索赔，得看他造成的损失有多大，如果讲道理，要我多少赔一点钱，给他顺个气，也不是不可以协商。

“黄医生好！”关祥来到诊室，面带笑容地与我打招呼。

“关局长好！”我回了一句。心里想，“您要来个先礼后兵吗？”

“我照你说的话，又是吃药，又是输液，肿早已经消了，你今天不给我发短信，我也准备过来把线拆了。”

“关局长，对不起，可能影响了您的汇报发言，影响到你们单位的检查验收。”他没提这个事，我也不想和他打马虎眼，打开天窗说亮话，直接把最担心的事挑明。

“黄医生，我还得感谢你哟。”关祥说。

“关局长，真的对不起。”我以为他说的是反话，继续真诚地道歉，以减少彼此间的矛盾。

“我说的是真的。就是因为我拔了智齿，省上检查一次性顺利通过。”关祥说。

“真的吗？”我愣了愣神，不敢相信。

“真的，我还会说假话吗？真得感谢你。”关祥笑声爽朗。

“那是怎么回事？说来听听。”凭他那轻松的表情、灿烂的笑容，我笃定，他不是在说反话。

“这事说来真还有点奇巧。”关祥细细地给我介绍了上级领导来他们单位检查验收的情况。

原来，他拔牙的第二天下午，接到通知，省上检查验收组计划星期三到他们单位。星期一上午，他考虑到检查组还有两天才到单位，就继续到诊所输液，哪知刚输了半小时，办公室主任打来电话，说省上检查验收组的领导已经到了单位，正严肃追问单位一把手为什么上班时间不在岗。

原来省上检查验收组担心下级单位弄虚作假，临时将检查顺序打乱，进行随机点名抽查。也不给被检查单位打任何招呼，搞了个突然袭击。

他猜想这次检查验收自己肯定要挨一顿批评，甚至还要背一个处分，弄不好的话单位肯定要遭处罚，情急之下，连输液针头都没拔，干脆把输液瓶举在头上，火急火燎地跑到单位。

省检查验收组的何处长见他这个状况，问："老关怎么啦？脸肿起的？还吊着盐水瓶子？"

他只得如实回答："报告何处长，我前天拔了一颗智齿，因为根子弯曲，拔的时间比较长，拔了之后脸就肿起了。"

"有些智齿就是难拔。去年，我有一颗智齿，先去一个小医院，他们都不敢拔，叫我到华西口腔医院去拔，结果我挂专家的号，挂了4个月才挂到。专家指导学生，拔了两个小时，才拔出来，过后脸肿了一周，痛了一周。"

"华西口腔医院都拔了两个小时，证明你那个智齿也太难拔啊。"关祥连连点头附和。

"老关啦，拔了牙痛得很，要好好休息。我们刚才悄悄看了一下，你们单位人员上班还是很认真的。至于那些汇报材料呀、报表呀，我们早就看过了，你也就用不着口头汇报了，你们单位这次验收通过！合格！哈哈。"何处长朝他挥了挥手，坐车走了，检查验收工作竟然这样顺利结束。

"哈哈。拔除智齿，好运到此！看来您早就该来把智齿全拔了。"关祥高兴，我也高兴，关祥哈哈，我也跟着哈哈。

"黄医生说得好，今天您就给我把最后这颗智齿也拔了吧。"关祥满口应承。

我拆了他拔除的那颗智齿的缝合线，又看了他的全景片和三维影像，对最后那颗智齿打麻药，切开牙冠，分离牙周组织，挺松，拔除，缝合，一切顺利，十几分钟就将他最后那颗智齿搞定。

关祥恢复了健康，我们二人因牙结缘，成了好朋友，他不但让全家人都到我这里看牙、洁牙、治牙，还把好多的朋友也介绍到我这里就医。

治牙为什么要拍片

患者就像公共汽车上的乘客，来也匆匆，去也匆匆，大多数患者对于医生而言都是人生中的匆匆过客，留下的印象不会很深，但我见到那位患者的第一眼，就在我记忆中留下了深深的烙印。

诊所来了位“暴脾气”

那是2002年暑假的一个上午，诊所的患者多，老病人、新病人都在排队等待，而偏偏这时来了一位暴脾气患者。

“我找你们黄院长，他在哪儿？”一进门，他就挺直腰身，拉长脖子，敞开喇叭似的大嗓门对分诊台的护士吼叫。

“叔叔，您有什么事需要我办？院长正在做手术，您要找黄院长，得先排队，等他做完手术才行。您先坐下休息一会儿。”护士见这个人似乎来头不小，摆足了架势，一进门开口就要找院长，以为是医院里哪一点工作没有做好，他是专程上门来说理的，不敢有些许怠慢，连忙接待，态度温和。

“我这颗烂牙齿，不红不肿，把老子痛惨了。我到南外一个诊所，他说他拔不下来，得要黄院长亲自出马，才能给我拔下来。到别的牙科诊所看病没见多少病人，你们这里还要排队，看来水平不错嘛！”患者一听说还得排队等候，更是按捺不住，竟不顾旁人眼光，大声嘟囔起来。

“院长做手术也快，我先给您排个轮次，稍等一下。”护士一听，知道来人并不是来找事的，心里悬着的石头落了地。这个患者一点也不顾及医院是公共场所，需要安静的环境，自顾自地大声喧哗，护士内心虽略有不快，可本着医护人员的职业操守，仍旧满脸堆笑，耐心解释。

“医院里急症病人可以先看，我这牙齿痛得遭不住了，也应该先看嘛。看急诊还要等轮次，我还从来没有听说过！”这位患者一听“等轮次”，更不高兴了。嗓门又提高了十几个分贝，一边说竟还一边撸袖子。

“叔叔，这里看牙的大部分都是急诊，您看，他们都在排队。”护士耐心地解释。

“你们黄院长在哪里，我跟他打个招呼嘛。”这个患者大声地说，还气势汹汹地往我的诊室里闯。

面对这样的“硬茬”，护士无可奈何，只得进入手术室向我简单说明了这位患者的情况。

我做完手术，趁护士给手术患者交代注意事项的间隙，走出手术室，见到了这位未见其人已闻其声的患者。他有一张方方正正的国字脸，顶着个板寸头，五官紧紧地绷在一起，瞪着一双大眼睛，满嘴布满胡碴儿，个子高大，穿一套略显陈旧的黑色保安服，脚上踏着一双沾满泥土的拖鞋，像一根黑柱立在那里，显得有些邋遢。

“老师，今天候诊的几个都是急诊，您前面也只有两个人，请您稍微等一下，让我把他们看完，马上就给您看好不好？”看病排队，在我们诊所是惯例。无论是达官显贵还是平头百姓，无论是熟人还是生人，来的都是患者，都要先来后到。在我们诊所，对于年长的病人，一般都叫“老师”。

有时候，上级领导或者亲戚朋友来看病，都是安排在上班之前，或者晚上下班之后，免得卡其他病人的轮次，造成不必要的矛盾。

我看他一身穿着，估摸着他也不像个知书达礼的文化人，也就没有去计较他的粗暴态度。

“到国有医院看病要排队，到你这个体医院看病也要排队，我看啊，是现在的人吃得太好了，没病也硬撑出来了病。”他见没法插队，只好叽叽咕咕、不情不愿地走到候诊室排队等待。

“黄院长，我这颗牙齿疼得遭不住，给我拔了！”轮到他时，他立刻急匆匆地走进治疗室，一屁股直接躺到了治疗椅上，跷着二郎腿，指着口腔，扯着嗓子给我发号施令。

“老师，您坐好，我先给您检查一下。”我说。

“你别涮我的坛子（开玩笑的意思）喔。我算哪门子老师，我哪有资格当老师喔，我不过就是一个下苦力的下岗工人！”不知我触犯了他哪一根敏感神经，因称了他一声“老师”，他又扯着大嗓门冲我嚷嚷。

“工人好啊，我的父母还是农民呢。您哪颗牙齿痛？痛了多久了？”见他是这样的态度，我也不愿多说什么，便打开一次性检查盘，对他的全口牙齿进行检查。可能是刷牙不认真，也可能是从来没有清洗过，他全口牙结石特别多，大部分牙齿已到2度松动，左下颌第一磨牙远中邻面龋，探诊已穿髓，叩诊1到2度叩痛。

“老师，您下面的这颗牙齿有个龋洞，根部发炎了，我建议您拍个片，这个牙齿应该还可以保留。”我将检查结果如实告诉他。

“就是这狗日的虫牙，痛得老子觉都睡不着，把它拔了。”他说。

所谓的虫牙就是龋齿。很多人都认为，只有小孩子爱吃糖才容易得龋齿，成年人不会得龋齿。其实，人生的各个年龄阶段都会得龋齿。根据我国《第四次全国口腔健康流行病学调查报告》显示，我国3—5岁年龄组的乳牙患龋率分别为50.8%、63.9%、71.9%；12岁年龄组恒牙患龋率为38.5%；15岁年龄组恒牙患龋率为44.4%；35—44岁年龄组恒牙患龋率为89.0%；55—64岁年龄组恒牙患龋率为95.6%；65—74岁年龄组恒牙患龋率为98%。这说明，年龄越大，龋齿的发生率越高。这位患者的左下颌第一磨牙就是龋齿。

“老师，并不是所有的‘虫牙’都用拔的方式来解决。牙齿是不可再生的，掉一颗就少一颗，能保留的要千方百计保留。只有牙周、根尖病变非常严重，我们才会考虑拔除。我建议您现在去拍个片看看，能不拔就尽量不拔，能保住的要尽量保住。拔了牙还要涉及镶牙，很麻烦的。”我从专业的角度耐心地为他分析着种种利弊，试图从专业的角度打动他。

“拍啥子片啰，你打个麻药，三下五除二就搞定了，拔个烂牙齿，还要拍个片，哪有必要搞这么多的过场！”他一听要去拍片，顾不上牙疼，从椅子上一跃而起，挺直腰身，瞪着一双铜铃般的眼睛盯着我，居高临下地面对着我大声吼叫。

“老师，我们牙科医生靠肉眼，只能观察到牙齿表面的病变，拍片之后医生才能知道牙齿邻面和根部的病变情况，比如说炎症、肉芽肿、囊肿等等。还能了解牙根数目，牙根是否弯曲、是否粘连膨大等。牙齿与重要解剖结构的关系，比如上颌磨牙与上颌窦的关系，下颌磨牙与下颌神经管的关系，毕竟医生的眼睛没有透视功能，如果不拍片，根本不知道它们之间的毗邻关系。这里给您打一个比喻，不拍片就治牙，就好比驾驶员闭着眼睛开汽车，多盲目和危险啊。万一您那个牙齿下面长了个血管瘤，拔了牙，出血不止怎么办？万一拔牙伤了神经怎么办？”面对患者的质疑，我继续耐心地给他解释。

“现在啊，说不清楚，各行各业都在变着花样儿，整我们这些穷老百姓的钱。”听了我的解释，他仍然愤愤不平。

“老师，现在买一台拍片的全景机，要花几十万。大医院照一张全景片要花100多，我们诊所才收50元钱，成本都没收够。如果昧着良心整您几个钱，我半夜睡觉也睡不踏实嘛！”听他说拍片是整他的钱，我耐着性子继续给他摆事实，讲道理。

“那拔一颗牙齿要多少钱？”他整个面容阴晴不定，对我的话仍存疑虑，沉默了一会儿，又问。

“拔您这颗牙齿，一般只需要100元钱。”我回答。

“一般100元，那二般、三般呢？”他鼓起眼睛，瞪着我问。

“那二般、三般，比如您牙齿根部有血管瘤，有囊肿，有大的肉芽肿，那就不是一百元解决得了的。”

“我从小到大，健康得很，喷嚏都没打几个，哪里有那些病嘛！拔牙齿100块钱，你马上给我拔了，我给钱就是，有什么情况不找你！”他说。

“老师，拔牙必须要拍片，这是降低治疗风险的重要手段。现在到任何正规的医疗机构去拔牙，他们都是要拍片的。何况您这颗牙齿也不是很松，能保留尽量保留。如果通过治疗把您这颗牙齿保住了，既能缓解疼痛，也不需要镶牙齿，您还少花了钱，岂不更好？”我又把我的观点给他重复了一遍。

“拍口腔片有辐射，会致癌，我不拍片，马上给我拔牙！”面对我的苦口婆心，这位患者依旧是油盐不进，竟还像个大领导似的，毫不客气地对我下达指令。

“老师，拍口腔片会致癌是谣传。拍片的辐射量很小很小，根本不会影响人体健康。日常生活中辐射无处不在，其中约有85%的辐射来自于自然环境，如太阳、土壤等，人体每年受到的自然辐射量约为2.4毫西弗（msv）。拍牙片属于放射检查，会产生辐射，但辐射量仅为0.006毫西弗，只及来自自然环境辐射量的400分之一，是人体完全能够耐受的。而且目前也没有实验证实这种用x线的小剂量诊断会对人体产生损害，更不存在致命或者致癌现象。”我继续耐心地向他解释。

“你这医生怎么这样啰唆！我的牙齿我做主，快给我拔！”

“老师，您还是到其他的大医院去拔吧，他们经验丰富。在我这儿，您不拍片，我是不敢给您拔的。”我见患者太犟，工作实在做不通，再说下去也是白费口舌，只好下了逐客令。

“我听别人说，你牙齿拔得好。拔的牙，都有好几箩筐，今天我就认定你了，你不拔，我就坐在这里不走！”说完，也不等我回应，转身便又躺到了治疗椅上，真是“杠精”一个。

“老师，既然您坚持要找我拔牙，那就必须去拍一张片。这样吧，拍片的钱我给您免了，这样好不好？”面对这样固执己见的病人，我也只得无奈地摇摇头，做出了让步。

作为一名救死扶伤的医生，理解这类经济不太宽裕的患者。50元钱，也许是他几天的蔬菜钱。为了诊断准确，医疗安全，更是为了对患者高度负责，该拍的片是必不可少的。有时候免收点费用，就当做好事，也给他找个台阶下。

见我一而再再而三地让他去拍片，他纵使心里有着一万个不情愿，在我提出要免费给他拍片的条件后，为了缓解这已经冷到极点的气氛，他也就不再坚持，借坡下驴，到照片室照了一张颌骨全景片。

吓得我额头上冒冷汗

他刚从照片室上楼，X光片的数据就已传到我诊断室的电脑上。

看着他的X光片，我不禁眉头紧皱，心里一震，额头上沁出了冷汗！

X光片显示出他左下颌第一磨牙远中邻面龋，根尖炎症严重，而且在他的右侧下颌的下颌角，有一块像鸭蛋似的，又真有鸭蛋那么大的一个囊肿。那个囊肿从颌骨中心第三磨牙也就是智齿的位置，向周边扩展，颌骨的边缘被严重挤压，薄得仅有一张纸厚。如果在平常生活中稍微不注意，外界有一个小小的碰撞，他那囊肿周边的颌骨就会断裂，进而引发下颌神经管中的血管断裂，从而造成大出血，这样的后果是不可想象的！一旦真遇到那么一次小小的碰撞，那碰撞就将成为压死骆驼的最后一根稻草！我可真替他捏了一把汗。多么庆幸在我坚持不懈的劝说下他去拍了这张片，不然，谁知道他囊肿的病变已经严重到危及生命的程度！

“谢天谢地！幸好我坚持让您去拍了片，如果照您的要求，盲目给您拔牙，只要我一动您的牙齿，您颌骨就将骨折，那不但害了您，也害了我啊！”我心有余悸，心惊胆战地对他说。

“不就是一颗牙齿痛吗，另外还能有什么问题？”他听我这样说，有些疑惑不解。

“老师，您先别紧张，听我说。您可不是一颗牙齿痛的问题那样简单，您右侧下颌骨有个囊肿，有鸭蛋那么大，颌骨都遭到了破坏。它从第三磨牙的位置向周围扩展，使您的颌骨变得只有一张纸那么薄了。您如果稍微不注意，咬一点过硬的东西，或者打个哈欠，都可能使您的颌骨折断。颌骨中间有一个动脉血管，一旦颌骨骨折，血管就会断裂，造成大出血，那就神仙难救了！”我指着他的片子说明他牙齿的情况，告诉了那个囊肿的利害关系。

我的一番话，吓得他六神无主。他丝毫没了原先的神气，睁大眼睛，看着那个囊肿，呼呼直喘粗气，静静地听我把话说完。

“唉，我怎么这样倒霉，得了颌骨囊肿！”等我说完，他很久才回过神来，嘟囔了这样一句。

“吃五谷，生百病，颌骨囊肿可发生在颌骨的任何部位，这种囊肿生长缓慢，初期无自觉症状，不易被发现，当骨质逐渐向周围膨胀，有些才感觉到肿胀和压痛。如果长在牙齿下方，牙齿就会出现松动，移位倾斜。好在这种囊肿，大多是良性的，但不管是良性的还是恶性的，长到这么大，都应当及时进行手术治疗，避免发生更惨痛的后果。”我耐心地向他解释。

“黄医生，那我现在该怎么办呢？我是经别人介绍，来你这里看牙齿的，他们都夸你医术好，对人也好，我能不能就在你这里治疗？”我说完后，他先是埋头思虑了一会儿，两手摩挲着，慢吞吞地问。

“比较小的颌骨囊肿，我们诊所是可以做的。您这个囊肿，实在太大，做手术的风险也很大，只有成都、重庆的大医院才能接纳您这样的患者。凭我的经验，做您这样的手术，得实施全身麻醉。囊肿切除后，为了维持颌骨的位置和功能，还必须要加钢板。一个熟练的颌面外科医生，把您这个手术做下来，至少也得要一两个小时。”我对他实话实说。

“黄医生，我这病到华西去治，大概需要多少钱？”囊肿的影像在X光片上已看得非常清楚，他也知道了这个囊肿的危险性，似乎有些惊慌失措，连说话声音都略微颤抖。

“老师，治这种病大概需要三四万块钱。”我如实相告。

“黄医生，你别总叫我‘老师’‘老师’的，我姓汪，别人叫我‘汪大炮’，你就叫我老汪吧。我是河对面水泵厂的，开始是接父亲的班到厂里当钳工，后来厂领导见我个子大，嗓门粗，还是个初中毕业生，就把我调到厂保卫科，以工代干，当了保卫干事……”见我总喊他“老师”，他显得很不自在，开始自报家门，要我喊他“老汪”。

怪不得他到诊所时敢那样“杠”，原来他是水泵厂保卫科的干部哟。

水泵厂原来在达县地区可是响当当的国有大厂，有3000多名职工，厂领导享受县处级待遇，产品大多数出口国外，扑灭科威特油田大火使用的“水炮”就是这个厂制造的。如果要问工厂什么部门吃香的话，那一定是保卫科。工厂的保卫部门历来有“二公安”之称，由公安部门和工厂双重领导，既有对工厂安全的保卫权，也可行使公安部门的部分职权，对他们认为的各种不法行为有当场处置的权力，该抓的现行可以抓，该用械具的可以用械具，也就是说，他们想“镇住”谁就可以“镇住”谁，想把谁捆起来也可以把谁捆起来。他们不但对全厂的员工有震慑力，连厂子周围的群众对他们都得退避三舍。

或许正是因为在保卫部门工作多年，老汪养成了当时某些“强力部门”工作人员的“做派”：在他们那些人的眼里，别人似乎都成了有问题的不法分子，别人似乎都该听他的话，服他的管，往往说话居高临下，高喉大嗓。

“老汪，水泵厂可是声名远扬，您原来是水泵厂的保卫干部？”

“哎呀，那都是过去的事啦，好汉不提当年勇！水泵厂早就垮了，老一点的都想法提前退休了，年轻力壮的能下海的都下海了，像我们这些机关干部，下海没技术，退休又不够年龄，只得找了份保安的工作。”老汪这样自我介绍。

“保安工作好。现在的保安队和过去的保卫科，都带个‘保’字，工作性质差不多。”怪不得老汪至今说话还是那样“强势”，原来他不但穿着保安的制服，干的还真是保安的工作。

“好什么好？保安哪能和过去的保卫干部比，工资待遇低，也只够勉强糊口吧。要我一下拿出三四万块钱看病，真还有困难。”

“老汪，这个囊肿的危险性，我已经跟您说得很清楚了，您只有到成都华西口腔医院才能治疗，而且必须尽快去，您的病可再也拖不起了！都到这个时候了，您就不要再考虑需要花费多少钱的事情了。钱没有了还可以挣，命没有了可就什么都没有了。而且我还要劝您，手术前和手术后，还得注意全面地补充营养，营养跟上了，做手术身体才扛得住，手术后才恢复得快。”我继续劝导他，如实地告诉了他病情，从专业角度给他做出了明确的医疗建议。

“今天我运气好，遇到你这个贵人了，如果在其他地方，照我这个犟脾气，坚持不去拍片，强行要别人给我拔牙，很可能我连手术台都下不来。谢谢你呀。我听你的话，回去尽快筹钱到成都去治病。黄医生，我在成都人生地不熟的，连华西口腔医院的门都找不到。”老汪这下又犯了难，耷拉着头，用一双求助的大眼睛看着我。

“到华西口腔医院住院，确实要等轮次，有的要在旅馆住很久，才能安排进医院。这样吧，我给华西口腔医院颌面外科的同学写一张条子，请他们在入院和手术方面照顾您一下。”看到老汪这副模样，我不禁动了恻隐之心，顺手撕了一张处方笺，给胡静同学写了一张便条，请他在力所能及的情况下，给老汪开一点方便之门。

“我的同班同学胡静，在华西口腔医院颌面外科工作，1999年就晋升为教授，被美国匹兹堡大学牙学院口腔颌面外科聘为客座教授，获得国家杰出青年基金资助，受聘教育部长江学者特聘教授，外号‘胡一刀’，与我是哥们，刚好从国外当访问学者回华西，专门研究您这种病，我给您写一张条子，您到成都就去找他。”我把条子交给了老汪。

“黄医生，今天拍片的钱我还是交了，其他的诊断费总共多少……”老汪此时态度已经发生了180度大转弯，主动提出。

“您就是拍了张片，做了一下常规检查，我答应过不收钱的，您还是快去准备到成都住院的钱吧，那可是头等大事。其他事情可以耽误，治病的事情耽误不起呀。”我向他轻轻摆了摆手。

“那真谢谢啦。我马上到成都去。黄医生，再见。”

“老汪，您从成都治疗回来后，如果需要换药的话，直接来找我就行了，最好把成都的治疗病历带过来，让我了解一下他们具体的治疗方案。”老汪临出门前，我特意叮咛了他一句。

我叫他将病历带来，一是想了解华西口腔医院具体的治疗情况，二是关注一下有关囊肿治疗的最新进展。

“瘦猴儿”一伙来“吃诈”

老汪很快去成都做了囊肿手术，出院后马不停蹄来到诊所，一是向我通报他在成都做囊肿手术的情况，二是需要到我们诊所换药。

“黄医生，我到华西口腔医院，很快就找到了胡静教授。这个胡教授，简直没有教授的架子，他带了十几个研究生，我去的时候，他正在给学生讲课。我把你写的条子给他，他接过条子，说了一句：‘黄北平这个家伙，也和我一样，不重形式，处方笺当信笺用。’然后又对我说：‘你在旁边找个招待所住下，明天我管的床正好有一个出院，你明天上午十点钟来办入院手续。’就这样，我第二天就住进了医院。每天查房的时候，胡教授还对他的学生说，‘这是我同学介绍来的。’让我好荣耀喔。那个胡教授简直太厉害了。哎哟，黄医生，这次多亏了你，我才捡回了一条小命。你是我的救命大恩人啦。”在我的面前，他已全然没有了原先那般“暴脾气”，把嗓门压得很低，紧紧握住我的手，态度恳切谦恭。

“举手之劳，不用谢。您治疗过程还顺利吧？”我笑着点点头。

“顺利，顺利。住进医院之后，他们给我照了CT，做了血常规和肝功能、肾功能检查。据胡教授说，他们在手术过程中，还进行了活检，是良性的。手术是全麻，像是睡觉一样，全身一下就失去了知觉，手术怎么做的我一概不知。后来才听说，我那个囊肿太大了，为了防止颌骨骨折，还特地安了一块钢板，我手术下来马上就可以吃东西了。手术时间比您预料的还要短，只用了一个多小时。”对于自己的手术经历，老汪讲得可谓是绘声绘色。

“下颌骨囊肿手术之后，囊腔里现在塞满了碘仿纱条，一是预防感染，二是促进组织愈合。这个碘仿纱条每半个月还要换一次，直到伤口完全愈合。”我笑着回答他。

“黄医生，胡教授也是这么说的。谢谢你，后面还要麻烦你。我一个工人，也没有什么报答你的，我有几根电警棍，送你一个，以后遇到坏人，还可以防身。”老汪诚恳地说，并从裤包里拿出一个小型电警棍放在我的办公桌上。

“这个东西，我用不来，不要。”电警棍属警具警械，普通人员不应该拥有，更不能使用，这点分寸我是掌握的。特别是电警棍开启时的那种嗡鸣声，听着让人脊背发凉。看到他拿出一个，我马上摆手坚决拒绝。

“你是个文人，也没有哪个来欺负你，你实在不要，就算了。以后需要我跑路的，给我打电话，我一定两肋插刀。”临走，他再次握紧我的手，拿上电警棍，依依不舍地离去。

环境造就人。这位患者也并非只有“暴脾气”“杠精”的一面，在文明之风的熏陶下，开始与我们医护人员和谐相处，展现出了温和、谦虚与感恩的一面。

以后，他接连介绍了好几个朋友到我的诊所来治牙，丰富了我们诊所的客源，带来了更多的回头客。不但如此，他还帮我及时解了一次围，让我避开了几个社会闲杂人员的敲诈勒索。

那是一天下午，一个小伙子到我们诊所洁牙。他个子不高，身材瘦削，似乎发育不良、缺少营养，瘦得像个猴儿。

洁牙是口腔临床最常见的一种治疗方法。它是用超声波洁牙机通过超声振动，来清除牙齿表面的牙菌斑、牙结石，从而治疗和预防牙周病。

牙周病是一种高发病、常见病，是我国成年人牙齿丧失的最主要原因。牙菌斑是牙周病的元凶，它附着在牙齿表面，时间一久，牙菌斑钙化，形成牙结石，引起牙龈红肿、出血、口臭。如果不及时清理，便会造成牙龈萎缩，牙根暴露，牙齿松动，甚至脱落。

牙菌斑、牙结石无法通过刷牙去除，需要借助超声波洁牙机、手动洁牙器等工具来清除，即使口腔健康的人，每一年都应该清洗一次牙齿。洗牙的主要目的，并不仅是为了牙齿好看，而是通过清除牙齿表面的菌斑、结石，消除牙龈炎、牙周炎的病因，有利于牙周病的健康恢复。

随着改革开放的深入，老百姓生活水平提高了，保健意识增强了，主动到诊所来洁牙的人也就越来越多了。

那位“瘦猴儿”一进诊所门，左右扫视了一下诊所的情况，径直走到前台，眯着一双小眼睛，说了一句“我来洗牙”。

我们临床实习的时候，首先训练的就是洁牙。一个口腔专业的毕业生，掌握得最熟练的手艺，那就是洁牙了。按照医生就诊秩序，小赵医生接待了这位“瘦猴儿”。

小赵医生泸州医学院毕业后，又自考到华西医科大学，读了本科，心灵手巧，操作规范标准，洁牙技术在我们科室算得上数一数二。她给“瘦猴儿”洁了牙后，还用抛光杯对他的全口牙进行了抛光打磨，使牙齿恢复了本来的光亮。

“小兄弟，洗了牙之后，最近几天口腔会有空荡荡的感觉，洗牙后的牙齿对冷热会有点敏感而感到酸痛，这种症状通常在一周左右会消失。用特软的牙刷，三顿饭后刷牙。若酸痛症状一直存在，可考虑使用脱敏牙膏，使用一个月左右大多数都会改善，记住了吗？”临走时，小赵医生还温柔地叮嘱了他几句。

“瘦猴儿”主动到收费台交了50元洁牙费，并要求收费员给他开发票。

我们属于私营诊所，而且开业时间不长，当时还没有正规发票，就给他开了一个收据。

这本是我们诊所经历的一次普通得不能再普通的治疗活动，哪知第二天中午，他就带着三个人来到诊所，声称诊所在洁牙时使用了腐蚀性药品，造成“瘦猴儿”满口糜烂，疼痛难忍，要给他一个说法。

他带来的三个跟班，年龄都20多岁，一个头发染成黄色，两个剃成光头，一个胳膊上绣着一条金龙，一个胳膊上绣着一个张着血盆大口的红虎头，还有一个袒露着前胸，前胸上文了一个大大的头像。

一看三个跟班“这副颜色”，我的心像有15个吊桶，七上八下地扑通扑通地跳，暗暗叫起苦来：“糟了！糟了！这是一伙‘吃血饭’的，是找我们诊所‘做业务’来了！”

我从小到大，一直在家长、老师以及单位领导的关怀下成长和工作，遇着任何我无法解决的事情都是他们出面为我兜底。出了医院，开了诊所，我就成了老板。单位之内的杂事以及与社会各个部门的协调，都得由我这个老板出面解决。

我暗暗地做了几个深呼吸，努力让自己平静下来。

我们诊所当时总共只有7个人，她们都是小女娃娃，只有我一个人是男子汉。我想，他们专门挑中午来闹事，也是考虑到中午病人较少，大家都在休息，目的也是为了既想敲诈成功，又不想把事情闹大。

我过去曾学过一些武术，如果他们要与我动手，我也不怕他们。可我是医生，是开诊所的，理应传播弘扬文明，虽然不怕他们，也不能与几个“吃血饭”的人拉拉扯扯、打打闹闹，只能与他们讲道理，协商解决问题。

由于是中午休息时间，只有我和一名护士在诊所，我叫护士给他们每个人倒了一杯开水。

“大哥，我是老板，诊所里发生的任何事情都由我负责。这个小兄弟，我有印象，昨天来我们诊所洁了牙的。”我说。

“你只要承认是你们弄的，就好办。你看看他口里的情况嘛。”胳膊上绣着金龙的那个光头大声说。

我让“瘦猴儿”躺在治疗椅上，我拿出检查盘，打开口腔照明灯，当他张开口，我用口镜一检查，心简直凉了大半截——他两侧的颊黏膜、牙龈及舌头的边缘都不同程度地发白、糜烂，明显是被某种刺激药物腐蚀、烧灼。

“会不会是在我们诊所含漱了什么腐蚀药水呢？”我暗想。

我们诊所治疗用的药品可能有一定的刺激性，但绝不可能造成黏膜糜烂、发白。出现这种情况只有一种解释，那就是他在离开诊所之后接触了什么腐蚀性药品，而且是故意造成，以便到我这里来敲诈钱财。但是，他们人多势众，我不能把话挑明，以免激化矛盾。

老汪石破天惊一声吼

我在心中盘算着解决方案，第一，报警，让派出所出面协调解决。但是，他们并没有对我采取人身伤害，而且“瘦猴儿”口腔的糜烂我也无法自证清白。第二，向卫生局有关部门报告，但是他们不会受理这种纠纷问题，他们的处理程序是先治疗，然后进行医疗鉴定，最后确定责任认定。第三，找熟悉的人帮忙协商解决。

没办法，只有见机行事，兵来将挡了。

“大哥，这位兄弟确实在我这里洁了牙，口里也确实有糜烂，发白。我估计是接触了腐蚀性药品。我检查了一下，虽然面积比较宽，但是，程度很轻，我建议他到中心医院去住院治疗，住院费用我给。”我提出解决的办法。

“住院治疗，可以！住院费怎么算？护理费怎么算？陪伴费怎么算？耽误了工作怎么算？”胳膊上绣着虎头的光头大汉气势汹汹地问。

“兄弟，他这种情况只有住院治疗啊。”我赔着笑脸。

当时正是“医闹”甚嚣尘上的时候，个别地方甚至把“医闹”当成了一种“产业”，在医院扎灵堂，烧纸钱，把医院搞得乌烟瘴气。医院和医生成了“弱势群体”。我真担心，这几个家伙要在诊所来一场“医闹”，我可怎么办？心里更加没底。

“我们不住院，你拿3万块钱，我们自己找医院治疗。”袒露胸口的那个大汉率先提出了他们的解决方案。

“你不赔钱我们不会走的，反正你得拿钱来说话。我们老大嘴巴被烧烂了，你不但要拿钱治病，我们这些陪护他的人你都得管吃管喝！”那位胳膊上绣着红虎头的小伙子叉着腰对我喊叫。

“兄弟，我已经答应了让他到中心医院去住院治疗，他快去住院，费用我给。”

“你拿3万块钱。我们马上走人！”“瘦猴儿”斜着两只眼睛看着我。

“兄弟，您那个口腔糜烂程度也不是很严重，在中心医院住院，可能几百块钱就治好了。我们个体户，小本生意，麻烦兄弟高抬贵手。”我只有说出治疗实际情况，央求他们降低金额。

“你想几百块钱就把我们兄弟几个打发了，你以为我们是讨饭的吗？”胳膊上文着金龙的光头大汉率先按捺不住，凶神恶煞似的盯着我，冲到我面前。

“兄弟，我说的是住院费。”我连忙解释。

“那你准备拿多少钱嘛！”坦露胸口的黄毛大汉指着我问。

“兄弟，我们交个朋友，我拿三千块钱，再请大家吃顿饭。”看这架势，今天的事情也没有其他更好的解决办法，遇上了这伙人，该我倒霉。不给他们几个钱，恐怕走不了“干路”，多一事不如少一事，花钱消灾买平安吧。

“我们一天很忙，哪有时间吃你的饭啰，看你的态度比较端正，拿两万算了。”金龙大汉说道。

“兄弟，我们一回生，二回熟，以后，你们的亲戚朋友来我这里治牙齿，我一定优质优价，不说两万，五千块钱我都拿不出来。”我仍然打悲情牌。

“看你这人，态度比较好，我挨点痛算了，你拿一万块钱。”“瘦猴儿”唱起了红脸。一万元钱，在2002年那可是一笔相当大的数额，当时人们的平均月工资只有三千多，相当于一个职工三个月的工资。

“兄弟，您看嘛，我们诊所开在三楼，生意又不好，拿五千块钱算了。”我想了想，咬咬牙，报出这么个数，准备给五千元钱把事情摆平。我真怕他们天天来骚扰，会影响诊所正常的诊疗。而且，这种事情传出去，对我们诊所声誉也不好。

“一万块，少了一分钱都不行，不然，老子今天要动武了。”金龙大汉一听这话，一拳锤在桌子上，砸得桌子嘎嘎响。一双眼睛恶狠狠地盯住我，捏着拳头，做出要打我的样子。

“什么一万块！”这时，老汪带着一个朋友来看牙齿，刚走到我诊所的门口，听到有人大声嚷叫。他推门而入，一双大眼睛，先向他们几个人扫了一眼，然后把威严的目光牢牢地聚焦在“瘦猴儿”身上。

“他昨天来洁牙，说是我们用腐蚀性药物，把他口腔弄烂了，要我们赔一万块钱。”老汪一来，我仿佛有了靠山，便向老汪介绍了事情的经过。

“你们在南外骗了，又跑到城里来骗。黄医生，快找根绳子，我把他们捆起来！”老汪一听，也不多问，便直接要我找绳子，撸起袖子就要将那几个捆起来往公安局送。

事情也真有那么怪，可谓是一物降一物，刚才还在我面前耀武扬威的四个人，见了老汪就如同老鼠见了猫一样，竟连讹钱都顾不上了，“嗖嗖嗖”，头都不回，溜之大吉。

“您怎么知道这几个家伙是来吃诈的？”我终于松了一口气，感到万分疑惑，问老汪。

“这几个孬货我认得，长期在南外作案。特别是那个‘瘦猴儿’，外号‘鸡脑壳’。有一次跑到我们单位来偷东西，被我抓了个现行。我的小姨子在南外开了个内科诊所，去年‘鸡脑壳’带着人到诊所去吃诈，小姨子给我打电话，我赶到之后对他们仔细盘问，他们就露出了马脚，我把他们捆起来，交给了派出所。想不到今天他们从河那边跑到你这里来了。”老汪说。

“我也知道他们是想吃诈，可不清楚他那口腔黏膜是怎么给弄成那样的？”我说。

“听派出所的人说，他们是用一种药水，涂在自己口里，把黏膜表面烧成白色，然后狮子大开口，索要高额赔偿金，讨价还价，诈住一个算一个！”老汪介绍。

“哦，原来是这样。”我一听恍然大悟，一下解开了“瘦猴儿”口腔糜烂的秘密。这些人为了弄到钱，可谓是挖空心思，什么办法都想得出来。

“黄医生，你莫怕！以后遇到这种情况给我打电话，看我怎么收拾他们。”老汪一拍胸膛，一副大包大揽的样子。

自老汪到华西医科大学口腔医院治好那个大囊肿，帮我赶走了那几个来诈钱的丧门星后，这位“暴脾气”成了我们诊所最受欢迎的客人，与我们诊所的人一个个混得很熟，他不但继续给我们带来客人，还在我们诊所做了三颗种植牙。他经常敞开他那特有的大嗓门，指着口腔说：“我现在吃东西就全靠这几颗种植牙了。”他成了我们诊所的义务广告员。他路过诊所时，没事也会走进来，给员工打个招呼，摆几句龙门阵。

他那大嗓门一点都没有改变。不过大家都已经习惯了。

老汪今年70多岁，女儿在政府部门工作。两个孙子一个在读研究生，一个在读大学。他每天早上打太极拳，老伴跳坝坝舞。下午老伴儿参加老年合唱团，他则和一帮朋友下下象棋，打打扑克，日子过得有滋有味。

要命的“面子工程”

俗话说，“人活一张脸，树活一张皮”。脸就是面子，与脸有关的医疗就属于“面子工程”。患者做腹部手术、胸部手术，外部的伤痕，一般人看不见，而面部的手术却往往“明星见星”，一览无余。所以，“面子工程”特别不能马虎，必须精益求精。这个问题在读书的时候，老师就给我们多次敲过警钟。

难忘的故事和惩罚

难忘的故事是王教授讲的，难忘的惩罚是毛彦祥教授给我的。

王教授名叫王翰章。他1919年出生于北京顺义，1949年华西协合大学（华西医科大学前身）毕业，获牙医学博士学位，是林则亲自教授过的学生之一。他毕业后留校，一步一步成为四川医学院副院长兼口腔医院院长，20世纪60年代初期领导创立了我国当时规模最大的华西口腔专科医院，老师和学生都叫他“老王院长”，也有人叫他“王大刀”，是我国口腔领面外科学的创始人之一，医术高超，为人谦和。

王教授给我们讲了一个他亲身经历的故事：一个年轻小伙子，因严重毁容在医院悲壮地跳楼自杀！

那时，王教授在一家基层医院工作，主要做口腔颌面部的手术。口腔颌面部的病房一般是禁止外人随意进入的，因为这类患者多被毁容，遭到毁容而产生的心理压力很难摆脱。不少患者的伤情很严重，如：面部烧伤、瘢痕挛缩、缺耳、缺鼻、眼睑外翻、眼睛无法闭合，因颌骨缺损而发生进食、语言困难，病房里常常弥漫着悲观和绝望的气氛。为了避免患者看见自己被毁的容颜，病房里面不能有镜子，连门窗的玻璃都是用纸糊了的，不允许明亮的玻璃裸露，以免被患者当成镜子使用。

有一天，医院接受了一位被烧伤的伤员，由王翰章担任主管医生。那位患者全身大面积深度烧伤，生命一直处于垂危状态。经过医护人员全力抢救，才从死亡的边缘把命抢了回来。后来又经过多次手术，病情一步步缓解，只是面部和脖颈肌肉挛缩，布满了瘢痕，不能下床。那位患者很坚强，积极配合治疗，病情逐渐好转，过了三个月，可以慢慢下床走几步了。见伤情逐渐好转，王院长作为主管医生，当然高兴，经常与他摆摆龙门阵。那位患者逐渐乐观起来，经常哼几句“北风那个吹雪花那个飘”的歌曲，还不时拿出未婚妻的照片，一看就是半天，似乎在痴痴地憧憬着伤好后的美好日子。

然而让人意想不到的是，有一天，已经恢复得可以下地走路的那位患者，撇开护理人员自行去上卫生间。卫生间的门窗玻璃本来也是用纸蒙住的。但是，“百密而一疏”，由于晚上刮大风，卫生间蒙在外层玻璃上的纸被风刮掉了，他从被刮掉纸的玻璃上看到了自己烧伤后的恐怖模样，惊呆了，憨憨地站在那里。

“赶快回病房去！赶快回病房去！”一个护士发现他站在厕所的窗子前发呆，站在厕所外大声催促他。听到喊叫，那位患者从厕所出来。等护士去忙其他事情时，他迅速从三楼爬到五楼，从楼顶跳了下去。当王院长和其他医护人员跑下楼去，发现那位患者的宝贵生命已经失去了！

“有人说，只有姑娘才追求貌美如花，男人只追求阳刚之气。其实，人只要七寸气在喉，都希望得到最好的生活，包括希望得到美。爱美之心人皆有之啊。那位经历锥心伤痛，与死神擦肩而过，都顽强地挺了过来的患者，最终却因被严重毁容，对美好生活的希望破灭了！”

王院长痛心疾首：“教训啊，教训啊。如果我那时的口腔颌面外科整形技术能够高一些，也许那位患者就不会跳楼自杀了！”王院长每每讲起这个故事，都懊恼不已。

王院长不但多次对学生讲过这件事，还在他撰写的《翰墨荃馨》那部回忆录中，将那个故事作了重点介绍，同样表示出深深的痛惜。

身为医生，主要职责是救护生命，生命危急时刻，只要能把一个人的命保住，医生的职责就尽到了。王院长把那个患者的命从死亡线上拉了回来，功德已经很圆满，可那位患者太刚烈，因容貌被毁而选择了“赖活不如好死”，悲壮地离开了这个世界，责任不在王院长，可本来没有任何责任的王院长，却为此而终生“负罪”。对我这个学生，这个故事真是震聋发聩。

那位患者自杀的故事告诉我，对于一般的病人，虽然性命比伤疤重要，但在有些人的眼里，面貌比生命还紧要，宁可死，也不愿严重破相后还活在这个世界上。一个医生，不但要治患者的病，还要治患者的心，要尽量为患者保持美好的容颜。医者仁心，就有这层意思。

难忘的“惩罚”是毛彦祥教授给我的。

毛彦祥是口腔修复科的教授，她教我们全口义齿修复的理论课。毛老师对于全口义齿的修复造诣颇深。她文质彬彬，说话温柔，富有亲和力，让人感觉她特别慈祥，我第一次见到她就打心里喜欢上了这位老师。她上课条理清晰，语言朴实，善用生活中浅显易懂的顺口溜来阐述口腔专业深奥的理论。她对学生的认真负责不仅仅体现在课堂上，在课下，她还会每周从百忙之中抽出一两个小时专门为我们答疑解惑。面对病人时，哪怕再麻烦，拖班拖得再久，也从没有一点怨言，脸上永远挂着和蔼的微笑。

临床实习的时候，当宣布我被分在毛老师所在组时，感觉自己抽到了上上签。

实习开始，毛老师从口腔检查、备牙、取模、灌制模型、弯制卡环、雕牙齿蜡型、包埋、开盒、打磨抛光、口腔试戴，每一个步骤她都亲自示范，每一个要领她都反复强调。我们在做假牙过程中，每完成一步，都拿给她检查，她总是微笑着对我们做得好的地方表示赞许，也会温柔地指出其中的问题。我的修复科三个多月的实习就是在这样轻松愉快的气氛中度过的，毛老师对我的临床操作还表扬了好几次。

对毛老师的表扬我感到飘飘然，正巧那天有个患者慕名找她看牙齿，毛老师检查后发现需要做高嵌体，基于对我的信任，毛老师把做高嵌体的任务交给了我。

嵌体是牙齿的牙冠缺损之后，嵌入牙体内部，修复缺损，恢复牙体形状和咬合咀嚼功能的一种修复体。高嵌体属于嵌体的变种，由多面嵌体衍变而来，是一种特殊类型的嵌体。它不需切割较多牙体组织，能够很好地避免有限的健康牙体组织的磨除，尽可能延长患牙的寿命，弥补全冠修复的不足，扩大修复的适应范围，达到良好的修复效果。通过三个多月的实习，我已经做了十多个高嵌体，病人都还比较满意。接到毛老师交给我做高嵌体的任务，我就轻车熟路地开始了制作。做高嵌体治疗的第一道工序是备牙。备牙之后，在牙冠表面的四角内侧位置钻四个小孔，将高嵌体的固定钉插入孔中，以增强固位。我用嵌体蜡取了模型，进行了包埋。第二天我将包埋后的嵌体蜡型高温熔化，再将铜锌合金熔化成水，用手动离心铸造机铸造成型。当嵌体模型铸造出来后，我才后知后觉，发现四个固位钉中有一个钉没有铸造到位，短了1毫米。

我怀着侥幸心理拿起铸造出来的高嵌体远远地给毛老师看了一眼，毛老师面带微笑对我点了点头，还嘱咐我仔细把高嵌体打磨抛光好，以便节约病人戴牙的时间。我心里暗暗地松了一口气，便开始拿着那个高嵌体铸件进行打磨。那时打磨假牙还是用的电动牙钻机，转速很慢，噪声很大，金属假牙在打磨过程中会摩擦产热，打磨几秒钟就必须将嵌体浸入水中降温，打磨一个铜锌合金高嵌体需要半个多小时。打磨好后我就将高嵌体放进一个玻璃瓶子，等待病人来试戴。

“黄北平，你已经打磨好了吗？”毛老师见我把打磨好的高嵌体放进了玻璃瓶，走了过来，轻声地问。

“已经磨好了。”我告诉毛老师。

“里外都全部检查完了吗？”

“检查了，没有问题，就等病人来粘接了。”

“仔细检查过了吗？”

“没有大问题。”在毛老师敏锐目光的注视下，我开始有点心虚了，但还是硬着头皮回答。

“没有大问题，是不是还有小问题呢？你觉得这里是不是短了一点点？”毛老师拿过嵌体，直接将那个短了1毫米的固位钉展现在我面前。

“是。”我低头回答，因为我早就知道。

“你在刚铸造出来去拿其他东西时，我过来看了一眼，看出了问题，只是我没说，我想等你自己主动地提出来，可你却想蒙混过关。你还是重做吧。”

听毛老师这样讲，那一瞬间，实话实说，我真是很郁闷，内心在想，“毛老师啊，您这不是在整我的冤枉（四川方言，指捉弄人）吗？您既然发现了，就应该早点提醒我哟，当我费了九牛二虎之力打磨成功，您才说要不得。‘你还是重做吧’短短六个字，就将我之前的一切努力付之东流，得重新取模，重新做蜡样，重新包埋铸造，特别是得再重新打磨一遍，这样‘重新’做下来，至少得做三个小时的冤枉活！”我心里老大的不痛快，但毛老师说了重做，我这个当学生的，也就只有重做了。

毛老师的脸上依旧挂着她那标志性的微笑，我却从她那温和慈爱的笑容中感受到了一丝严厉。

第二天下午，毛老师把那个患者通知来，我又重新取模，重新做蜡型，重新包埋，重新打磨抛光，毛老师检查之后，说我制作到位，才让我粘接固位。

“请您两小时内不吃东西，24小时内不用嵌体咀嚼硬性食物。如果感到哪里不适，随时来医院找我。”毛老师又向那位患者交代了回家后的注意事项，待我收拾整理过操作台，才带着我们走出治疗室，这时已到晚上七点半了。

“黄北平啊，我们医生做的是救死扶伤的工作，高度的责任感关系到人的健康与生命啊，责任心不强，出事就人命关天啦。你昨天做那个嵌体，本来勉强说得过去，粘在病人口里，不会影响嵌体的固位，也不会影响到嵌体的使用效果，但是，作为一个好医生，不是要‘过得去’，而是要‘过得硬’。古话说，‘以小量大，必有枉分之失；以小容大，则致倾溢之患’，如若轻易放任自己的错误，许多的小错误堆积起来，终有量变引起质变的一天。你们现在当学生，有老师给你们把关，毕业出去之后，就靠你们自己把关了。如果你每一个细节都严格要求自己，工作就会越做越好，你走到任何地方，都会成为好医生。如果你内心的标准不高，对自己要求不严，当医生也只能当二流医生，成不了好医生，更成不了大师。”在下班回家的路上，毛老师温和地教育我。她平时说话声音温柔，脸上总是带着微笑，可这时说起话来，却少有的严肃，语气重了，脸上的笑容也没有了，这是我跟着她实习几个月来的第一次。

那个短了1毫米的固位钉如同一个钢钉，永远钉在了我的心头。精益求精对于医生，不仅仅是简单的一句话，那是行动的准则，要在行动中一点一滴地体现，“千里之堤，溃于蚁穴”，防微杜渐，必须一丝不苟，毫厘不差！

俗话说，严师手下出高徒，我算不上什么高徒，但四川医学院口腔系确实有不少像王翰章、毛彦祥那样的严师，让我们终身受益，这是学生之幸。

我正是心怀着这些严师的教导走上工作岗位的。

为了缩短1毫米缝合

我刚分到达县地区中心医院那阵，工资只有43.5元，与进修生住在一起，经济不宽裕，别说买电扇，连蚊帐都没有一顶。7月的达县，气候炎热不说，蚊子也格外凶猛，天还未黑，就围着人“嗡嗡嗡嗡”，把人当猎物，把人血当美餐，稍不留神身上就被叮出一堆红包疙瘩。我们每人都备了一把大蒲扇，一则送凉，二则驱蚊。蒲扇摇哇摇，摇到半夜，等高温稍有缓和，才点起蚊香，把门窗打开，上床睡觉。

“朱平，朱平！”有天晚上，我睡得正香，楼下院坝里有一个人拖着一副破嗓子，高声叫喊。我们寝室里有一个进修生就叫朱平，我转头冲朱平喊道：“会不会是叫你？”

“不可能有人叫我啊？是不是医院里有个与我同名的医生，楼下的人在叫他？”朱平此时也未睡着，既像是回答我，又像是自言自语。

那时候房间里没有电话，个人没有手机，如果哪个科室夜里来了急诊病人，又没有值班医生，其他值班人员都会叫他到后面的篮球坝子里去喊那个医生的名字。

因为大部分工作人员都住在一个院子里，篮球坝子也就成了临时的“传达室”。

“朱平！朱平！”站在坝子里的人还在继续叫喊，一声更比一声高。

“你叫哪个朱平？”或许是朱平觉得有人在院坝里不停地喊“朱平”二字太刺耳，或许是朱平觉得声音有点耳熟，就爬起来站在窗口问。

“我叫开江来进修的朱平。”楼下的人回答。

“我就是。你是不是向东？”朱平问。向东是他的一个远房亲戚，平时虽走动不多，但有过交往。

“对，对。我就是向东。”院坝里的人答。

“深更半夜的，你找我有什么事？”

“朱平，快点给我找一个口腔科医生吧，我嘴巴摔烂了，牙齿摔断了，刚才到外科去，他们说这属于口腔科，叫我找口腔科医生，口腔科晚上又没有值班医生，你对这里熟悉，看能不能给我找个口腔科的医生给我看看嘴巴？”

“要得，要得。我们寝室里正好住着一个口腔科医生。”朱平回答。

我从学校毕业不久，院领导虽然讲过本科毕业的大学生一上岗就可以单独开处方，但那是针对简单、常规的病例，像摔破嘴唇、摔断牙齿这样的外伤，我原则上并没有真正的处方权，心里有顾虑。但半夜三更去叫醒老医生，又不好意思。既然是室友的亲戚，那就尽我的力了。我二话不说，翻身下床和朱平下了楼。

院坝里黑漆漆的，没看清病人的真面目，只是觉得他身上散发出一股臭烘烘的怪味。走到科室把灯打开一看，才把我吓了一跳——他简直比街上的流浪汉还不如，脸上满是污垢和油脂，一头乱发像个鸟窝似的，周身黑黢黢，衣服上还糊满污泥粪便。

“您这是怎么搞的？”我很惊讶地问。

“晚上天太热，睡不着觉，我们几个朋友相约到河边乘凉，一边喝酒一边摆龙门阵，喝了白酒喝啤酒，喝到晚上1点多，才各自回家。回家的路上，那条街没有路灯，走着走着，‘叭’一声掉进了下水沟。不知道是哪个狗日的偷儿这么缺德，把下水道上面的金属盖子偷跑了！”向东回答。

有一段时间，达县的小偷总是把下水道上面的金属盖子偷去敲烂当废铁卖，弄得晚上行人稍不留神，就掉进了下水道。那时城市还没有建成科学的排水体系，各单位每一栋楼的粪便都是集中在化粪池，没经过消毒过滤处理，就直接排到下水沟，流进河里。向东掉进下水沟，等于在化粪池里泡了个澡。后来为了防偷，才把所有下水道的金属盖子换成了水泥盖子。

这副样子怎么做手术？当下最要紧的，不是做嘴唇的手术，而是先给他洗个澡。全身的污垢不洗掉，手术做得再好，也会造成感染。

那时候一般家庭没有热水器，职工洗澡只有上大澡堂。大澡堂用锅炉烧水，每周只开放两次，每次都只开两个小时。科室没有热水，只好有什么武器打什么仗。口腔科窗户外边就是一个冲洗拖把用的四方水泥小池子，我让向东脱掉衣服裤子，蹲在小池子里，用科室的桶接自来水，直接从头顶往下冲，然后全身上下抹上肥皂，洗了一遍再洗二遍，清洗得身上再也闻不到那种屎臭味后，朱平又到寝室拿来自己干净的内裤和背心，给向东换上。准备工作就绪，我才给他处理外伤。

向东坐在油泵牙椅上，我检查后发现，他的上唇裂了两个口子，在唇峰左右，深度有近2厘米，中间游离的唇组织挫伤不成形状，断裂的肌肉呈暗红色，鲜红的血液不停地渗出表面，上颌两颗中切牙从牙根处断裂。下唇裂开一个口子，牙齿和牙龈暴露在外面。粪便、泥沙，混合着血凝块覆盖在舌头、口腔与伤口上。向东那血肉模糊的样子，实在是惨不忍睹，原本站在一旁“看热闹”的朱平都不得不把脸偏向一边。

凭我所学的知识，认定这是一个严重污染的外伤创口，必须尽快清洗创口、清理创面，并缝合创口。术后配合消炎治疗，争取达到好的治疗效果。

在华西口腔医院，术前会有专门的护士进行打包、消毒、灭菌，纱球、棉球、缝针、缝线也有专人做好、备用。到了达县地区中心医院，口腔科没有护士。在工作不忙的时候，主任就带领我们换消毒液、叠纱球、搓棉球、穿缝合线，做一些手术前的准备工作。医生、护士、护工，甚至清洁工的工作都得医生来完成。

由于没有助手，我得先把手术需要的消毒材料，以及剪刀、手术刀、持针钳等器械准备好。当我打开器材存放柜时，才发现没有缝针、缝线和消毒手套。如果用现穿的针线进行缝合，会增加感染的风险。我便跑到外科值班室，准备借用一套现成的应急。当外科值班医生拿出一套时，我发现缝合针太大、缝合线太粗，这种缝合针、缝合线，只适合缝肚皮、背部之类的创口。如果用这样大的针线缝合面部的伤口，针眼处就会留下明显的瘢痕，可能会长时间影响美观。于是我就只拿了一副消毒手套，回科室后自己再用细针穿上细线，用碘酒、酒精进行消毒。

我给向东打了麻药，用生理盐水和双氧水对向东的口腔创面进行反复清洗。对于部分残留于伤口的泥沙，我只得用镊子一点一点地清理。当时用于口腔照明的是白炽灯，而不是现在的LED灯，白炽灯产热快、散热慢、光线弱，我便让朱平把白炽灯移近一点，以便把残留物看得更加清楚。随着创口清理的深入，伤口不断地向外渗血，下唇有一个部位鲜血还直往外涌，顺着脖子流到了他胸前。

我正聚精会神地清理着伤口，突然听到身后传来“咚”的一声响，以为是什么东西从高处掉了下来，回头一看，居然是朱平见不得血腥，晕倒在地。

当医生的肯定要与鲜血打一辈子交道，朱平竟有“恐血症”（也叫血晕），我清理嘴唇外伤，流那么点血就往地下滚，他这个医生怎么当？血晕是从医的一大败着，他将来还得多锻炼，多见血，但此时最紧要的任务必须对他这个“晕血医生”实施抢救。

“压住，用力压住！别松啊。”我赶紧拿了一个纱球压在向东出血的部位，叫他自己用手压紧，我迅速走到朱平的身边，蹲着掐人中、合谷、百会穴，再让向东帮我把朱平的双脚抬起来。向东不得不从椅子上站起来，左手按着纱球，半蹲着用右手抬起朱平的双脚，带伤与我一起抢救晕倒的朱平。

费了好一阵工夫，朱平才慢慢苏醒过来。

“朱平，你在这里坐好，不要动，我给向东缝合伤口。”我指着一把椅子对朱平说。

等朱平在旁边的椅子上坐好，我怕他再出状况，从椅子上栽下地，一边继续投入到对向东伤口的清创缝合，一边不时扭头观察坐在椅子上的朱平。

由于气温太高，我额上布满了汗珠，衣服早已湿得能拧出水来，蚊虫这时也争先恐后地出来抢食。当时穿的是短裤，蚊子嗡嗡地在耳边飞，腿上早被叮出不少的包，痒得难受。想用手挠一挠，却又腾不开手。我只有左右跺跺脚，被动地躲避蚊子的叮咬。

清创结束，我从上唇出血最多处的鼻底开始，向唇红部缝合，经过半个多小时的煎熬，终于将上唇的两处伤口缝合。但当我正面观察伤口时，发现上唇两侧的唇峰不对称，左侧唇峰处唇线没有对齐，唇红部凸出了一小块。两侧一对比，显得有些不协调。

我仔细观察了伤口，发现是先从鼻底缝合，组织肿胀，针距慢慢偏移，最后唇白线就没有在一条线上，相差了1毫米左右。

如果不追求完美的话，这样的手术效果，也勉强说得过去。男生嘛，哪个身上、脸上没有几处小疤痕。正常的社交距离是一米之外，1毫米的误差，外人一般是看不出来的。

我开始收拾器械，清洗器具。在清洗器具的过程中，向东没有对齐的那1毫米的唇白缘总在脑海里不断地闪现，我有点犹豫起来，到底要不要拆了重新缝合？我很是纠结，此时天也快亮了，已折腾了一晚上，就是铁人也扛不住。困意频频来袭，心想："世上哪有十全十美的事，缺陷也是一种美。算了，回去睡觉吧。"

可此刻，我又想起王翰章教授讲的故事，想起实习时毛老师对我的"惩罚"。差之毫厘，失之千里。我瞬间困意全无：必须重新缝合，当医生的，任何手术都要精益求精。手术中不留疤痕的基础是手术的高质量，没有高质量的手术，哪来完美无瑕的伤口？口腔里的手术做得再漂亮都不为外人所见，但留在唇上的疤痕却是别人一眼就能看到的。那是医生给病人留下的一辈子的痛点，也是我们口腔医师被弄污的门面。

手术缝合差1毫米不行，就是半毫米也不行。向东唇白缘缝合手术必须拆除，重新缝合。他还很年轻，将来还要找女朋友，还要结婚生子，我不能因为自己的一时懈怠，就让他带着嘴唇上的瑕疵生活一辈子！

想到这里，我急忙又跑到外科值班室要了一副消毒手套，重新穿针消毒，拆除缝线。我先对好唇白缘进行缝合，边看边缝，花了二十多分钟，最终将向东的创口完美地进行了对位缝合。

整理好器具，天已放亮，我身心疲惫地瘫坐在椅子上。由于当时医生都是站立着进行操作，三个多小时的站立，加上天气炎热，蚊虫叮咬，我腰酸背痛、头昏脑胀，连睁开眼都觉得吃力。我在椅子上睡了没多久，科里其他几位医生就来上班了，我只得咬咬牙，又精神抖擞地投入新一天的工作中。

我虽然消毒很严格，但仍然很担心向东的伤口感染，多次观察向东的伤口愈合情况。让我最感欣慰的是，向东那经过污水浸泡、覆满泥沙粪便的伤口，最后竟达到了一期愈合。一个月后，我又将他断裂的两颗中切牙经过根管治疗、加桩、牙冠修复，恢复了他的美观功能。三个月后，向东嘴唇伤口的色素斑已经消退，不细看全然看不出缝合的痕迹。

那1毫米的唇红缘，永远缝在了我的心窝里。医生和患者患难与共，医生多接待一位患者就是多结交一位朋友。从此以后，我和向东成了好朋友。

“刁公主”其人

“刁公主”不姓刁，而姓赵，叫赵金兰。因她从小家庭经济条件优越，人又长得肤白貌美，个儿高挑，被人称为“小公主”。后来，“小公主”嫁了一个有钱的老公，追求漂亮的底气更足了。她觉得天生的单眼皮配不上自己，就坐飞机到韩国去割了双眼皮；觉得自己的胸不够大，又两次飞到韩国去垫了胸；感到自己的颧骨高了一点，又到韩国去削了颧骨；认为脸太圆下巴不太尖，还到韩国去做了下巴的美容手术。有人说，她为自己的“面子工程”，送给韩国的钱已经超过百万。因为她过于挑剔，对服务质量的要求简直达到了吹毛求疵的地步，有人就将她“小公主”的绰号改叫成了“刁公主”。

2012年某一天晚上，一位朋友给我打电话，说他的一位亲戚开了一个“医美”公司，有个病人去美牙，手术后出现疼痛，处理了几次，还是疼痛，患者要求找一个水平比较过硬的医生，所以介绍到我这里来治疗。那位朋友在电话里几次强调，希望我看在他的面子上，对“医美”的操作人员多美言几句，钱也最好能少点，尽量优惠。

刚放下电话，另一位朋友的电话也打了过来，告知他的表妹听“医美”的人忽悠，说她的牙齿配不上她的那张脸，建议她把牙齿好好地美容一下。他表妹便做了所谓的“晶钻明星牙”，结果不但形态和颜色与宣传的效果相差很大，返了几次工，牙齿与她的那张脸越来越不匹配了，还把好端端的牙齿整得喝稀饭、吃馒头都痛得钻心。“医美”的老板找医院的一位医生治疗，换了几次药，牙齿还是疼痛。与“医美”的老板协商，都同意找我治疗。费用由“医美”公司出，希望我做最好的治疗，做最好的全瓷，费用也收最贵的，给“医美”的老板“放放血”。

两位朋友说的牙病患者，原来是一个人——“刁公主”赵金兰。

当时，口腔修复技术运用了最先进的计算机辅助设计，激光扫描，再由计算机控制切削、研磨，全瓷牙技术已在临床上广泛开展。有一些培训机构从中嗅到了商机，趋之若鹜地办起了美牙培训班，招收学员，收取高额培训费用。培训一两周，就执业上岗。而那时口腔治疗、修复的管理尚未规范，这些所谓的学员没有任何医学和口腔专业知识基础，交钱拿证之后摇身一变，成了美牙师、美容师。他们打着医疗美容的旗号，把普通的全瓷牙包装成什么“炫彩烤瓷牙”“晶钻明星牙”。这些所谓的美牙师都是张飞卖豆腐——人硬货不硬，钱是赚到了，可到处摆摊子，医疗纠纷不断，最终都不得不找口腔专业技术人员揩屁股，收场子。“刁公主”就是那群受害者中间的一个。赵金兰是有名的“刁公主”，给她美牙的那个“医美”公司遇到她，能有好果子吃？

我当了几十年牙医，是达州市口腔医疗事故鉴定委员会专家组成员，过去在对有些因打架斗殴受伤的牙齿做医疗伤残鉴定时，常有双方人员想方设法找人来说情。

为了不给自己留下后患，我都是公正无私，一碗水端平。伤口的长度必须用尺子量，确保精准。功能受损程度的描述也必须准确，保证任何复检都经得起推敲。

这次，一个朋友打电话要我给医美诊所的医生美言几句，另一位朋友又要我把医美诊所“敲痛”，可作为医生，牙该怎么治就怎么治，费该怎么收就怎么收，既不会昧着良心去为那些假美牙师唱赞歌，也不会借机去敲那个医美公司老板的竹杠。

第二天刚上班不久，我给一个拔牙的患者打完麻药，分诊台的一个护士悄悄推开门把我拉到一边，很神秘地对我说：“黄院长，有一个人正在楼下等着，说是与您约好了的，这个人我认得，外号叫‘刁公主’，您可要小心咯。”

“对，确实是有人给我打过电话，说过她要来。”

“这个人您可别沾惹，把她给推走，我去告诉她您今天的手术排满了，没有时间，请她到别的医院去看。”

“患者上门，那是她相信我们，怎么要往外推呢？”

“这个‘刁公主’我熟悉得很，就住在我们那个小区，大事小事都较真，所以才叫‘刁公主’。”分诊台护士对我说。

“别人来了，不可能不看嘛。”

“您不要给自己找麻烦，缺了她这个患者，我们诊所又不会关门。”

“倒不是缺了她我们诊所要关门，是我们不能把患者往外面推。我们这里治不了，还可以把她往华西口腔转，往外推是错的。再刁的人只要我们做得完美，她无可挑剔。告诉她，等我把这个手术完成后请她到这里来。”我支走分诊台护士，准备给打了麻药的患者拔牙。

“黄老师，为什么不能把‘刁公主’这样的患者往门外推呢？”护士没走，继续问。

“‘刁公主’不就是爱挑剔吗？这对我们医生并不全是坏事啊。她爱挑剔，何尝不是我们医德、医风、医术的监督者，挑剔的患者如同磨刀石，会将我们砥砺得更加锋利坚韧。”我给护士讲了几句大道理。

“刁公主”的微笑

“刁公主”走进了我的诊疗室。久闻其名，初谋其面，她确实是很注重自己的形象，脚才迈进门槛，一股法国高级香水的味道立刻弥漫了整个诊室。她穿着时髦，脸上薄施脂粉，十指指甲“绣”着花，身材修长，半老徐娘，风韵犹存。简单聊了几句，我们就进入治疗牙齿的正题。

原来赵金兰本身有轻度四环素牙，被医美中心建议做“晶钻明星牙”，开始“刁公主”觉得做的牙齿形态不满意，后又指责牙齿颜色不满意，整了几次，不但没把牙齿的形态和颜色做得满意，反倒把牙齿弄得疼痛难忍，连食物都无法咀嚼，才被推荐到我这里来治疗。

听完“刁公主”的介绍，我便开了一张颌骨全景片和上前牙三维成像片。照片资料传上来后，从电脑上可以看到，患者的上颌的中切牙和侧切牙都经过了打磨。上中切牙还进行过牙髓治疗、根管充填，但根管充填不完整，根尖区有明显的弥散状阴影。

“您上颌左右中切牙根尖有炎症，要重新换药治疗，左右侧切牙没有明显炎症，尽量保留牙髓。这样的手术我可以做。”

“只要能做好就行，谢谢你！”赵金兰说。

“黄院长！那我把她交给你了。”带患者来的“医美”中心办公室主任一听说我能治“刁公主”的牙病，脸上立即露出了笑容。估计是“刁公主”把“医美”已经磨得没有办法了，我能接受这个病人，等于给他们解了套。

“要做根管治疗，必须先拆除表面的烤瓷牙，然后根管上药。等到根尖的炎症消除之后，再做根管充填。”我向患者解释了治疗的过程。

“烤瓷牙拆除了，我怎么出门？”“刁公主”顾虑重重。

“我要给您做一个塑胶临时牙。”

“他们给我做的临时牙一眼就看出来了。”

“临时牙和烤瓷牙本来就有区别，肯定看得出来。”

“黄医生，你要给我做得好好的，不然我都没法上街了。”

“您放心，我们会尽量做好。咱们现在开始治疗吧。”在“刁公主”知情同意的情况下，我先破除上颌两个中切牙烤瓷冠，疏通根管，冲洗、上药、引流，然后叫助手做临时牙冠。

助手在临床上也干了10多年，技术早已到位，她很熟练地做好了临时冠，打磨、抛光、调合、消除咬合高点，然后粘接。

“这两个临时牙，左右不对称，右边这颗临时牙短了一点点。”粘接完，患者从挎包里拿出一面小镜子，正面看，侧面看，把镜子拿近看，拿远看，然后又到阳台上去仔细看，端详了好一阵，觉得不满意，撂下这么一句话。

“我看看吧。”我叫“刁公主”再次躺在治疗椅上，检查发现临时冠做得挺逼真的，只是右侧临时牙确实短了0.5毫米，不认真看根本看不出来。

“这个很简单，把左边的这颗临时牙稍微磨一下就行了。”我说。

“左边这颗牙形状大小都很合适，不能磨。”“刁公主”不同意。

“磨一点点看不出来。”

“不能磨。一点都不能磨。”“刁公主”坚持。

“那就将就一段时间吧。”

“不能将就，那会影响我的心情。”“刁公主”坚决不让步。

开始，我觉得“刁公主”并不如传言中所说那般刁蛮任性、不近人情，这时，才体会到“刁公主”的那股“刁劲”了。既然她觉得左边那颗临时牙的形状大小很合适，不能磨，那就只能在短了0.5毫米的右侧临时牙上做文章了。我用光固化材料在“刁公主”的右侧临时牙上填补了一层，确认两侧完全对称之后，用光固化灯固化，然后抛光打磨。

“刁公主”拿出镜子，又反复照，再说了一句：“形状差不多了，但是颜色还是有差别。”似乎还不满意。

“毕竟是两种不同的材料，肯定有色差。临时牙只用几周，如果您再不满意的话，我就真做不下来了。”讲心里话，对临时牙这样挑剔的角色，我当牙医几十年，还是第一次遇到。

“那就算了，给我解决牙痛的问题吧。”

“刁公主”虽然心有不甘，但见我把话都说到了这个份儿上，也不再挑剔。

经过一个月的治疗，“刁公主”牙齿不再痛，完全可以正常咀嚼食物了，接下来，就是做全瓷牙。

对于“刁公主”的“刁”，我已有切身体会，为了避免她不满意返工，我对“刁公主”的主观要求进行了详细询问，又对她关于之前全瓷牙不满意的地方做了记录，比照旁边正常基牙的色泽，然后用相机记录，将资料传到加工厂。

“这个牙齿做得突出了一点，如果收进去一点，就好看了。”尽管义齿加工厂对“刁公主”的牙特别重视，特地指派了高级技师全程制作，但是，全瓷牙做出来，给“刁公主”试戴，她拿出镜子细细端详后，依旧挑出了毛病。

“这是按标准突度和上下牙齿咬合制出来的。我看是很协调的。”

“我原来的牙齿稍稍有一点突，做假牙的目的就是要收进去一点，你还是重做一个吧。”“刁公主”不让步。

返工就返工，反正加工费又不是我出。加工厂有规定，如果患者戴上之前有意见，重做的费用由加工厂出。如果戴上之后，再说形态颜色有问题，那么返工费由患者承担。

“边缘形态太尖了，我旁边的牙齿就很圆钝。”第二副全瓷牙很快做了回来，给“刁公主”试戴之后，“刁公主”拿出镜子，照了又照，仍然不满意。

“太尖了？加工厂做出来的全瓷牙牙齿都做得棱角分明。”我向她解释，“您觉得太尖，我磨圆钝一点不就行了嘛。”我向她提出解决方案。

“你磨了之后就没有原来那样的光泽了。”“刁公主”不同意用磨的方法解决“尖”的问题。

没有办法，只好再返工了，我又将全瓷牙寄回加工厂，由加工厂再次设计制作。

“颜色太单一，显得呆板。我要做得像我的天然牙一样，有阶梯状。”第三次加工的全瓷冠试戴之后，“刁公主”又提出这样一个更刁钻的问题。这就作难了，她自己的天然牙齿本来是轻度的四环素牙，还合并有轻度釉质发育不全，可她本人却对自己一口天然牙十分满意，想要达到她心目中明星牙齿的效果。

“您看这样行不行？我派一个护士，陪您飞到南宁的加工厂去，厂里每做一步，您都可以现场提出要求。直到试戴满意您才回来。”我征求“刁公主”的意见。

“为什么不到重庆、成都，要舍近求远到南宁呢？”“刁公主”觉得好奇。

“因为南宁有一家义齿加工厂，质量和规模，在全国乃至亚洲，可以说都是数一数二的。”我解释。

“这样当然好。”听我这样解释，“刁公主”马上点了头。为了美容，韩国她都飞了好几次，飞一趟南宁，小菜一碟。

我之所以要这样做，觉得按照常规再次返工，工厂技师的工作做得再仔细，“刁公主”也会鸡蛋里面挑骨头，挑出毛病来的。“贼船”已经上了，上船容易下船难。这时再说我不做了，让她另请高明，把她往门外推，已不可能。怎么办？只能拿出这最后的一招，不计成本，破釜沉舟，把她送到全国最好的义齿加工厂去。

征得“刁公主”同意，我马上叫人购买了两张从达州飞南宁的机票，直接打电话与南宁义齿加工厂联系，请求他们派车子接机，安排住宿，也希望他们指派一名高级技师，专程为“刁公主”服务，并随时接受“刁公主”提出的要求。

加工厂也是第一次遇到这么较真的顾客，特地抽调资深设计人员，和“刁公主”一起设计，一起讨论。每做一步都让“刁公主”过目。“刁公主”提出的问题，能解决就解决，不能解决的就解释。

“刁公主”充分感受到了我们对她全瓷牙的认真负责，享受到了我们和加工厂的热情周到服务，同时也参观了加工厂的先进设备，体会了制作全瓷牙的先进工艺流程。在“刁公主”的全程参与和监视下，工厂经过不断调整、修改、打磨，“刁公主”终于对那四颗全瓷牙满意了。

回达州之后，我给她粘接完成，她照了很久的镜子，再也挑不出来半点毛病，脸上露出了由衷的微笑。

为了“刁公主”的几颗牙齿，我们费了很大的力气，不但没有赚钱，还贴了一点钱，最终她满意了。

虽然做那四颗牙齿诊所是“贴本赚吆喝”，但“刁公主”成了我们诊所最卖劲也最有影响力的广告员。她的那四颗牙齿成了她们那个群体牙齿的“美容样板”，不少的“公主”“公子”“小姐”“太太”牙齿患病，都到我们诊所治疗，带动了一大批牙病的“高档消费者”。

“大猩猩”变“小美人”

1990年夏季，对于达县人来说，或许终生难忘。那一年暑期，30多天没有下雨，当时又没有空调，三峡牌电扇便是最奢侈的降温设备。医院虽然是电力保障优先单位，但在电力普遍不足的情况下，每天也要停电几个小时。达城虽然没有戴上全国“火炉城市”的帽子，但“热度”比起重庆、武汉、南京，有过之而无不及。

“大猩猩”来治牙

时值三伏，一天中午，快下班的时候，一个中年男子气喘吁吁地跑进口腔科，站在门口，一边擦汗，一边喘着粗气说：“医生，对不起，要耽误你们下班了。我是宣汉大山里来的，今天早上6点钟就坐班车，来找你们看牙齿，一路上走走停停，坐了5个多小时才到这里。”

“不急，慢慢说。您牙齿怎么回事？”中年男子身材伟岸，四方脸，皮肤白净，一表人才。见他脸上的汗珠一颗一颗往下掉，我顿生恻隐之心。

“不是我，是我女儿看牙。”

“您女儿没有来吗？”

“来了，快来了！她跑得慢，在后头。”中年男子说。

隔了一两分钟，一个小学生模样的女孩上气不接下气地跑到了口腔科。

“你跑快一点嘛，医生都要下班了。”中年男子埋怨女儿。

“你只晓得催人家，刚才在车上，太阳大，人又多，差点热死了。一路上我把黄胆都吐出来了，哪有力气跑嘛。”女孩回答。

“哪个叫你牙齿长得这么孬。”中年男子埋怨。

“还不是你们遗传的。”女孩白了一眼她爸爸回答，同时用衣袖擦了擦脸上的汗水。

“我就住在医院里，不急！先去自来水管那里洗洗脸吧！”见父女俩斗嘴，我马上站出来解围。

当时，我住在筒子楼二楼最外面一间，整天都在太阳的炙烤下，跟个火炉似的。科室在门诊部一楼，东西方都有建筑物遮挡。那时，寝室、科室都没有电扇，相比寝室，科室要凉快不少。最热一段时间，中午在宿舍午休太难受，我便到科室的治疗椅上休息一会儿。

小女孩在洗手池用手接水洗了把脸，那时没有餐巾纸，没有一次性纸杯，没有矿泉水，也没有热水器，大部分人渴了都喝自来水，她用双手掬起水漱了漱口，接着“咕咙”“咕咙”喝了几口。

“医生贵姓呢？”中年男子问。

“我姓黄。”

“黄医生，你这么年轻，哪个学校毕业的？”中年男子问。

“华西医科大学毕业的。”我诚实回答。四川医学院改名华西医科大学后，原四川医学院的毕业生都爱称自己是华西医科大学的学生。

“黄医生好！耽误你下班了。我们住在宣汉毛坝五马归槽那个山上，我是毛坝中学的语文老师，姓陶。女儿的牙齿不好，我找县医院的医生看过，他们说治不了，介绍到地区中心医院。今天专程来找你们，麻烦你给我女儿把牙齿好好治一治。”在小女孩洗脸的过程中，中年男子这样自我介绍。

“让我看看再说。”女孩坐上治疗椅，我拿出治疗盘，看了看面型，检查了口腔，发现这个小女孩面部中间部分特别凹陷，下颌骨显得特别长，像一个缺了全口牙的老太太。牙列严重拥挤，上颌两侧的尖牙唇侧错位，稍微一张口，两个虎牙就显得特别明显。

“陶老师，您女儿的牙齿情况非常复杂，上颌骨发育不足，下颌发育过度，是很难矫治的那种‘地包天’。除了上下颌骨的不协调，还有严重的牙齿排列不齐，治疗起来非常麻烦。”我直言相告。

“再麻烦也得治啊。我们两口子早就商量过了，就是砸锅卖铁，也要想法把女儿的牙治好。黄医生，已经过了吃午饭的时间，你别嫌弃，今天我请你吃个便饭。”

“谢谢了。我家里煮好了的。”我撒谎拒绝。当时，爱人还没有从大竹调过来，我在达州还是光棍，没有人煮饭。

“黄医生，别客气嘛。我想跟你谈一下我女儿的情况。”陶老师说。

“您说嘛，我不急。”虽然到了下班时间，他大老远来，我要听他把女儿的病情讲完。

“黄医生，我女儿叫陶丽。在幼儿园的时候，大家都觉得她长得很乖，乳牙也长得很整齐。读一年级的时候开始换牙，新长出来的恒牙，就不是那么一回事了，有的倾斜，有的扭转，有的外翻，随着年龄增长，脸型也越来越难看。有一次，老师讲自然与科学，挂了一只大猩猩的图片，不知哪个调皮的同学竟移花接木，给她取了一个‘大猩猩’的绰号。丽丽为此哭了好几次，还因为别人喊她‘大猩猩’打了架，把喊她‘大猩猩’的孩子脸都抓破了。班主任虽然批评了班上给丽丽起绰号和喊她绰号的同学，但小孩出于好玩，还是偷偷地喊。丽丽原来活泼开朗，自从同学给她取了绰号以后，她就开始沉默寡言，很少和同学交流。下课后，别的同学都去操场玩，丽丽就坐在教室里画画、看书，甚至发呆。我担心丽丽时间久了得抑郁症，特地带她到你们地区医院来看看。”陶老师打开了话匣子，向我吐起苦水来。

我能理解患者父亲的心情，但受限于当时设备条件和我的专业水平，对于如此复杂的牙齿矫正，实在是力不从心。我一边听他介绍病情，一边想着怎样处理这个病人。

“您带丽丽儿时的照片没有？”我随口问了一句。

“带来了。黄医生，你看，你看，我丽丽小时候是不是挺乖？”陶老师从袋子里取出一大摞照片，既有丽丽的近照，更多的是丽丽入学前的照片。

“确实乖。真的很乖。”幼儿园时的丽丽脸圆圆的，扎着辫子，五官秀美，抿着小嘴，简直就像是刚从画报上走下来的瓷娃娃。看着丽丽儿时的照片，我由衷地称赞。

“黄医生，丽丽小的时候那么乖，可从五岁开始，为什么越长越难看了呢？我弄不明白。”陶老师苦恼地摇头。

“十个‘地包天’，九个儿时乖。因为幼儿时期，小孩的面型都比较突，如果是地包天，面型就比较直，所以小时候就比较好看。但是随着下颌骨的前伸，上颌骨发育不足，导致面中份凹陷，脸型就越来越难看了。”我告诉他。

“黄医生，我长得不算难看，我妻子更不用说了，她年轻时候在县文工团工作，可以说是团里数一数二的美女，可丽丽长得既不像我又不像她妈，我和她妈的牙齿都长得整整齐齐的，可她却成了‘地包天’。为丽丽的牙齿，我们两口子简直‘焦麻’（愁死）了，曾怀疑是不是在医院生产的时候医生抱错了孩子，还专程到成都做了亲子鉴定（DNA）。如果丽丽不是我们的亲骨肉，我们还准备找接生的医院打官司呢，可检测报告赫然地写着‘样本点位相似率达到99.9%’，证明丽丽真是我们的亲生骨肉。”陶老师说得很惨然。

“陶老师，这里我可得给您科普一下儿童牙齿保健的有关知识了。人的一生有两副牙齿，第一副是六个月至两岁半长出的牙，称为乳牙；第二副是六岁至十二岁期间，乳牙逐渐脱落后长出的新牙，称为恒牙。小孩在生长发育过程中，可能会因为遗传、疾病、内分泌障碍、营养不足、不良习惯等原因，导致牙齿排列不齐，颌骨形态位置异常。‘地包天’分‘牙性地包天’和‘骨性地包天’，‘牙性地包天’是指上颌骨和下颌骨形态位置基本正常，仅仅是上下前牙的反合，这种牙颌畸形，矫治时间短，矫治效果好，不容易复发。‘骨性地包天’，是指上下颌骨形态位置不正常，要么上颌骨发育不足，要么下颌骨发育过度，要么两者皆有。骨性反合，特别是含有遗传基因的骨性反合，矫治时间很长，效果也不是很好。”我向他简单地介绍了一下牙颌畸形产生的原因。

“黄医生，我丽丽这个‘龅牙腔’，究竟该怎么治疗呢？”

“我从医学杂志上看到，治疗丽丽这类畸形，用固定矫治器治疗，应该最有效果。实话实说，我们医院目前还没有开展这样高难度的正畸业务。我在大学的时候虽然学过正畸，但是用的是活动矫治器，只能做一些简单的病例。出来工作之后，每天都忙于补牙、拔牙、镶牙，像丽丽这类高难度的畸形牙，我们现在还做不了。”当医生的永远要实事求是，不能满嘴跑火车。面对小女孩这么严重的牙齿畸形，我只有摇摇头，无奈地说。

“你们医院是川东北最大的医院，你又是华西口腔毕业的，你们都没有办法治，我丽丽的牙齿可就没有治疗的希望了啊。唉！”陶老师叹了口气，深深地埋下了头，丽丽更是一脸沮丧。

“陶老师，你们也别丧失信心。我们这里治不了丽丽的牙，成都华西口腔医院应该可以治的。”见陶老师父女的情绪一下跌入低谷，我很不忍心，这样安慰。

“我也想过带着丽丽去成都的，可我们到成都人生地不熟，去了连庙门在哪里都摸不着，号都难得挂上哟。”陶老师面露难色。

“这好办。我给在华西工作的孙保兰同学写封信，孙保兰在华西口腔医院，专门做正畸治疗，您拿着信到华西去，她肯定能提出好的治疗方案。”我虽然不能直接给陶老师女儿矫正牙齿，但能为他指条明路，介绍一位专业对口的医生。

科室里没有信笺纸，我便拿了一张处方笺，给孙保兰同学写了一个便条。我和孙保兰同学上大学时在一个班，操作实验时又在一个组，平时上课、做实验、见习、实习都在一起，彼此之间很熟悉，有时做实验中还开开玩笑。我相信我给她写信，她是会买账的。

“黄医生，谢谢你！丽丽牙齿的希望，就靠你给同学写的这张字条了。”陶老师父女转愁为喜。

“您女儿和您一起到成都吗？”我问陶老师。

“天气太热了，我先把她的资料拿去找医生看了之后，如果可以做，我再带她去。”陶老师回答。

“那我还得给她照个照片，取个模型带过去。”我说。

“那就太感谢你了。”陶老师千恩万谢。

一语点醒梦中人

我随即回到家里，拿来单反相机，给丽丽照了正面头像、侧面头像、牙齿咬合正面照、左右侧面照。然后，又用海藻酸钠印模材料给丽丽取了牙齿模型。

“黄医生，辛苦你一中午了。我在对面的餐馆点了几样家常菜，简单吃点吧。”原来，我在给丽丽照相和取模型的过程中，陶老师早点好了饭菜。

为了不耽误时间，我把相机拿到照相馆，在暗室里将照过的一段胶卷剪下来，立即显影、定影、冲洗、烘干，得到胶卷底片，再通过底片在机器里曝光，通过相纸加洗成彩色照片。我本来就是一个摄影爱好者，是照相彩扩部的老主顾，正常胶卷冲印加上照片加洗需要3天，我一个小时就把照片加洗出来了。

我将照片、口腔模型以及给孙保兰同学写的便条，用一个纸盒装好，交给陶老师。在便条中，我希望保兰同学提出具体矫治方案，如果可能的话，请专家会诊一下。

“黄医生，太感谢你了。不但我感谢你，丽丽感谢你，我们全家都要感谢你呀。现在正在放暑假，我后天就到成都，找你同学会诊一下。”临别时，陶老师紧紧拉着我的手不放，好话说了一遍又一遍。

儿女是父母的心头肉。父母为了儿女，不求任何回报，吃尽千辛万苦，受尽万般委屈，从来都不会有一句怨言。

大约一周之后的一个早晨，还不到七点，我早上跑步路过科室门口，看见陶老师已经坐在科室外面的水泥凳子上。

“黄医生，你早上还锻炼啊！好习惯。”陶老师见到我，马上起身打招呼。

“陶老师好！您怎么这么早？”

“我才从成都回来。火车半夜到，我就在这里等你。”陶老师回答。

“找到我同学没有？”

“找到了。你那同学太好了。她看了你写的字条，非常热情地接待了我。她说，丽丽的牙齿，在他们看来，治疗起来并不是很困难。先要用面框把上颌骨往前牵引，然后用上颌扩弓器把上颌牙弓扩宽，等上下乳牙全部替换之后，再用固定矫治器排齐牙列，调整咬合关系。她还特别交代，丽丽两个唇侧错位的虎牙，对于支撑面部形态，非常重要，千万不能拔了，否则，面部很容易塌陷，使人显得苍老。黄医生，你那同学还当着我的面花了不短时间，给你写了一封信，让我带给你。”说着，陶老师把孙保兰同学的信交给了我。

那时不但交通滞后，通讯也滞后，别说没有手机，就连座机都是稀罕货，达城都还使用的是“摇把电话”，医院那样大个单位，分作几块，才四部电话。通讯联络，距离近的靠“吼”，距离远的靠写。孙保兰给我的信写得很长，有好几页。她在信中主要是讲的口腔正畸的问题。她写道：“固定矫治器是目前最先进的矫治技术，国外（20世纪）30年代就有专家进行研究，六七十年代已经广泛开展。在中国，直到1984年，也就是我们大学毕业那年，才开始引进，而且托槽、弓丝、颊面管、带环、各种正畸钳子都是国外生产的，价格昂贵。1947年从华西口腔毕业的严开仁教授在美国哈佛大学博士毕业，一直在美国从事固定矫治。为了培养出一批一流的中国专业正畸人才，他变卖了美国的房产和诊所，从美国哈佛大学牙学院辞职，到香港大学任教，他特地邀请我们学校的罗颂椒教授、四军医大的林珠将军、北京口腔医院的王邦康教授免费到香港大学去学习固定矫治技术，学习、吃、住费用全免。罗颂椒老师去学了一年，已经学成归来，我们医院已经开展了固定矫治技术。目前，国内还没有方丝弓固定矫治器的教材，国外有教材，但都是英文的。华西口腔医院正畸科全科人员，每一个人分配任务，按照教材章节正在努力翻译编写，估计还要一年，才能出书。”

孙保兰同学在信中还说：“随着社会的不断发展进步，人们对自身的颜值将越来越重视，固定矫治技术是一门新兴的技术，移动牙齿高效精准，未来社会的需求量肯定会越来越大，现在只有少数大城市的牙科医院开展这门技术，估计不久的将来全国很多医院都会陆续开展，谁最先掌握固定矫治技术，谁就会赢得市场。你在这个问题上可不能落后啊。”孙保兰同学生怕我理解不了固定矫治技术，还将矫治弓丝的物理特性、牙齿受力的生物学改建、托槽粘接的位置方向都详细做了解释。希望我多收集相关的资料进行学习，以便尽快掌握这门技术。

她在信的末尾还透露，华西口腔医院，每年都要招收正畸进修生，希望我将相关进修资料寄到华西继续教育办公室，排队等待进修。

读了孙保兰同学的信，我茅塞顿开。

我们过去学的活动矫治器可以自由取戴，它主要用不锈钢丝弯制成各种形状的曲和类似弹簧的装置，作用于错位的牙。一周左右的时间，由医生调整加力一次。如果戴矫治器的小孩不注意将矫治器的加力装置弄变了形，牙齿就会乱走，甚至松动脱落。我们科室过去也在做活动矫治，但仅仅局限于乳牙反合，或者恒牙简单畸形。复杂的牙齿畸形，效果基本都不理想。

如今，社会在发展，技术在进步，作为一个牙科医生，不能一辈子只做拔牙、补牙、镶牙这些传统业务。患者生活水平提高了，对于外貌也有了更高的要求，我们就应该学习新技术，把固定矫治、烤瓷、种植牙等先进技术，尽快地开展起来。

孙保兰同学给我写的信，我看了两遍，然后又给陶老师看，希望他也了解一下丽丽将要进行的矫治程序，家长配合医生矫正，达到最佳矫治效果。

“那就按你那同学说的，我明天就把丽丽带来，先做上颌骨前牵引。至于固定矫治，到成都矫正太麻烦了。我希望你抓紧时间学习，尽快掌握固定矫治技术，为大巴山的暴牙齿、瘪牙齿服务，像我女儿的这种复杂畸形牙，在当地就能矫治好。”陶老师提出殷切希望。

第二天，我吃过午饭，正准备午休，寝室门突然被敲响。开门一看，正是陶老师。他一只手叉着腰，一只手撑着门框，气喘吁吁。他的后面跟着丽丽和一位中年妇女。无疑，那中年妇女是丽丽的母亲。

丽丽的母亲确实牙齿排列整齐，眼睛明亮有神，人到中年还风韵犹存。表面一看，丽丽和她真不像一对母女。

为了给女儿矫正好牙齿，两口子麻子打哈欠——全面动员（圆），真是可怜天下父母心啊。

孙保兰同学说的上颌骨牵引，我没有做过，但我做过颏兜。我先在下颌骨颏部用自凝胶做了一个颏兜，用军用背带做了一个头帽，头帽与颏兜用橡皮圈相连，就能抑制下颌骨的发育。我通过上颌取模，做了一个上颌全合垫，在合垫两侧埋了一个拉钩。

为了牵引上颌骨，我又在颏兜上磨了两道沟，埋了两根向上的牵引钩，用压脉带剪成小圈，挂在合垫的拉钩上，牵引上颌骨向前。

我对自创的前牵引装置很是满意。但是，丽丽戴了一个月来复诊，效果并不明显。究其原因，一是牵引上颌骨必须要把头帽戴得很紧才有一定的牵引力，这样，戴起来很不舒服；二是牵引时间不够；三是牵引钩从颏兜引出，形成了游离端，没有支撑。

本想再次求助孙保兰同学，又觉得这点小事，不必麻烦她，就让患者继续戴着。虽然牵引上颌骨的作用不大，但还是能抑制下颌骨的生长。

为了使丽丽的龅牙齿早日得到治疗，我经常翻阅医学杂志，查找阅读有关颌骨牵引方面的文章，了解颌骨牵引方面的动态。

1990年年底，我在达县地区新华书店，看到了一本刚出版的《临床口腔正畸学》，如获珍宝，立即买下。这本书由北京口腔医院王邦康教授主编。书中介绍，1980年，北京有色金属研究总院和北京口腔医院合作，研制了一种具有超弹性又有形状记忆特性，专门为矫正牙合畸形用的钛镍合金丝，命名为中国TiNi丝，性能优于美国的Nitinol丝。而且，北京口腔医院经过8年的临床实践，矫治了近万例牙合畸形患者，收到了良好的效果，获得了国家科学进步二等奖。在这个过程中，他们不断研究改进，逐渐形成了独特的矫正技术——TN矫正技术，也就是固定矫治技术。尽管对书中的内容一知半解，但是，我仍然硬着头皮，将每一章都学习了两遍。

这本书有一章专门讲上颌骨牵引，其中讲牵引架的结构组成有一个额托。

我豁然开朗。如果在我原来的基础上加一个额托，用钢丝将颏兜和额托连成一个整体，这样，牵引钩就不是游离的了，就可以承受较大的牵引力。

我马上通知丽丽前来复诊。经过改进，前牵引装置既能承受较大的牵引力，口里的全牙合垫也不会脱落了。

前牵引架虽然稳固了，但是，用什么胶圈？拉力拉多大？我还在探索。

1991年年初，我在一本口腔杂志上，看到一则北京举办“口腔新技术学习班”的通知，有使用固定矫治器的内容，时间一周，我立即向医院领导提出书面请求，准许我去学习。医院领导积极支持，当天就寄出了报名申请。

我坐了两天两夜的火车，终于到了首都北京。先在火车站买了一张北京市地图，按照报到通知单推荐的线路，先坐地铁，再坐公交，用了将近两个小时，找到了报到的宾馆。一住下我又拿出《临床口腔正畸学》，把看不懂的地方再次温习了一遍，准备找相关的授课老师请教。

学习班安排了一个下午讲方丝弓矫治技术，由付民魁教授主讲，他从安格尔（Angle）讲到特威得（Tweed），从梅里菲尔德（Merrifield）讲到他将这项先进技术如何从美国引入中国。付教授制作的幻灯片大部分都是用的英文，讲课的时候，很多专业术语也用的是英语，让我听得云里雾里，特别是当他讲到在一根弓丝上作第一序列弯曲、第二序列弯曲、第三序列弯曲，就能达到牙齿的颊舌向、合根向，以及控根移动，我更是不知所云。

付教授很忙，还要急着赶飞机到外地讲学，没有答疑的时间，讲完就火急火燎地走了，我一肚子的疑惑都没能得到解决。

学习班最后一天是安排所有学员参观长城和十三陵，长城和十三陵的盛名我早有耳闻，本想趁着这个机会一览其雄姿，可考虑到还有惑未解，只得忍痛割爱，请假了。

初识王邦康

我拿着《临床口腔正畸学》找到北京口腔医院，想找这本书的作者王邦康教授。

一打听，王邦康院长到外地开会去了，可我又不愿空手而归，心生一计，便挂了一个正畸号，装成一个病人，溜进治疗室观看医生的操作。

“你牙齿哪儿不好？”接诊的岳教授问我。

“牙齿排列不齐，想看看能不能矫正。”我回答。

“需要检查。”岳教授说。

“你们矫正用的是什么矫治器？多少时间复诊一次？托槽粘在牙齿上会不会掉？怎么调整加力？”我将书上没有弄清楚的问题一个一个地问。

“你问那么多干吗？你这个牙齿下前牙轻度拥挤，后牙咬合很好，可以不矫正。”岳教授看了看我的牙齿，但拒绝回答我的问题。

候诊护士见我无事找事，赖在诊断室不走，礼貌而迅速地把我请出了诊断治疗室。

东边不亮西边亮，岳教授诊室不行，我又挂了纪教授诊室的号，照样佯装成矫正患者，站在治疗椅旁观察纪教授的操作。

我看到了纪教授拆弓丝、上弓丝，也看到了纪教授用带环片制作带环。

“小伙子，看够了没有？有什么问题你就问吧。”纪教授说。

“我想把我的下前牙矫正一下。”我撒谎。

“你进来之后观看这么仔细，而且还拿着一本我们医院王院长写的书，一看你就是来偷师学艺的。”纪教授瞥一眼我手中的书，一句话点明。

“纪老师说得对，我是四川的，我看到TN矫治方法很神奇，所以想来看看怎么用的。”

“每一种矫治器都有它的优缺点，先学一种方法，熟能生巧，用久了、用多了就掌握了。”纪教授说。

“谢谢纪老师。”纪教授让我看了一个多小时，我初步明白了TN矫正法的结构和加力方法。

在医院里，我还打听到王邦康教授可能当天晚上回来，第二天要来上班。

第二天早上8点钟，我就找到王邦康教授的办公室，他正向一位工作人员交代事情。我等了半个小时，直到他办公室没人后，才拿着《临床口腔正畸学》敲响了他办公室的门。

“小伙子，有事吗？”王教授非常平易近人，还给我倒了一杯水。

“王教授好！我是四川达县地区中心医院的一名口腔医生，买了您写的这本书，但是，很多地方我都看不懂，这次到北京学习，特地想请教您。”我实事求是地回答。

“口腔正畸是一个系统工程，它涉及儿童牙颌面的生长发育、矫治材料的物理性能、牙齿移动的生物学改建、各种矫治器的结构和作用原理，不是学一招半式就能解决所有的问题。”王教授说。

“我有一个病人，11岁了，上颌骨发育不足，下颌骨发育过度，我找华西的同学会诊，叫我做上颌骨牵引。我牵引了接近半年，但还是没有达到理想的效果。请问王教授，该怎么处理？”我问。

“你的牵引力每一侧是多少克？你牵引的角度与颌平面大约多少度？小孩每天牵引了多少小时？你用的橡皮圈是多大的？”

啊？上颌骨牵引还有这么多讲究？

“王教授，我第一次做，我以为一天戴两三个小时就可以了呢。”我回答。

“上颌骨与颅底由很多肌肉和韧带相连，上颌牵引犹如逆水行舟，你不拉，它就很快退回去了。我们楼下有一个器材服务部，里面有成品上颌骨前牵引架，也有成品牵引橡皮圈。你回去买一个弹簧秤，每一侧300—350克，每天牵引12小时以上。”王教授说。

“谢谢王教授。前牵引我明白了。您书上介绍的TN矫正法，我觉得很神奇，很先进，我很想学。”对于正畸，我好不容易能有这么一个向大专家直接请教的机会，自然不能轻易放过，我态度特别诚恳谦虚。

“年轻人，我的钛镍丝矫正技术（TN牙齿矫正法）算不上先进，只是国外昂贵器材的一种简易替代品。等一段时间，国内厂家生产出了标准好用、价格适中的托槽，我这个双圆管托槽也会被淘汰的。”王教授非常谦逊，一点也没有高高在上的大教授的架子。

“我看您书上除了介绍TN矫治法，还介绍了细丝矫治法、方丝弓矫治法，到底哪一种矫治方法好呢？”我看了他的书，书中写到了多种矫治方法，每一种方法又有不同的矫治程序。光看理论，没有实物，理解起来着实费劲。

“每一种矫治方法都有它的优点和缺点。你要根据患者的矫治需求，灵活应用各种矫治方法，取长补短。口腔正畸是一种毕业后教育，不是一天两天一周两周的学习就能掌握的。它必须经过系统理论学习，观察患者的整个疗程不同阶段的处理方法，总结经验教训，防止副作用的产生，能熟练掌握各种矫治方法，这样才是一个合格的正畸医生。”王教授说。

实事求是地说，我当时还是正畸门外汉，觉得学一种矫治方法就能矫治牙齿了，听王教授这么一说，我们矫正牙齿，不能只追求术，还必须追求道。患者牙齿畸形表现不同，矫治方法多种多样，具体该用什么方法最好，那就必须系统学习了。

“你毕业几年了？”王教授问我。

“毕业快7年了。”我如实回答。

“那你想办法到华西去进修吧。”王教授对我建议。

“谢谢王教授的指点。”我非常感激。

“你到楼下器材服务部，以后你需要的正畸材料，都可以在那里购买，我给他们打个招呼，有什么不懂的，可以问他们。”

到了北京口腔医院器材服务部，一位姓张的老师热情地接待了我，给我详细地讲解每一个部件材料的作用、用法，以及使用中的注意事项。

我选了前牵引架、橡皮圈、螺旋扩大器弓、双圆管脱槽、TN矫正弓丝，还有京津釉质黏合剂、结扎丝、牙用持针钳、弓丝钳等，一算，850元。

我身上只带了200元钱。当时又没有银行卡支付，更没有支付宝、微信等现代化支付工具，只有通过邮政局寄。收款人拿着收款单，再到邮政局把钱兑出来。

“我先把选好的器材放在这里，等你们收到我回去给你们的汇款后，你们再将这些器材给我寄来。”我与张老师商量。

“你先拿回去用，我们放心。王院长还打了招呼，要我们给你把这些器材的使用方法讲解详细一些。以后需要什么材料，有什么问题，打电话来就行。我们还可以一年结账一次。”虽然我们萍水相逢，但有王院长的担保，张老师并没有顾虑，主动让我先把器材带回家。

当时由王邦康教授领导的北京口腔医院的器材服务部，在无法确认我真实身份的情况下，不怕被我诈骗，让我直接带走了850元钱的货，好几十年过去，这件事仍让我感激不尽。

通过王邦康教授的指点，我已经对上颌前牵引的适应症、时机和注意事项有了充分了解。回到医院，我马上打电话到宣汉县毛坝中学，找到陶老师，通知丽丽尽快来复诊。

恩师陈扬熙

接到电话，丽丽全家第二天就起早往达城赶。

“我这次到北京，见到了王邦康教授，对上颌前牵引进行了请教和学习，专门买了成品前牵引架和橡皮圈。前次我做的上颌骨前牵引，牵引力度不够，牵引时间也不够。王教授讲，每天要拉12小时以上，效果才会更好。我现在得加大牵引的力度，延长牵引时间，不知道丽丽能不能坚持下来？”我检查了丽丽的颌骨牵引效果后，介绍了到北京学习的情况，表示了自己的担心。

“学校每天晚上9点钟才下自习，回家洗漱完也就接近10点了。早上7点就要起床，这中间也才9个小时，根本不足12个小时，这该怎么办呢？”陶老师计算后，提出这个问题。

“牵引时间不够，效果肯定差一些。丽丽，你能不能上课时把矫治器也戴上？”我试探性问丽丽。

“黄叔叔，我愿意上课也戴着，我不怕别人笑话。”丽丽听了我的话后，沉默了一会儿，但还是态度坚定地回答。

“丽丽，好样的，你真勇敢！”听完丽丽的回答后，我为之震动。也许是丽丽长期受到来自他人另类的目光，压抑太久了；也许是她渴望改变自己的面貌，追求美丽的心情太迫切了。我内心非常佩服这个小患者。

丽丽成为宣汉毛坝中学第一个戴着矫治器上课的学生，除了吃饭和上音乐课以外，其余时间她都坚持佩戴。上颌牵引面框，上面的额托，下面的颏兜和中间的牵引支架，戴在脸上，有点像遨游太空的宇航员。开始，引来了无数同学的围观、好奇，渐渐地，同学了解情况后，也就习以为常了。

丽丽不但听老师的话，听家长的话，更听医生的话，我要求她每天戴前牵引的时间，她都超额完成，因此矫治效果非常明显，她自己也更有信心。她和她的家人、同学都明显感觉到，丽丽的面中份比之前饱满多了，面部形态越来越好看了。

我在川东北地区，第一个开展了固定矫治业务，对个别牙错位、牙列间隙的简单病例，进行正畸摸索。

随着固定矫治的开展，出现的问题也越来越多。我便积极联系华西的同学、老师，终于在1992年，获得了进入华西口腔医院正畸科进修一年的机会，遇到了恩师陈扬熙教授。

陈老师是成都市人，1963年考入四川医学院口腔医学系，1970年被分到四川甘孜藏族自治州一个县，当了整整10年乡村医生。1980年恢复研究生考试，他已35岁，准备考回母校，但因为他们那一代人从中学到大学，外语学的都是俄语，当他考研的时候，大多数导师只招学英语的研究生，全国只有哈尔滨医科大学口腔系招收学俄语的研究生，他便考入了哈尔滨医科大学深造。

他考研究生时考的是俄语，可上学后又不用俄语，全用英语。陈老师的导师是张德福教授。张教授在中国正畸界有很大的影响，是中国《口腔正畸学》第一版的编委之一。陈老师从来没有学过英语，只得从头开始学习英语。别的研究生有英语基础，他没有，没办法，唯有挤时间追赶，硬是把英语赶了上去。

1983年陈老师以优异成绩获医学硕士学位，毕业后分配到华西医科大学口腔医院正畸科工作。

日本广岛市和成都市是友好城市，当时成都和广岛商定，为了扩大双方学术交流，每年交换一位医学领域里的学者。

1987年，陈老师作为交换学者，交换到广岛大学齿学部学习方丝弓固定矫治，交换学习的时间为一年。

陈老师的老师是日本正畸协会的主席山内和夫。山内和夫是日本口腔正畸界的大师，不但在日本声望极高，在世界上都是声名远扬。他的学术著作，有好多部在全世界翻译出版，受到全球口腔界不少学者的推崇。

陈老师到日本做交换学者前，用了一年时间专攻日语，到了广岛大学齿学部后，每周星期五的晚上，又参加了学校为外国交换学者举办的日语培训班，进一步提高日语水平。在山内和夫教授的教导下，陈老师成了中国方丝弓固定矫正技术方面的权威学者之一。在日本当交换学者期间，陈教授对日本口腔医疗的精细化操作感受特别深。回国时，他用从日本提供的生活费中积攒出的20万日元，买回一批口腔正畸钳子和矫治弓丝。在那个物资匮乏的年代，20万日元可不是个小数目，兑换成人民币，在成都可以买一间80平米的门市。有人曾打趣陈老师道：“如果你不用那20万日元买口腔器械，而是买房子，或许还发了很大一笔财呢。”

陈老师在学术上造诣颇深，在生活和工作中却没有一点架子，我进修时，他是硕士生导师、正畸科及研究室副主任，可无论是博士生、硕士生，还是本科生、进修生，只要有不懂的问题，随时找他，他随时解答，既可以在教室向他提问，也可到他的家里向他请教。

陈老师名气很大，找他看病的患者很多，对于慕名而来的患者，他都要一个一个诊治完才下班，不少时候都是晚上七点多了才离开科室。有一次下班晚了，学校食堂关门了，他便带着我们几个进修生到他家去煮面条。

陈老师实在太忙，师母又不在家，一进家门，他就说："我还要帮学生改文章，挂面在柜子里，蔬菜在冰箱里，作料在台子上，你们自己做一下，做好了叫我一声，我也一起吃。"说完就进了书房。

吃饭时成了一个小型学术研讨会。陈老师提出当天下午一个疑难病例让我们讨论，我们一边吃，一边各抒己见，最后陈老师逐一对我们的方案进行点评，对不同的处理方法最终的效果进行预判。经过陈老师一分析，我们突然感觉几十章专业课一下子像珍珠项链一样互相连接了起来，一顿饭吃下来，我们肚子饱了，脑子也充实了。觉得陈老师倒不像是牙科领域的大权威，更像是我们的家长。

"好记忆不如烂笔头，你们每个人身上随时带一个笔记本，有什么不清楚的、不懂的，就记在笔记本上，有时间集中问老师，或者到图书馆查资料。笔记本还要经常翻阅，多看几遍，记住了吗？"陈老师这样教导我们。

有一次，陈教授讲多曲方丝弓矫治前牙开合，我因家中有急事临时请假走了，错过了他的那堂课，为此觉得很可惜，很懊恼。可出人意料的是，当我从家里回来后，他竟从百忙中抽出一个多小时给我一个人补课，还把讲课教案借给我抄录。

在进修期间，华西口腔医院正畸科的老师，每周给我们安排了两个下午的理论学习，每周科室进行一次疑难病例讨论会，还对我们进修生布置了阅读和翻译《美国正牙杂志》文章的任务。经过对固定正畸的系统学习，我初步掌握了正畸的标准流程，从病人的拍片、取模，到模型的测量，以及头测量分析，我不再局限于矫治方法的术，而是进一步掌握了达到最佳矫治效果的道。

“大猩猩”变“小美人”

进修结束，我按照华西口腔医院正畸科的治疗流程，带丽丽先到放射科，照了头颅正位片、头侧位片、手腕关节X光片。在科室旁边一个小屋子布置了一个简易摄影室，给丽丽照了术前正侧位照片，取了全口记存模型。

由于丽丽坚持白天、晚上牵引，上颌骨前牵引效果非常理想。

第二阶段，我在陈扬熙老师的指导下，弯制改良箭头卡，正确放置螺旋扩大器，教会丽丽家长如何调整加力。

丽丽得到了正确的矫治方法，以及正规的调整加力，还有陈老师的实时指导，脸型从正面看侧面看，都达到了标准。但是，两颗唇侧错位的尖牙，只要一张口，仍然特别显眼。

我为丽丽粘上了第三副矫治器，即方丝弓固定矫治器。

金光闪闪的不锈钢托槽，粘在丽丽的牙齿上，在丽丽所在的毛坝中学，又是一件怪事。同学又给丽丽取了一个外号，叫“钢牙妹”。丽丽学习成绩很好，又是班长，她对这个外号满不在乎。有一次，她得了三好学生，请她在全校大会上发言，介绍学习经验。她自信地张开嘴唇，展现她的“钢牙”，侃侃而谈，赢得阵阵掌声。

经过排齐牙列、拉尖牙向远中、关闭间隙、调整咬合关系、保持固定，整整三年的矫正，丽丽拆除了固定矫治器，露出了洁白整齐的一口牙齿。健康源于齿，微笑会于心，美丽从“齿”拥有，灿烂的笑容随时挂在丽丽的脸上。之前那个沉默、忧郁的小女孩，终于变成了活泼、靓丽、自信的小美女。

治病实际上是医生、病人和病人家属的互动。这是患者、患者家属与我密切合作的结果！是现代牙科矫正技术的力量彰显！

“黄叔叔，谢谢您为我矫正好了牙齿，我已经下定决心，将来要学医，而且就学口腔医学，我要竭尽所能去帮助那些像我一样的‘大猩猩’‘小猩猩’脱离苦海。”有一次，丽丽复诊后突然坚定地向我表示。

“丽丽的想法很好啊。在中国，现在十万人才有一个专业的口腔医生，欢迎你将来读口腔专业，叔叔期待你的好消息。”我拍拍丽丽的肩膀，轻声鼓励她。

欢乐重新回到了陶老师的家里。陶老师不断给我传递丽丽的近况，说她心情舒畅，学习努力，多次期末考试成绩名列年级前茅。

“黄医生，丽丽考上了中山医科大学口腔医学系！我要请你吃杯喜酒。”那年高考结束后，陶老师夫妇带着丽丽和高考录取通知书，从宣汉毛坝到达县来给我报喜。

“祝贺！祝贺！不简单！”我向丽丽伸出了大拇指。

我为丽丽高兴，为我矫正牙齿的成功高兴，为一个牙病患者有如此远大的前程高兴！

“黄叔叔，我大学期间寒暑假都到你这里来实习，本科毕业后，我还想报考正畸专业的研究生！”丽丽抬头看着我，信誓旦旦。

“叔叔相信你会成功！”那天中午，我违背了医生午餐不喝酒的“行规”，喝了好几杯白酒，喝得满脸通红。

人逢喜事精神爽，我太高兴了。

丽丽考上了我所从事的口腔专业是喜事一桩，更可喜的是，丽丽成功的正畸治疗，在宣汉毛坝中学，成了一块流动的“广告牌”。她用活生生的例子说明，牙齿再错乱，都是可以通过现代化的矫治技术改善的，甚至可以将“大猩猩”变成小美人！

丽丽矫治好了牙齿，带动了一批追求美的“大猩猩”“小猩猩”来到医院做牙齿矫正治疗，使原本“车马稀”的口腔科正畸室，逐渐车水马龙起来。

美丽人生，从“齿”开始。我至今已经开展了30多年的正畸业务，成功矫治了6000多例牙颌畸形患者，这是双赢、多赢。从“齿”有健康，微笑常绽放。一个口腔医生，能让那么多的小患者解除痛苦，从愁眉苦脸到喜笑颜开，从自卑沮丧到自信阳光，成为笑的天使，我引以为傲。我祝愿天下所有的“大猩猩”“小猩猩”都能早日走出“龅牙腔”的阴影，天天笑迎美好的新生活。

牙医成了“送子娘娘”

我分配到达县地区中心医院口腔科工作时，医院有一条土政策，第一年叫试用期，工作满一年才转成正式职工，工资也比试用期多十元。由于家在农村，我下面还有两个弟弟、一个妹妹在读书，我必须每个月寄15—20元钱回家，以减轻父母供弟弟妹妹读书的经济压力。

刚从学校毕业，当时并没有在达县地区奋斗终生的思想准备，还想考研究生。考研究生就需要多学习、多读书，由于综合医院资料室没有多少口腔类医疗书，我还得自己花钱订口腔专业杂志。刚开始工作，一穷二白，还要花钱购买一些生活用品，每个月的那点工资入不敷出。

医院办有职工伙食团，但价格比大学食堂要高得多。大学食堂花3毛钱就能吃到一份肉，两毛钱可以吃到一份荤素各半的菜，小菜大部分一毛钱一份，有时候还有5分钱一份的“特价菜”。医院食堂一份肉最少都要6毛钱，小菜最便宜都是1毛5分钱一份。

我每个月工资发到手之后，先保证寄往家里的钱，然后再保证购买学习资料的开支，最后剩下的才用来吃饭。每月发了工资的那几天，每天吃一次肉，经济紧张了两三天才吃一次肉，最后到月底裤兜比脸都干净了，只能到伙食团买一碗白米饭，回寝室用豆瓣下饭。有时连豆瓣都没有，只好用酱油下饭。连吃几天白饭，实在想吃点肉解解馋时，说句丢人现眼的话，到同学或者老乡家去蹭饭的事没少干。

说起拔牙她就发抖

我蹭饭次数最多的，是董哥家。

董哥与我是南江县同乡，比我大十来岁。他高中毕业后参军，由于在部队表现特别优秀，服役三年就被提拔当了军官。军官深受靓女青睐，经朋友介绍，在达县找了一个吃商品粮的姑娘。姑娘姓杨名美娟，不但人长得漂亮，而且还有工作。那时吃粮要粮票，吃肉要肉票，吃油要油票，且都是定量。每人每月一斤肉、半斤油。当时杨姐在达县地区食品公司工作，过年过节买点猪舌子、猪耳朵等腌腊制品，总比其他人方便些。

董哥的老丈人是达县地区粮食局局长，虽然只是个区区七品芝麻官，可粮食局是实实在在的实惠部门，岳母也在城里一个小学教书，是一个资深教师。所以杨姐既出生于官宦之家，也算得上是书香门第。

董哥父母都是农民。为了解决夫妻分居的问题，牢牢守住自己的如意老婆，董哥当军官五年后，就申请转业，并如愿以偿，转业到达县地区民政局工作。

我第一次到董哥家去蹭饭，就被他家的“富裕”所震惊。别的不说，仅他小两口，就住着三室一厅的套房。家里不但有自行车、电视机、收录机等当时很流行的几大家用电器，还有五斗橱、高低柜、大衣柜等时髦家具，真让人羡慕、嫉妒。

杨姐是独生女，家里每个人都有工资，生活当然十分宽裕，几乎每天都有肉吃。董哥也很大方，经常叫我这个小老乡到他家去吃饭。我脸皮也厚，常常是随叫随到，成了他家饭桌上的常客。当然，我脸皮这么厚，除了董哥这个南江老乡的热情邀请，最重要的还是杨姐一家人的真诚好客。董哥喝酒，杨叔叔也爱喝几杯，只要我一到他家，杨叔叔就拿出绵竹大曲、全兴大曲、诗仙太白等好酒请我喝，从来没拿我当外人，每次都是将我当贵宾招待。

由于家境优越，杨姐从小得到爷爷奶奶和爸爸妈妈的宠爱，零食吃得多，不注意预防保健，牙齿自然就坏得快。那时候，全民口腔疾病的预防保健根本没有提上议事日程，大家都没有牙齿预防保健的习惯，连六龄牙也不做窝洞封闭，也不定时找牙科医生检查治疗。

杨姐7岁的时候，妈妈发现她下面最后那颗大牙有个黑洞，便带她到他们住处旁边医院的五官科检查。那个医生简单看了一下，扔下一句："小孩儿的牙齿都要换，不用管它，等换了新牙齿就好了。"杨姐的妈妈听医生这么一说，也就没有重视，等杨姐到了11岁，总喊牙齿痛，母亲再带她到地区中心医院五官科检查，医生摇摇头说："这孩子的六龄牙，已经烂成残根，不得不拔除了。"

六龄牙，指的是恒牙第一磨牙，是口腔内萌出最早的恒牙。大多数在6岁左右萌出，所以叫六龄牙。六龄牙下方没有牙胚，一辈子都不会被替换。六龄牙表面有较深的窝沟，容易存留食物残渣，引起细菌滋生，从而产生龋坏。如果六龄牙龋坏后不治疗，任其发展，最后烂成残根，那就无可救药了。

口腔里的残根，有可能平时不肿不痛，但是，它是全身的感染源。不但引起根尖部发炎，残根内细菌进入血液，随着血液循环扩散，会引发全身的其他疾病，比如感染性心内膜炎、肾小球肾炎等。有的牙齿残根存在锐利的边缘，患者咀嚼和说话时，锐利的边缘不断地摩擦，会刺破颊部黏膜或者舌头，导致黏膜溃疡，有些溃疡引起剧烈的疼痛，有些溃疡甚至可能发生恶变，形成口腔癌，如舌癌、颊癌等。因此，所有的残根，都没有保留价值，都建议尽早拔除。

当时达县地区除中心医院外所有医院都没有独立的口腔科，即使有口腔医生，都是和耳鼻喉科混在一起，统称五官科。有些五官科医生，没有经过口腔专业的学习，把六龄牙当成要换的乳牙，也就不足为奇了。如今，经过几十年的发展，口腔医疗和预防都得到了很大的提高。在大城市里，小孩六龄牙萌出后，都及时到牙科医疗机构进行窝沟封闭，这样可以有效预防龋齿。如果出现了龋齿，及时到牙科医疗机构进行去龋充填，就能阻止龋齿进一步发展，确保牙齿健康。

“叔叔、阿姨，你们牙齿有没有问题，我别无所长，唯有在看牙病上，还勉强可以帮得上一点儿忙。你们要是牙齿有问题，就告诉我。我给你们当牙科保健医生。”由于经常到董哥家去蹭饭，心里难免过意不去，总想报答他们，就经常问问他们的口腔问题。

“我从小生活在困难家庭，糖果零食吃得少，刷牙也是坚持了的，牙齿没有大的问题，冷热酸甜随便吃。”杨叔叔这样回答。

“牙好，胃口就好，看来，杨叔叔和阿姨的牙齿是没有什么大问题的。”我恭维。

“我们两个老人的牙齿倒还凑合，就是美娟的那口牙齿有些麻烦。她从小爱吃糖，到一家医院的五官科去治，那医生又是个‘黄棒’（重庆方言，意思是做事不懂行），耽误了治疗，六龄牙龋坏。”阿姨指着杨姐说。

“杨姐的牙齿该治疗的都治好了吗？”我便主动关心杨姐的牙齿治疗情况。

“没有，左边的六龄牙拔了之后，镶了一个活动假牙，勉强可以用。右边的六龄牙还有残根在里面。上面有颗牙齿，我找红旗医院的张医生给我换了几次药，补起之后用了几年，现在咬硬东西还是不敢用力。”杨姐回答。

“那你抽时间到医院来看一看，残根还是要早点拔。”我说。

“哎，别说了，提起拔牙，我心里就直打寒战。”杨姐回答。

“怎么回事？”

“我在十二三岁的时候，六龄牙发炎，到二医院去看牙，一个留着大胡子的老医生给我做的检查，他说那个牙齿保不住了，只能拔除，我当时想都没想就同意了，哪知这个牙齿顽固得很，那个大胡子医生与另一个女医生配合，用梃子撬，用榔头敲，把我痛得哇哇地叫，给我补了一针麻药，还是痛，又补麻药，还是痛，总共打了4针，才麻住。那个牙根根尖膨大，医生把他们科室的拔牙工具都拿出来，这个用了不行，又换另外的器械。敲得我头晕眼花，用了将近两个小时才把那个牙齿拔出来。回家当天，口水渗血，伤口疼痛，一晚上都睡不着觉。第二天，脸肿得像一个洗脸盆，下颌半个月张不开嘴，口角疮疹一个多月才愈合，人都瘦了五六斤，从此留下了‘拔牙恐惧症’，一说拔牙我就心头发紧，全身发抖。”

“有的牙齿是很难拔。现在，我们医院刚买了几把新的尖梃子，我估计拔起来要容易一些。”我的回答很谨慎，不敢把话说满。

对于治病，老师过去一再教导我们：“一定不要‘冒皮皮’、夸海口，每个人个体的差异太大了，有些看起很好拔的牙齿，可能把你拔得喊娘喊老子。”

“那我抽时间来看看。”听我这样说，杨姐不再坚持，答应下来。

一周后的一个下午，杨姐如约而至。

经过检查，杨姐左侧的下颌六龄牙已缺失，镶了一个活动假牙。右侧下颌六龄牙已经烂成了残根。上颌六龄牙一侧做过治疗，另一侧做了汞合金充填。做过治疗的那颗六龄牙叩起来还有一些疼痛。其余的磨牙和双尖牙大部分都做过充填。

那时候没有颌骨全景X光机，只有小牙片机。我特地针对她做过治疗的六龄牙和残根六龄牙照了个小牙片。牙片显示，做过治疗的牙齿根管未做充填，根尖有弥散性阴影，残根六龄牙根部有一10×10毫米的规则阴影，怀疑肉芽肿或者囊肿。

“杨姐，你这个残根根部有一个小囊肿，不拔的话，会越长越大。建议你尽快拔了。上边那颗牙齿治疗药物可能过期了，要重新做治疗。”我提出治疗建议。

一般对于需要拔除的牙齿，我们都是着重强调后期的危害。对别人治过的牙齿，尽管做得不好，老师教导我们，不能贬低同行，所以我只说充填药物过期，需要重做。

“重新做治疗麻烦吗？”杨姐问。

“一点都不麻烦，把根管掏通之后封几次药就好了。”根管治疗，是临床上治牙痛最常用的方法。

杨姐对我的解释比较满意，同意先拔除残根。

杨姐前次一颗六龄牙打了4针麻药，这至少说明杨姐对麻药有很强的耐受力，为此，我特地为她调整了一下药，这样，既可以防止出血，还可以加强麻药的效果。我先检查她的口腔解剖标志，然后用手摸了摸下颌骨升支的前缘和后缘，确诊无误的时候才进针注射。

麻药效果很好，拔残根也很顺利，用拔牙钳钳住残根，颊舌向摇动，一分钟不到，就拔出来了。刮除下面的囊肿和肉芽组织同样顺利，没有大出血。缝合伤口之后，我又给她开了3天的消炎药。

“黄医生，你不愧是华西口腔系毕业的，你拔牙我根本没有感觉，拔牙后脸也没肿。真好。谢谢你哟。”杨姐因为拔牙没遭多大罪，直夸我拔牙的手艺好。

给杨姐拔除牙根没费什么周折，但在给她的上颌六龄牙重新做根管治疗时，就远没有那么顺利了——我打开牙髓腔，用低速球钻慢慢磨除垫底的材料。由于垫底材料都是白色的，与牙体组织有很大的色差，很容易辨认，没有花多少时间就去除干净了，可寻找根管口、疏通根管就把我难住了。

因为上一位医生给她上颌六龄牙做根管治疗用的是塑化治疗，就是把塑化液用针管注入根管，半小时后凝固成硬的塑胶，将坏死的牙髓组织一起包裹凝固，达到治疗的目的。这种治疗方便、快速，缺点是没有拔除坏死牙髓，如果根管细小，塑化液就进不去，塑化不全，治疗不彻底，根尖部很容易再次发生炎症。开始，我用根管扩大针凭感觉在每一个根管口的位置一点一点地探查，探到一点孔隙，就用大拇指和食指不断正反方向进行搓压，下去了大约1毫米，就下不去了。我用机用扩大针往下钻，还是钻不下去。弄了半个多小时，弄得我汗流浃背。三个根管一个都没有掏通。

“杨姐，你这个根管堵死了，再怎么掏都掏不通。”我尴尬地摇摇头，无奈地对杨姐说。看来，我还是把给杨姐上颌六龄牙重新做根管治疗想得太简单，现在作难了。

“其他医院的医生可能没有办法，难道你也没有办法吗？”杨姐依旧对我信心十足。

“因为上一个医生对这牙齿的治疗用的是塑化治疗，这样治疗有优点，也有缺点，优点暂且不说，缺点是如果当时治疗不彻底，根尖部再次发生炎症，再治疗时很难再疏通根管，我已经进行了这样长时间的疏通，可三个根管一个都没能疏通。”我实事求是，向杨姐说明原委。

“黄医生，照你这么说，我这牙就没有办法治疗，只有等拔了？”杨姐有些丧气。

“不到万不得已，牙齿是不能随便拔的。我看还可以这样办，你以后到成都去的时候，找我那些留校专门做根管治疗的同学，请他们想办法掏通。”我安慰她。

“那只好等等啦。”杨姐听我这么说，只得点头应允。

艰难曲折求子路

在杨姐面前说根管治疗不麻烦，掏通后封两次药就好了，哪知第一步就没把根管掏通。因为在杨姐面前夸海口露馅儿了，我觉得很没面子。董哥叫我到他家去吃饭，我都不好意思，以其他借口推托了。这样拖了一个多月。

“小黄，你忙过了吗？”有天下午临下班的时候，杨姐的妈妈直接来到了我的诊室。

“阿姨好，我正准备下班。”经常到她家吃饭，自然熟悉，我热情地和她打招呼。

“这么久你都不来我们家了，什么事情把你得罪了吗？”阿姨问。

“阿姨说哪里话，没有，没有。最近在赶写一篇文章。”我打了个马虎眼。

“没有得罪你那就好。我想和你摆摆龙门阵。”

“要得。要得。”科室其他人员都已经下班了，我拉过两把椅子，和阿姨并排而坐。

“小黄啊，我想和你说点事，请你帮个忙。”阿姨拿出一副摆龙门阵的架势。

“阿姨您说。我经常叨扰你们。只要我能做到的，我一定尽力。”我诚恳表态。

“就是你董哥和你杨姐的事。”

“他们能有什么事？”

“他们两个结婚这么多年，一点响动都没有。”

“喔。我原先还以为是董哥和杨姐响应党的计划生育号召，要晚生晚育呢。或者是要赶时髦，当丁克夫妻呢。原来他们是怀不上啊。他们不生是什么原因，到医院检查没有？”我问。

我虽然是学口腔的，但是，医学系开设的内科、外科、眼科、耳鼻喉科、儿科等课程，我们口腔系都是学过的。有些章节老师虽然没有在课堂上教，但要求同学们自学。

“你杨姐检查过了。查了血，显示血常规、肝功、肾功、激素水平、免疫因子，全部都正常。又做了输卵管造影，也是正常的。”

“董哥做过检查没有？”我问。我知道，生小孩是男女双方的事，如果不孕不育，男女双方都要做检查，才能做出比较客观的判断。

“他做过检查，也没有问题。”

“为了要孩子，两个人吃过什么药没有？”

“吃过了。地区医院开的多种维生素、五子衍宗丸、六味地黄丸，可是都不见效果。”说到这里，阿姨摇了摇头，一副无可奈何的样子。

刘方洋老师是达县地区中医学校的名医，治愈过不少的疑难杂症，特别是治疗妇女的不孕不育，有丰富的经验，曾使不少的不孕不育妇女抱上了孩子，在山区有“送子观音”的美誉。阿姨几次带着杨姐去找刘方洋老师看病，中药吃了几十副，药砂罐烧坏好几个，也不见杨姐的肚子里有任何动静，这很打击阿姨为杨姐治病的信心。

“阿姨，您老人家为这事着急，董哥的父母恐怕更着急吧？”

“你说亲家呀，他们确实比我们更着急。亲家两口子虽然是农村人，可都是老实忠厚人啦。”说起董哥父母，阿姨称赞有加。

据阿姨介绍。董哥父母虽然生了四个孩子，可只有他这么一个儿子。在农村山区，重男轻女的思想很严重。见董哥结婚一年没抱着孙子回家，两年还没有把孙子抱回去，就很着急了。

阿姨滔滔不绝，将两家人为董哥、杨姐的生育难题而操心的事讲了个大概。说到动情处，阿姨多次泪眼婆娑。

“小黄呀，你是华西医科大学毕业的，你在华西医科大学会有不少的同学吧？”阿姨话锋一转，提出了这样一个问题。这才是她这次来诊所找我的主要目的。

“我们年级90个同学，毕业留校的就有10个人。还有10多个同学考取了华西医科大学的研究生。我们关系都是很好的。”一听阿姨问这个话，我老实回答。

“小黄，你既然在华西医科大学有那么多熟人，我就麻烦你帮个忙。请你给哪位同学写一封信，我叫你董哥和杨姐到成都去检查一下，看看到底是什么问题，病怎么治。”阿姨这样说。

“阿姨，没有问题。杨姐有颗牙齿也正好要找华西口腔医院的专家治呢。董哥他们什么时候去？我给同学写信，举手之劳的事，算不上麻烦。”

我并未多想，一口应承下来。。

“小黄啊，谢谢你。这两天你就给华西的同学写信，我让娟娟他们马上去成都。”阿姨听了我的承诺，很高兴。

同学给我撑足面子

“小黄，信你写好了吗？”刚过两天，董哥又来叫我到他家里去吃饭，刚进门，阿姨就催问起这件头等大事。

“董哥和杨嫂明天要去成都吗？好，今天晚上我就写。”我忙着答应。

回到家，摆上纸，却迟迟下不去笔。这封信写给谁呢？我们年级虽然有20多个同学在华西医科大学工作，过去我和他们也多多少少有些交往，找他们帮过忙，而且他们也确实很给面子，但是那些交往大多与治疗牙齿有关。而这次主要是要找他们帮忙解决不孕不育的问题，这与治牙八竿子打不着。如果只是治疗牙齿，他们近水楼台先得月，在口腔医院找一位医生加个号自然不是难事，但要他们帮忙在附属医院找治疗不孕不育的医生，恐怕就不一定有熟人了，写信求他们帮忙办这样的事，是不是强人所难？可已经答应了给阿姨帮忙，就必须想办法把忙帮到底，我可不能当言而无信之人。一言既出，驷马难追，这事不强人所难也得强人所难了。找同学帮忙，他们或许不能亲自带杨姐去做检查，至少可以告诉他们在哪里挂号，挂哪个科的号，哪个教授最擅长治不孕不育症。总之，在医院有个熟人总比人生地不熟好。

要找同学，只是找哪个同学最合适？我把所有的同学又排了一遍，思索再三，最后决定找王小容和郭丽娟。

王小容是华西“口七九”三班的，我是一班的。我们虽然不在一个班，平时交往也不多，但她老家是我们地区渠县的，算是真资格的老乡。渠县曾有一句流传很广的口头禅，叫作“醉死也要喝酒，借钱也要请客”，真实地反映了渠县人热情好客的品性。从我与王小容的几次交往中，我觉得若是求她，她是会伸手相助的。

郭丽娟是我们“口七九”二班的。她是绵阳人，我们放假一起坐过火车，她平时不善言辞，但是讨论起问题来滔滔不绝。我们在图书馆自习的时候，中途休息还摆过几次龙门阵，感觉她也很热心。她毕业之后留在了华西口腔医院牙体牙髓科。

我连夜给王小容写了一封长长的信，一方面诉同学之情，另一方面诉老乡之谊，还实事求是地渲染了我和董哥一家人的深厚友谊，希望王小容一定要帮我找一个妇产科的权威教授，给他们两口子查查未能生育的问题。

我又给郭丽娟写了一封信，一是希望她把杨姐那个牙齿的几个根管想办法掏通。如果她都掏不通，那就只有拔了。二是如果杨姐他们在成都治病，遇到什么困难，希望她在力所能及的情况下帮帮忙。

信交给董哥，第二天他就和杨姐到成都去了。

董哥和杨姐去成都了，我的心却悬了起来，更加忐忑不安。我知道，王小容白天忙病人，下班还得做家务，看书学习，哪有时间帮这个忙？华西医科大学附属医院妇产科和附属口腔医院隔行如隔山，她那边有熟人吗？妇产医院与口腔医院之间相距有1公里，她有时间带董哥他们去看病吗？如果王小容不帮忙，我在董哥他们家里夸下的海口，岂不是真将变成一桩大笑话？真是坐立不安，愁肠百结啊。

但不管怎样，时间老人还是以它不紧不慢的步伐，“咔咔咔”地向前迈进。一周之后的一个下午，刚上班不久，董哥匆匆来到我的科室。

“黄老弟呀，我刚从成都回来，太感谢你那老同学王小容和郭丽娟了。”刚进门握过手，董哥的话匣子就打开了。“王小容看过你写的信，找到一个年龄较大的老师，说，‘哎！我老家一个亲戚，要到妇产科看病，哪个老师认得那边的医生？’年龄较大的那个老师说，‘毛老师有个老乡就是附二院妇产科的主任，我们熟人看妇产科，都是找毛老师写字条过去加号的。你的老乡要看妇产科，用不着找其他的人，就找毛老师。’王小容马上带着我们转身去找毛老师。毛老师当时正在忙，听了王小容的简单介绍，二话没说，伸手撕下一张处方笺，在上面写了‘毛彦祥’三个字交给了王小容。‘你拿着这张纸去妇产医院找李教授。’王小容将那张纸递到我手里，把我们送出修复科的门，指了去妇产医院的路，说：‘我没时间亲自带你去了，你们自己去，一定要让李教授看到字条上的几个字。’我拿着那张只有三个字的字条，找到妇产医院的李教授，李教授看了我手上的那张纸，也是一句话都没说，只是嘟了嘟嘴，示意旁边的助手给我们加一个号。助手说了一句：‘李教授把前面的病人看完，大约在12点20分，你们到时来吧。’我和美娟按时到了李主任诊断室，李主任把其他病人看完之后，马上把我们在达州的检查结果看了一遍，问了一些生活情况，说了一句，‘在达州检查过的就不用再检查了。明天查一个激素水平，做一个彩超。拿到结果，再来找我。’第二天，我们拿到化验和彩超单，再次找到李教授，李教授说，‘我这边检查正常，怀娃娃应该没什么问题。你身体太单薄了，体质太差，这样不容易怀上。要多吃、多睡、多运动，体重最少增加十斤。’李教授认真看了看美娟，严肃指出她身体太单薄的问题，接着又问：‘你有没有烂牙齿？’‘我这次来还有一个任务就是治牙病。’美娟回答。‘有烂牙齿该拔的拔，该治的治。’这时我冒冒失失地问了一句：‘烂牙齿会影响怀孕吗？’李教授当即回应：‘当然会影响。人体是一个整体，好比一台汽车，一颗螺丝钉坏了，都可能酿成事故，人体像汽车一样，任何器官疾病都可能影响其他器官正常运转。备孕是一个系统的工程，要有清晰的计划，要做好身体检查，了解相关的医学知识，改变不良的生活习惯，把各项指标调到最佳，才能优生优育。’李教授说话简洁利落，没有废话，可该交代的事项说得很精确详细。”董哥把李教授一顿好夸。

“你们找没找郭丽娟？牙齿弄好没有？”我既关心杨姐到成都检查生育的问题，同样也放不下她的牙齿治疗问题。

“你那个同学郭丽娟也非常热情，我把你写的字条交给她，她说，‘你们这么远跑来也不容易，正好，我们科刚进了新设备，以及溶解塑化剂的药物，我把其他病人看完了加班给你看。’郭丽娟下班之后，就给你杨姐治疗。先是用钻针钻，用药水浸泡，然后用手工钻针探，再用机器扩，弄了一个多小时，终于把三个根管掏通了。郭丽娟说，‘封两周药，如果没有任何不适症状，就可以根管充填了。’”董哥对这次成都之行非常满意，对我母校的老师以及我的两个热心的同学更是赞赏有加。

“杨姐的牙齿你们打算在我们医院充填，还是到成都去充填？”我问杨哥。

“你们医院在达县地区算是最好的了。但是，你们口腔科只有这么一间房子，华西口腔医院是一栋楼，技术和设备差距很大。我下周正好要到成都去出差，我和美娟还是准备到成都去完成治疗。黄老弟，这你不会介意吧？”

“华西口腔医院的设备条件肯定比我们这里好多了。我们综合医院口腔科，没那么受重视，设备落后，很多工作都开展不了。只要杨姐的牙齿能治好，在哪里治疗我都高兴。”我说的是真心话。

牙医成了“送子娘娘”

“走，到家里喝酒去。这次给你添了这么多麻烦，两个老人家都想好好谢谢你呢。”董哥把我拉到他们家，桌子上已经摆了满满的一桌美食。杨叔叔还特地拿了一瓶泸州老窖特曲。当时好白酒供应紧张，那瓶泸州老窖特曲还是杨叔叔找人才买到的。

“小黄呀，你写的信太管用了，如果他们独自去成都，可能一周连个号都挂不上。今天你得多喝几杯。”阿姨一个劲地感谢我，劝我喝酒。

董哥不愧是退役军人，对于医生下的医嘱就像执行上级命令一样认真。他平时本来也好一杯酒，战友聚会，随便来个半斤八两，而这晚面对难得的美酒，他却端了一杯白开水来应付我。

“医生的话又不是圣旨，今天喝了从明天开始戒嘛。”我开玩笑引诱他。

“华西的李教授说了，要科学备孕，戒烟戒酒，你可别拉我下水，让我‘犯罪’呀。”董哥意志坚定，一口回绝。

董哥喝白开水，以茶代酒，频频对我发起进攻。而杨叔叔则真酒真敬，陪着我这个晚辈喝了个痛快。我本来不胜酒力，可人一高兴，就不懂得拒绝，很少喝醉的我，那晚竟醉得一塌糊涂。

第二周，董哥带着杨姐，再次去了华西口腔医院，找郭丽娟把原来没有充填到位的那颗牙齿，做了完整的根管充填。还把几颗用银汞合金充填的牙齿，换成了色泽逼真、耐磨性强、无刺激性、无过敏性的光固化复合树脂材料。

银汞合金补牙在20世纪80年代以前非常普遍。它是一种由金属银、锡和水银等成分组成的合金材料，具有良好的生物相容性和稳定性。但是银汞合金不美观，容易导致牙龈色素沉着。还有一些人对重金属过敏，可能造成过敏反应，甚至重金属中毒。现在，基本上被玻璃离子补牙材料和光固化树脂材料所代替。

杨姐的两颗智齿长得有一点倾斜，表面牙龈有一个盲袋，有轻度发炎。回来后，杨姐找我把可能引起后患的下颌两颗智齿也拔除了。智齿位置如果不正常，怀孕期间受到体内激素水平的变化的影响，容易引起智齿冠周炎。如果炎症严重，可能会对胎儿有一定影响。为了实现早日抱上孩子的愿望，她要防微杜渐。那智齿根尖离神经管还有2毫米的距离，我的拔除过程很顺利，她术后反应很轻微。

董哥的牙齿本来都比较健康，智齿有点倾斜，没有发红发肿，为了避免时间久了引起前面第二磨牙的龋坏，我也很顺利地把它拔除了。

之后我又给董哥和杨姐进行了全口牙洁治，并告诉了正确的刷牙方法。虽然牙龈发炎不会影响卵巢正常排卵和受精卵着床，但是怀孕期间激素水平发生变化，牙龈对外在刺激非常敏感，可能导致牙龈发炎症状加重。而怀孕期间又不能随便用药。如果怀孕后出现牙龈发炎，可能会给怀孕的女性造成痛苦，间接影响胎儿的发育。

备孕期间，董哥纪律严明，采取军事化管理，不但对自己严格要求，对待杨姐也是严格监督。每天早上六点半就带杨姐到体育场去跑步，监督杨姐每天按时按量吃鸡蛋、牛奶、叶酸。杨姐平时喜欢看电视连续剧，有天晚上的电视连续剧，10点前只播了一集，另一集要延长到晚间新闻后接着播，杨姐央求等晚间新闻后看下一集，董哥丝毫不留情面，10点准时拉闸限电。杨姐平时爱吃辣味食品，董哥严格禁止。还叮嘱阿姨，家里的所有炒菜，从此不放鸡精、味精。

经过调养，杨姐成功增肥15斤，体重达到健康标准，精、气、神大变样。皇天不负有心人，6个月后，杨姐怀上了。我又找中心医院的妇产科医生为杨姐建立了母子健康档案。杨姐定期到医院进行孕检，也定时参加医院举办的孕妇学习，足月顺产，生下两个儿子，一个6斤6两，一个6斤3两。老大小名“叮叮”，老二小名“当当”。

“叮叮”“当当”原本指的是一种玉器，发生碰撞而产生的一种活泼、清脆的声音。董哥和杨姐给他们的儿子取这个名字，既期望他们可爱，也期望他们未来充满朝气，给家庭带来希望。“叮叮”“当当”由于在母体里得到了好的滋养，再加上出生后奶水充足，长得白白胖胖。

杨姐办满月酒的时候，我看她胖了一圈，开玩笑说：“杨姐，你现在要考虑减肥咯。照现在这样吃喝，腰杆要变成黄桶啦。”

“你那董哥，成天想的是儿子有奶吃，把我当猪喂，腰杆怎么不粗嘛。现在，家里儿子是重心，等儿子断了奶，我再考虑减肥吧。”杨姐说得很实在，话语里透着自豪和喜悦。

“小黄呀，谢谢你啊。如果你不给你的同学写信，没有你帮助找那些医生，我们家哪会一下就添两个宝宝呢。谢谢你，还要请你帮我们谢谢你的那些同学和教授。”阿姨见我上门庆贺孙子满月，拉住我的手久久不放，感谢的话说了一遍又一遍。说到动情处，眼里的泪花就滚出来了。

那天中午，董哥翻箱倒柜，从大木柜的角落里找出两瓶商标都已经发黄了的贵州茅台，高声宣布：“这是我从部队转业时，一位战友送的，放了好多年都没舍得拿出来喝，今天一是庆祝‘叮叮’‘当当’满月，二是感谢黄老弟给我们家帮了这么大的忙，我们把它干了！”

“你不是戒酒了嘛，这个酒你就别喝了。”我给他开玩笑。

“这样的酒不让我喝，那不太亏了。从今天开始，我开戒啦！”董哥怕吃眼前亏。

一家人轮番向我敬酒，敬我这个所谓的“送子娘娘”。特别是董哥，竟用喝啤酒的杯子与我拼茅台，我们连着碰了好几下，杯杯一口扪。

牙医真是“送子娘娘”吗？带着这个问题，我查阅了相关的科普文献，发现国外有很多科学家在从事这方面的研究。例如德国医学教授汉斯·里德尔研究发现，在原因不明的男性不育者中，假如把自己的牙病治好，可使其中50%的妻子怀孕。美国北卡罗来纳大学的史蒂文·奥芬巴赫教授和同事也研究证明，早产儿多见于那些有牙龈病的妇女。同时他提出，为了将来胎儿的健康，必须要认真对待患者的智齿的问题。联系到董哥和杨姐到成都去检查治疗不孕不育的过程，可以说除了郭丽娟同学给杨姐做的根管治疗，去除了银汞合金，以及我给他们清洗了牙齿，拔除了智齿之外，并没有用什么祖传秘方，也没有吃其他的药物。董哥和杨姐喜得“叮叮”“当当”，是拔除了发炎的残根起了作用？是治疗了根尖发炎的牙齿起了作用？还是拔了发炎的智齿起了作用？清除了银汞合金起了作用？甚或是锻炼增肥起了作用？

难道口腔的局部因素真会影响怀孕吗？这个问题真是太有意思了。只是有一点可以断定——提高身体健康水平，对优生优育肯定有好处。

人体是世界上结构最为复杂的生物体，医学对此还在不断探索。人类现在可以把人送上太空，可以发现上百亿光年外的天体，可以发明超级计算机，但是，对于细菌、病毒、恶性肿瘤等疾病，仍然有很多无法彻底解决。还有不少疾病的产生连原因都还没有真正弄清，医生治疗某些疾病只是运用不断积累的经验和不断地验证。而今天认为正确的知识，多少年后可能不少都是错误的。医生是一个与时间赛跑的职业，需要一辈子不停地学习和更新知识，不能故步自封，吃老本。

不管杨姐是什么原因成了母亲，最重要的是两个活泼健康的小宝宝来到了他们中间，给他们全家带来了无比的喜悦和幸福，这就够了。这真是，口腔健康一小步，人生幸福一大步。他们高兴，我也同样打心眼里高兴。既然他们一家要认牙医这个“送子娘娘”，牙医能当“送子娘娘”，这又有什么不好呢。对于我这个牙医来说，我应该自豪啊。

俗话说：“有儿不愁养。”“叮叮”“当当”两个小朋友身体结实，很懂礼貌，嘴巴特别甜，在小区里，在学校里，都是别人羡慕的对象。后来，他们兄弟一个考上四川大学，一个考上北京师范大学。毕业后，兄弟俩都选择在成都就业，双双成了单位上的业务骨干。当然，这都是很多年以后的后话了。

只不过从给“叮叮”“当当”办满月酒那天起，以后一看到董哥、杨姐，一看到“叮叮”“当当”，我就想起董哥用啤酒杯与我拼白酒的场景，真是酒不醉人人自醉，杯酒醉千年啦。

与癌症并列的牙周病

我从华西口腔毕业被分配到达县地区中心医院口腔科后，医院对我们这批大学毕业生很重视，第二年，我就被选为门诊部团支部书记、工会委员和职工代表。为了解决我的后顾之忧，还把我的妻子小林从大竹县调到了医院科教科。1989年，口腔科主任黄锐调到成都彭县人民医院工作，我又被任命为口腔科副主任。虽然是副主任，但口腔科没有主任，我这个副主任就干着主任的活，主持全科工作。

“大獠牙”要退费

那天下午，我参加完全院的中层干部任命大会，高高兴兴地回到科室，刚进门，就听到一个女病人正和科室里做假牙的技工小波吵架。

“你做的这个假牙戴在口里牙齿胀痛，嚼东西时不敢用力，还怪不好看。你自己说——这个假牙戴上后，我这两颗尖牙显得这么长，就像两颗大獠牙，戴起像个啥样子嘛。我不要，退费！”那个女患者口气很强硬，没有半点商量的余地。

“退费？退个鬼哟！我做的这个假牙，花了两周的时间，打磨得这么光滑，排列得这么整齐，长度是固定的，又不能再做长了，是你自己的尖牙长得这么长，怎么能给你退费！”

一个要求退费，一个坚持不退费，嗓门一个比一个大，僵持不下。

“都冷静冷静。小波，你去忙别的，我来给她看看。”我问了一下情况，支开了小波，让患者坐在治疗椅上，准备对她的口腔进行检查。

患者对我什么话都没说，先从挎包里拿出了两副假牙，放在台面上。

第一副假牙明显不是口腔专业人员做的。前牙是用自凝树胶临时雕刻成型的，只有牙齿的一个简单的轮廓，没有标准形态，而且卡环和塑料基托打磨得很粗糙，这是不良修复体，没有办法修改，也没有办法使用。

第二副假牙的卡环安放在标准的位置，前牙排列不前突，也不内倾，戴在口里与相应组织贴合，这是小波做的。但是，小波做这副假牙之前，患者没有做牙周治疗，牙龈还处于炎症状态，假牙一戴就痛。而且，小波做的这副假牙上颌前牙比尖牙短3毫米，显得尖牙很长，不协调。阿姨所说的像两颗“大獠牙”，指的就是那两颗尖牙。

“阿姨贵姓？”看了患者拿出的两副假牙后，我问。

“免贵姓郑。”

“您今年多大年纪啦？”

“快50岁了。”

“那我该叫您郑姨啦。您保养得好，不显老，像四十来岁。”我赞叹。这是一个懂得保养的人，五官端正，皮肤雪白，化过淡妆，确实显得年轻。“您张开嘴，我看看您的牙齿。”

她上颌前牙4个切牙缺失，牙槽嵴萎缩，两侧的尖牙松动度二度，牙龈萎缩，临床牙冠伸长，右侧磨牙缺失，下颌左侧磨牙缺失。由于不对称缺牙，咬合平面明显左高右低，瞳孔连线和口角连线明显不平行。口腔余留牙牙龈萎缩，牙龈红肿，压迫出血，牙齿松动，牙周袋形成，明显属重度牙周炎。

“郑姨，您的牙周炎已经比较严重啊，已经达到重度牙周炎了。”我边检查边告诉郑阿姨。

牙周炎是由牙菌斑细菌引起的牙龈、牙槽骨等牙周组织的炎症破坏性疾病，是一种口腔常见病、多发病，是造成我国成年人牙齿脱落最重要的原因，严重影响着人们的生活质量和全身健康。患了牙周炎，不仅会损害牙龈等软组织，还会导致牙齿周围骨组织丧失，进而造成逆行性牙髓炎、牙齿松动、脱落等。有一句俗话叫“老掉牙”。其实“老掉牙”并不是衰老的必然规律。“老掉牙”的根本原因是由于人们不注意口腔卫生，没有及时治疗牙周病。如果掌握科学的口腔保健知识，保持良好的口腔卫生习惯，有的老年人的牙齿也会很好用。世界卫生组织将牙周病、心血管疾病和癌症列为全世界应重点防治的慢性病。世界心脏联盟与欧洲牙周病学研究指出，牙周病不仅会对牙齿本身造成危害，还会增加长期的全身性炎症负担，以及心血管病的风险。他们的研究表明，一般牙齿脱落的人，心脑血管会变得很狭窄。包括牙周炎在内的慢性感染，明显会加快动脉粥样硬化的进展，而动脉粥样硬化又是导致脑卒中和心肌梗塞的一大重要原因。

“预防心血管疾病，从爱护口腔做起”，这句话已传遍世界。由于牙周病对人体健康的危害太严重，正引起全人类的高度重视。

癌症可防可治，牙周病同样可防可治。

“牙周病是怎么引起的？”听我说她的牙周炎已经达到重度，郑阿姨急切地问。

“牙周病的病因主要由于口腔卫生不良，周围堆积了大量的菌斑、牙石，为细菌的聚集与繁殖提供了有利条件。当然还有别的因素，比如遗传基因。”

“难怪。我父母的牙齿都不好，我母亲40多岁就开始掉牙，我父亲也是没满50岁就掉牙，我也40多岁就掉了好几颗牙。”郑姨直点头。

“其实，患了牙周病并不可怕。牙周病是一种慢性进展性疾病，早期症状不明显，不影响牙齿的功能，一旦发展到中晚期，牙齿就会出现松动、移位，甚至自行脱落。因此牙周病要早期发现，早期治疗，长期维护。有些老年人很少洁牙，一来怕花钱，二来觉得剩的牙不多了，用不着再洁了，觉得洁牙只是年轻人的事。其实，清洁牙齿是预防牙周病的最佳方法。洁牙的学名叫‘牙周洁治术’，将牙刷无法接触到的口腔齿缝间有害细菌及食物残渣、牙石、牙垢、烟斑、黄褐斑等清除干净，等于对牙齿进行一次彻底大清洗。老年人的口腔条件不如年轻人，牙垢牙石很多，为了避免牙周病导致牙齿松动、脱落，最好每半年洁一次牙为宜。”

“我的牙齿怎么弄成了这样？”

“郑姨，您这种情况的缺牙，主要是在缺牙的初期没有引起重视，没有及时修复，开始修复的时候又是去找的跑摊医生，耽误了病情。到我们医院治疗时，已导致对颌牙伸长。做假牙的时候，假牙按照咬合排列，咬合平面必然出现一边高一边低。上颌前牙由于牙槽骨严重萎缩，工厂生产出来的人工假牙都是标准型号，安上去之后，比两侧尖牙明显短几毫米，加上口腔余留牙牙周病，假牙戴到位之后，基牙牙龈肿胀，受力后牙齿酸胀不适，咬合无力。这样的假牙不但咬合力不好，而且也影响美观。”我实事求是地告诉她。

“那我目前该怎么办？”郑姨似乎将我的话听进去了。

“我提两种方案。一、全口洁牙，上药、吃药，先将牙周炎症控制下来，再取模做假牙。二、如果炎症消除，上颌右侧伸长的磨牙仍然松动，建议拔除。如果牙周治疗之后松动度改善，则建议做根管治疗，磨短，做铸造冠修复。”

“我的牙齿年轻时很好，过了40岁，上颌前牙出现间隙，松动，疼痛，到医院去检查，医生说严重牙周炎，保不了，就拔除了。哪知道拔了一颗，后边的牙齿很快都跟着松动了，让我变成了瘪嘴老太婆。”郑女士一听要拔牙，急得泪珠子在眼眶里打转。“医生，我一听到拔牙心里就很难受，我口里剩余的牙齿，能不能尽量给我保住？”郑姨提出这样一个请求。

“牙周病是三分治疗，七分保养。牙科医生不是拔牙医生，能够保留的牙齿我会尽量为您保住。而且我也可以告诉您，通过继续治疗，会使您的容颜更漂亮更年轻。”我给她吃定心丸。

患者到口腔科治牙齿，当然要解决“咀嚼”的问题，但不仅仅要解决咀嚼的问题，还要解决颜值的问题。特别是像郑女士这样特别爱美的女人，既怕自己变成“瘪嘴老太”，更怕自己变成“青面獠牙”！

“医生，你贵姓？”

“免贵姓黄。”

“黄医生，我看你这么年轻，回答问题却很专业。我愿意听你的，积极配合，希望把我的牙齿弄好。”郑阿姨表态。

既然患者对我这么信任，我就按照牙周病的治疗规程先对她进行常规治疗。

我先给郑阿姨开了螺旋霉素、甲硝唑，口服三天。

一周后郑阿姨来复诊，牙龈红肿大部分消退，我给她做了全口洁牙。

那时还没有超声波洁牙机，我们洁牙全部是用手动洁牙器，有锄形器和镰形器，我们在大学实习的时候进行了严格的训练，对洁牙器用得非常熟练，要求支点要稳，洁牙器还必须与牙面呈80度左右的角度，按一定的顺序进行洁治。洁完之后还要清洗，再用口镜观察，没有洁到的部位再进行第二次洁治。

洁完牙之后，上了药，也开了药。告诉患者早晚刷牙，三餐饭后漱口，不吃零食。

郑阿姨一个月后来复诊，自述口里的牙齿不松了，刷牙不出血了，嚼一些较硬的食物也不酸胀了。我将两个伸长的尖牙做了根管充填，磨短了2毫米，重新修整了形态，将上颌右侧伸长的磨牙牙尖进行了少量调磨。取模、灌模、弯制卡环、排牙、雕牙、充胶、打磨，每一步我都精心完成。在病人复诊试戴之前，我已经进行完打磨调合抛光。

她“押”着儿子来诊所

“郑姨，您戴一下，感觉还有哪里不舒服？”郑阿姨来复诊的时候，我把做好的假牙交给她。

“我每次戴牙都要很长的时间，要调很久，你难道就不需要调吗？”郑阿姨问。

“您先试一下吧，哪儿不舒服我再调。”我说。

郑阿姨拿起假牙，熟练地戴进了口里。她上下咬合，左右摆动咬合，没有感觉哪儿不舒服。她又拿出一面镜子，撑开嘴唇照了照，闭上嘴唇照了照，又把镜子拿得远远的，微笑着照了照。

“太神奇了，戴假牙就像戴眼镜一样，戴上就好了。”郑阿姨对我做的这个假牙非常满意。“阿姨，如果您觉得没有哪里不舒服，就可以回去了。先吃比较软的食物，每天晚上还需要将假牙取下来放在杯子浸泡清洗，哪儿不舒服再来调一下。”我说。

“很好，非常满意，谢谢你，黄医生。”郑阿姨戴着假牙愉快地离开了科室。

半个月后的一个下午，快下班的时候，郑阿姨来到了科室，拿着用报纸包的一包东西，顺手放在我的办公桌上。

“阿姨，您的假牙戴了这么久，哪儿不舒服我给您修一下。”我问。

“很好，很好！我儿子和女儿说我戴上这个牙齿，至少年轻了10岁，有的同事说我年轻了20岁，太好了。”阿姨笑得很开心。同时又从身上摸出小圆镜，开始“对镜自欣赏”。

“戴上假牙腮部衬起来了，人显得饱满了，精神了嘛，不要说年轻20岁，年轻10岁是肯定的。”我早就看出，郑阿姨是个特别注意自己形象的人，也顺水推舟夸了几句，同时问：“您来有什么事吗？”

“我来是请黄医生再帮我看一看，牙齿和假牙间还有没有别的问题。还有哪些事需要注意。”阿姨说。

“既然您自我感觉良好，就没有必要来了嘛。”这话是我在心里想的，没有说出口。“您躺在治疗椅上，我给检查看看。”我嘴里这样说。

郑阿姨坐上治疗椅，我检查了一下口腔。口腔清洁保持得很好，牙龈无红肿，牙齿无松动，假牙比较贴合。“很好啊，没有什么问题。最好是每年来清洁两次牙齿，早晚刷牙，三顿饭后漱口。”我这样向她交代。

“谢谢黄医生，我一定要遵照你的嘱咐，到时就来洁牙。”说着她起身往科室外走。

“阿姨，您的东西忘拿了！”我看着她放在我办公桌上的用报纸裹着的小包，提醒她。

“那是送给你的。”她回答，头都没回，走了。

我打开报纸一看，是三听午餐肉罐头。我也不知道郑阿姨是哪里的人，无法还回去，只好带回寝室，和挂面煮在一起，买了一瓶两元的柳牌老白干，和几个单身汉欢喜了一顿。

大概又过了半年，阿姨来到科室。“黄医生，你说的半年洁一次牙。又要来麻烦你了。”她说。

“有半年了吗？”我觉得她上次来洁牙还不到半年，随口问了一句。

“有了，我记着的。”她说。

牙周病第一次洁牙比较麻烦。因为牙结石比较硬，要用很大的力才能把牙结石从牙面清除，洁了牙之后，很多人还会出现冷、热、酸、甜疼痛。如果坚持半年来洁一次，牙结石没有矿化，比较软，用很微弱的力就可以把软垢、菌斑清洁干净，术后反应就很轻微了。

“阿姨，您的口腔健康维持得很好，洁了牙，可以走了。”

“黄医生，你把洁牙的单子开起，我去交费。”阿姨说。

“算了，这一次就不交了。”我说。前一次吃了她送的罐头，这个人情总不能一直欠着，这一次洁牙费我就打算免了。

“那可不行，必须要开，不然下一次我就不好意思来了。”阿姨坚持。

我只好开了5元钱的单子，让阿姨去交了。

阿姨交了费，把交费单拿了过来。又从挎包里拿了一包东西，像上次一样，用报纸包着，放在我的办公桌上。

“阿姨，我不能要了。您交了费的，东西您拿回去吧。”我估计是罐头，拿起塞给她。

“黄医生，你莫客气。我是罐头厂的，这东西家里多得很。”她又塞了回来。

听郑阿姨这样说，我也就尴尬地接纳了。“阿姨，您的牙周病发作的年龄比较早，治疗效果真还不错，因为牙周病会遗传，我建议您把儿子和女儿都带来看看牙齿。”我说。

“听你讲牙周病，我真担心儿子、女儿的牙齿也像我一样。我遗传我父母，他们遗传我，年纪轻轻就成了瘪嘴巴。好的，我动员他们早点来你这里治治。”郑阿姨答应了。

她的儿子叫谢小东，头脑灵活，20世纪80年代初，改革开放刚拉开帷幕，他就和朋友合伙经营中巴车运输。90年代，又和朋友一起做建筑工程，挣了很多钱。

谢小东第一次到口腔科来是在1993年，那是他母亲“押”着来的。

“小东刷牙敷衍了事，用不了一分钟就整完，还是个‘烟火把’，一天抽两三包烟，天天打牌打到深夜。黄医生，你好好给他检查一下牙齿，也给他做个牙齿清洁，叫他少抽烟。我们当妈的说话他不听，你们当医生的说话他总要听嘛。”郑阿姨边数落儿子边对我说。

“我这牙齿没啥毛病，又没松动又不痛，看什么牙齿嘛！啰里吧嗦的。”谢小东边往治疗椅上躺，边埋怨母亲，一副极不情愿的样子。

“不要等到牙疼了才来看牙医，牙疼是牙齿疾病的常见表现方式，很多人都在牙疼之后才考虑看牙医，殊不知牙齿开始疼痛说明牙病已经存在，对牙齿伤害已经造成，牙痛了再看牙医已经晚了……”我见谢小东一脸满不在乎的样子，耐心地给他普及起牙保健知识。

“牙痛不是病，大不了影响一下吃饭，又不会伤肝伤肺，哪有那么可怕？”我说牙病，他说肝肺，我往东，他往西，净和我“抬杠”。

“不伤肝伤肺？这你可是说错了。身体是一个有机的统一整体，具有细菌感染的病灶牙，可以通过血液循环和淋巴系统将细菌和细菌所产生的毒素向全身其他部位扩散，使身体的其他组织产生变态反应，诱发出全身性的疾病。特别是患牙周病时，因常波及多个牙齿，感染的面积大，牙齿有不同程度的松动，咀嚼时的压力很容易将牙齿向根尖部推压，而将牙周附近的微生物及其代谢产物挤压到淋巴管和血管中去。病菌通过血液循环，循环到肝上，那肝是不是就会有危险？循环到肺上，那肺是不是就会有危险？循环到肾上，那肾是不是就会有危险？虽然有时不至于马上出现其他疾病的症状，但其危险性能消除吗？因此当牙齿有病时，必须马上来医院诊治，力求消除牙病，恢复牙齿的功能，避免引起其他疾病。”他扯横筋（四川方言，指不讲道理），我向他讲科学道理。

“反正你们医生看病都爱把芝麻说成西瓜，将病情说得越严重，你们才越有生意嘛。你要看就看。”谢小东很不情愿地张开了嘴，阴阳怪气地拿话挤兑我。

谢小东得了肺癌

我给谢小东的全口牙齿做了检查，发现他牙齿的松动确实不明显，但牙龈发红，龈缘圆钝，龈乳头水肿，龈沟溢脓出血，牙结石覆盖在牙齿的表面，超过牙冠一半以上。医院有一台小型牙片机，由口腔科医生自己拍片，自己对牙片进行显影定影。如果要照颌骨，则由普通的胸片机转换一点角度和方向进行拍摄。虽然能照清晰，但是影像有一点变形，失真度比较大。我给他拍了一个下颌第一磨牙的牙片，显示近中牙槽骨垂直吸收。

“你的牙齿周围的牙槽骨已发生吸收，先要做全口洁牙，再局部上药。”我很慎重地告诉谢小东。

“先洁牙，先洁牙，洁牙又不痛。我现在每半年都要来洁一次，你看我的牙齿多好。”郑阿姨听我这么说，也使劲在一旁敲边鼓。

“哼，你们要我洁我就洁嘛，得快点啊。茶馆里有人等着我打牌，我不去他们凑不够手。”谢小东把打牌看得特别重要，好像洁牙不是为了他的身体健康，是为了他妈的身体健康。但有郑阿姨坐镇，谢小东虽对我仍有抵触情绪，也只得勉强同意。

医院新购一台超声波洁牙机，超声波洁牙比手工洁牙对牙齿的损害小得多。我给谢小东做了龈上洁治。由于他从未清洗过牙齿，牙结石很硬很厚，超声波振动频率开到最大，才把他牙面上的结石清理下来。

“这是三天的药，每天早中晚各一次，要按时服用。你刷牙要认真，不能敷衍了事，每次不能少于三分钟，要上下左右都刷遍。特别是你那烟，再也不能抽了，抽烟对牙齿危害很大，如果你把烟彻底戒掉，你这牙病肯定会好得快。记住了，半个月来复诊，做第2次牙周清理。”临走，我向谢小东再三嘱咐。

可整整一个月过去了，谢小东的人影都没见到。

“小东，你为什么没有来做第2次牙周清理呢？”有一天我在大街上与谢小东迎面一撞，问他。

“还清什么？我原来的牙齿吃冷的、热的都没有问题，自你给我洁了牙之后，牙齿空荡荡的不说，吃冷的、热的、酸的都不对头。”一见面，谢小东就开始埋怨我。仿佛我给他洁牙，还害了他。

“洁了牙短期都会出现牙本质敏感，甚至会因冷热酸甜刺激而产生短暂的疼痛。那是因为你的牙结石太硬太厚，时间长了产酸破坏牙釉质，当清除牙结石之后，受到破坏的牙釉质暂时起不到保护作用了，牙本质就暴露出来了，从而刺激神经，产生疼痛，牙齿就过敏了。如果你不洁牙，时间长了，细菌产酸会造成牙齿破坏更加严重，那就不是酸痛了，而是松动脱落了。”

“那我的牙齿过敏怎么办？”小东依旧不服气地问。

“建议你到我们科室里来把深层的牙结石清理干净，再涂抗过敏的药，也可以买脱敏牙膏。”

“要得，我空了来吧。你看，他们又在打电话催我去打牌了。”在我们说话间，催谢小东的电话铃声频频响起。

“你一天还抽那么多烟，对你身体不好啊。特别是你们打牌，关在一个密闭的房间里，你一支，我一支，人人吞云吐雾，空气又不流通，对身体的危害最大。”我尽力劝阻他打牌抽烟。

“谢谢黄医生，我现在就去买脱敏牙膏，烟我也会尽量少抽。”谢小东又看了看手机，向我挥挥手，跑了。

遇到这种不听劝诫的患者，我说得口吐白沫，但那是对牛弹琴。

大约过了两三年，谢小东捂着面颊来到科室，对我说：“我右边下面的一个大牙，痛得没办法，嚼东西痛，给我拔了。”

我给他做了检查，是右侧下颌第一磨牙牙周脓肿，三度松动。我没给他拔掉那颗磨牙，还是想给他保住，只做了切开引流，局部上了消炎的药，又开了消炎止痛的口服药物，再次劝他戒烟，按时复诊。

可能是炎症消了之后，牙齿恢复了咀嚼功能，谢小东又好了疮疤忘了痛，没按时来复诊。

1998年，我离开医院，借调到达州市红十字会，筹建达州市红十字会口腔病防治所。

有一天，谢小东找到口腔病防治所，这一次看起来，整个人都变形了，骨瘦如柴，早不见当年的风采。

“小东，你这是怎么了？”我大吃一惊，急忙给他让座。

“黄医生，你别提了，我得了肺癌。医生说没办法做手术了，我刚做了放疗，胸部痛，特别是牙齿，痛得简直受不了啦。”谢小东有气无力地说。

“哎，我早就说过，叫你戒烟，叫你按时来看牙，你一直不听。”

“是啊，黄医生，现在后悔都来不及了。当初，我们几个人天天关在屋子里打牌，你一支烟，我一支烟，熏得眼睛都睁不开。”谢小东直甩头。

“你除了天天吸烟，还不重视牙齿的保护，不按时复诊，牙齿肯定越来越糟。”

“和我们一起打牌的那个饶五儿和贾胖儿，前年就得了肺癌，已经到阎王爷那里报到去了。我是发现得最晚的。”谢小东叹息。

“饶五儿不是喜欢锻炼吗？”我认识他的牌友饶五儿。

“我们几个烟鬼天天晚上不停地抽，一天三四包，锻炼有个屁用？看来隔不了多久，我们几个都要到阴曹地府去，搓麻将就不怕3缺1了。”他说。

“现在科学发展得很快，特别是肺癌的治疗手段和方法还是很多的，愈后效果还是很好的。”我尽量安慰他。

我给他照了颌骨全景片，发现下颌第一磨牙牙周和根尖骨质已经完全破坏，没有任何保留价值。但考虑到他全身状况，已经无力承担拔牙的手术了，只有保守治疗。他口腔糜烂，多发性溃疡，可能是放疗和化疗之后局部抵抗力降低所致，就给他配了止痛消炎的药水，叫他疼痛时涂抹口腔，牙周脓肿塞入牙康消炎。

隔了一段时间，听说谢小东又到华西医院住院去了。

谢小兰“爱美要趁早”

谢小东对治牙漫不经心，他的妹妹对治牙却很是上心。

谢小东的妹妹叫谢小兰，在达州开了一家火锅店，是个小老板。

谢小兰身高一米六五左右，不胖不瘦，皮肤也像郑阿姨，白白嫩嫩，是个美女胚子，可她的牙齿排列不整齐，上颌侧切牙腭侧错位，两侧尖牙唇侧突出，下牙列拥挤，下前牙扭转，下颌两侧第二双尖牙舌向倾斜错位。我给郑阿姨第一次做牙，她看到了良好效果，就提出要我给她做牙齿矫正，以后又多次找我咨询，要求矫治。那时我到华西口腔医院正畸科去进修了口腔正畸，比较系统地掌握了矫正材料的物理化学性能、牙齿矫正的适应症和禁忌症、各种矫治器的矫治程序和矫治方法，以及矫正各个阶段的注意事项，在医院里逐步开展起了牙齿的矫正业务，但刚开始时主要是给小孩做牙齿矫正。

谢小兰虽然做牙齿矫正的心愿很迫切，可她已经30多岁了，而且她们家还有牙周病的家族史，牙齿矫治难度太大，对于矫治的长期疗效，我心中实在没底，建议她等一等，等我积累更多的经验再说。

“不等了。不等了。我相信你的能力，我现在就要矫正。”谢小兰表现出“爱美要趁早”的迫切劲。

“你这个牙齿有点难啰，最好是到成都去矫正。”我知道她不缺钞票，向她提出建议。

“你在成都进修的时候，有没有看到过我这个年龄的人矫正牙齿？”她问。

“看到过。”我如实回答。

“那你就给我矫正，出了什么后果，我不会找你麻烦。”她坚持要我给她矫正。

话说到这个份儿上，我就没法拒绝了，马上打电话到成都咨询陈老师，请教成年人矫治，以及有家族牙周病史的患者有关矫正注意事项。

“成年人矫正牙齿，主要看牙周条件以及牙齿移动的距离。只要牙周条件合适，中年可以做牙齿矫正，老年人也可以做牙齿矫正。年龄不是限制牙齿矫正的根本原因，牙周条件才是决定性因素。由于牙齿的根部埋在牙槽骨里，就像树根埋在土里一样，矫正牙齿就像慢慢移动土里的树根，如果土壤条件不好，树根在移动过程中就有脱出的风险。”陈教授这样教导我。

听了陈教授的话后，我将谢小兰的面部正面和侧面的照片，矫治前的模型，以及矫治前的头侧位数据分析结果，专程带到成都，请陈扬熙教授进行会诊。“她家有牙周病的家族史。”我特地向陈教授汇报。

“成人正畸治疗的目的是改善美观，恢复健康的口颌功能。针对她这个病例，如果进行矫正，矫治后咬合关系会更加协调，上下颌牙齿能够达到中性标准咬合关系。牙周病的问题，只要能控制牙菌斑，保持口腔清洁卫生，也是可以很好控制的。”陈老师这样指导我，还对成年人矫正加力的大小、间隔时间、覆合覆盖关系的调整，以及每一个阶段可能出现的问题、处理方法都进行了详细讲解。

对于陈老师的教诲，我都做了详细的笔记，以便回来后发现问题，及时翻看笔记。

有了陈老师的分析和讲解，我心中有了底气。谢小兰牙列三度拥挤，上前牙前突，我按照“尽可能恢复咀嚼功能”的原则，拔除了四个第一双尖牙，用方丝弓固定矫治器排齐牙列，拉尖牙向远中，关闭拔牙间隙，调整咬合关系，覆合覆盖关系调整。中途遇到什么疑难问题，我就翻阅笔记，或者直接打电话到陈老师家里，进行讨教。

在矫正过程中，谢小兰非常配合，不吃过硬的食物，不吃黏性过大的食物。大块的硬性食物、水果都切成小块，温柔地放进口中。并且坚持早晚刷牙，三顿饭后漱口，不吃任何零食，按时复诊，定时取戴橡皮圈。

经过两年多的主动矫治，谢小兰的每一颗牙齿都排在了标准的位置，整整齐齐，脸型也圆润标准，直接从笑不露齿的“龇牙妹”变成了活泼开朗的“资深美女”。拆除矫治器后，谢小兰继续坚持戴保持器，按时到诊所来复查、洁牙。不但牙齿长得好，就连我最担心的牙周病也没有发生。

谢小兰的牙齿从严重拥挤、前突难看，到排列整齐，美丽重新绽放，她的朋友一点点见证了她的美丽蜕变。为了纪念这种美丽的蜕变，我特地给她送了一副矫治前的牙齿模型。她是一个火锅店的老板，能说会道，语言表达能力很强，有闺蜜夸赞她矫治牙齿后像变了个人似的，她就将我送的模型，大大方方地拿出来给闺蜜看，还张大嘴巴显摆自己现在的固定矫治器，用自己的鲜活实践给闺蜜上美容课，成了我们诊所一个成年人牙齿矫治的活广告。

“小东现在的情况怎么样？他肺上的病，在成都治疗有效果吗？”自从小东到成都住院后，我俩断了联系，已经好久没听到他的消息了，那天谢小兰又来洁牙，我向她打听消息。

“他呀，到成都治疗，放疗、化疗都上了，越来越恼火，最后进重症监护室，就从那里走了。他呀，天天窝在茶楼打牌，抽三四包烟。就是自己不抽那么多，与几个烟鬼窝在一起，二手烟也要把人熏死啊。”谈起自己哥哥，勾起谢小兰伤心。她声音凄楚，连眼圈都红了。

“我早就给小东说过，有牙周病的家族史并不可怕，因为牙周病可防可治，可他就是不听，不好好治牙，加上烟也不戒，结果弄成这样。哎。”我摇摇头，表示深深的惋惜。

“黄医生，如果好好保养，我这牙齿还能用多少年？”

“你这牙齿能用多少年？你看看你妈妈不就知道了？郑姨那口牙用了多少年？现在不是还用得好好的？你比她的牙齿保养得早，用的时间会更长。”我说的是实话，不是故意恭维她。

谢小兰从36岁开始让我矫牙，到现在已经60多岁了，牙齿排列依然整齐坚固。两侧的磨牙，牙槽骨没有明显的垂直和水平向吸收。如果她继续保持这种口腔健康状态，我相信她的牙齿会陪伴她到九十岁，甚至到了一百岁都能用。

说到郑阿姨，她后面的故事更稀奇。

她从20世纪80年代末找我治疗牙周病，安假牙，成了忘年交。她坚持半年来做一次口腔检查，一年做一次牙周龈上洁治，一次龈下刮治。她那口摇摇欲坠的牙齿，在精心保护下又为她任劳任怨地工作了20多年。到了快80岁时，她剩余的牙齿已没有多大的保留价值，便拔除松动了的余留牙。

“黄医生，我已经没有一颗牙齿了，做一副全口假牙，戴不戴得稳？”郑阿姨问我。

“阿姨，由于您很注意口腔的保养，牙槽嵴还比较丰满，做全口义齿，固位没有问题，只是体积有点大，开始戴起很不舒服，可能说话说不清楚，吃饭还可能把黏膜打起泡，有比较长的适应期。”我检查郑阿姨的口腔后，告诉她。

“你觉得怎么做好，就怎么做。我相信你。”郑阿姨表现出她的牙齿由我这个医生做主的高度信赖。

我给郑阿姨做了一副全口假牙。

“阿姨，假牙戴上之后，最近两天不要戴上吃饭，有哪里不舒服，就要尽快来调整。睡前要把全口假牙摘下来，放在清洁溶液中浸泡，以延长它的使用寿命。清洁溶液包括清水、苏打水、盐水等，也可以用假牙清洁片。一定不要用开水烫，以免树脂变形。”在给郑阿姨戴上全口义齿后，我还向她交代义齿的保养知识。

“好，好，记住了，记住了。”郑阿姨诺诺连声。

后来她离开达州到成都带孙子，2020年，她又专程从成都回达州，由谢小兰陪着来做第二副假牙。郑阿姨还是和以前一样，特别客气，给我带了一大包礼品。

由于全口义齿是靠牙槽嵴顶的支持来咀嚼食物，多年的负荷受力，牙槽嵴顶部慢慢地吸收，丰满的牙槽嵴慢慢地塌陷，全口假牙与周围组织的贴合度慢慢减小，加之牙齿合面的磨损，尖窝变得越来越低平，牙齿的咀嚼效率越来越低。根据郑阿姨的牙槽嵴状况，我建议郑阿姨做一副全口吸附义齿。

“黄医生，我听你的，该多少钱就多少钱，不用优惠，只要能做好就行。”阿姨嘱咐我。

我用硅橡胶取了模，根据她的脸型和牙槽嵴吸收的情况，增加了咬合高度，做了一副吸附义齿。

吸附义齿体积比传统的假牙要大一些，异物感要强一些，我以为郑阿姨要一段时间的适应过程，但是她戴在口里，左右咬合了一下，反复做了几次张口、闭合的动作，说了一句：“很好！这副假牙要用一辈子了。”

过了几天，郑阿姨又提了一包礼品来到诊所。

“黄医生，你照着这副假牙的标准，再给我做一副。”郑阿姨提出这样一个要求。

“您这个假牙能用几年，没有必要再做。”我回复她。

“你还是给我做一副嘛，我给你加两千块钱。”郑阿姨央求。

“有一副假牙用就行了，以后要换得重新取模，现在多做一副是浪费。”我对郑阿姨的要求很不理解。

“黄医生，我知道你很忙，求求你给我做一副嘛，我想……”郑阿姨说着说着，竟流出了眼泪。

“您要多做一副干什么呢？”见郑姨抹泪，我十分纳闷，不得不追问一句。

“我想做一副新的，不是活着的时候用，是准备以后戴着新假牙走的。我马上90岁了，得准备自己的后事啦。”郑阿姨这样说。

原来她是在为自己的后事做准备，就像一般人给自己准备寿衣、寿帽、寿鞋、寿被一样，她要准备一副“寿牙”——准备戴着一副新的义齿离去。

郑阿姨这个老年人爱美，真是爱到极致，爱到无以复加了。

“好嘛，我一定给您做好，也不需要您额外加钱。”我终于明白了郑阿姨的意思。

“谢谢你，黄医生，只有你做这东西，我才放心。”郑阿姨用手帕揩干了眼泪。

这是一副特殊的假牙，一副活着时不准备使用的假牙，一副不需要通过咬合见证的假牙，但这是一副我最用心制作的假牙，是一件我倾注了无数感情做出来的工艺美术品。

这是一个几代人都患牙周病的特殊家庭，人人都有特点，人人都有故事，对这家人我会记一辈子。

难忘三位癌症患者

癌症，是人类的常见疾病和常见死因。据2022年全球癌症数据统计，2020年全球新发癌症病例约1929万例，2020年全球癌症死亡病例约996万例。其中中国新发癌症病例约457万例，中国癌症死亡病例约300万例。

癌症也会发生在口腔。发生在口腔里的癌症统称口腔癌。由于口腔睁眼可见，触手可及，大部分口腔癌都能在早期的时候通过检查发现。但是，口腔癌在早期阶段不痛不痒，不影响进食，很多人没有重视，等到出现明显症状后，才到医院检查，可惜很多都成了晚期癌。加之有些口腔癌的恶性程度本就很高，一旦进入晚期，治疗会更加复杂，效果也不佳。因此，医生忠告，对口腔癌一定要早预防，早发现，早诊断，早治疗。

他为什么会得舌癌

有一位癌症病人，几十年过去了，一谈起他，我依旧记忆犹新。我诊断过的癌症病人至少已有上百人，可为何对他的印象那么深刻呢?

那位患者的弟弟李宗旭是达县地区卫生局的一个科长，我和李宗旭交情颇深，是很要好的朋友。早年，达县地区准备成立口腔医院的时候，我是筹备组负责人，李科长曾受卫生局指派，帮助我协调各个部门的关系，制作文书材料，我们联系十分紧密。李科长为人厚道，对工作认真负责，我们的关系一直很融洽。李科长的哥哥找我看牙，正是李科长亲自带来的。

那是1994年夏天的一个上午，天空乌云密布，很快就电闪雷鸣。李科长领着他的哥哥来到我的诊室，他穿着一件洗得发白的中山装，双脚穿着一双破旧的军用胶鞋，头发零乱，没精打采。在他躺上治疗椅后，我便登记患者信息，主动和他搭话："您叫什么名字？"

"我叫李宗富。"

"您这人名带富字，一辈子都不会受穷。"一听他的名字，我与他开起了玩笑。

"黄医生莫笑话哟，虽然名字带个富字，饭都吃不起哟。"

"改革开放后，农村的条件好多了。"我父母也是农民，我有亲身感受。

"分田到户之后，只是不饿肚子了，哎呀，我没有什么手艺，生活还是恼火哟！"

"您口里哪儿不舒服？"

"牙齿经常痛，有时腮帮子也痛。"

经过检查，他下颌磨牙龋坏没有进行治疗，大部分都成残根了。右边颊侧黏膜，因为残根的长期刺激，已经形成指甲盖大小的溃疡。上颌磨牙和双尖牙都有龋坏。

虽然中国现代口腔医学的奠基人林则于20世纪初就将现代口腔医学技术引进到了中国，但中国口腔医学的发展一直非常缓慢，口腔护理的宣传和牙病的治疗很不到位，导致到了20世纪八九十年代，中国大部分成年人都有口腔疾病。特别在山区农村，人们患了口腔疾病，根本没有条件得到正规的治疗，牙齿痛开始是拖，实在拖不下去了就去开些中药、输液，或者找乡场上的跑摊医生把病牙拔除，再涂一点药止痛，使得患者的口腔问题雪上加霜。我建议李宗富把下颌的残根全部拔除，能充填的一次性充填，有些烂得很深的，还要做根管治疗。

“黄医生，你帮我算一下，整这些牙齿大概需要多少钱？”

“拔牙、治疗、充填和最后镶牙，估计要200多点吧。”我初步估计了一下，如实告诉他。

“治不起，治不起。”李宗富听了这个数字，面露难色，摇了摇头。

我报的200元钱的治疗费虽然一点儿都没有高估，但在1994年，确实也算一笔不小的费用，我们医生的工资，当时一个月大约才500多元，这笔钱对于面朝黄土背朝天的农民，负担着实不小。

“李科长，您哥哥下边的牙齿烂成了残根，左侧残根锋利的边缘，摩擦损伤了旁边的黏膜，出现了比较深的溃疡，最好早点拔除，不然长期溃疡容易得其他疾病。”见李宗富摇头，我不得不将残根的危害告诉他的弟弟。这绝非危言耸听，长期溃疡是容易转换成癌症的，但直接这样说会引起患者的反感和恐惧，我只得委婉地说出自己的担忧。

“那就给他拔了。”李科长应该是听懂了我的弦外之音，不容分说，就把李宗富按到了治疗椅上。

“拔牙齿多少钱一颗？”李宗富问。

“拔一颗牙齿10元钱。”我回答。

“那我回去拔。”李宗富急忙起身，准备离开治疗椅。

“走啥子走！你不拔，引起了癌症花钱更多。”李科长训斥他哥哥。

“我们乡场上拔牙不收钱，只收镶牙费。”李宗富说。

“黄主任，别听他的，给他拔。钱，我给他拿。”李科长听我这么说，把他哥哥按回了治疗椅。

李宗富也就乖乖地躺下了。

我给他通过阻滞麻醉，拔除了引起溃疡的两颗残根，旁边的溃疡我给他贴了一张口疮膜。考虑他生活确实拮据，我便只收了10元钱，他弟弟付的。

“太贵了！拔一个牙齿，相当于10多斤大米，太贵了！我回去找当地的医生拔。”没想到他压根不领我的情，一听收了他10元钱，头竟摇得像个拨浪鼓。

“拔你这牙齿，算下来，10元钱就是个成本价了。宗富老哥，哪里贵哟。”我苦笑着说。

当时我想，如果医院是我自己办的，这10元钱不收也就算了，不外乎自己少赚点，可医院是国家的，总不可能连成本价都不收嘛。作为口腔科主持工作的副主任，照成本收费已到了我的权力极限，我不可能带头违反医院的管理规定。如果我这个科室负责人连10元的成本价都不收，其他的职工可能就会50元、100元的成本价都不收。

几年之后，我办起了私人诊所，李宗富第二次来到了我的诊室，仍然是他弟弟李科长带来的。

“这次是哪里不舒服？”我问他。

“黄医生，你给我拔的这边，牙齿不痛了，旁边的肉也好了。没有拔的这边把我痛惨了。”李宗富哭丧着脸对我说。

“您不是说乡场上拔牙齿不要钱吗？为什么没把残根全部拔掉呢？”我问他。

“乡场上的跑摊医生说，我这是神经牙，拔不得，拔了要死人。还有的说是血胀牙，拔了要瘫痪。”他回答。

“每个牙都有神经，都有血管，按照正规操作，拔牙是不会伤神经，也不会伤血管的。我已经给您拔了几颗残根，您瘫痪了吗？血流不止了吗？”我这样反问。

“没有，没有。现在我才晓得，乡场上的医生就是吹得好听。”李宗富苦笑着摇头，口腔里散发出一种恶臭。

“您怎么整了这样一副假牙？”我检查了他的口腔，发现他右侧下颌的残根并没有拔除，还用自凝胶在残根上糊了一大块。

“有个跑摊医生说用一种先进的材料直接补起来就好了，哪知道补了之后牙齿还是痛，旁边的舌头也烂了。”李宗富皱着眉头诉苦。

“什么先进材料？你这牙不这么补还好办，这一补可是更糟糕了！”乡场跑摊游医给他补的牙，是自凝胶加牙托水糊成的，导致残根对应的舌体边缘糜烂水肿，中心位置有一较深的溃疡，周围舌组织发硬。

“您舌头溃疡有多久了？”我问。

“有三个多月了，开始有点痛，最近舌头都发麻了。在村卫生院吃药、输液都没有好转。越输液痛得还越厉害。”他一脸痛苦，向我解释。

舌部溃疡，周围发硬，消炎无好转，很明显，这是由于牙齿的残根加上不良修复体的长期不良刺激，可能诱发演变成了舌癌！我十分震惊。

“李科长，你哥哥舌部溃疡呈菜花状，我怀疑是舌癌。舌癌是口腔中恶性程度非常高的一种癌症，它和肝癌、黑色素瘤，号称全身恶性程度最高的几种肿瘤，很难治愈，他还是赶快到华西口腔医院去手术治疗吧。”见到患者病情严重，我不敢有丝毫耽搁，急忙把李科长拉到一边，直接告诉了他哥哥病情的严重性。

李科长听了我的介绍也很着急，当即决定买车票到成都。

为了帮助李宗富抵达成都后不耽误检查治疗，当天下午，我免费给他拆除了不良修复体，把口里的牙结石进行了彻底清除。

当天晚上，他们兄弟俩赶到成都华西医科大学口腔医院，准备检查住院。

“黄医生，我哥哥已确诊是舌癌，实在是耽搁不起了，得马上住院手术。可华西口腔医院挂个号都困难得很，更别说住院了，听说住院排队至少要等一个月，我哥哥还等得起吗？没法子啊，黄医生，你是这个学校出来的，老师、同学多，神通广大，只得麻烦你，帮我想个办法，让我哥哥早点住进医院哟。”第三天下午，我刚上班，李宗旭科长就打来电话，口气坚决，简直不容分说，要我帮他哥哥这个忙。

怎么办？话都说到了这个份儿上，这个忙不帮也得帮啊。

我知道在华西住院“一床难求”，而由于等床位的时间太久，有些病人和家属就在华西医院的附近安营扎寨。大宾馆住不起，只能住小旅店。那些小旅店档次很低，条件很差，十多二十元钱一晚上，三伏天，别说空调，连风扇的影儿都见不到。

李宗富那病又确实耽误不起，要是真让他在那里等上一个月，恐怕黄花菜都要凉！

我还是想尽办法帮他们解决了住院问题。李科长对我千恩万谢，好话说了一大箩筐。

手术过后，李宗富来我这里拆了线，换了几次药。之后就没有来过了。

“您哥哥的病情怎么样？没发展吧？”又过了两三年，李科长到我这里办事，我问。

“哥哥手术后不到一年癌细胞转移了，再次到成都检查，医生说没有手术指征了，回来没多久就去世了。”李科长有些感伤，告诉我。

我默然良久，默默地摘下了眼镜。如果李宗富一开始就听我的话，把所有残根拔掉，不用那种劣质的自凝胶做假牙，或许就不会得舌癌。

那位CA患者

一天上午，诊室来了一位女病人。她30多岁，穿着朴素，但干净整洁。

她家在开江，离达州有60多公里路。

“医生，我这里有一个小包块，快三年了。一年之前在县医院检查，医生用空针给抽了一下，没有抽出什么东西，之后一直就没有‘告口’（愈合），经常流出黄水，带咸味，请你给看看是什么病。”她自己张开嘴，指着左侧腭部告诉我。

“您把嘴张大点，让我仔细看看。”我检查时，发现她左侧第二磨牙腭侧有一大约1厘米直径的包块，质地中等，用棉签压迫有淡黄色的黏稠液体流出。

我首先排除的便是炎症，因为炎症大部分是急性发作，主要表现是红、肿、热、痛。经过询问，她也没有口腔创伤病史，将这些因素一一排除后，便考虑是肿瘤。看到这个病例，我突然想起我们毕业考试的时候，有一道综合题就是口腔黏膜表皮样癌的临床表现，这个患者有三年的病史，而且溃疡一年不愈合，再与这名患者的症状稍加联系，我不得不慎重起来，考虑她患的很可能是口腔黏膜表皮样癌。

看她那么年轻，我实在不忍心对她直接说明我的诊断。而且我们的老师曾一再告诫我们，凡是要诊断肿瘤，必须活检，进行病理切片检查，才能确诊。不能在没有病理诊断的情况下对患者说是癌症。

“您这个病可能是一个瘤子，建议您到华西口腔医院再进一步检查确诊。”我考虑了一下，告诉她。

“我这病在你们这里都看不出来？还要到成都的华西？我就在你们医院看不行吗？”她感到有些疑惑，提出疑问。

“因为我们医院没有口腔病理专业医生，对您这个病不能做出科学判断，只能麻烦您到华西。”我对她解释。

“你明确地告诉我，这是不是得的癌症嘛。”她反复追问。

“得癌症的可能性非常小，因为两三年的时间才1厘米，说明这个包块发展速度很缓慢，应该是良性的。如果是癌症，那包块的发展速度应该非常快。”我虽然怀疑她患的是恶性肿瘤，但是考虑到患者的心理承受能力，我不能直说，只说她那包块发展很慢，是一个良性的瘤子。

“华西口腔医院在成都的什么位置？到那里要挂什么科？找哪个医生最好？”听我这样说，患者立即准备动身去华西，但她感到去成都人生地不熟，想请我指指路。

没有办法，遇到难事找同学，我只好又当着那位患者的面给胡静写了一个便条，希望他给那位患者做进一步的诊断和治疗。

大约隔了一周，那个患者就拿着病理报告单来到我的诊室。

“黄医生，太谢谢你了，你给胡医生写的那张字条太管用了。胡医生看到你写的字条后，二话没说，马上安排给我做了活检，并在活检报告申请单上批注，要我直接去找你的另外一个叫戴霞飞的同学，希望戴医生尽快出我的报告。戴医生一点也没耽搁，本来在华西出活检报告的时间要5到7天，我第二天就拿到报告了。”这名患者紧紧握住我的手，一脸诚恳地道谢。

我看到报告上面写着高分化黏液表皮样癌，这个癌字没有写出来，使用的CA代替。

“您这是长了一个瘤子，最好是住院做手术。”患者不知道CA就是癌，我也就揣着明白装糊涂，只告诉她是个瘤子，趁早住院治疗。

“是个瘤子啊，那就不管它，只要不是癌症，我就不怕。”听说是个瘤子，患者惴惴不安的心情一下平和下来，不准备做手术。

“是病就得治疗啊，早点把手术做了，就放心了嘛，您这个瘤子已经几年了，如果不做手术的话有可能变成癌症的。”我作为医生，看到病理报告是癌症，她却没有做手术的打算，心里万分纠结，既想尽可能隐瞒她已得癌症的情况，让患者有一个良好的治疗心态，又为危急的病情着急，劝她尽快做出做手术的准备。

“黄医生，为什么华西医院的报告后边写了两个字母，为什么没写中文呢？这两个字母是什么意思？是不是表示我得了癌症？黄医生，你告诉我实际情况吧，如果真的是得了癌症，我也不怕，我好对我的女儿做些交代。”她见我说话躲躲闪闪，坚持劝她做手术，起了疑心，来了个打破砂锅问到底。

“不瞒您说，报告单上，凡是癌症都写CA，CA就是英文Cancer的缩写。写CA，一方面是书写方便快捷，另一方面是帮助有些癌症患者家属对患者进行善意的隐瞒。您的病检报告单上是高分化黏液表皮样癌。癌症分高分化和低分化，高分化就是发展速度很慢，恶性程度很低，低分化就是发展速度很快，恶性程度很高。您这种高分化黏液表皮样癌是一种发展速度很慢、恶性程度很低的口腔癌症，不是特别危险，千万不要背什么思想包袱啊。您看嘛，书上就是这样说的。”我见实在瞒不过她了，只好实话实说，尽量安慰她，还拿出书翻到高分化黏液表皮样癌那个章节，请她看。

“呜！呜！呜！”听说是癌症，患者难免都会心生恐惧，当我口里吐出“癌症”两个字时，她情绪瞬间崩溃，不管不顾地蹲到地上大哭起来。

“这个病，恶性程度确实很低。您现在不愿意做手术也可以不做。我在读大学的时候，老师曾给我们讲过，大部分高分化黏液表皮癌也可以不做手术，只是观察，只要不迅速长大就不管它。”当时，已经是下班的时间了，没有其他的病人。她一直蹲在地上哭，我把她让到旁边一张椅子上坐下来。由于没有餐巾纸，我只好从敷料盅里夹了两块纱布，递到她的手里，让她擦擦眼泪。我也不知道怎么安慰她，只能做一个倾听者，默默地坐在她的旁边，听着她哭。

“我死不要紧，我那个女儿才读小学，那就造孽了。我那个老公又不争气，天天打牌、喝酒、抽烟，脾气还孬，挣的钱也不拿回家。”几分钟后，她情绪稳定了一些，停止了哭泣，开始向我诉起苦来。

“我们在实习的时候，老师给我们讲了一个得了高分化黏液表皮样癌症病人的故事。那是老师到凉山州去支边，看到一个病人患了高分化黏液表皮样癌，可当地没有条件给她做手术，就没管她。20年后，老师再去凉山州巡回医疗，还特地去看那个病人，您猜怎么着？病人仍然活得好好的，癌没有长大。”为了帮助她卸下思想包袱，我只得善意地给她编了个谎言病例。

“真有这样的事？黄医生，只要我能活到女儿长大，死也就无所谓了。我们家里现在很穷，暂时没有钱住院做手术，只有等几年家庭条件好了再考虑做手术，你看行不行？”听我讲了那个所谓的病例，患者原本黯淡无神的瞳孔开始焕发生机。

“如果实在做不了手术，那就继续观察，不过，最好还是弄点药把这个病给稳住。有种药是我们老师推荐的，治过这种病，我给您也用一下试试。”听了她的叙述后，我对她无钱治病感到很遗憾，从开江县到达州这么远，来看一趟病不容易，我实在不忍心让她两手空空走出诊室，于是找了一种六神丸药用在她的病变部位，虽然不能治愈她的高分化黏液表皮样癌，但至少能对她起一些安慰的作用。

“谢谢黄医生啊。”她张开嘴让我上了药，上药后接着问：“这药要多少钱？”

“不要钱，这个药很便宜。上药后您回家继续观察，如果没有大的变化，半个月后再来看看。”

半个月后，患者再次来到了我的科室。

“黄医生，你给我上的药真灵验，现在里面流出的黄水大幅减少了，口里的咸味也没过去那么重了。谢谢你呀。”这次她心情大为好转，精神状态也比上次来时好了不少，说话敞亮，脸上带着笑，丝毫看不出来是一名癌症患者。

“那好啊，用药有效果就继续上。您张开嘴我再看看。”听她这么说，我也很是欣慰。

她张开嘴，我用口镜查看她的患处，发现伤口确实比原来的小了。我就又给她上了药。“您这个病特别要注意忌辛辣，不要吃太烫的东西，避免再对溃疡部位造成刺激。”我一再叮嘱她。

“谢谢黄医生，我一定会注意的，以后还要继续来给你添麻烦。”她临走时一再地向我表示感激。

之后，她又接连找我给她上了几次药，有时候一个月来一次，有时候两三个月来一次。有时候发现她那肿消了很大一部分，溃疡不见了，有时候发现那脓肿已没有流液体了，觉得她的高分化黏液表皮样癌已被遏制。

这位患者对我很客气，有时候给我带来20个鸡蛋，有时候给我带两斤挂面，有时候给我带来一包李子。“这都是我们农村产的，你可别嫌弃。”我知道她经济条件并不宽裕，不愿白要她的东西，可给钱，她坚决不收，让她把这些东西带回去，她丢下东西就跑。

再后来，我调离达州市中心医院口腔科，就再也没有看到过她了。有时候我还想到过她，也不知道她后来的状况是个什么样子？她那高分化黏液表皮样癌做没做手术？

时间过去了将近20年吧，那天我到开江县城开会，刚下车在街上吃面，坐下还没多久，一个头发花白的老太太突然跑到我的餐桌前，“黄医生，你好啊，今天终于在这里见着你了。”她抓着我的手热情地问好。

“您是……啊，我认出您了。您还好吗？”我一眼就认出，她就是那位高分化黏液表皮样癌女患者。他乡遇熟人，她很激动，我也很激动。

也是事有凑巧，我刚下车，她就看到了我，但是毕竟时隔多年，记忆也有些模糊，看着眼熟，但不确定，没敢贸然相认，一直跟我到面店，见我落座点了面条，确认了真的是我，先给我在柜台付了账，等老板给我上了面条，才来到我的桌前，与我见面问好。

岁月催人老啊！时间是一把刻刀，将近20年没有见面，她可能有60来岁了吧，满头青丝大部分都变白了，脸上也早已皱纹密布，成了一个名副其实的老太婆。

“黄医生啊，你过去给我上了多次药，都没有收钱。如果不是你那时安慰我，鼓励我，给我治病，我的骨头恐怕早就打得鼓了。我经常给家人和朋友讲，你是一个好医生啊！我这条命就是你给的呀。”她抓住我的手，一脸真诚，不停地说着感谢的话。

“您的病怎么样，做没做手术？”当医生的，三句话不离本行。我最关心的还是她的病情。

“谢谢黄医生关心。十多年前就做了手术，全靠我女儿啊。她大学毕业后到了成都，在一个中学当老师，刚在成都安下身就接我到华西口腔医院进行了检查，并请专家做了手术。”说起这些，她一脸的幸福，嘴角也在不经意间微微上扬。

“看来您的手术效果不错。”我见她精神很好，也为她感到高兴，鼓励她。

“病情没有复发，局部也没有什么不舒服，感觉很好。黄医生，说实话，即使现在病情复发了，我也不怕了。女儿长大了，成家了，生活很好，我已没后顾之忧了。”她说着，一脸的坦然。

“高分化黏液表皮癌本来就恶性程度低，何况您现在接受手术已经十多年了，依我的经验，您的病已经痊愈，不会再复发了，祝贺您。顺便问一句，您丈夫现在还好吗？”看到这个苦命的女人，我不由得想起她曾哭诉过的男人。

“你说我那老公呀，他已经走了5年多了！”

“他是得什么病走的？”我问。

“他生前天天抽烟、喝酒、打牌，结果得了肺癌。别看他对我们凶巴巴的，可怕死得很——那天拿到病历检验报告，听医生说是癌症，当场就吓得昏死了过去。女儿把他接到华西医院去做的肺叶切除手术，可他精神压力太大，手术没多久就走了。那天同时在华西医院，做他那种手术的有个老乡，心里想得开，不把病当成什么大事，该吃药吃药，该吃肉吃肉，至今都还活蹦乱跳的。”讲起他那死去的男人，她的话匣子也被打开了，喋喋不休。

“心理素质确实对疾病的影响很大，特别是癌症患者。有的还没等到癌症恶化，就自己被吓死了，死得那才是可惜。”我表示同情。同时我在心里对她说：您就是一个靠精神战胜疾病的典型啊。我在您口腔里上的那几颗六神丸，对于治疗您的高分化黏液表皮癌起没起作用？究竟起了多大的作用？那是天知、地知、我不知、您更不知啊。

“黄医生说得对。我那老公，后来年纪大了，脾气也慢慢改了，挣的钱也往家拿了，就是离不开那支烟、那杯酒，一听说得了肺癌，竟给吓死了！哎！”说到这里，她叹了一口气。“黄医生，你慢慢吃，吃完了饭就在这店里等等我，等一会儿我还来。”她说着便走出了面店。

隔了没多久，她果真返回，还提着一大包开江豆笋和两只板鸭，放到我的餐桌上，说：“黄医生，我们见一面不容易，我也没有别的好礼品送给你，给你买了点开江的特色产品，你千万别嫌弃。”

离开时，她的眼眶红了，我的眼眶也红了。

她没说患过乳腺癌

从医几十年来，诊治的病人无数，既有成功的喜悦，也有刻骨铭心的教训。回首往事，一次“误诊”的经历同样让我永生难忘。

2021年一个星期天，来就诊的病人很多。候诊室里，有十多个病人等候。他们都各自拿着手机，有的看微信，有的看抖音，还有些看直播，唯独一个30多岁的穿着红色连衣裙的女患者，在候诊室的角落里默默地看书，与这周围的环境格格不入，使我一开始就注意到了她。

轮着她看病了，她缓缓起身，把书放进挎包里，很有礼貌地给我打了招呼，便往椅位上躺。

“您牙齿哪里不舒服？”等她躺好后，我问。

“黄医生，我这颗牙齿松动，咬东西老是垫起，已肿痛一个多月了。”她张开嘴，指着左上尖牙说。

我检查了她的左上尖牙颊侧，腭侧肿胀，叩痛一度，松动三度，可以肯定那颗牙齿确实有牙周和根尖病变。

“您这颗牙齿需要治疗，但得先拍张片子，将牙齿里面的问题看清楚后才能决定怎么治。”我告诉她。

她拿着拍片单到照片室，拍好片，很快回到诊室。

照片显示，根尖骨质呈弥散性阴影。

“从您的病史、临床检查和X光片表现，这是典型的左上尖牙慢性根尖周炎。”我将诊断结果告诉她。

“这牙治起来很麻烦吗？”她听了我的诊断，问。

“患这种牙病的人很多，麻烦倒说不上有多大的麻烦，按照常规，只需在牙齿的舌侧窝开一个孔，把根尖的脓血分泌物引流出来，封几次药就能好。”对于这种牙病，我有着丰富的治疗经验，可谓胸有成竹。

“时间大约需要多久？”

“时间嘛，只要您积极配合，按时封药，保持良好的口腔卫生，也就需要一个来月吧。”我与患者沟通。

“黄医生，就照你说的治吧。”患者爽快地答应下来，没有提出别的意见。

一切按常规进行。开髓，拔除牙髓，我为了引流通畅，就用中等大小的扩大针（25号）旋转进入根管，准备将根尖部最狭窄的根尖孔扩大，在根管测量仪上显示扩大针已到达最狭窄处时，我稍稍用力准备拔出扩大针。

治疗过程没有任何问题，似乎马上就要水到渠成，可让我万万没有想到的是，扩大针拔出的过程中，竟把整颗牙齿“带”出来了！

我看着手上的牙齿，惊恐万状，手不由自主地抖动了起来，脑袋嗡地一下，一片空白，估计血压至少冲到了200毫米汞柱！

“黄医生，怎么啦？”患者见我六神无主，愣在了原地，轻轻地问了一句。

“我把这颗牙齿从牙槽窝带出来了，这种情况我从事牙病治疗几十年，可从来没有遇到过。”我从恐慌中回过神来，告诉患者。

“我的牙齿被拔出来了？这是怎么回事？我看你拔别人的牙拿着钳子，扭来扭去，还弄得满头大汗，我这颗牙齿掉下来一点都没感到为难？怎么会出现这种情况呢？”患者也觉得很不理解。

“这种情况确实很不正常。这至少说明您上颌骨的骨质已遭到严重破坏，如果上颌骨的骨质正常，牙齿是不可能用扩大针轻轻松松带出来的。我真不知道为什么会出现这种情况。”我边摇头边说。

“那怎么办？”患者的情绪并没有表现得很激动，她定了定神，平静地问我。

“我也不知道这是什么原因，但事情已经发生了，我会对这个事负责。我们一起去华西口腔医院检查一下，看到底是怎么回事。我愿意承担一切责任，负责治疗和镶牙齿的费用。您觉得这样处理好不好？”病人通情达理，我作为医生，更应该对患者负责，率先表明我的态度。

“这样很好，那你先与华西口腔联系一下！我随时都有空。”出乎我的意料，患者没有埋怨，很冷静地接受了我的建议。

遇到疑难找母校。我准备马上求我们学校的温玉明老师救急。温教授是华西医科大学口腔颌面外科的权威，对根治颈淋巴清扫有开创性的研究，对头颈部的解剖非常熟悉，哪里是血管，哪里有神经，他都能精准避开。在治疗口腔恶性肿瘤导致淋巴转移方面贡献特殊，因而得了个“温清扫”的绰号。我知道找温教授亲自诊病很不容易，她是“一号难求”。情急之下，我想到了同学王虎，他是温教授带过的研究生，目前在华西口腔医院放射科当主任。我求他在温教授那里加一个号。

给王虎打电话，他答应得很痛快，不久就告诉我，已帮忙挂好温教授的“加号”。

我立即将病历、那颗牙齿和X光片等资料带上，与患者一同赶往华西口腔医院。

“姑娘，你以前是不是得过大病，做没做过手术？”温教授看了病历，看了X光片，又检查了一下口腔，亲切地问了一句。

“我五年前因为患乳腺癌做过手术，可现在早已好了哇。”患者回答。

“你这牙齿脱落可没那么简单。姑娘啊，我检查了你的口腔，看了X光片，你这是乳腺癌复发，转移到上颌骨，造成骨质破坏，出现疼痛、肿胀、病理性骨折等症状。”温教授给患者解释。

“发展下去后果会是什么呢？”患者紧张地问。

“如果不抓紧治疗，你的牙齿会一个一个地自然脱落。”温教授继续耐心地解释。

听温教授这样讲，我醍醐灌顶，一下明白了患者这个牙齿脱落的原因。是呀，她来找我看牙齿，没有告诉我她曾经得过乳腺癌。可退一步想，即使她当时告诉了我，我也不会想到乳腺癌会转移到上颌骨。真是活到老，学到老，还有三分没学到。

“温教授，我的癌细胞还会不会转移到其他地方呢？”患者双瞳黯淡下来，透露出丝丝的绝望，可以看得出，她在尽力控制自己的情绪，在问话时依旧保持着镇定。

“这个就不好说了，你最好系统地检查一下。”温教授回答。

华西附属医院挂号非常紧张，如果进行一次全面检查，不知要耽搁多少天，时间就是生命，为了抓紧时间，患者和我马不停蹄地折返达州，在市中心医院进行了全面检查。结果显示，患者的乳腺癌复发后不但转移到了上颌骨，造成骨质破坏，而且肝门静脉系统也发现了转移灶。

“您的病情有所反复，建议您抓紧时间治疗。您很美，也很爱美，现在，我唯一能做的，就是给您掉了的左上尖牙安装一颗假牙，这样要好看些。”根据患者的病情，我提出自己的建议。

“安那样一个假牙要多少钱？”患者问。

“不要您出钱，我免费替您做好。”遇到这个通情达理的患者，是我的福分。

“那谢谢你了。”

我很快给她做好了一个隐形义齿。患者坚持要给加工费，我拒收了。患者口腔局部疼痛，我还给她上了药。

“黄医生，我哥哥在北京工作，要我马上到北京去治疗，我买了明天的车票。感谢你对我的病这样关心，我心里永远感谢你。”过了两天，她专程来到我的诊室，对我说。

“癌症不可怕，怕的是精神被打垮了。北京的医疗条件好，到北京后好好治疗，争取早日把病治好。”我鼓励她。

“好的！谢谢黄医生。”她声音哽咽。

“祝您早日康复。”想到这一别或许就是永别，我的眼睛也酸涩起来。

一年过去了，也没见她到我的诊所来。她到北京的治疗效果如何？转移灶得到控制了吗？我给她安装的左上尖牙隐形义齿使用效果如何？这些情况我都不得而知，我想回访观察一下，就给她打电话。接电话的是一位男士。我开始以为那是她的哥哥，可他说他不认识她，申明这是他一个月前从移动通讯办的新号，并希望我今后不要再打这个电话了。

我怅然，缓缓放下手机，静默良久。

癌症本来就很凶险，癌细胞转移那可更是险上加险。或许她那像花儿一样美丽的生命已被可怕的癌细胞吞没了，我不愿去想，也不愿去问。

专家都是吓大的

我刚到医院报到时，医疗资源普遍不足，内科、外科等大科室都存在设备老化甚至设备严重短缺的问题，作为小科室的口腔科，设备就更显得捉襟见肘了。

当时来口腔科就诊的患者，以山区农民居多，这些人文化水平普遍不高，还有不少人是文盲。由于那时农村的经济条件差，不少农民还没有养成刷牙的习惯，预防牙病的意识更是淡薄，口腔里存在的问题很多。牙齿患病了，虽然“痛起来不要命”，可也真没把牙痛当成病，他们觉得牙再痛一时半会儿也死不了人，得了牙病总是拖，直到拖得受不了的时候，才去找医生。而农村的医生对于牙病也没有好的治疗方法，要么给几粒止痛片，要么就是开几副中药，治了没有效果，再输液。最后痛得实在没辙了，再不能往下拖了，才来地区医院看口腔科。所以，凡是到口腔科来看牙的，一般都是“牙齿问题成堆”。有的因大面积龋坏，牙齿成了残冠残根；有的满口牙结石，造成牙龈红肿溢脓，牙齿松动移位；有的牙齿缺失，也没有修复，剩余的牙齿东倒西歪；有的全口牙缺失没有条件镶牙，就用牙龈代替牙齿，四五十岁的人瘪着嘴就像八九十岁的老太太、老爷爷。

1986年，我们口腔科增加到了六个人，四个医生，两个技工，还是没有护士。医生主管看病，技工做活动假牙。医生从接诊到具体操作，到清洗、清理器械，再到打包消毒，都是一个人独立完成，有时候拔智齿，或根管治疗，一个人无法操作，必须助手帮忙，也只有医生之间临时充当护士，协助完成治疗。

实事求是地说，当时我们口腔科医生的主要业务就是补牙、拔牙、镶牙。补牙齿由于设备落后，钻牙齿的涡轮机老是出故障。我们只能补一些简单的龋洞。镶牙齿主要由技工制作，技工戴牙，只有一些很困难的复杂义齿由医生协助完成。拔牙自然就成了我们工作中的重中之重。

我粗略地估计，平均一天拔10颗牙，一年就是3000来颗，当牙医将近40年，经过我的手，至少拔了10万颗牙齿。如果将我拔的牙齿收集在一起，至少有一大箩筐。

她把我吓得半死

在我的拔牙经历中，偶尔会遇到患者过敏、出血、疼痛、肿胀、晕厥等并发症，虽然有些时候惊心动魄，但最终还是有惊无险。只有极个别特殊的患者，让我终生难忘。

那时候的麻药要求注射前要先做皮试，没有过敏反应再进行注射。但是在基层医院，口腔科不具备做皮试的条件，做皮试要到注射科。而注射科的医护人员成天忙于打针，一般都不愿意做皮试，习惯成自然，这样就逐渐形成了一个不成文的规矩——不做皮试。科室里那些高年资医师的做法是，问一问病人有没有青霉素过敏史，以前是否打过麻药。如果对青霉素不过敏，以前打过麻药，就放心地打。如果对青霉素过敏，以前又没有打过麻药，那么就在注射麻药的过程中，缓慢推入，观察病人的反应，如果发现患者稍有不舒服，马上停止推注。

后来麻药也更新换代了，麻药过敏的情况就极少发生了。

1986年的正月初五,一位叫黄素芬的女患者来到口腔科，自诉牙齿疼痛。她40多岁，穿戴整齐，气质出众，谈吐文雅，一看就是一个有一定文化教养，家庭生活条件不错，很注重自身保养的女人。

“您口腔中哪里不舒服呀？”等她在治疗椅上躺好，我问。

“我右侧下边的牙齿痛得厉害。”

“我检查了，您的右侧下颌第一磨牙龋坏，形成了残冠，这颗牙齿在全口中功能最强。很可惜，您没有重视，烂得太多了，建议拔除。”我做出诊断后告诉她。

“黄医生，这颗牙齿经常痛，我也想把它拔了。”黄素芬欣然同意。

“您有没有高血压？”我开始询问她的病史。

“没有。”

“有没有心脏病？”

“没有。”

“有没有糖尿病？”

“没有。”

“您过去注射过青霉素吗？过不过敏？”

“我打过青霉素，不过敏。以前还在你们这里拔过牙。”

她没有高血压，没有心脏病，没有糖尿病，对青霉素也不过敏。牙齿虽然有点叩痛，但没有肿胀，属于比较安全的病例，可以拔除。

我按照常规吸了两支麻药，通过翼下颌韧带外侧，颊脂垫点注入下颌骨内侧，达到骨壁，回抽无血时，注入局部组织。

这一天本来安排的是我和另外一个医生上班，可那个医生因家里临时有事，没有来，口腔科只有我一个人独撑门面。

由于病人比较多，我只好选择交叉方式操作，以加快诊疗速度。

“您休息休息，我先看下一个病人，等大约10分钟，等麻药发挥作用后，我再给您拔牙。”我给黄素芬做了交代，让她坐到旁边的一把椅子上休息，然后马上请另一位病人躺到椅位上检查。

“咚！”正当我全神贯注检查椅位上的另一个病人时，忽然听到黄素芬休息的方向传来一声响。

“黄医生，这个病人滚到地上了！”一个正在排队的病人大声喊。

“不好了！这个病人昏过去了！”另一个排队的病人也跟着大声叫。

我抬起头来一看，原来是黄素芬滚下了地。我赶紧放下手中的工作，迅速把滚到地上的黄素芬抱到椅位上，将椅位放平，用力按压人中、合谷、百会等穴位，按了半分钟之后，我再摸黄素芬的脉搏，一点也感受不到脉搏的跳动。

我心里暗叫一声“不好”，瞬间只觉得一股热血直涌上脑门，连呼吸都变得急促起来。没有脉搏的跳动，就意味着心脏可能已停止工作，若不及时抢救，肯定有生命的危险！口腔科备有两种急救药，可我腾不开手给她注射啊！

“喂！你们有谁能帮帮我的忙？”我着急地向周围等待的病人求助。

“需要我们干什么？”正在等待治疗的几个病人围了过来。

“来！来！请您帮我把她的脚抬高点！好！”一位热心肠的中年大叔帮我将黄素芬的脚尽量抬高，以便让下肢的血液流入到头部，保证她大脑的血液供应。

“来！来！来！您帮我按压她的合谷、人中两个穴位。对，对，这里是合谷！对！对！这里是人中！压重点。”我赶忙又叫另一个年轻人帮我按压黄素芬的两个穴位。

等黄素芬的脚抬高了，合谷、人中两个穴位也被按住了，我马上腾出手拿出一支急救药准备给她注射，情急之下，我也顾不上用钳子去敲安瓶上部，就用力猛掰。由于心发慌，手发抖，安瓶掰断了，但我的手指也被划了一条深深的口子。可在此抢救人命之际，时间就是患者的生命，我已顾不得自己的那点小伤口了，马上将药抽出来，注射进黄素芬手臂的肌肉中。

此时的黄素芬，仍然双目紧闭，头部冒汗，我再次摸她的脉搏，还是摸不着。

“老师，快点！老师，快点！我们科有个病人晕倒，没有脉搏了！”当时医院的急救科和口腔科都在门诊部的一楼，急救科离口腔科不远，我给黄素芬注射了急救药后，马上分开候诊的人群，冲到急诊科，急吼吼地叫。

“你慢点说，怎么回事？”急诊科花向阳主任是上海人，大学毕业后分配到地区中心医院，临床经验丰富，他见我一副火上房的样子，不慌不忙地问。

“花主任，快一点，有一个人麻药过敏，不快抢救就来不及了！”他正在看一个病人，我也顾不了那么多，不由分说就强行拉着他往口腔科跑。

“快点将急救药品带上，到口腔科去！”花主任忙回头冲着急诊科的刘护士喊了一句。

花主任被我拖着跑进了口腔科，他摸了摸黄素芬的脉搏，又撑开她的眼睛看了一下，再用听诊器听了听她的心跳，淡定地说了一句：“有心跳，只是很微弱。不是药物过敏，是晕厥。”

听花主任说有心跳，我心头的那块石头才“咚”一下落了地。只要患者有心跳，哪怕跳动快一点或跳动慢一点，都还有救。就怕摸不着患者的脉搏，听不着患者的心跳！

急诊科刘护士随后赶到，遵照花主任的医嘱，静脉推注了高渗葡萄糖，用氧气袋给黄素芬吸氧。花主任则继续按压人中、百会、足三里等穴位。

“请其他同志到门外去等待，不要围在这里。谢谢大家的配合。”花主任轻声细语地将围在口腔科里的人请出了门，给病人创造出一个比较安静的抢救环境，有利于黄素芬复苏。

通过花主任和急诊科刘护士有条不紊的抢救，黄素芬慢慢恢复了意识，心跳慢慢从160降到90，血压也很快回到了低压60、高压100。

“黄医生，我给你把手指包扎一下。”见患者已脱离生命危险，刘护士注意到我划伤的手指在滴血，给我紧急处理了伤口。

黄素芬得救了。

“以后遇到这种情况，作为医生，你首先不要慌，先要判断患者是晕厥、过敏性休克、心肌梗死，还是其他急性病，然后针对不同的病症，开展不同的抢救方法。如果每遇一个危重病人，都像你这样急吼吼，我们急诊科的医生恐怕早就都吓死了。这个病人主要表现为脉搏细弱、出冷汗，应该是低血糖反应，即晕厥。如果患者出现呼吸困难、口唇麻木、心慌、吞咽困难等症状，就要考虑麻药过敏。”见黄素芬已经苏醒，花主任见我紧张得满头大汗，细心地教导我。

黄素芬已经基本恢复了正常，而我还没有从惊恐之中恢复过来。

“您没有吃早饭吗？”听花主任说是低血糖休克，我问患者。

“没有吃早饭，我怕吃了饭，食物残渣留在口腔里面，看起来烦，影响医生的操作。”患者回答。

“快到中午了，您没吃早饭，为什么不跟我说呢？”我问患者。

“你没有问我呀？我一早过来，看你在忙，在这里等候都等了两个小时。”患者回答。

“对不起，我确实没有问。”我回想了我的问话，高血压、心脏病、糖尿病、青霉素过敏都问了，唯独忽略了吃早饭这档子事。

患者没有吃早饭，体内的血糖值非常低，如果遇到打麻药，人一紧张，就会导致大脑细胞缺血缺氧，出现低血糖休克。

真是百密一疏啊，对于患者的以往病史一个没落下，就忽略了问她吃没吃早饭这个小问题，结果造成了她低血糖休克。如果抢救不及时，有可能引起更大的危险和后果。

“黄医生，今天给你添麻烦了，对不起。”黄素芬不好意思地笑了笑。

“人没出事就好。您现在感觉怎么样？有没有哪儿不舒服？”

“一点事都没有啦，我排一次队也不容易，趁麻药还没有过，还是把我这颗烂牙拔掉吧。”黄素芬提出要求。

“我检查检查再说。有感觉没有？痛不痛？”听了她的要求，我这下谨慎了不少，慢慢地用探针探那颗牙齿的牙周组织。

“一点都不痛，这半边脸都是麻的。”

“那我就给您拔了吧。”她注射了葡萄糖，暂时不会发生低血糖，我钳住那颗残冠，没费多大劲，就把它拔了出来。“您休息休息，等半个小时看出没出血。”

她休息了半个小时，一切都很正常，准备回家去，我也要下班了。她家离医院不到一公里的路程，我担心她在路上出状况，一直将她护送到家门口。

隔了一周，黄素芬来科室，我把她的两颗龋齿进行了充填。又隔了一周，黄素芬来科室，把她的另外两颗龋齿进行了充填。又过了两个月，又给她被拔掉的第一磨牙做了假牙，以后就很少见到她了。但黄素芬与我之间的故事并未完结，后文再接着讲。

一个癫痫病患者

经此一事，我深刻感受到自己作为一名牙医，在临场处理能力方面仍有不少欠缺，给黄素芬拔牙的当天晚上，我拿出《口腔颌面外科学》，特地对口腔急诊的每一种病种进行了复习，对每一种病种的临床表现、形成原因和治疗抢救措施都进行了比较鉴别，对口腔门诊手术的适应症、禁忌症都进行了背诵。第二天我建议医院对我们科室的常用急诊抢救药品进行了补充。

我原本想，书上写的紧急抢救就这几种，以后再遇到这样的紧急情况，我都会从容应对。可黄素芬的事过了没多久，一个病人又把我吓得不轻。

那是一个普通的工作日，早晨上班不久，来了一位14—15岁的女患者，名字叫杨伊，自述右侧下颌的双尖牙剧烈疼痛，不敢咬合。经过检查，是下颌第一双尖牙因为其咬合面多长了一个牙尖，口腔专业上叫作畸形中央尖。畸形中央尖的牙尖很脆弱，经过磨损后细菌容易进入牙髓腔，引起牙髓炎、根尖周炎。

畸形中央尖，如果突出较小，尖端圆钝，不影响吃饭，可以不做处理，但是要随时观察。如果是尖而长的畸形中央尖，则容易折断、磨损，露出牙髓，可进行调磨、脱敏、盖髓处理。如果畸形中央尖出现折断，引起牙髓炎和根尖周病变，则必须做根管治疗。

杨伊的畸形中央尖已经引起疼痛，无法咀嚼，根尖周都出现了急性炎症，必须打麻药，打开牙髓腔，引流消炎之后做根管治疗。

我这次给杨伊打麻药之前，吸取了上次的教训，对她的情况进行了更详细的询问，不但了解她有无高血压、心脏病、糖尿病、肝功能肾功能等拔牙的禁忌症，也问了她吃没吃早饭。觉得该问的都已问明了，确认了她的牙位和身体状况之后，我便给她打麻药。哪知打麻药的空针打入口腔组织，推了一多半，她便头歪向一侧，眼球上翻，牙关紧闭，呼吸停止，瞳孔散大，似乎所有的意识和反应都停滞了。

眼见这种情况，我被吓得后背上直冒冷汗。这个病人怎么突然就成了这样？这是什么病？该怎么救治？我的头脑至少空白了半分钟。

正当我被吓呆的时候，这个病人的四肢开始剧烈颤抖，我想把她抖动的双手控制住，但她完全不听使唤，一直抖个不停。

我努力让自己镇定下来，快速回想书本上所学的急诊病种，逐一排查。最后，根据症状推判，我瞬间反应锁定在癫痫病上。我们在内科课程中学过这种疾病，但从未亲眼见过患者发作，缺乏治疗的经验。

我判断患者可能是癫痫发作，但是我并不清楚她的发病时间会持续多久。我只是隐隐约约记得老师说过，患者癫痫发作时，医生不能对患者进行过度的束缚和抢救，免得患者在猛烈屈曲性抽动时，使骨骼和肌肉受到损伤。

我一边轻轻握住杨伊的手，生怕她摔到椅子下面去了，一边擦拭额头上被吓出的汗珠，时间一秒一秒地过去，我的内心也受到一点一点的煎熬，我也不知道接下来会出现什么后果。

大约过了3分钟，这位患者的抽搐抖动突然停止了，好像什么事情也没发生，只是脸色有些苍白，两眼无神地看着我。

看到她停止了抽搐，睁开了眼睛，我长长地吸了一口气，努力让自己冷静下来，然后把她扶在椅子上坐好，给她倒了一杯温开水，让她休息。

“您现在好些了吗？”情绪稳定后，我问她。

“好些了，没有什么了。”

“这种病您过去是不是也发作过？”

“嗯。”小杨点点头，表示承认。

“您到医院去检查过没有？”

“检查过了，在县医院、地区中心医院都检查了，做了脑电图和头部照片。”患者说。

“检查结果怎么说？”

“脑电图和头部照片都没有什么问题。医生开了一些药，叫我吃。医生说病情加重再去检查。”

“您坚持吃药没有？”我问。

“我吃了几天，头昏，想睡觉，就没有吃了。反正一两个月才发作一次，我注意点就行了。”患者说。

“我建议您到成都、重庆那些大医院去做进一步检查。癫痫的病因非常复杂。它分继发性和特发性。继发性癫痫病因明确，而特发性癫痫病因不明，可能与遗传、肿瘤、脑血管疾病、寄生虫感染有关。这种病经过专科医院的积极治疗，一般症状可得到控制。您还这么年轻，必须要吃药，这个病的发作时间，您不能提前预计。要是在水边，在悬崖边，一旦发作，后果不堪设想。”

“好的。我回去跟我妈说。”

“嘴唇麻不麻？”我问。

“有一点点麻。”杨伊回答。

我便用牙科高速手机在她的病变牙齿上钻了一个小孔。很快，红白相间的脓液慢慢浸出了开髓孔，压力减轻了，疼痛就缓解了。

之后，这位年轻患者的病症一直在我脑海中挥之不去，我问了我们医院神经内科的李主任，他说在全国，诊断和治疗癫痫方面，北京天坛医院非常有名，她还有一个同学在那里上班。

杨伊第二次来复诊的时候，我就把我打听到的情况告诉了她。

杨伊第三次来复诊的时候，她妈妈也一起来到了科室。我带他妈妈找到内科李主任。李主任还给她同学写了一封介绍信，杨伊妈妈说了一大堆感谢的话。

又一个暑假期间，杨伊的妈妈带她到北京天坛医院做了检查，结果发现她大脑枕叶和颞叶下面内侧的海马旁回处有一个很小的瘤子，经过伽玛刀治疗，癫痫就再没有发作过了。

后来杨伊还考上了成都中医药大学，毕业之后在一个县医院工作，成了一名救死扶伤的医生。

上腭粘了块汤圆

从走出校门，到成为一个专职的牙科医生，在这个漫长的职业生涯中，我接触过各种各样的患者，遇到过数不胜数的疑难杂症，愈发认识到学校所学的理论知识，在实践中远远不够用，因为牙科医生不但要具备良好的牙科专业技术，还得要掌握其他科医生的医学知识，不要求成为一个合格的全科医生，至少要有更多的知识储备和实践经验，面对各种突发情况时，不至于手忙脚乱，不知所措。临床上，患者形形色色，有时甚至会遇到书本上根本不可能讲到的稀奇病例，很考验一个牙科医生的“手艺”。

过年过节期间，人们为了讨个新年的好彩头，一般的小病或慢性病都是能拖就拖，不到万不得已绝不进医院大门。这时候来医院的，不是要人命的大病，就是不治也是要人命的急病。

记得那是1992年大年初四，我一个人值班。从平昌县送来一个3岁多的小病人。小病人由爸爸抱着，他的妈妈来了，爷爷奶奶也来了。小病人姓曹，小名叫“壮壮”。为了3岁的壮壮，全家人都赶来医院。

开始，小孩的妈妈说，爷爷说，奶奶说，你一句我一句，七嘴八舌都没把壮壮的病说出个所以然，最后，还是壮壮的爸爸才把病说清楚个大概。

“壮壮近3天一直哭闹不止，不吃不睡，在乡医院检查后，医生怀疑口腔里长了肿瘤，要我送他到县医院进一步检查。县医院的医生检查后说，壮壮口腔里长了一个白色的肿瘤，怀疑是癌症，需要尽快动手术，说县医院不具备做这种手术的条件，建议我们马上到地区中心医院做手术。”

那时正是计划生育政策执行得最严的时候，一对夫妇一般都只生一个孩子。为了给壮壮这根“独苗苗”治病，老老少少一家人齐上阵，一同赶车到达城，可见一家人对壮壮的重视程度有多高。那时住旅店不但经济负担重，而且达城的旅馆也少，住旅店困难，为了壮壮做手术方便，他们甚至背着铺盖卷，做好了“打持久战”的准备。

“小孩什么时候开始发病的？”我问壮壮的爸爸。

“过年前什么事都没有，活蹦乱跳的，说话吃饭都没问题，可从大年初一下午开始，小孩就开始烦躁哭闹了，给他吃东西，他也不吃。”

“他肚子拉不拉稀？”我开始怀疑他是胃肠道出了问题。

“没有没有。”壮壮的爸爸回答很肯定。

“最近发烧没有？”如果小孩有感冒，或者有炎症，往往会发烧。

“这孩子很皮实，从小到大没有得过什么病，最近没有发烧。”壮壮的爸爸摇摇头。

“他口里那个肿瘤，你们是什么时候发现的？”我问。

“大年初一的晚上。”壮壮的爸爸回答。

“病史只有3天，怎么可能是肿瘤呢？”我感到很奇怪。

口腔颌面部肿瘤分良性肿瘤、恶性肿瘤、囊肿和瘤样病变。以形态上来看，可分为球形状、乳头状、分叶状。

听了家长的病史介绍，我开始做口腔检查。

“壮壮好乖哟，把嘴张开让叔叔看看。”我把壮壮拉近身边，哄他张嘴，可壮壮一直哭闹，不听话，我越哄他张口，他把嘴越闭得紧紧的，哭得嗓门嘶哑。

我心里很着急，时间不等人啊！孩子的病可不是小事，早一天找出病因，就能早一天对症下药。无奈之下不得不用口镜撬开孩子的口腔，反光一照，发现上腭部确实有一团灰白的东西，用手指触摸，质地松软。这是什么呢？如果是肿瘤，又是什么肿瘤呢？

“这个小孩腭部好像是个肿瘤，这种手术我们这里也做不了，你们只有到成都华西口腔医院去做手术。”我一时半会儿也拿不定主意，只得建议孩子家长前往成都治疗。

听说壮壮要到成都去做手术，壮壮的爷爷奶奶情绪瞬间崩溃，不顾不管地哭了起来。他们认为连地区中心医院都治不了，壮壮的病肯定很严重。爷爷奶奶一哭，一家人都忍不住流起泪来。

“医生，听你的口音，好像是通南巴平的，你老家是哪里的？”壮壮的父亲急着寻求帮助，定了定神，红着一双眼睛硬是没让眼泪掉下来，与我套起了近乎。

通南巴平是指通江、南江、巴中、平昌，这四个县位于四川东北部，大巴山腹心地带，四个县紧密相连，生活习惯、口音、性格都很接近。当地百姓都说，通南巴平，是一家人。当时通南巴平四县还隶属于达县地区。

“我是南江的。”我回答。

“医生，我们是老乡哦。你是哪个学校毕业的？”壮壮的爸爸继续问。

“我是华西口腔毕业的。”我回答。

“医生，求求你做点好事。你是华西口腔毕业的，麻烦你写一封信给你的老师或者你的同学。我们拿着你的信，争取早一点到成都住院做手术。”作为一家的主心骨，壮壮爸爸并没有失去理智，而是牢牢地抓住了我这根救命稻草。

话说到这个份儿上，加之又有老乡情分，这封信不得不写了。

铺好纸笺，准备写转诊信。

是给老师写信好呢，还是给同学写信好呢？犹豫了一下，还是给同学写信随意些。

当时，我们年级不但有20多个同学在华西医科大学上班，有几个口腔外科的同学五年都住同一栋楼、同一层宿舍，关系都比较铁。我担心过年期间有的同学休假或者回家过年，为了把事情做得牢实点，我准备写4张便条，分别给口腔外科的同学每个人写一张，碰到哪个交哪张。

我正准备写，又作难起来。不可能只写怀疑肿瘤，请老同学帮忙安排入院床位吧。至少也得对肿瘤进行必要的描述，得出一个大致的诊断，总不能在同学面前说外行话啊。

为了搞清楚这个肿瘤的性质和名称，我拿出《口腔颌面外科学》，对肿瘤一章进行了复习。这是良性肿瘤还是恶性肿瘤呢？病史只有3天，良性不可能，恶性更不可能。

无法对肿瘤的良性和恶性做出判断，至少也要从形态上进行描述。口腔颌面肿瘤分为溃疡型、浸润型和乳头型。壮壮腭部的肿瘤这三种形态都不典型。从好发肿瘤的部位来看，上腭部位书上只介绍了乳头状瘤和上颚癌，与壮壮的情况同样相差甚远。

壮壮上腭部的肿瘤到底是什么呢？我又如何向同学描述呢？我愣在原地，迟迟下不了笔。

“我再看看。将他给我抱紧点！”愣了一会儿，我放下拿起的笔，吩咐壮壮的爸爸。

当壮壮的爸爸将壮壮牢牢固定住后，我先用棉签在那个肿瘤上面进行了探查，发现那个肿瘤质地很软，表面没有波动，实心的。肿瘤没有尖锐的物体损伤，一般是不会出血的，我用空针在肿瘤部位抽了一下，没有抽出任何物质，可以判断里面没有血管，即使有血管，那血管也很少，不可能是血管瘤。

用手进行探查，发现肿瘤可以移动。我拿出手指一看，手指上一点血迹都没有。既然没有出血，我胆子更大了，用戴手套的手指用力，将肿瘤移动了一点距离，以便了解这个肿瘤表面与基底部的关系。我移动一点点，再移动一点点，心也更加紧张起来，万一肿瘤破坏，大出血怎么办？我不得不停了下来，透过口镜反光观察，确实没有发现一点出血。心里想，既然我这样大的移动都没有引起出血，说明这个肿瘤本身与基底部并没有组织连接。胆子进一步大了起来，干脆用力将它移动，居然将这个肿瘤给抠了下来！原来它并不是什么真正的肿瘤。

“肿瘤”给抠了出来，壮壮口腔腭部竟没有渗一点血丝。他没哭没闹，还“吧嗒”“吧嗒”咂开了嘴巴，显出一副很受用的样子。

壮壮的亲友团个个都睁大了眼睛，都想知道我抠出来的是什么“肿瘤”。

这就怪了。我反复地检查那粘在我手指上的吓人的“肿瘤”，它软软的，黏黏的，可绝对不是人肉组织，像什么呢？似乎像一块小小的糯米汤圆。

“你们大年初一给壮壮吃过汤圆吗？”我问。

“是的，给他吃过。大年初一吃汤圆是我们那一方的习俗嘛。你是南江人，应该知道的。”壮壮的爸爸回应。

“这就对了。很可能是一块汤圆附在了壮壮的口腔里，汤圆太糯，孩子口腔小，舌头转动力量弱，他没有力量将那一小块汤圆从上腭弄下来。口腔里粘住东西，很不舒服，孩子又不会用语言表达，只得哭哭闹闹。医生检查，一看那东西确实像个肿瘤，就被诊断成了口腔癌！加上口腔里的癌症一般的医院都做不了手术，只得让你们转院了。”

“照你这么说，我们壮壮用不着住院了？”“是不是啊？是不是啊？”一听我这么讲，一家人都瞪着大眼睛看着我。

“八九不离十吧。让我再检查一下。”我回答。

“壮壮把嘴张开，让叔叔看一看，不打针。”我对壮壮说。

真怪，这次我让壮壮张嘴，他就乖乖地把嘴张开了，还张得大大的。我用棉签将原先粘汤圆的地方擦了擦，上腭颜色红润，硬度正常，丝毫没有溃疡糜烂的痕迹。

“可以确诊，壮壮没长肿瘤，很健康。就是粘了一块汤圆，那点汤圆被抠了出来，病就完全好了，根本用不着住院。”我告诉已成惊弓之鸟的一家人。

“黄医生，照你的意思，我们可以带着他回家了？”壮壮的爷爷似乎还心存疑虑。为了给壮壮治疗癌症，全家人都做好了长期抗战的精神准备，结果却闹了一个乌龙，大大出乎全家人的意料。

“你们就放心地带着孩子回家吧。我保证，壮壮什么病都没有，身体棒棒的。”

孩子无假病。粘在壮壮上腭的那一小块汤圆被抠掉，身体舒服了，淘气好动的天性立即回到了他的身上，马上在爷爷奶奶跟前撒起娇来。好几天没真正吃饭，肚子确实饿了，自己翻开提包，寻找起食品来，见好吃的就往嘴里塞。

“快！快！快给医生叩个响头！”见孙子眨眼间从一个病人变成了个健康人，全家人的脸一下都有了喜色。奶奶按着壮壮的头，要他给我磕头致谢。

“别！别！别！”壮壮的癌症问题一下解决了，他全家人高兴，我也跟着高兴。我摸了摸壮壮圆圆的脑袋，笑着把他们全家人送出诊室。

壮壮被误诊的癌症被解除，他全家人卸掉了沉重的包袱，高高兴兴地走了，我也开心了好几天。由此我感到，医生诊断疾病不但要细心再细心，有时该大胆时还得要大胆。当然大胆要以细心为前提，以医学知识为基础，不是盲目傻大胆。比如为壮壮的癌症证伪，不反复地查看那块汤圆，不用手试着去推那块汤圆，在推移汤圆的过程中不去认真查看是否有出血现象，最后敢冒着危险把那块汤圆给抠下来，也就不会取得这么出人意料的诊断效果。

如今，壮壮已长成学业有成的男子汉，平昌县也早在1993年7月从达县地区拆分出去与通江、南江、巴中合并成了巴中地区。1999年，达县地区变成达州市后，他一家人，包括他的几十个亲戚，仍然要舍近求远，跨县过州，到我开的诊所来看牙病。

每当壮壮当着其他牙病患者的面讲起他3岁时得的那个“汤圆癌症”时，我们都“呵呵”不停，既感到可笑，又觉得庆幸。

他坐三趟飞机来治牙

前面讲过的那个把我吓了个半死的黄素芬，30年之后我们又有了联系。

那天，黄素芬来到我的诊所。

“黄素芬，几十年都没有看到您了，您还好吗？”她一进入诊室，我就认出了她，并准确叫出了她的名字。

“黄医生，这么多年了，你还记得我的名字呀！你的记忆力真好。”对我能一口喊出她的名字，黄素芬感到很惊喜，满脸是笑。

“哪是我的记忆力好？是我刚参加工作不久，给您打麻药，您发生晕厥，我当时没有抢救经验，把我吓惨了，能记不住您吗？哈哈！”我笑着对她说。

“那是，那是。我觉得没有你说的那么严重，我当时就好像昏昏沉沉地睡了一觉。哈哈！”黄素芬也跟着笑了起来。

“您晕厥休克了，当然不知道发生了什么情况。但是我当时摸您的脉搏，没有摸到，心里就慌了啊。”

“自从你把我的牙齿治好之后，牙齿不痛了，我也就没来看过牙齿了。但是我的家人和亲戚，都是找你看牙的。”

“今天您来找我，是不是牙齿又出了毛病？”

“不是！不是！是我儿子的牙齿不好，特地来请你这个大专家治。”

“什么大专家哟。要说专家，我这个专家就是被你们这些患者给吓出来的嘛。您儿子牙齿怎么了？”

“我儿子大学毕业后分到云南西双版纳。我50岁退休之后就跟着儿子了，给他们煮饭买菜，接送小孩儿。儿子后来调到了青海工作，我又跟着他们到了青海西宁。青海那里气候干燥。由于长期在户外活动，喝水很少，牙齿烂得一塌糊涂。”

“牙齿烂了应该早点去看啊，现在看牙医也很方便。”

他在青海也找医生看过，可补的牙很快就掉了。”

“补的牙齿掉了，再补上就行啰。”

“黄医生，几十年了，你给我补的牙齿到现在还没有掉，只是牙齿有点变黑。”

“您的牙齿是几十年前补的，那时只有这种材料，它的缺点就是时间长了要变黑。现在，我们都是用的新材料，颜色与天然牙非常接近。黄老师，您抽时间过来，我把以前材料去掉，换上先进的新材料。”

“好的。我们全家就相信你的技术。我儿子这次到达州出差，我专门跟回来想请你给他看一看，今天我费了好大的劲儿才把你找到。你明天上午上不上班？”

“明天我要上班，您把儿子带来吧。”

第二天上午八点钟，诊所刚开门，黄素芬带着儿子岳浦准时来到科室。

岳浦，1米8的个子，平头，身板挺拔，眼神锐利，跟我握手后说：“黄叔叔，我读大学的时候，牙齿很整齐，很坚固，有一次同学之间比赛牙齿的咬合力，我用牙齿把一桶水提起来。自从到了青海，我每天都要在户外工作，承受着干旱和炎热的折磨。有一天，突然得了咽喉炎，喉咙说不出话来。到医院去检查，医生说这是一种常见的病症。只要吃喉片就可以治好。于是，我每天上午下午都含着喉片，希望能尽快康复。由于我在户外工作的时间很长，加上喝水少，牙齿开始出现了问题。起初，牙齿表面变脏，刷牙也刷不干净。然后牙齿表面呈现出一种白色。随着时间的推移，上下牙根逐渐变成了暗黑色，上下前牙开始松动，牙龈出血，咀嚼无力，咬硬东西时疼痛难忍，最后牙齿开始一块一块地腐烂脱落了……”

我给他照了一张牙颌曲面断层X光片。从全景片看，全口几乎没有一颗健康的牙。牙齿的唇面、颊面、邻面都有龋坏，下颌前牙已经成了残根，上颌前牙牙槽骨吸收，两侧磨牙有的成了残冠，有的牙根都烂断了。

“黄医生，我以前的牙齿很好，为什么几年的时间牙齿就烂成了这个样子？”岳浦感到不解，问我。

“您这种症状，医学上叫作猛性龋，是急性龋的一种，表现在短期内多个牙齿同时患龋。”

“我为什么会患猛性龋呢？”

“很可能跟您每天上午下午都含喉片有关。喉片对改善咽喉症状有用，但服用也得要遵医嘱，不能当糖块吃。因为喉片的糖分比较重，上午下午都含着喉片，等于您上午下午都在吃糖丸，吃过糖丸后又没及时漱口，加之野外作业很少喝水，口腔卫生注重不够，牙齿受到腐蚀，牙面受到损害，形成一口烂牙也就不足为怪了。”我告诉他。

“我这口牙齿还有没有救呢？”岳浦一听着急起来。

“牙齿一旦被破坏，它是不能自动修复的。您这个牙齿，需要综合治疗。该拔的拔，该补的补。同时要保持口腔卫生，不要再吃糖，不要喝碳酸饮料，坚持用高氟高钙的牙膏。”

“黄医生，我们一家人都信任你，该怎么处理，就怎么处理。”岳浦说。

我给岳浦制订了详细的治疗计划。洁牙、拔牙、补牙，根管治疗，种植牙，做烤瓷牙，一步一步地完成。

我建议他有些治疗可以在青海完成，但是岳浦很固执，坚持要我亲自给他治疗。他从青海西宁到达州，坐飞机来回飞了3趟，最终才把牙齿治疗的任务完成。

经过治疗，岳浦的口腔健康状况得到了明显的改善。他的上下前牙，通过烤瓷修复，还原了洁白无瑕的模样。种植牙安好之后，口腔咀嚼功能也得到了很好的恢复。

抽给岳浦治牙的间隙，我给黄素芬的右侧下颌第一磨牙重新做了一颗新材料的假牙。

之后，岳浦每次回达州，都要到我们诊所来做一次洁牙，做一次牙齿健康检查。每一次来，他都要带一些青海的枸杞、青稞酒送给我。我实在过意不去，逢年过节也给他寄一些达州的特产。

到现在，我们依然保持着很好的联系。虽然远隔千里，但是友情深厚。

值得敬重的患者

牙病，是口腔最常见的疾病。老年人有牙病，年轻人也有牙病；穷人有牙病，富人也有牙病；平民百姓有牙病，领导干部也照样有牙病。

我自从当上口腔医生，在牙科岗位上干了40年，接诊过不少的领导干部，但接诊的第一个领导干部是达县市原市长赖宜生。他给我留下的印象最深，时间已过去30多年了，至今还铭刻在我的记忆里。

院长交给的特殊任务

那是我到达县地区中心医院工作三年后，有天下午下班前，门诊办公室的张主任到诊室通知我："黄医生，下班后你暂时不要离开科室，王院长有事找你。"

"他找我有什么事？"接到通知，我感到很纳闷。口腔科有科主任，院长和我隔的不是一级两级，是好多级，他不找科里的主任，有什么事非得要找我？我不得不询问给我传达通知的张主任。

"他找你有什么事，我也不知道，你下班之后在这里等着他就是了。"

张主任丢下这样一句话，走了。

张主任走了，可我的心情却无法平静，王院长找我究竟有什么事呢？我和院长隔着那么多级，平时除了他下来检查工作，打过几次照面，开全院大会听过他几次报告，平时连招呼都没有打过，怪哉！他有什么事要亲自找我呢？

是他有哪个亲戚朋友牙齿生了病，想找我治疗？这不可能啊。我们科室的黄主任是华西医科大学口腔系毕业的，医学知识远比我丰富，他的亲戚朋友要治牙齿，首先得找科主任。如果他不找科主任，科里还有两位主治医师，临床经验丰富，社会人脉广泛。我无论补牙、拔牙还是镶牙，与他们相比，水平还相差很多。他不找科主任给他的亲戚治牙齿，也应该找那两位主治医师中的一位啊。按照医院的规定，普通医师得工作五年以后才有资格报考主治医师，我只是一名极普通的医师，连主治医师都不是，他要给亲戚治牙，怎么也轮不到我这么一个小医生啊。

是要给我提个一官半职，准备提前找我吹吹风吗？更不可能。在我们先后分配到医院的那一帮年轻人中，我的工作平平沓沓，即使上级要提拔重用几个表现突出的年轻医生，到办公室、政工科或上级职能部门工作，那也不会是我。

是不是我做了什么好事要给我口头表扬或奖励？也不可能。我除了每天按时上班，尽力做好自己应做的事外，也没有做其他的好事，更没人敲锣打鼓给我送锦旗，医生的工资是固定的，我们科室的奖金在医院是最低的，哪会给我个人奖励？别做梦娶媳妇——尽想好事了。

是不是我哪儿做得不好？有患者告状告到了医院，院长要亲自下来处置我？一想到这点，我马上紧张起来。这种可能性很大。尽管我每天尽职尽责地处理每一个病人，但百病难医，众患难调，医生不可能保证每一个病人都能达到非常好的疗效，也不能保证每一个我主治的病人对疗效都感到满意——医生的治疗效果很难与患者的期望值达到一致。个别病人如果对我的治疗不满意，到医务科或者院长办公室告我一状，院长觉得问题严重，下了班来找我……那恐怕就不只是挨一顿批评，还有可能要写书面检讨、挨通报批评，甚至还要扣发奖金。

哎呀，是祸躲不脱，躲脱的不是祸，受批评就受批评，写检讨就写检讨，挨通报就挨通报，扣奖金就扣奖金。反正态度端正一点。

那时候没有手机，没有抖音、微信这些消遣方式，为了打发时间，我只好拿着一本业务书，一边看，一边等院长的到来。

“小黄啊，你还没有下班啊。”半个小时之后，王院长从住院部坐车赶到设在门诊部的口腔科。平时院长不苟言笑，那天院长在科室外边就给我打了招呼。

听到院长那和蔼的招呼声，我知道今天可能不会挨批评。

“我接到通知正在等您，我不知哪里做错了，准备接受您的批评。”虽然心里已经有了院长可能不是来批评我的想法，但我还是把身段放得特别低。

“小黄啊，即使批评，也得叫你到办公室里嘛，哪有下了班还要到科室来批评人的哟。看来你还是书生气没有改呀。”王院长脸上带着不容易看到的笑。

“那院长有什么事呢？”心里的一块石头真正落了地。

“小黄啊，麻烦你久等了，今天交给你一个特殊任务。”

“什么特殊任务？”

“事情是这样的：达县市的赖市长牙齿痛得很，我想让你帮忙好好处理一下。”王院长这样说。

“我不行！我不行！给赖市长看牙齿？得找黄主任、张老师他们啊。找我不合适嘛。”我一听是给赖市长治牙齿，马上推脱。

当时达县地区下辖13个县市区，达县市管辖原来的达县城关镇和周围的几个乡镇，是达县地区的政治经济文化中心。市长是地方的父母官，要我亲自给达县市的赖市长治牙病，还是很害怕。赖市长名叫赖宜生，是从万福钢铁厂调到达县市的。市长虽然只是一个县处级干部，但在我的眼里，已经是一个很大的官了。像我这样连主治医生的帽子都没戴一顶的新手，敢亲自给他治牙?

“黄医生，我已经找黄主任、张老师给他治过，但是没有什么效果。我喊你下班在这里等着，就是不想让他们看到，免得都尴尬。”院长亲切地向我解释。

我确实听黄主任和张老师在科室说过，赖市长的牙齿既有龋齿，又有牙周病，还有几个残根。由于工作繁忙，他每次都是牙病严重到影响吃饭睡觉了，才找他们治疗。这样不但治疗起来麻烦，治疗的时间长，而且效果也不好。每次赖市长来看牙齿，几个老医生都知道不会有好的效果，总是你推我，我推你。

可能是赖市长觉得那几个老医生治疗的效果不理想，就找到王院长，给他换一个年轻点的医生试试。

“几个老医生都没把赖市长的牙治好，恐怕我更不行啊。”我还是有些犹豫。

“你就拿出大学里所学的先进技术，大胆给赖市长治吧。赖市长这个人还是很随和的。”王院长鼓励我。

“好吧。请他来吧。”我表了这样一个态。

当医生就是给患者治病的。我一直牢记着《希波克拉底誓言》:“我愿尽余之能力与判断力所及，遵守为病家谋利益之信条”，“无论至于何处，遇男或女，贵人及奴婢，我之唯一目的，为病家谋幸福，并检点吾身”。

在社会上，赖宜生是堂堂的大市长，来找我看病，他就是一个病号;在达县市，我是赖市长治下的公民，在医院里，我就是他的主管大夫。只要他往治疗椅上一躺，我们就是病人和医生的关系，平时他指挥我，此时我指挥他，该怎么治我就怎么治，只讲治疗效果，不讲官大官小。这样一想，我也就定神安心了。

我斗胆拔了赖市长的牙

大约等了一个小时，赖市长在夫人和秘书的陪同下走进了科室，他先同王院长打了招呼，接着与我握手打招呼。

“对不起啊，让你们久等了。今天下午连着开了三个会，我牙齿痛得不得了，可还得捂着腮帮子在三个会上讲话。怕你们等得太久，我多次看手表提示那些发言的人说话不要太啰唆，拣最主要的说，可还是过了半小时才散会。对不起！对不起！”赖市长捂着面颊接连道歉。

“赖市长，这么说你还没吃晚饭吧？”王院长问。

“吃了，吃了。我怕回家吃饭太费时间，让小李（赖市长的秘书）准备了点面包和牛奶，在路上对付了一下。”

“小黄，你得好好给赖市长治治牙齿。”王院长听说后又叮嘱我。

“好的。”我应了一句，但心里对王院长的叮嘱很不以为然。

只要是真正意义上的医生，给患者看病都会是“好好的”，不可能马马虎虎，都要千方百计尽其所能，把病人的病治好。您叮嘱我要“好好给赖市长治牙”，显得多余。您也是几十年的老医生了，难道您不叮嘱我给赖市长好好治牙，我就不会给他好好治牙了吗？不但赖市长的牙我会好好治，其他患者的牙，我照样要好好治。

我心里这样想，只是嘴巴没敢将这些话往外冒。

“小黄医生，你大胆地给我治吧。”赖市长右手捂着腮帮子，熟练地坐到了治疗椅上，表情很痛苦。

“赖市长，您右侧的上颌第三磨牙，现在是急性根尖周炎，还有可能间隙感染。我建议您输液消炎，炎消了之后把这个残冠牙齿拔掉。”我检查了之后提出了治疗方案。

“小黄医生，你还是先想办法把我的痛止住，明天省上有一位领导要到我们市里检查工作，我必须接待和汇报。我这么捂着腮帮子怎么接待汇报？”赖市长回答。

“赖市长，急性根尖周炎，止痛最有效的方法是开髓引流，但是，您右上第三磨牙开髓引流，一是根管细小，引流效果不会明显，二是最后一颗牙齿也不好操作。如果用输液消炎的方法，止痛比较慢，如果我在根部打个封闭，可能也只管得了两三个小时。”我说。

“哎哟！哎哟！嗞！”赖市长痛得皱眉咧嘴。

看着赖市长痛得如此厉害，一个大胆的治疗方案突然跳进我的脑海——将他那颗已经发炎的残冠拔掉，也许能快速缓解他牙齿的疼痛。

一想到这个治疗方案，我的心里立即做了否定。急性炎症期拔牙，就像高血压、心脏病拔牙一样，属于禁忌症，如果在急性炎症期拔牙，可能会造成炎症扩散，细菌通过拔牙创口周围的小血管扩散到全身，造成全身性菌血症，如果患者身体抵抗力比较差，可能会造成败血症，甚至有生命危险。

赖市长口腔里的炎症本来就很严重，还合并有间隙感染。如果拔了牙之后出现菌血症、败血症，我可吃不了兜着走。

但是赖市长的根尖周炎这么严重，疼痛这样剧烈，也没有其他好的治疗手段。教科书上也写道，感染期拔牙也不是绝对的禁忌症，要根据感染的部位、波及的范围、病程的发展阶段、细菌的种类和毒力、拔牙创口的大小、医疗条件的保证和患者的全身状况、有无并发症等因素综合考虑。如果感染是牙源性的，拔牙手术也不是很复杂。拔牙有利于去除病灶和引流，发生全身并发症的概率很小。

“赖市长，您最近做没做过体检？身体状况如何？”我问。

“前几天才进行了体检，血压有一点高，血糖处于临界值，心脏没问题，肝肾功能正常。”赖市长回答。

“王院长，我有一种方法，应该见效快。赖市长这个牙齿是根尖周炎，我把它拔掉，根尖的分泌物可以通过拔牙创口流出来，这样可以很快减轻疼痛。”我向王院长提出我的想法。

“有炎症拔牙行不行？”王院长是科班出身，知道急性炎症期不能轻易动手术。

“炎症期一般情况下确实不能拔牙，但是也没有其他好的方法可以缓解疼痛。我看赖市长的身体状况还可以，应该没有多大风险。”我诚实回答。

“最好还是先给他上点止痛的药，那样做，保险些。”王院长说。他不敢让我冒这样的风险。

“哎哟哟！嗞！哎哟哟！”赖市长痛得嘴巴一个劲地吸溜。

“赖市长，我还是给您先打个封闭吧。”见赖市长疼痛得很厉害，我将封闭剂注入了上牙槽后神经周围，赖市长的疼痛迅速得到了缓解。

我用手触摸他上颌第三磨牙的颊侧和舌侧，没有明显的波动感，我用注射针头回抽，也没有抽到脓血分泌物。我判断炎症的部位可能位于根尖，甚至在更深的部位，这样的封闭根本不会让压力减小，疼痛只是暂时缓解，麻药效果消失之后又会疼痛。

果然，仅仅过了10多分钟，赖市长的牙齿又开始痛起来了。

我已经黔驴技穷了。最后认定，擒贼先擒王，只有将他那颗松动发炎的残冠拔掉，才是减轻他疼痛的最好方法。

我深深地知道，医学领域破坏一个旧世界容易，创造一个新世界难上加难。牙齿是不可再生的，掉一颗就少一颗，拔牙是一种不可逆的伤害，牙科医生拔牙会慎之又慎，一般是不会考虑拔牙的，能保留的会千方百计保留。只有牙确实没有保留价值，留着有害，才考虑将其拔掉。

赖市长的第三磨牙本来就没有什么用，现在又成了疼痛的病根，我不得不对它“大开杀戒”了。

“赖市长，把那颗残冠拔掉，让里面的脓血分泌物流出来，这才能真正解决您的牙痛问题。”我给赖市长建议。

“我已经告诉了你，明天要给领导汇报工作，要拔也得等送走领导之后才行。”赖市长摇摇头。

“这颗残冠已经很松了，费不了多大的劲就能拔下来。拔了之后压力减轻，疼痛就要缓解很多。”我坚持说。

“明天这个汇报很重要，再痛我也得把汇报做完。”赖市长回答。

“小黄医生说了，拔了牙之后疼痛会减轻，你就听他的吧。”赖市长的夫人周姨在旁边劝他。

“哎哟！这个可恶的牙齿！把我折磨够了。哎哟！咝！”可能是封闭药品进入了根尖，增大了根尖的压力，赖市长那牙齿似乎比来的时候更痛了。

当断不断，必受其乱；断而不断，必有后患。我思考再三，要快速止痛，只有拔牙这唯一的路了。我暗自决定赌一把，来个先斩后奏，把他这个残冠拔掉再说。

“小黄医生，你再给我打一支封闭针吧。”赖市长疼痛难忍，给我提出要求。

我知道封闭针管不了多少时间，我口头说给他打封闭针，实际上我抽的是麻药。我抽了3毫升麻药，慢慢推注到上牙槽后神经部位和腭大孔周围。隔了5分钟，疼痛消失。

“今天你先把疼痛给我缓解了，我明天开了会就来拔牙。”麻药起了效果，赖市长又来了精神，叮嘱道。

“我再检查一下您这颗残冠，顺便在颊侧做一点引流。”我哄他。“把嘴张大点，再张大点。”我吩咐。同时拿了一把拔牙钳，钳住那颗残冠，颊侧舌侧用力一摇，稍稍朝牙冠方向一使劲，那颗残冠就乖乖地从牙槽里脱了出来。

“你在干什么？”赖市长似乎已感觉我把他的牙拔了出来，从椅子上转过头，惊慌地看着我。

“我把您的那颗残冠拔掉了。”我老老实实地向赖市长承认，同时将那颗残冠丢进检查盘里，让他看。

“黄医生，你胆子怎么这样大，毛毛躁躁的，没经过赖市长同意，就把他的牙齿拔了！”在一旁的王院长一听说我真把赖市长的牙齿拔了，也大声批评我。

“赖市长，不拔掉这颗残冠，您牙齿的疼痛就缓解不了。”我只有耐心解释。

“我明天有重要的事啊，千万别影响了我明天的工作。”赖市长非常着急。

此时，赖市长着急，我更着急。牙齿是出来了，但我还是担心赖市长炎症的时间比较长，根尖的分泌物很黏稠，特别是间隙里面的分泌物引流不通畅，回去没得到缓解，甚至出现感染扩散。但是隔了一分钟，我就看到一股脓血分泌物从拔牙窝流了出来。我知道炎症压力减轻了，疼痛应该有所缓解，我悬着的心也就落地了。

“赖市长，请您放心，牙齿拔了，明天您的汇报不会受到影响。”

“好吧！只要不影响我明天汇报工作就行。”赖市长见我说话这样肯定，情绪稳定多了。何况，牙齿反正是拔了，拔掉的牙齿也不可能再长回去，拔了就拔了吧。

我给他交代了拔牙术后的注意事项，并嘱咐赖市长的秘书买消炎的药。赖市长半信半疑地离开了科室。

赖市长拔了牙齿走了，可我还是有些后怕。在没有征得赖市长同意的情况下，我冒冒失失地就把他的牙齿拔了，还是太冒险了。他本来就在急性炎症期间，又有间隙感染，拔牙后大出血怎么办？万一感染扩散，细菌进入血管，得了败血症怎么办？他本身就有间隙感染，万一周围组织肿胀、脸部变形，影响汇报工作怎么办？哎呀！嘴上无毛，办事不牢啊！弄得我在床上翻来覆去，一晚上基本没有睡着觉。

也许是赖市长本身抵抗力强，当天晚上赖市长回家之后，牙没有痛，脸颊没有肿，还睡了一个好觉。第二天伤口不痛了，说话也自然流畅了，圆满地完成了汇报工作。

赖市长说话算数，省领导走了之后，他果真抽时间来到口腔科，让我对他的口腔进行了一次全面检查，并要我根据他牙齿的具体情况，做一个全面的治疗方案。我根据他的要求，在征求科室领导和几位老师的意见后，做了一个全面治疗的方案，该拔的拔，该补的补，尽我所学，完成了对他牙齿的治疗。

遇到难事就找他

赖市长对我的印象更好了，当着他的家人和他的秘书说："小黄医生这个人坚持原则，有担当，是块当医生的好料，值得一辈子交往。"

领导夸奖我这个小医生值得一辈子交往，这对我是多大的信任和勉励。

没过一年，赖市长从达县市市长晋升为达县地区行政公署常务副专员，很快又晋升为专员，从正县级提拔到正厅级。他牙齿有问题，照常找我治疗。曾当面对我说，有难办的事可以直接找他。但我当然得自觉，只有在遇到确实迈不过去的坎时，才会去找他，不能遇到一点小事就去给领导添麻烦。

后来，我遇到难办的事时，真还厚着脸皮找过他。

第一次是找他借了一辆小汽车。

我的父亲黄国让是1948年入党的老党员，参加过抗美援朝战争。有一天晚上八点多钟，家里人通过邮电局打来长途电话，说父亲突然得了重病，如果不马上赶回去，恐怕连最后一面都见不上了。

接到电话，我心急如焚，恨不得马上飞回老家。我是医生，虽然学的专业是牙科，但也学过全科医生的课程，赶回去可以协助当地医生抢救父亲的生命，即使挽救不了父亲的生命，父子间也要最后见一面。可回老家300多公里，还有30多公里的农村机耕道，怎么赶回去？当时的出租车才刚刚在达县出现，还算新事物，只跑城里，不跑城外，我去找出租车驾驶员商量，一听说是去南江，还要走30公里的机耕道，都摇头拒绝。找不到出租车，只能坐班车，从达城到南江县的班车一天一趟，第二天早晨六点钟发车，一切顺利的话，到家也得晚上八点，黄花菜早凉了。怎么办？在我急得抓耳挠腮的时候，突然想到了赖专员。他不是说过，有难办的事找他吗？我就找他试试。

也是逼得实在是没有别的办法了，我直接找到赖专员的家里，向他说明了情况，提出请他帮忙找车的请求。

“晚上去麻烦别的驾驶员也不太好，那就用我的车，让我的驾驶员送你回去吧。”他稍微想了一下说。

“不行！不行！我怎么能坐您的那台车呢？您一天那么多的事，没车怎么行？”一听说让我坐他的那台车，我马上摆手拒绝。

“没关系。我找车总比你找车方便得多，你别担心我没有车坐嘛。李师傅（给他服务的驾驶员姓李）驾驶技术好，开夜车没问题。你回去还要走机耕道，找别的驾驶员我还不放心呢。”说着，他马上给李师傅打电话，交代了任务。很快，李师傅将车开到了赖专员的家门前。“小黄医生，回家后把父亲的事处理好了再回来，不要着急。”临上车时，赖专员还这样嘱咐我。

我和妹妹黄玉莲连夜往家赶，机耕道有一段路坑坑洼洼，为了减轻小车载荷，让小车底盘免遭擦刮，我和妹妹下车步行，有一段路太湿滑，车轮空转，我就和妹妹下去推车。紧赶慢赶，赶到家天还没亮。

或许是见到我和妹妹风尘仆仆地赶回了家，精神受到鼓舞，或许是当地医生的抢救及时有效，父亲很快转危为安，早晨就能说话，中午就开始进食。虽然赖专员要我别急着回去，但我怕耽误赖专员用车，不敢久留，在家住了一天，见父亲正逐渐康复，已远离生命之忧，就回来还了车子。

还车前，我叫小李把车开进加油站，加满油，我坚持付了油钱。后来小李告诉我，这件事赖专员还批评了他。赖专员说：“我经常找小黄医生麻烦，这油钱该我掏嘛。”

通过那次借车，我进一步看清，赖专员是一位说话算话的好领导。

第二次给赖专员找麻烦，是他支持我开办个体诊所，使即将被“扼杀”在摇篮中的“北平牙科”转危为安。

1990年，达县地区制定了九五、十五规划，其中有一项就是政府投资200万元，在达县地区建立一所口腔医院。1992年. 达县地区卫生局为了落实地区行署建立口腔医院的规划项目，安排我做可行性论证报告、立项报告，拿出建立口腔医院的实施方案。

我一得到这个任务，立马行动起来，很快将相关报告做了出来，拿出了建口腔医院的人员配置和医疗设施的准备方案。为了更有把握，还与华西口腔医院联系，请老师和留在学校工作的同学在设备和技术上给予支持。老师和同学都表示一定支持我，到时候要人给人，要技术给技术。有了后盾，我觉得建口腔医院已经水到渠成。

地区卫生局将相关报告以红头文件的形式报送到地区人事局、地区计划委员会和财政局。

巧妇难为无米之炊，要建医院，先得把钱拿到手。财政局的领导有的是我的老病号，每一次来看牙，我都尽可能给予方便。当我拿到领导同意拨款的报告之后，兴冲冲跑到市财政局去找领导商谈拨款建口腔医院的事。

“小黄，我们是边远山区，吃的是‘饭财政’，现在连发工资都是拆东墙补西墙。你们建口腔医院，我极力支持，今年财政没有预算，我明年想办法。”领导很礼貌地接待了我。

第二年3月，我从朋友那里得知地区财政局马上要开预算会议，又兴冲冲地去。没想到，得到的回复仍然是经费不足，无法落实。

就这样，从1993到1998年，我每年都拿着红头文件找财政局，但每次都用“今年财政紧张，等明年再想办法”一类好听的话“打发我”。

“建口腔医院是地区规划的。你们没有钱，就不该规划嘛。”我跑了几年，也没把200万元钱跑到手，把我的耐心也跑没了，心里有很多怨气。

也算东方不亮西方亮。有一天我到地区卫生局办事，正好碰到不久前才从地区中心医院党委书记任上调到地区卫生局当副局长兼地区红十字会会长的朱本德。朱局长是巴中人，我是南江人，我们算是老乡。他待人一贯和善宽厚，在我当门诊部团支部书记时，还指导过我们排练春节联欢节目。

“黄医生，我正想打电话问你，你们建口腔医院的事进展到哪一步了？”朱局长把我叫到他的办公室，问。

“地区财政局没给钱，希望破灭了。”我懊恼地回答。

“那是好事啊。”朱局长笑呵呵地说了一句不着边际的话。

“朱局长，建口腔医院的事黄了，您老领导也来打击我？”我感到很茫然。

“我不是打击你。国家出钱让你办口腔医院，你就是办起了，也不一定搞得好。你想要的人才，不一定调得来。你所开支的每一分钱都要接受上级部门的检查和审计。如果你想在单位上得一点好处，到头来可能把你搞得身败名裂。现在国家大力发展私营经济，你头脑灵活一点，可以出来自己搞啊。”朱局长语重心长地说。

“自己搞？怎么可能呢？我就是写了辞职报告，医院也不会批准的。”我在医院工作了10多年，还从来没有想到辞职这件事情。

“黄医生啊，现在形势发展很快啊，私营经济是我国社会主义市场经济的重要组成部分嘛。我读过这样一个资料，介绍国外口腔科的医生80%都是私人在开诊所，只有20%的医生在大学当教授或在公立医院上班，而我们国家与国外的情况恰恰相反，是90%以上的口腔科医生在公立医院上班，只有极少数的人在教书和开私人诊所。可以肯定，随着口腔医学的发展，随着人们对口腔保健需求的增加，再过10年，最多再过20年，我们国内大多数的口腔科医生都会办私人诊所，办私人口腔医院。那些口腔医院将享有和公有制经济同样的合法权利和利益。黄医生，现在国家这样大力鼓励支持和引导非公有制经济的发展，你就没有想过出来自己搞吗？”朱局长说。

他看的文件资料多，比我眼光远。

“自己搞？怎么搞？”我摇着头说。

“国家红十字总会下发了一个文件，为了解决红十字会资金困难的问题，鼓励各级红十字会开办企业。我们地区红十字会有个规划，准备办一个口腔病防治所，这事你来干正合适。”朱局长说。

“那我要写辞职报告吗？如果写辞职报告，我家属同不同意？我父母同不同意？”我顾虑重重。

“我们先把你借调到红十字会来，人事档案、人员编制、工资关系先放在中心医院。干得好，你就辞职，干得不好，你回去就是了。这样做算是‘双保险’，你觉得怎么样？”朱局长给我出了这样一个主意。

“太好了。太好了。谢谢老领导。”听了朱局长的这个主意，我当面向朱局长竖起了大拇指。

我们成了忘年交

定下来后，朱局长亲自出面找医院，把我借调到了地区红十字会。我的一切关系暂时还是留在医院，只是不在医院领工资。

我与达县地区红十字会签订了一份协议：由我出资，以口腔病防治所的名义办一个牙科诊所，每年以向红十字会缴会费的名义，缴2万元的管理费。我嫌“达县地区口腔病防治所”的名字太长，就又另取了一个名字：“北平牙科”。一个诊所，两块牌子。

我拿出家里所有的钱，还是不够，又向亲戚朋友借，花12万元买下了大北街口三楼一套140多平方米的房子，又向朋友借了5万元，购买了5台治疗椅和一些配套设备，达县地区口腔病防治所（北平牙科）正式开张。

“北平牙科”一开业，原来到地区中心医院找我看牙的病人也跟着到了北平牙科，还主动介绍新的患者，不到两个月，位置偏僻的北平牙科就开始红火了，特别是星期天，患者从早到晚打拥堂（四川话，指挤满顾客）。

但好事多磨，正当我的诊所办得红红火火的时候，又遇到新的麻烦——地区中心医院个别人见我被借调到地区红十字会后，并没有在红十字会上班，而是搞个体诊所，就私下找到地区卫生局局长，提出两种处理办法：第一，既然没有在地区红十字会工作，就回中心医院口腔科上班；第二，不回医院口腔科上班，就离开达县地区，开个体诊所也不准在达县地区开。

这可让我为难了。回地区中心医院口腔科，我花了十多万投资的设备岂不白白亏损？这不行。离开达县地区，到外地去开个体口腔诊所？不但人生地不熟，连新置办的医疗器械都得跟着搬家，到外地还得重新找房子，得费多大的事？这也不行。

我找到朱本德副局长，因为是他把我借调到红十字会的。朱局长找到局长，局长说："我提出的那两点意见并不是我个人的意见，是医院领导找了地区的分管领导，上面这两条处理意见正是地区分管领导提出来的。我们也只能执行上级领导的指示呀。"

"黄医生，我已经尽了力啦。你再想一想，你认不认识在达县地区能说上话的领导，这件事或许才有转机。"朱局长很为难，他给我支了这样一个招。

我思来想去，只想到个赖宜生市长。他此时已不再当达县地区行署专员，而是任达县地区人大常委会主任。

"赖专员（我喊赖专员喊惯了，还没有改口称赖主任），有个事把我逼得实在无路可走啦，只好给您添麻烦了。"

"有什么事？你说吧。"赖主任亲切地问我。

我就将地区红十字会借调我到牙病防治所和我办北平牙科诊所的经过，以及地区卫生局现在逼我要么回地区中心医院上班，要么就离开达县地区的前前后后，一股脑儿向赖主任倒了出来。

他听了我的汇报，为慎重起见，还请来地区人大法工委的主任，咨询相关法律法规。商讨的结果是：我开个体诊所手续齐备，遵纪守法，照章纳税，应该支持。

在和人大法工委商讨后，赖宜生亲自打电话给地区卫生局的领导，说："为了解决人民群众的就医难，现在国家的政策是鼓励民办医疗事业的发展，黄北平从医院出来干个体，完全符合国家的政策，应当支持。只要黄北平办个体诊所遵纪守法，合法合规，你们都应该支持。"

赖宜生主任亲自过问，我的个体诊所也就红红火火地发展起来，至今已发展到拥有国内国外先进医疗设备和1000多平方米医用房屋、30多张综合治疗椅的口腔门诊部，解决了40多名人员的就业问题。

赖主任退休后，把家搬到了成都。或许是成都的牙科医生对他的口腔情况缺乏了解，或许是心理作用使然，虽然成都牙医大师云集，但他对那些牙科医生的治疗总是感到不太融洽。所以，每当牙齿痛了，他都坐火车从成都回到达州，让我给他治疗。我们面对共同的敌人——牙病，我仍然把他当成普通的患者，该怎么治就怎么治，他勇于托付，我敢于担当，风雨同舟，相互信任，往往获得出乎意料的治疗效果。用他的话说："我的这口烂牙齿就服你这个小黄医生。"我已经"不小"了，可赖主任还是称我为"小黄医生"。

我们算是真正的忘年交。每年过年，他都要给我两个孩子每人一个红包。我坚决推辞，他说："我知道你不缺钱。我这又不是送给你的，是给小孩子的。让他们高兴，讨个吉利嘛。"

路遥知马力，日久见人心。从我第一次自作主张给赖主任拔牙，到现在30多年了，通过不断接触交往，打心眼里说，赖宜生主任是一个值得我这个小医生终生敬重的患者。

震动心灵的新兵体检

国有企事业单位的承包责任制开展起来后，医院为了调动员工的积极性，增加经济收入，鼓励科室搞承包责任制，独立核算。口腔科工作人员少，经济收入少，业务比较单纯，每次上报购买的器材名目又多又杂，医院采购员不懂口腔专业，采购回来的材料型号规格往往不合医生的意愿，多次造成矛盾。加之科室的机器设备老出问题，医院领导觉得口腔科是一个包袱，便主动要求口腔科搞承包制。承包时间暂定为3年，口腔科自行筹款购买设备、材料，在收费标准不变的情况下，自己挣工资奖金，自负盈亏。医院监督医疗质量，监督收费标准执行情况，并提取科室毛收入的20%，作为医院的管理费用。

当时口腔科比我刚入职时已发展壮大不少，医生、护士、技工总共10人。我作为口腔科主持工作的副主任，实行承包责任制后，组织大家齐心协力，加班加点，提高了医疗质量和服务水平，经济收入水涨船高，承包短短半年，科室人员的工资、奖金已经超出医院其他科室同类人员的20%。

我被选进新兵体检队

一个星期天的下午，医院的副院长兼耳鼻喉科主任张正健来到口腔科。

口腔科和耳鼻喉科相隔不远，我们两个科室间常常有业务往来，我对张院长也比较了解。他1950年参加抗美援朝进入团卫生队，开始从事耳鼻喉科工作，转业后到了我们医院。他平易近人，纪律性很强，业务精湛，在全国都是有一定知名度的耳鼻喉科专家。

“张院长，请坐。”我以为他是代表院领导来我们口腔科检查工作呢。

“黄主任，坐就免了，我今天来是特意向你传达一个事。”

“有什么指示？我洗耳恭听。”

“今年秋季的征兵工作马上就要开始了，上级要求我们医院成立一个征兵体检医疗队，必须要有一个口腔科医师，院领导经过研究，准备指派你参加。”张院长这样向我交代。

“参加征兵体检需要多长时间？”

“我们从渠县开始，一个县一个县地检查，就算在每个县搞两天，我们地区7个县市区，至少也得半个月吧。”

“张院长，可能不行哟。我们科室搞承包才刚刚走上正路，我这当头头的要离开半个多月，那怎么行？承包搞不好，我个人的收入少点倒没什么，全科室工资奖金发不起怎么办？张院长，以前体检都没有我们口腔科的事，您本身就是五官科的大专家，直接检查一下口腔不就行了嘛，何必要让我去呢？您发一句话，把我剔除！”一听说参加体检要耽误那么长时间，我打心底里十二个不愿意，坚决推脱。

每年征兵体检都是张院长带队，这次征兵体检队的队长，肯定还是非他莫属。所谓参加体检队的人员由院领导决定，其实就是张院长在调兵遣将。只要他拍板，我就可以推掉这次体检活动。

“黄主任，这次情况有些特殊，以往招收的都是普通的陆军，口腔健康要求相对低一些，只要牙齿缺失不超过三颗，前牙不严重影响美观都可以进。这次招兵可不同，不但陆军要招，空军、海军都要招，据说空军是招飞行员，海军是招潜艇兵，体检的其他要求潜艇兵和飞行员差不多，而对口腔的检查潜艇兵比飞行员还要严格，只要口腔有任何问题，一律不得招收。所以，必须要有口腔科医生，而且必须是口腔科专家。”张院长回答。

“这一段时间我好忙，确实是离不开哦，能不能换个人呢？”我紧皱着眉头，继续向张院长叫苦。

“黄主任，我知道你很忙，但再忙也要放下科室的工作，去参加体检。这次去半个多月，可能要影响你们科室的一点工作，特别是科室人员的收入很可能受到影响，但一个人要有大局观念，要有社会责任意识，该尽的社会责任必须要尽。你是我们医院有名的口腔专家，更应该以身作则，承担起社会责任，为空军招到合格的飞行员和海军招到合格的潜艇兵出力啊。”张院长一边给我讲大道理，一边对我用激将法。

“张院长，您都这么说了，那我一定支持配合征兵的体检工作，并保证把工作做好。”话都说到了这个份儿上，我还能说什么呢？只有无条件接受了。

“这就对了嘛。把工作安排一下，明天下午出发。”张院长临走时给了我一本《征兵体检条件》，上面有对各个兵种体检的不同标准。以前我认为当兵体检就是检验报名当兵者身体的基本素质，只要没有肝炎、肺结核，血压、血糖不高，没有疝气，不是很明显的扁平足，能跑能跳，能吃能睡，不晕车、不晕船就行了，但是看了《征兵体检条件》中的有关标准，才第一次明白，对入伍人员身体要求的标准可真不低。

仅仅陆军男性的标准就有以下七点：1. 身高162cm以上；2. 体重不超

过标准体重的20%，不低于标准体重的10%；3. 视力右眼裸眼视力不低于4.9，左眼裸眼视力最低不低于4.8；4. 无纹身，无腋臭，无色盲；5. 心电图、血常规、肝功、肾功正常；6. 心理检测正常；7. 口腔龋齿不超过3个，缺牙不超过2个。

潜艇兵、飞行兵的体检标准就更加严格了。对口腔牙齿的要求一般人都达不到标准。要求牙齿排列整齐，无缺失、无龋齿、无间隙、无拥挤、无旋转，覆合覆盖正常，咬合达到尖窝锁结关系，前牙咬合必须密合。对口腔的这些要求，是为了保证潜艇兵、飞行兵在遇到海难的情况下，能顺利逃离险境——万一潜艇出事，潜艇兵必须咬住氧气管，使嘴唇周围严严实实，不漏一点气，才能成功逃出海底。可以说，牙齿是否合格与潜艇兵生命安全紧密相关。

学习了《征兵体检条件》，我更加明晰了征兵体检的重大意义。军队是保卫祖国的钢铁长城，而潜艇兵是保卫祖国海防的尖兵。我这个牙科医生必须要为给祖国输送合格的潜艇兵尽一份力。我向科里的同仁交代了工作，愉快地到征兵体检队报了到。

我们这个体检医疗队包含了内科、外科、化验科、五官科和口腔科医生，还有军分区一名科长，市公安局一名科长。医院派了一辆救护车，运送我们到各个县参加征兵体检。

我们第一站到的渠县。渠县武装部将我们住宿安排好之后，带领我们到一家鲜鱼馆用餐。武装部工作人员和体检医疗队一共坐了两桌。

县城里到处挂着“一人参军，全家光荣”“保家卫国是每个公民的义务”等标语，青年人报名参军的积极性高涨。据县武装部的同志介绍，全县报名参军的人数达500多人，而实际上陆军只招收100人，飞行员和潜艇兵得根据身体检查的情况，能招多少招多少。

那个时候座机电话还没有普及，BB机才刚开始使用。不知渠县人怎么消息那样灵通，我们一到渠县，住所和行程安排就早已暴露。我们刚进饭店准备落座，就陆续有人加入进来，有些还是部门的领导。他们中有的亲戚在我们医院，有的同学在我们医院，也有的亲戚是上级领导。开始吃饭时坐两桌人还稀稀朗朗，后来加了一桌，又加了一桌，四桌都挤得满满登登。我们参加体检的医生不得不拆散加入到四张桌子中。他们轮番向我们敬酒，热情有加。酒是“和气水”，几杯酒下肚，纵使素昧平生，此时的感情也迅速升温，相互间很快找到了共同感兴趣的话题，几桌人仿佛都成为很好的兄弟哥们了。

“张院长，我的老婆的小弟弟明天要参加体检，他想当空军，还望您高抬贵手。”酒足饭饱之后，一局长从身上摸出一张条子，毕恭毕敬地递到张院长手里。

“张院长，我的儿子明天也要过你们这一关，他早就想到海军部队去锻炼锻炼，请多多关照啊。”某部长也很快从身上摸出一张条子，递给张院长。

没几分钟，张院长就接到了十多张条子，而且不是要当飞行员，就是要当潜艇兵。照他们的要求去办，恐怕仅渠县一个县招收的飞行员和潜艇兵就超过全地区历年招收的总和了。

“你孩子身高多少？体重多少？什么文化？有什么爱好？”张院长每接过一张字条，都要眯着眼睛，偏着脑袋，询问准备参加体检的人的一些基本情况。他一个个都听得很认真，还时不时地点点头，偶尔插上一句话，条子一张张收完，一个个简单问完，便当着所有人的面，把条子交给我，嘱咐说：“黄主任，你把这些条子收好，千万不要弄丢了啊。”

临离开饭店时，张院长又向那些递了条子的人做出了郑重承诺：“请各位领导放心，多输送一些合格的人员到空军和海军，那也是我们大巴山人的光荣，我一定负责与军分区领导联系，能帮上忙的，我一定会尽力帮忙……黄主任，你可真得要把这些字条放好，回去后马上抄到笔记本上，以便随时翻阅。”在回宾馆的路上，张院长还边走边向我交代：“你将那些递字条的名单写好，压在我们检查桌的玻璃板下，我要随时查阅。”

“难怪张院长对征兵体检这么积极，年年都当体检队的队长，恐怕里面大有油水可捞呢！”回到宾馆后我心里不禁一阵嘀咕。

夜过卷硐子

第二天，我和张院长在一组，我们二人分工，他负责耳鼻咽喉和口腔检查，我负责记录。涉及口腔方面，张院长还让我检查一遍，以确保记录的准确和专业。

“黄主任，当检查到字条上的人时，如果各方面都正常，就马上填写到体检表上。如果不正常，那就将检查实际情况写在笔记本上，检查结束后酌情处理。”检查中，张院长还告诉了我对那些递了字条的检查对象的处理办法。当检查到字条上的名单时，他都要特意地问上一句，“你是某某的亲戚吗？”整个检查过程和谐有序。

第二天晚上，递字条的这些人照样来陪着吃晚饭，有一个局长说给张院长买了两瓶酒和两条烟。

“你这个亲戚裸眼视力左右都只有4.2，根本不可能当飞行员或海军潜艇兵，就是当陆军视力最低都要右眼裸视力不低于4.9，左眼裸视力最低不低于4.8，他如果想当陆军，我还可以跟军分区和接兵部队的领导商量，如果想当海军，条件肯定达不到标准，现在部队实行责任倒查制，这个忙我只能帮到这个程度了……”张院长极力推辞。

“张院长，我不让你为难，我们交个朋友，这点渠县的特产你一定要收下。”那位局长说。

“我们明天要开一个总结会，我把你亲戚的事提出来，我尽量做工作。在这里收礼也不太好，明天下午我离开渠县时，你再把这些土特产拿来吧！”张院长见推脱不掉，只好这样说。

送走这些领导和朋友后，我们回到宾馆，洗漱完毕，正准备睡觉的时候，张院长叫上我们几个体检医生，开个短会。

张院长喊我把递字条那些人的亲戚朋友的体检表拿出来，叫我按检查的情况如实填写，然后我签名，他再最后签名。签字后，将当陆军合格的、航空兵合格的、潜艇兵合格的分别用文件袋装好，交给渠县武装部。

而递了条子的那些人的亲戚，没有一个符合当飞行员和潜艇兵的条件，有些人的身体检查，连当陆军的条件都没有达标。

办完这些事，我们准备回房间睡觉，张院长突然说，我们在渠县的任务完成了，马上上车，我们赶往下一个地方——大竹县。

“张院长，天都这么晚了，我们何必要往大竹赶呢？路上不安全啊。”当时从渠县到大竹，要过华蓥山的卷硐子。那里山高路窄，坡陡弯多，事故频发，年年都要发生多起道路交通事故，有一个急拐弯处在一年内竟有8台车摔下山，死了20多人，连常跑这条路的老驾驶员都不敢夜过卷硐子。我担心坐救护车晚上赶往大竹，在卷硐子遇到大麻烦，提醒张院长注意。

“没关系，叫师傅开慢点就是了。上车！上车！”

“在渠县是睡觉，到大竹也是睡觉，何必要黑灯瞎火往大竹赶呢？”坐上车，我依旧有些丈二和尚摸不着头脑，禁不住继续问张院长。

“你看那些递字条的人，个个背景深厚，关系很硬，现在的好多事情又无密可保，如果他们知道自己的亲戚身体检查不合格，又要找武装部，又要找人来说情，有些关系我们顶得住，有些关系我们顶不住啊。我们字一签，人一走，他们就没有办法了。飞行员和潜艇兵，那可是花上选花，优中挑优呢。如果我们对兵员的身体把关不严，到部队复查时身体不合格，给退回来，我们军分区、武装部，以及体检组的声誉都会受到巨大影响。你们说，我们是不是该连夜转移？一走百事了啊。哈哈。”张院长笑呵呵地解释。

我开始以为张院长想借当体检队长之机捞点油水，真是以小人之心度君子之腹，错怪他了啊。张院长办事有章有法，处置有理有据，既有原则性，又有灵活性，多好啊。在开往大竹县的路上，我一边想一边苦笑着摇头，深深地自责错怪了张院长。

有了渠县的经验，到了其他县市，我就当起了张院长的“秘书”。我拿着笔记本，有朋友、领导递字条时，我就抄在笔记本上，在体检时，如果有哪一项不合格，我就将真实情况记录在笔记本上，到离开时如实填在体检表上。

这一年，参军的人特别踊跃，兵员相当丰富，兵员质量特别高，全地区报名参加体检的有2300多人，航空兵合格者仅2人，潜艇兵合格者仅3人。别说当航空兵和潜艇兵是花中选花，就是当个陆军战士，也很不容易——参加陆军体检的人那么多，合格者也只有580多人。

我很高兴，那年参加征兵体检，入伍的全体航空兵、潜艇兵和陆军，没有一个因身体不合格被部队退回，我们的任务完成得很好。军分区的领导为了对我们的辛勤劳动表示感谢，特地与我们体检队进行了一次军民联欢。我记忆最深刻的是，军分区的射击教官，将我们带到凤凰山下的射击训练场，教我们练习手枪、半自动步枪和冲锋枪的瞄准和射击，真枪实弹，“啪！啪！啪！啪！”那是我第一次打靶，枪瘾过足了。

说老实话，那次参加征兵体检，我们也不是没有一点“私心”，没藏一点“私货”。我和张院长就开了两扇所谓的“后门”。

第一个小伙子就在渠县，穿一双草鞋，在体检空隙时还捧着一本书在看，当叫到他的名字时，他才紧紧张张地走进体检室。一过体重，竟差了两斤。当得知自己体重不过关，即将落选，小伙子竟蹲在地上，失声痛哭起来。

“小伙子别哭，你是什么情况，讲给我听听。”张院长把小伙子叫到体检桌前，轻声发问。

“我家里很穷，母亲去年背粮食，路滑，把腰椎骨摔折了，无法做重体力活，我在读高二，是班上的学习委员，我还有个读初中的妹妹，学习成绩比我好，为了减轻家庭的负担，也为了供妹妹上学，我不得不辍学回家干活。原本想今年征兵时考上，到部队后抓紧时间读点书，争取考个军校，哪想到身体太单薄，走不成了。呜！呜！”说着，小伙子还是忍不住大放悲声。

“不要哭，不要哭，哭能解决什么问题？我来看看你的体检情况。”说着，张院长抽出了那位小伙子的体检表，如果当陆军，其他项目都合格，只是体重差了两斤。便叫来外科体检医师温启仁，对温医生说：“这小伙子只是体重差了一点儿，这点体重的差距算不上什么大问题，多吃一碗饭，多喝两杯水就上去了。给他换一张体检表，将体重增加两斤，我签字。”温医生很快拿了一张新的体检表，体重填了正常，张院长在上面签了字。“你体检合格，可以当陆军了，回家多吃点好的，补一补，到了部队后认真学习，争取考个军校，当个中校、上校什么的。”张院长拍了拍那个小伙子的肩膀，告诉他。

“呜！呜！呜！”小伙子一听到这个消息，哭得更厉害了，不过这时他已不是悲痛欲绝，而是喜极而泣。过了一会儿，他用衣袖擦干了眼泪，站得端端正正，向张院长，向我们几个医生深深地鞠了一躬。

后来听说这个小伙子果真参军走了。至于他在部队考没考取军官学校，我就不得而知了。但我想，一个在征兵体检间隙都抓紧时间抱着书本啃的人，肯定能找到一条光明的前途。

第二个人在开江，小伙子姓刘。全县200多人参加体检，只有2个人基本合乎潜艇兵的条件，他就是其中的一个。

那个小伙子皮肤黝黑，身体健壮，双手有厚厚的茧子，其他项目的条件都相当理想，只是因为用牙齿咬瓶盖导致右上侧切牙远中切角有一点儿缺损，上下正中咬合前牙不能达到完全密合。如果到陆军部队，那是没有任何问题，而要当潜艇兵，那口腔检查一栏，就不能填正常。不少人不注意对牙齿的保护，生活中图省事，用牙齿当开瓶器，或咬核桃、蟹脚，导致牙齿缺损，平时或许看不出危害，在征兵体检的关键时刻，就很可能影响到人的命运。

小伙子家在沙坝场乡的猪篓山上，有一个弟弟、一个妹妹，在学校里成绩中等偏上，高中读了两年，父母认为他读大学没有什么希望，就让他辍学做庄稼，供弟弟妹妹上学。我了解了他家庭的情况，心想，侧切牙功能并不强，用新材料补上，形态逼真，咬合严密，使用时间也长久，一般人根本看不出来。如果他能当上潜艇兵，经济待遇和以后的发展肯定比到陆军要好得多。而选一个身体合格的潜艇兵也并不容易，将他排除在潜艇兵的范围外，对国家、对他本人都是一种损失。

我把想法向张院长做了汇报，张院长再次对这个小伙子的身体进行了全面复检，觉得我的意见很有道理。

“好！你把他的牙齿补好，这样，我们大巴山又能多向海军输送一个潜艇兵了。”张院长指示我。

我在他的体检表上填写了口腔健康合格的字样，并当面告诉他我的工作单位和科室，并预约了给他治疗牙齿的时间。

这个小伙子按时来到了我的科室，我用新材料给他进行了充填，经过精心树型、认真抛光，他牙齿的美观恢复了，功能也恢复了，外行人一点都看不出来。

我们当时补一颗新材料牙要50元。我问他带了多少钱，他说带了20元。如果我收治疗费，哪怕只收20元，他连回家的路费都没有了。

他家里经济实在困难，50元治疗费，我自己贴了。

那个小伙子通过口腔牙齿充填，恢复了美观和功能，顺利地当上了潜艇兵。

隔了三年，有次我出差回来刚到科室，一个同事告知我说，有一个穿海军制服的人昨天下午专程来看我，听说我出差了，感到很失望，他说他归队的时间到了，等不上我了，下次探家时再来拜望我。留下了两瓶四特酒。同事问他姓啥，家住哪里，他说他姓刘，家住开江。

我回想了一下，那位穿海军制服的不可能是别人，肯定是我补了牙齿当上潜艇兵的那个小伙子！

“烟火把”罗斌来治牙

1998年，张正健院长退休，离开了中心医院，被达县地区第二人民医院（也叫达县地区职工医院）聘请，组建第二人民医院耳鼻咽喉科，被聘用为耳鼻咽喉科主任。

也就是在那一年，我也离开了达县地区中心医院，自此以后各忙各的，我和张院长虽然还在一个城市生活，却很少往来，后来因为一个种植牙患者，又将我与张院长紧密联系起来了。

罗斌和我10多年前在一个朋友的饭局上认识。由于他和我同年生，彼此称为“老庚”。有了“同庚”这一层关系，总有那么一种与别人不同的亲切感。

罗斌生活条件好，按理说应该好好保养身体，注重健康检查，可他却没有养成良好的生活习惯，经常熬夜，有时通宵打麻将，特别是他的烟瘾大，一支接着一支，每天都要抽好几包。几年前他就说牙齿痛，我催了很多次要他来看牙，他都说“等有空了来看”，这样拖来拖去，一拖就是几年，直到牙齿痛得已严重影响到吃饭，才到我的诊所来检查。

因为长期大量抽烟，张开嘴巴一看，全口的牙齿就像大山里的老腊肉，被熏得焦黑。

通过拍片检查，他那全口牙都有不同程度的牙龈萎缩，牙槽骨吸收，左侧上颌第一磨牙松动三度，牙周、根尖骨质吸收，完全没有保留的价值。右侧上颌第一磨牙龋坏，已经形成了残根。根尖部肿胀，是急性根尖周炎。

急性炎症期一般不能拔牙。我给他做了切开引流，局部上了消炎的药，建议他炎症消除之后马上拔了。

罗斌满口答应，但是只有当他牙齿痛得实在受不了的时候，才匆匆忙忙到我的诊所治疗一下，不痛的时候他就不来了。

我出于好心，又两次给他打电话，建议他早一点把那个烂牙齿拔掉，但是罗斌认为我给他打电话是想做他这单“生意”，在电话里生硬地回了我一句：“我这个牙齿现在还能将就，实在不行了，我会来找你的。我这个皇帝都不急，你这个太监急什么？”

既然你对自己的牙齿都不关心，痛又不是痛在我的身上！少拔你一颗烂牙齿，难道我的诊所就要关门？你把我的好心当成驴肝肺，要将就你就将就吧，我也就没再催他治牙了。

隔了一年，有一天下午快下班的时候，罗斌捂着嘴，到了我的诊所。

“老庚，我牙齿痛得遭不住了，你给我拔了吧！”罗斌求我。

“去年就喊您拔，您还对我发脾气。”

“老庚，那次是我在牌桌上输了，心情很不好，说话冲了点，对不起。”罗斌回答。

“您这个牙齿牙周根尖骨质都有破坏，如果不及时拔除，它会影响根部上方的上颌窦，以及旁边的健康牙。”我警告他。

“你说得对，长痛不如短痛，今天就给我拔了吧。”可能是痛得太厉害，他这次终于下了决心。

我测了罗斌的体温，量了血压，问了病史。虽然在急性炎症期，但是他的牙齿很松动，手术比较简单。我给他打了麻药，轻轻一带，就把那个牙齿拔了出来。

大约过了三个月，罗斌又主动找到我，要求我给他做一颗种植牙。

我给罗斌拍了颌骨全景片以及局部三维影像，发现他缺失牙部位牙槽嵴顶到上颌窦底的距离只有3.5毫米，上颌窦黏膜增厚，窦腔昏暗。当时我没有考虑到上颌窦炎症对黏膜的破坏，以及抽烟对黏膜的危害，心想，虽然骨质高度不够，完全可以通过水压，分离上颌窦黏膜和骨壁，中间填充骨粉，种植一颗牙。

我给罗斌局部打了麻药，局部消毒之后进入手术室，常规铺巾，切开黏膜，用种植手机逐级备洞，当钻至3.5毫米粗、3毫米深的时候，我检查上颌窦底并没有穿孔。当我进行水压提升上颌窦底黏膜时，稍一加压，就发现上颌窦底部黏膜穿通了，而且可以看见从穿孔处流出了黏稠的脓性分泌物。

“老庚，您的上颌窦炎症特别严重，上颌窦有脓性分泌物，我只有先给您冲洗，上点消炎药，等3个月，钻孔处的骨质恢复之后，再做种植牙。”我将情况如实地告诉罗斌。

罗斌在手术台上并没有表现出不愉快，只是“嗯嗯”了几声。

我给他用生理盐水和百分之一的碘伏对上颌窦进行了彻底冲洗，然后用吸收性明胶海绵对穿孔处进行了填塞，表面进行了缝合。

“黄医生，你当了几十年的医生，怎么还犯这样的错误？你知道我这牙治疗效果不好，就别给我做嘛，让我白白地挨一刀。”当罗斌从手术台下来之后，直接向我发火。尽管我在手术前给他讲了手术的过程、手术的风险以及手术可能出现的并发症，但是，他完全不理解做一个种植手术的复杂性，认为做一个种植牙很简单。当出现意外的时候，就怨起医生来。

其实，任何医疗活动都是“有缺陷的服务”。人体是由精细和复杂的各部分组成，相互连接又密切相关。做任何医疗手术，都充满着不可预测的风险和不确定性。

就种植牙来说，还有相当一部分人认为种植牙就是将牙如种子一样播种入牙床，待其自行长出后使用。还有一部分人受到不良牙医的虚假宣传，认为当天种牙，当天就可以啃骨头。

其实，种植牙要在口腔里行使正常的咀嚼功能，需要一个漫长的过程。首先，要把种植体植入上颌或者下颌骨内，并保证种植体周围有2毫米的骨量。如果骨量高度和宽度不够，还得填骨粉。种植体植入到颌骨之中，还要长3—4个月，周围骨质才能结合紧密。骨质长好后，上面的软组织还要切个小口，用一个愈合帽让其成形，成了形之后，还要扫描取模，让加工厂加工牙冠，牙冠回来之后，放到口腔试戴调磨，调好之后，再用螺杆把牙冠与种植体连接成一个整体。种植体在使用过程中，连接螺杆也可能松动，因此，每年还得检修维护。

罗斌可能把种植牙手术想得很简单，手术一旦没有达到预期效果，便认为这是医生的过错。所以，刚才进来的时候还是笑嘻嘻的，此时真像变了一个人，拉长脸指责我。

“老庚，对不起，我也没有想到您上颌窦的黏膜这样脆弱，一剥就烂了，没关系，3个月就长好了。长好了之后我带您到华西去种。”本来出现这种情况，也是正常发生的并发症，见他生气，我只好向他道歉。

“没关系？说起来轻松。如果发生在你口里，让你白挨一刀，你一样的生气。”

“老庚，这个伤口很小，几天就好了。”我解释。

“你把我的上颌骨钻穿了，几天就能好吗？你欺负我不是学医的，想骗我！”

“那是上颌骨里面的一个空腔组织，叫上颌窦。我冲洗了的，黏膜几天就能好。”我继续解释。

“几天就好了？我才不信呢。我要找其他医生检查，如果有什么问题，我要找你的麻烦！”罗斌的语气越来越严厉。

我给他拿了漱口水和消炎的药，他气冲冲地离开了科室。

罗斌走了，他上颌窦穿孔这件事，一直在我的心里压着。

张院长暗中帮了我

一周后，早晨八点过，科室其他同事刚到岗，罗斌就到了科室。那天，我因为有点事耽误，还在上班的路上。

科室同事怀疑罗斌是来找碴儿的，为了避免矛盾激化，科室同事给他倒了一杯开水，叫他先坐一下，并告知我很快会到，同时悄悄给我打了一个电话。

来者不善，善者不来。我也没有什么过错，不管他采取什么方式，我只有应对到底。

“老庚，你的同事都到了，你这个老板迟到，要扣钱啰。”我刚进科室，罗斌看到我，就主动上前打招呼，还给我开玩笑。

“老庚早！”我不冷不热地回答。

“老庚，你给我看看，我这伤口长得怎么样了，可不可以拆线了？那天我态度有点不好，对不起。”罗斌面带笑容道歉。

怎么了？才一周时间，态度又变回来了？

“老庚，您不是喜欢睡懒觉吗？怎么今天这么早？”我主动无话找话说。他是有名的“夜猫子”，上午一般要睡到11点才起床。

“今天下午我要到成都去办点事，得耽误几天。你给我缝的线，该到拆的时间了，我专门来找老庚把线拆了。”

他这么说，我心里的石头落了地。看来他是不计较前面上颌窦穿孔的事了。

“您的伤口长得很好，黏膜完全愈合了。”我检查了他的伤口之后，给他拆了线，告诉他。

“谢谢你了！”罗斌很诚恳地表示了谢意。

今天他的态度怎么变得这么好？

“您那天手术后痛得厉不厉害？”我试探性地问了一句。

“老庚，这几天我感觉还可以，谢谢你。”

“谢谢老庚通情达理。”

“感谢老庚还帮我治好了头痛头昏的毛病。”

他这么一说，我就联想起上次将他上颌窦黏膜穿通时，他上颌窦里流出了一些脓液。按照医学常理，他上颌窦里有那么多脓，是得了上颌窦炎，肯定引起头昏头痛，经过冲洗、引流、消毒，上颌窦里没有脓液了，自觉症状当然就减轻了。

“你没有说过你以前有头痛头昏的毛病啊。”

“我以前就是头昏头痛，到医院内科去检查，他们说可能是神经性的或者血管性的疼痛，给我开了一些药，吃了之后也没有明显的效果。你给我做了手术，冲洗之后，我感觉这几天轻松多了。”罗斌说。

“轻松了就好！您那个骨质条件太差，做种植很容易失败，我建议您做一个活动假牙。”

给他做种植，他的上颌窦黏膜穿孔，让我产生了心理阴影。如果他还要找我给他做种植，我是坚决不干的。

“我不做活动假牙，就找你做种植牙。我早就打听过了，做活动假牙戴起不舒服，每天都要取上取下，而且还容易脱落。他们说，如果假牙落到食管里，可造成食管穿孔；如果脱落到气管中，可造成气道梗阻，导致病人缺氧窒息。我还是要做种植牙！”罗斌的语言表达能力特别强，讲起话来条理清晰。

“可您口腔的骨质条件……”

“不瞒你说，我找市中西医结合医院（就是市第二人民医院）的张正健教授看了的，他给我开了一些药，他说上颌窦炎症消了，黏膜组织恢复了正常弹性，是可以做种植牙的。”罗斌还没等我把话说完，抢着打出了这张底牌。

“您找张院长看了的？”

“是的，我专门找张院长看过。他说我过去经常头昏头痛，不应该是神经性的或者血管性的疼痛，而是上颌窦严重发炎造成的。治疗这种上颌窦炎，最有效的办法就是开孔、排脓、冲洗、消炎。常规的治疗方法是从患者的鼻腔中鼻道插一个小导管，伸入到上颌窦进行冲洗引流。由于我的上颌窦长期炎症，黏膜水肿糜烂，很容易穿孔，你把我上颌窦里面的炎性分泌物放出来了，再进行了冲洗消炎，我长期头昏头痛的毛病也就消除了。”罗斌笑着说。

原来，上次罗斌从我们诊所气冲冲回家之后，将手术的情况告诉了家人。他的弟弟认为我把他哥哥的上颌骨钻穿是一个医疗事故，准备找我。但罗斌的老婆很贤惠，建议罗斌在达州的其他医院再做做检查，如果我没有错误，就不要怪罪于我，牙齿该怎么治还是怎么治。如果我真的是出了医疗事故，通过其他医生的检查，将会把我的“医疗事故”写在病历上，这样白纸黑字，再来找我讨说法更稳妥一些。

罗斌做过房地产生意，医院的朋友很多，他先找到达州市中心医院口腔科廖医生检查，廖医生检查后，说伤口愈合得很好。至于上颌窦穿孔，那是很常见的并发症，他们医院做种植手术也经常发生，这件事情医生没有过错。要他写病历，他只能这样写，实话实说。

罗斌又找到中心医院耳鼻咽喉科的戚主任，戚主任的意见与廖医生的意见完全相同。

罗斌再通过朋友找到达州市中西医结合医院的张院长——虽然张正健被市中西医结合医院聘为耳鼻喉科的主任，但是人们仍然叫他张院长——自诉他的手术是在重庆一个小诊所做的，术前吃肉喝酒没有一点问题，手术之后头昏头痛，吃不下饭，睡不着觉，并要求做全面检查。

张正健院长听了病史，对罗斌的鼻腔、口腔进行了全面检查，并没有发现问题，然后对罗斌的鼻腔喷了表面麻醉剂，用鼻腔内窥镜深入上颌窦，对上颌窦各个方位也进行了检查。

“小伙子，你没有跟我说老实话。我检查了你的上颌窦，发现你的上颌窦钻了孔，是不是这样？”张院长放下检查器械，摘下口罩，眯着眼睛，头偏向一侧，微笑着对罗斌说。“你以前长期头昏头痛，注意力不集中，是不是？”张院长继续问。

“是，张院长，我的确以前头昏头痛。”罗斌老实回答。

“自从你做了手术，现在头不昏了，也不痛了，是不是？”。

“这段时间好像不昏不痛了。”罗斌停顿了一下，想了想，回答。

“你以前有严重的上颌窦炎，上颌窦穿孔之后，脓液流出来了，加之冲洗，上颌窦炎症就减轻了，头昏头痛的毛病自然就减轻了嘛。”张院长说。

“张院长，我原本是要做种植牙的，可医生不小心把我的上颌窦钻通了，出现了事故。”

“那叫什么事故？你长期患上颌窦炎，骨质被破坏，做种植牙手术时稍微一钻，肯定要钻通。我再给你开点滴鼻子的药和口服的药，黏膜就不会烂了，三个月之后，再做上颌窦底提升术，保证你安上种植牙。”

“麻烦你给我推荐一个口腔科医生，给我做种植牙吧。”

“我还能给你推荐谁？你就去找北平牙科的黄北平吧。他原来是中心医院的口腔科主任，（20世纪）90年代就在开展种植牙手术。”张院长说。

“要得。谢谢张院长。”罗斌毕竟是一个拿得起放得下的能干人，听张院长这样一解释，罗斌对我的气也消了，又杀了个回马枪，急急忙忙找到了我这个“老庚”。

难怪罗斌这次来复诊，态度发生了180度的大转弯，原来是张正健院长给他检查了之后，说出了他的老毛病，对他后续的治疗提出了好的建议，变相给我说了好话。

罗斌的态度变好了，我的态度更不会差。我根据他的口腔情况，和他共同讨论，提出了最佳的种植方案。他也积极配合，3个月后，还是从牙槽嵴顶钻孔，用水压提升上颌窦黏膜，填入骨粉，植入种植体。5个月之后拍片检查，种植体与周围骨组织结合紧密，便给他做二期修复治疗。

经过半年时间，罗斌的种植牙终于可以正常咀嚼了。

“老庚，种植牙我是给您安上了，可我还得说一句您不爱听的话——您确实不能再抽烟了。抽烟对人的身体有百害而无一利，有资料显示，每5个肺癌患者中，有4个都是和抽烟有关。我们这里不说什么癌不癌的，就是您这个种植牙，如果长期抽烟，烟分子很容易沉积在种植体周围，引起种植体周围炎，导致种植失败。”

“要得！要得！我一定听老庚的话，尽量少抽就是了。”他当面答应得好好的，可一走出我诊室的门，又迫不及待地把烟点上了。几十年养成的生活习惯，改起来实在太难。

唉，烟是人类健康的大敌，也是牙科医生的大敌。但愿世界上少一些“烟火把”，少一些医生的“大敌”。

“世代仇人”来治牙

我老家院子的上面是杨家院子，杨家院子的男主人叫杨绍谷。我母亲姓杨，他和我母亲是一个宗族的人，我平时将杨绍谷叫“舅舅”。我们两家虽然沾亲，但因为上辈人曾有过太多的恩恩怨怨，成了“大仇人”。

黄家和杨家结下深仇

父亲和杨绍谷同年同月生，读私塾的时候，又拜的同一位先生，俩人学习都很认真，成绩都好。每次考试，要么父亲是第一名，要么杨绍谷是第一名，你不服我，我不服你。读了四年私塾后，爷爷被冤杀，婆婆（指奶奶）身体不好，姑姑年龄又小，父亲只好辍学，回家种田。父亲于1948年加入中国共产党，抗美援朝战争爆发后，参加志愿军入朝作战，1954年退伍，为照顾年事已高的奶奶，推掉政府已安排好的工作，回农村继续当农民。

杨绍谷由于家庭经济条件比较好，读了私塾读小学，读初中，直到高中毕业。中华人民共和国成立后，到达县参加工作，做了县局一个局的副局长，1957年因为写了一篇批评官僚主义的文章得罪领导，被下放回原籍当农民，和我父亲在一个生产队劳动。

杨绍谷从学校到参加工作，一直没有干过体力活，身体比较瘦弱。被下放回农村后，由国家干部一下子变成了农民，得从头学习耕田、栽秧、打谷等农活。那时农民的收入不外乎三部分：一是靠生产队“分红”；二是靠发展家庭养殖业；三是靠自留地。杨绍谷不会做农活，加之儿女多，一年在生产队不但分不到“红”，每年还要给生产队补口粮钱。因为挣的工分少，粮食分得少，养的猪都长不肥。家里喂了几只下蛋的鸡，都卖钱给儿女凑学杂费了。再加上他身体单薄，自留地的庄稼也种得不好，别人家自留地的庄稼长得绿油油的，他家庄稼蔫蔫的。经济收入不多，生活窘迫，有一点好吃的，又全都让给了儿女，他和妻子长年累月的主食就是红薯、洋芋，导致长期营养不良。而且得了肺结核又没有经过正规治疗，健康状态糟糕透了。

父亲在部队当了几年班长，身体壮实，劳动能力强。20世纪50年代，山里野猪成群结队，泛滥成灾，祸害庄稼，还不时伤人，政府专门组织了狩猎队，打野猪、打拱猪，保护庄稼。父亲枪法好，被选进乡狩猎队，成了专职猎人。家里有野生动物的肉可以吃，皮毛还可以卖钱，生活自然比一般农民要好些。加之父亲自幼头脑灵活，不但在自留地上种果树，还栽白芍、当归等中药材，由供销部门收购，无形中，我们家成了当地的富裕户。乡狩猎队解散后，父亲因为当过志愿军，又是老党员，被任命为生产大队的民兵连长。

父亲和杨绍谷原本就互相看不起，父亲嫉妒杨绍谷读的书多，杨绍谷嫉妒父亲挣的钱多，如此一对“仇人”，现在每天在一起劳动，低头不见抬头见，那“肚皮官司”打得就更厉害了。父亲曾带人将杨绍谷押进斗争会的会场，批斗过杨绍谷。

三十年河东，三十年河西。没有等到30年，仅仅时过8年，到1976年年底，父亲也因一句话而被杨绍谷举报，遭了批斗。

在那个因一句话获罪的特殊年代，父亲不仅遭到批斗，还差一点点被送进监狱。最终虽然免了牢狱之灾，但被开除党籍，在生产大队接受监督劳动，只能老老实实，不准乱说乱动，整得好多年都抬不起头来。

全家人心里都清楚，父亲之所以多年走“霉运”，是杨绍谷在后面暗中捣鬼。老实说，我当时对杨绍谷是怀恨在心的——毕竟有害父之仇。甚至想过，等我长大后，这个仇，一定要加倍报回来。

只不过后来发生的一件事，让我对杨绍谷的印象开始发生改变。

有一年冬天放寒假，表弟张勇到我家来玩，二弟黄义华带着他到我们家的鱼塘叉鱼。天气太冷，路面上结了冰，很湿滑，鱼塘里也结了冰。二弟和表弟异常兴奋，先是拿石块将冰面砸开，然后拿着鱼叉沿着鱼塘边沿，使劲往鱼塘里叉去，希望能有个好运气，叉到一条大鱼，慰问一下缺肉少油的肠胃。

在鱼塘上面100多米远的地方，杨绍谷在他家的自留地里备土，准备开春后种土豆。

二弟和张勇都在聚精会神地叉鱼，注意力全在水中的鱼上，完全没在意脚下的危险，张勇稍没注意，哧溜一下滚进了鱼塘，一下水就没了他的头。冬天的水冷得刺骨，再加上他二人又都不会游泳，二弟当时就吓得愣在了塘堤上。“救命啊！救命啊！张勇滚到鱼塘里了！”等他稍微反应过来，才带着哭腔呼喊，期盼有人来救表弟。

杨绍谷听到呼救声，立马丢下锄头，连跳几个田坎，朝我们家的鱼塘跑来。知道是张勇掉进了鱼塘，他二话没说，三两下扒掉外套、裤子、鞋子，随手往塘堤上一扔，跃身跳进鱼塘，将张勇救上了岸。此时的张勇，在鱼塘里喝的水虽然不多，可全身已冻得发紫，身体不停地抽搐。杨绍谷抱着湿漉漉的张勇，送回我们家门口，他自己则穿着湿透的衣服，回家去洗澡换衣。如果没有杨绍谷及时赶来相救，表弟张勇必死无疑。

杨绍谷是完全可以不救表弟的。张勇又不是他推下去的，张勇的生死与他有什么关系？如果有人问起来，他完全可以说自己没有听到黄义华的呼救，或说虽然听到了，以为是黄义华在搞“狼来了”的恶作剧，根本没当回事呢。黄义华小时候本来就很调皮，喜欢搞点恶作剧，这样说完全有人相信。

退一步说，就是听到了呼救，因为是世代仇人，他就是不救，别人能拿他怎样？

救仇人家的亲戚不等于帮仇人的忙吗？杨绍谷冒着受凉得病的风险，不计前嫌救我表弟，对张勇有救命之恩，对我们家有救难之情，是做了一件天大的好事啊。

自从这件事之后，我对杨绍谷当年对父亲的事虽然仍存芥蒂，但对他的恨意已大为减少。

为了治好“仇人”的牙

时间以从容不迫的步伐向前迈进，自我从仁和乡到50里外的下两中学读高中，到成都读大学，再到达县地区中心医院上班，就很少见到杨绍谷，对他早就淡忘了。

“北平呀。”1987年春节过后，门诊室进来一位白发苍苍的老大爷，见了我的面直喊我的小名。

“您是……啊，舅舅呀。”我定睛一看，正是我十来年未见过的杨绍谷，只是他的身体大不如前，不但满头青丝变成了满头白发，背也佝偻着，虽然和我的父亲同龄，但父亲的强健和他的虚弱形成鲜明对比。

“舅舅，您好啊，近来身体好吗？”出于礼貌，我与杨绍谷寒暄。

“北平，不太好哦，我是来专门找你的。我这口牙齿折磨了我几十年，上门牙都断完了，口里只剩几颗牙齿了。春节之前，我的牙齿又开始疼痛，吃了消炎的药，还在乡医院输了液，没多大用，后来脸都肿起来了。我到区医院、县医院看医生，想把坏牙齿拔了，他们说我年龄大，身体状况不好，怕拔牙拔出问题，都不给我处理，没办法我只好来找你这个外侄了。”杨绍谷一双无神的眼睛望着我，用虚弱的语气说明来意。

当他张开口，我发现他下颌磨牙已经缺失了四颗，下颌的前牙脱落了两颗，有的牙齿伸长，有的牙齿倾倒，有的残根都已经腐烂发黑，位于肿胀的牙龈下面，只有上颌两颗尖牙还相对稳固。不良修复体塞满了缺牙的部位，这种自凝胶嵌入残根之间，深入到肿胀发炎的牙龈中，用棉签轻压就流出发臭的脓液，牙病确实相当严重！

我心里清楚，由于杨绍谷回农村后没有一技之长，几十年来家里都非常贫困，经济上入不敷出，温饱都成问题，估计牙刷、牙膏都没钱买，口腔健康状态才越来越糟糕。牙齿患了病，更没有条件到正规医院去拔除残根，镶上假牙，只有找跑摊医生安装不良修复体，解决临时问题。

牙病患者中流行过这样一句话：“食海无牙‘哭’作粥。”牙齿是健康的第一道关口，牙齿痛得连喝粥都困难，那舅舅的营养从何而来？身体的健康又怎么保证呢？

“舅舅，您除了牙齿有毛病外，还有没有别的病？”

“北平，我全身都是病啊，我有胃病、肺结核、肺心病、肺气肿，可能活不了几年了。”杨绍谷长长地叹了一口气，满脸病容地回答我的问话。

我对杨绍谷的全口牙齿进行了全面检查，要治好他的牙痛，至少要分三步走。一是要拆除他口内的不良修复体；二是有些牙齿松动，通过局部的清洗上药，能保留的尽量保留，有的残冠需要做根管治疗的进行根管治疗；三是他口腔里的残根和三度松动的牙齿，已完全失去保留的价值，该拔除的得坚决拔除。

但是，听杨绍谷说他患有那么多病，是一个老病壳壳，我倒吸了一口凉气。

我是牙科医生，深知肺心病和肺气肿都是拔牙的禁忌症。严重肺心病如果拔牙的话，由于疼痛和紧张，可能导致心律失常、心功能异常。

如果出现生命安全事故，后果是我这样一个普通牙科医生无法承担的，乡邻都知道我们两家历史上的恩恩怨怨，他们不会说是肺心病造成的后果，而会说是我挟私报复，将上一辈的恩怨延续到了我这一辈，那我将有口难辩。这事该怎么处理？他这牙我治还是不治？

治，要承担巨大风险，不治，就说他这牙齿我们这里也治不好，把他推到成都华西口腔医院就是了。只要不治，我就没有半点风险。

我内心非常矛盾。

转念又一想，杨绍谷和我家的矛盾，我们一家人心里清楚，他心里更清楚。既然他从老家坐一天的汽车专程来找我治牙，心里肯定进行了长时间的思想斗争，对我充满了期望与信任。如果我不敢承担责任，把他推到成都的华西口腔医院，以他的经济状况，他是不可能到成都去治的。我现在不给他治，他又不可能到成都去治，那他就得一直忍受牙痛的折磨。身为一名牙科医生，我能眼睁睁看着他天天捂着腮帮子过日子吗？先贤们是怎么教诲我们这些当医生的？我从医的初心又何在？

正在我迟疑不决时，杨绍谷不顾自己生命安危救表弟的场景又浮现在了我的脑海里，稍微犹豫了那么几秒钟，我就下定了决心，准备冒险给舅舅治牙。

只在心里做出了给杨绍谷治牙的决定还远远不够，我必须先弄清给他拔牙究竟有多大的风险。我既然要冒险给他解除痛苦，可冒险不是冒失，不能打无把握之仗，更不能打无准备之仗。对他这种年龄大的病人，得先了解全身健康状况。对他的心脏病、肺气肿、糖尿病、血液病，还必须找相关医生进行会诊，不能带着定时炸弹上手术台。

我带着他到检验室，查血常规，判定他的身体有没有承担做手术的能力。他白细胞8500，中性粒细胞75%，血小板100万，有炎症，但不严重，血小板偏低。

然后我又带他到放射科照了一张胸片，胸片显示肺的透光度增强，两膈低平，心影狭长，心脏回血功能障碍，右室右房增大。

“患者的肺心病比较严重，最好是住院治疗，先将肺心病治一治，再做拔牙手术。如果现在拔牙，确实有风险。”我将报告单拿到内科，向内科医生讨教。

“如果做好防止意外发生的准备，可不可以拔牙？”我请求内科医生给出明确建议。

“那就喊急诊科的医生、护士，守在旁边，做好抢救的准备。”内科医生说。

“有你这句话提醒，我有信心了。谢谢你。”我说。

我跑到急救科，找到郑医生和护士小吴，对他们说：“师弟师妹，有件事求你们一下。”郑医生和小吴是与我同一批分到医院的，平时走得比较近。

“黄老兄，有什么事你说吧。”郑医生问。

“我的一个亲戚今天要拔牙，他有肺气肿、肺心病，需要随时做好抢救的准备，求你们二位帮个忙。”我向郑医生和吴护士抱拳拱手，同时将杨绍谷的检查结果递给他们看。

“小事一桩，你什么时候需要，我们什么时候到。”吴护士连报告单都没有看，就爽快答应了。

“你尽管拔，我保证他不会在手术台上出事。”郑医生看了检验单说。

“如果你们方便，马上开始。患者就在我那张治疗椅上。”

“好，等我准备一下抢救药品和器材。”吴护士天天在急救室上班，一切轻车熟路，很快就将抢救药品和器材准备妥当。

我让杨绍谷在治疗椅上躺好，先给他注射了局部麻药，吴护士在旁边测量血压，摸着脉搏，数着心跳。郑医生也站在我的旁边，随时观察有无异常。

“血压无大的变化，心跳正常。”吴护士报告。

“可以开始。”郑医生对我点点头。

“好。”我按照原先拟定的治疗计划，第一步磨除“舅舅”口腔里的不良修复体。由于“舅舅”多次找跑摊医生补牙镶牙，口腔里的不良修复体多而杂乱，磨除很费时间。

“血压、心跳正常。”我做手术，吴护士随时报告杨绍谷的身体状况。

我将不良修复体磨除之后，又将几颗发炎的残根拔了出来。

手术的时间虽然不短，可“舅舅”的身体一直很正常，血压、心跳都没有发生大的波动。

连续三天，我每天如法炮制，终于把杨绍谷该拔的牙齿全部拔完了。我长舒了一口气，总算没有出事。

两个月后，杨绍谷的拔牙创口都长平了，发炎的牙龈也恢复正常了。再次来复诊时，我给他取了上下颌模型，按照他的脸型和下颌骨关节的位置，记录了咬合关系。我加班加点弯制卡环，排列牙齿，煮盒充胶，打磨抛光，试戴调合。一副崭新的假牙戴在了他的口里，自然协调，恢复了美观和咀嚼功能。

“舅舅”的脸上恢复了少见的笑容。考虑到杨绍谷家里的经济状况，我以最优惠的价格给他开了单子，交到医院。

赴“鸿门宴”

戴上牙齿后，杨绍谷很满意，悄悄塞给我50元钱表示感谢。

“舅舅，您这么远来找我，这是对我最大的信任与鼓舞，这钱我怎么能收呢？”我对杨绍谷说。那时的50元钱，相当于我一个月的工资，不是一个小数目，但收他的钱，已不是鹭鸶腿上劈精肉，而是让他这个又穷又病的老年人经济雪上加霜，这会坏了良心。我把钱坚决地塞进了杨绍谷的口袋。

见我坚决不肯收50元钱，“舅舅”转身出了科室，不一会儿又提着一篮子鸡蛋再次来找我。我再怎么推辞也推辞不掉，只好将那一篮子鸡蛋留下。

“舅舅，晚上我请您吃饭。”我发出邀请。

“吃饭就免了吧，你一天工作忙，买菜做饭，够麻烦的。”舅舅推辞。

“不麻烦。就在街上随便吃点。我还想借此观察一下您假牙的使用情况，便于调改呢。”

“要得。要得。”听我这样说，杨绍谷高兴地答应了。

我们就在医院对面的一个馆子里点了几个菜，要了半斤酒，慢慢吃喝起来。

“舅舅，您吃饭不要咀嚼快了，慢慢感受一下，有哪里不舒服，给我说，我好给您调一调。”

“好，好，好。我好多年都没有这样舒舒服服吃饭了。”舅舅回答，脸上泛着红润，笑逐颜开。

晚饭后，我拿钱给他在旅馆开了个房间，第二天找交警队的一位朋友，拦了一辆顺风车，将他送回了南江。

给舅舅治好了牙齿，送他上车时，他对我说：“北平，回老家时到我家来耍。”

“要得！要得！”我站在车窗外，与舅舅扬手告别。

过了几个月，我回老家探望双亲，杨绍谷听说后，特地到我们家，邀请我去他家吃饭。

“别去！别去！他那样的坏心肠，万一在菜里面下毒怎么办？”母亲知道后，坚决不许我去。

“娘，怎么可能哟。您不要把人想得那样坏。舅舅哪是那样的坏人嘛。”我对母亲说。

“不是我把他想得那么坏，是我们两家的仇恨太深了，害人之心不可有，防人之心不可无嘛，要是他‘万一’呢？”母亲还是阻止我到他家去。

“娘，哪有那么多的‘万一’？他就是准备下毒，也不会在请我到他家吃饭的时候下毒嘛，天下哪有那样笨的坏人？再说，我是医生，他是我服务的患者，去他家吃饭，也是一种随访嘛。他真要下毒，毒死我，我也要去。娘，您放心吧。”

“那你吃了饭就回来，别在他屋里耍。”母亲见实在劝阻不住我，也就不再阻挡了。

“我赴‘鸿门宴’去了。”临出门前，我笑哈哈地说了一句玩笑话。

杨绍谷一家人见我上门，高高兴兴地把我迎进了客厅。桌上摆的，又是腊肉又是鸡，一看就知道，为请我吃这顿饭，他们一家人做了精心的准备。

在饭桌上，我和舅舅相谈甚欢。杨绍谷作为我们当地上一辈有文化的人，经历过人生那么多的沟沟坎坎，见的世面，懂的道理，比他们同一辈的人要多得多。特别是对于上一辈人之间的恩恩怨怨，比父亲看得要通透、深远得多。经过饭桌上的一番谈话，杨绍谷在我心中的形象又有了很大的改观，不由得让我对他心生几分敬佩。

“舅舅，道谢了。道谢了。”晚饭后我起身准备回家。客走主人安嘛。

“别忙，别忙。坐一坐，再摆摆龙门阵。”杨绍谷把我拉住坐下。“北平啊，三岁看大，七岁看老。你小的时候，我就觉得你将来一定很有出息。”刚坐下，他话匣子就打开了。

“舅舅，我小的时候是不是特别调皮，你们很讨厌啊？”我笑着问。

“不！不！不！北平，有件事情你可能早忘了，但我却记了这几十年，一直忘不了。”

“舅舅，什么事？”

“那年我遭批斗，被斗后又捆着拴在大队院坝边的李子树下，打我的一根木棍就扔在旁边，你看到后把那根木棍拖得远远的，扔到水田里去了。我当时觉得，你是怕他们还要拿那根木棍来打我，所以才把木棍拖走扔进了水田，你那么小就知道去保护受苦受难的人，不容易啊。”杨绍谷意味深长地看着我，眼睛红了起来。

“舅舅，我从小胆子就小，看到别人打架我就很怕，您当时被捆绑着拴在一棵树下，歪坐着，喊‘哎哟哎哟’，我当时心里确实很难受。我把木棍拖开，就是不想看到用木棍再打人。”我真诚地说。

“这件事情，表明你从小就心地善良，对苦命的人有一种天然的同情心。你记不记得，那时有些小孩子围着挨斗的我看热闹，大人朝被斗的我吐口水，他们也跟着吐口水，大人喊‘打倒坏分子杨绍谷’，他们也跟着喊‘打倒坏分子杨绍谷’，还捡小石头往我身上砸，你不但没有往我身上吐口水，还拖走了打我的棍子。北平呀，我之所以敢到达城来请你给我治牙，正是想到你小时候就是一个心地善良的人，不会让我吃闭门羹啊。”舅舅的声音越来越低。

“舅舅，您那时受苦了。我爸爸带人捆您，还带头打您，我觉得很对不起您。”我向舅舅赔礼道歉。

“当时大环境就是那样，也不能全怪你爸爸。”杨绍谷摆摆手对我说道。

“舅舅的胸怀太宽广了，您能原谅我爸爸，谢谢您。”

“现在改正错划右派了，该给我恢复的名誉也恢复了，该给我补发的工资也补发了。县上征求过我的意见，是回达县原单位工作，还是就近安排工作？我觉得岁数也不小了，身体也败完了，就在乡上工作几年，能办退休办个退休算了。”

“嗯，这样生活有了保障，应该好好保养身体，争取多活几年，好好享受生活。”我握着杨绍谷的手说。

“谢谢你把我牙齿弄好了，吃饭不发愁了，我也想多活几年。”杨绍谷满脸笑意。

回到家中，我将杨绍谷到医院找我治牙的事，在杨绍谷舅舅家他给我讲的那些话，一五一十地讲给父母听。

“嗯嗯。”母亲没说好，也没说不好，只是边听边“嗯嗯嗯”点头。

“北平，你做得对！俗话说冤家宜解不宜结嘛。我们上一辈的恩怨本就不应该带到你们这一辈来。何况那些恩怨也不是我们造成的，思维正常的小老百姓，哪个愿意当打手？无缘无故去整人？唉。”父亲沉思片刻后肯定了我的做法。他的那些话表明了他对过去的反思，也打消了我内心的顾虑。

看到母亲不再计较什么，父亲如此开明，我心中很高兴。两家人几代的恩怨，总算是云开日出，在我这里终于画上一个完美的句号。

两个“仇人”酩酊大醉

我给“仇人”治牙的故事到这里并没有结束。

由于不愿意回原单位工作，根据本人意愿，杨绍谷被安排在了我们老家仁和乡当文书。由于他工作能力强，加上他在农村生活了二十多年，了解农民，懂得农村，工作扎实，不到一年就被提拔成副乡长，再过了一年就当上了仁和乡的乡长。

这时我父亲仍在为被开除党籍而叫屈喊冤，到处申述。

“时至今天，党组织仍然把黄国让同志拒之门外，确实有失公允！”在乡党委讨论父亲的上诉材料时，杨乡长首先站了出来，为我父亲恢复党籍而坚定发声。

“当时揭发黄国让的检举材料，据说有你的名字。现在你又改变立场了？”有个不愿意给我父亲恢复党籍的干部，当面责问杨绍谷。

“共产党员要永远坚持实事求是的原则。在当时的政治气候下，黄国让的那句话是‘踩了红线’，我揭发他没有错，他挨批判受处分也不冤枉。但今天看来，他说那句话仅仅是一个共产党员发表个人看法，并不是恶意攻击。退一万步说，即使他说的那句话不合时宜，批评教育一下就可以了，哪能因为一句不当的话就开除党籍呢？”见没有人对他的话再表示反驳，杨绍谷又接着说：“黄国让是1948年参加革命的老同志，因为一句话，就被开除党籍长达十年，如果我们组织的门还继续对他紧闭着，不但对他不公平，也让我们这些老同志寒心啊。”据说，杨绍谷在讲了这些话后，在座的同志都举起右手，表示同意他的意见。

由于杨绍谷的提议和坚持，仁和乡党委向南江县委组织部上报了为父亲恢复党籍的材料，父亲于1989年恢复了党籍。

经过一番波折，父亲终于回到了党的怀抱。父亲从多种渠道得知杨绍谷为他党籍的恢复说了不少公道话，他对杨绍谷的成见彻底烟消云散。两个过去你斗争我、我斗争你、见面不是瞪眼睛就是撸袖子的仇人握手言和。

父亲是一个漆匠，经常为当地老百姓漆家具和漆大料（棺材）。

按照当地的习俗，老人到了六七十岁，都要为自己准备大料，然后用土漆刷几次，这样埋在土里几百年都不会腐朽。

杨绍谷找木匠为自己做好大料后，准备找我父亲上漆。

“你和黄国让是世代的仇人，你找他给你漆大料，就不怕他给你在大料上使点坏？”他的妻子对他说。

“我和黄国让是从小长到大的，我晓得他的性格，我相信他不会这样做。”杨绍谷回答。

最终杨绍谷请我父亲给他的大料上了漆。杨绍谷准备了丰盛的晚餐，还拿出两瓶全兴大曲，两人边喝边摆龙门阵，把这些年的恩恩怨怨都一杯杯地喝进了肚子，这也是他们两人跨越一个甲子，在同一张桌子上吃的唯一的一顿饭。

据我父亲说，两个人喝了两瓶酒，父亲醉得睡了一天，杨绍谷醉得睡了两天。但是他们都很高兴，都觉得“醉有所值”。

杨绍谷的家庭经济情况大为改善后，有条件为身体的保健进行投资了。他到医院进行了全面的身体检查，对该治的老病进行了认真治疗，还定期进行口腔保健。牙好胃口好，健康状况大为提高，原先自己估计活不到70岁的“病壳壳”，竟活到88岁高寿，也是非常难得了。

“老白鼠”谭龙云

我与谭龙云相识，很有一点戏剧性。

“讨人嫌”的老汉

前面已经说过，1998年，在地区中心医院原党委书记朱本德的鼓励支持下，我被借调到地区红十字会，成立达县地区红十字会口腔病防治所，后借机开办了“北平牙科”诊所。

开诊所起码得要有个地方。当时达城的房子一二楼大多是商业用房，根本买不起。我那时既没有钱，也没有眼光，只图便宜，选了东城荷叶街凤凰头临街三楼的一套房子，没考虑患者到这里看牙，不但要爬一通狭长的楼梯，拐一个弯，还得再爬梯子，“更上一层楼”，很不方便。

买了房子，总得进行最简单的装修。

“这房子是你买的吗？你买这个房子打算做什么？”那天，我带着装修师傅，刚把门打开，开亮灯，一个60多岁的老头，手里提着一个水杯，从楼上下来，在门口张望了一会儿，问我。

“准备开个牙科诊所。”我笑着告诉他。

“开牙科诊所？这个卡卡角角（西南方言，表示“角落”）开诊所，鬼大爷才来！”他这样说，一脸的不屑。

“老大爷，您怎么把话说得这么难听？”我装修开工，本想讨一句吉利的话，听他一开口就是“鬼大爷才来”，不由得想骂他几句，但考虑到他那么大一把年纪，又住在楼上，我们将来还是邻居，只得压下心中的不快，把脸扭到一边，不想搭理这个太“不懂事”的老头儿。

“你是哪个地方的？”他有点不识趣，看不见我那脸阴沉着，倒像查户口的警察，没话找话说。

“南江县的。”

“你南江县的，还想在这么偏僻的地方开牙科诊所，如果你把诊所开起来了，我手板心给你煎条鱼吃！”说完后，若无其事地转身下楼。

这个老汉太讨厌了，在别人装修时乱说话，要是碰到一个和他一样的，不说与他动手动脚，至少要骂他个狗血淋头。

不管我喜欢也罢，讨厌也罢，房子搬不走，邻居很难变，如此这般，我的“北平牙科”在那个三楼不鸣锣也开张起来了，和那个老汉成了楼上楼下的邻居。

开始我不知道那老头是干什么的，只知他早上外出，晚上回家，有时路过诊所也顺便进来看上两眼。

“您来啦。”他进屋，我也不冷不热地和他打个招呼。

由于我在地区中心医院上了10多年班，有一部分忠实的患者跟了过来，加之当时达城开私人牙科诊所的很少，总共只有三家。医生少，病人多，我的诊所虽然比较偏僻，但到诊所看病的人渐渐多了起来，特别是周末和节假日，沙发上、凳子上，都坐满了人，还有些人不得不站在门外的过道候诊。

这个老头确实有点怪，见我在这样的卡卡角角把诊所开了起来，还比较兴旺，虽然没有兑现“用手板心煎条鱼给我吃”的承诺，但对我的态度开始温和起来。

我早晨上班，见过道干干净净，像是打扫过的一样，后来发现，原来正是那个老头子打扫的。他天天起得早，在我们还没上班时，就开始打扫过道卫生，不但把他住的楼层打扫了，还顺便把我们三楼的过道，乃至二楼的过道，也一并打扫干净了。

这件事让我对这个老头的印象多少有了改变，觉得他虽然嘴巴有些讨嫌，可他义务为我们打扫楼梯过道，又觉得他有点讨人喜欢。

处的时间长了，我对他的家庭情况多少有了一些了解。

老头姓谭，叫谭龙云，见他年龄和我父亲不相上下，虽然心里对他仍然不十分感冒，嘴上开始尊他为“谭叔叔”。

谭叔叔人生之路崎岖，历经不少坎坷。20世纪60年代，他在地区饮食服务公司当出纳。那时候物资极度匮乏，最让人羡慕的工作是掌握物资供应的粮食局、商业局、物资局、供销社。饮食服务公司是供销社的下属单位，属于社会上比较难找的好工作之一。但好工作他没有好好把握，有一次他到巴中参加一个亲戚的婚礼，正值赶场天，转街时发现，巴中乡场上的鸡蛋很便宜，一个只卖三分钱，而达县的鸡蛋一个要卖六分钱。谭叔叔从事供销工作，当然有经济眼光，一下就发现了巴中乡村和达城的“鸡蛋利差”。他就在巴中收购鸡蛋，拉回达城后，又通过批发的方式卖出去，一次转手就得了50来元，比他一个月的工资还多。

第一次倒卖鸡蛋赚了这么多钱，激发起他要赚更多钱的野心，有了第一次，就有了第二次、第三次，前前后后干了六七次，净赚了将近400元钱。那时大家都穷，月月数着钱过日子，见他穿的衣服比别人光鲜了，抽的烟也换牌子了，有的人难免心生醋意，就打小报告，说他投机钻营，倒卖鸡蛋。

投机倒把在当时是一项大罪，属于被打击的对象。谭龙云搞投机倒把？查。这事经不住查，一查，不但查出了他搞投机倒把贩卖鸡蛋，还查出他搞投机倒把的资金是挪用的公款。他以投机倒把罪和挪用公款罪，被判了八年徒刑，投进了监狱 。

一个有体面工作的人，突然成了劳改犯，这不但改变了谭龙云的命运，也改变了他一家人的命运。谭叔叔的妻子原来在达县一个小学教书，受到他判刑的牵连，被下放到一个乡村小学。而命运变得最惨的，还不是谭叔叔的妻子，而是他唯一正在上小学的儿子谭楷。谭叔叔的妻子从城里下放到乡村小学教书，虽然离家远一点，但工作没丢，每月还发工资，饭碗保住了。可谭楷呢，因他爸爸成了劳改犯，有些不懂事的同学当面叫他“劳改犯的狗崽子”，有的甚至公开叫他“小劳改犯”，他受不了同学的嘲讽，心灰意冷，小学没毕业就辍了学。

谭叔叔刑满释放，没有了工作，没有了经济来源。一家人要吃饭，靠什么挣钱糊口？河里的船需要人装沙石、卸沙石，他就去河坝里当装卸工；有居民需要从煤建公司将煤炭搬回家，谭叔叔就守在煤建公司，抢着当搬运工，挣一点苦力钱。

命运的转折来自20世纪80年代中期。那时候改革开放刚刚拉开帷幕，全国人民铆足干劲发展生产，银行的贷款放不出去，给每个职员下达了发放贷款的任务。达县一个银行的行长找到谭叔叔，问他有没有需要用钱的地方。如果需要，不用拿财产做抵押，就给他放10万元贷款，帮助他完成放贷任务。

谭叔叔想都没想就答应了。银行找着自己贷款，又不要抵押，利息还很低，哪里去找这样的好事？

当时大部分人思想保守，不敢冒险，很多商机都不敢去尝试。很多致富财路眼睁睁地从自己身边溜走了。

谭叔叔一次贷了10万元，用8万元在珠市街买了一间大门市，再用剩下的钱做布匹批发生意。

谭叔叔不怕吃苦，又有干供销、当出纳的经验，跑上海，下广东，白天赚的钱，晚上数得昏昏欲睡，几年时间，赚得盆满钵满，门市有了，商品房住上了，借银行的10万元贷款早就还清了，手里还攥着一大把现金，够一家人这一辈子吃喝了。

后来，他毅然决然地停掉了布匹批发生意，将门市出租收租金，老两口当上了“寓公”，过起了悠闲生活。可不幸的是，他的老伴命薄，还不到60岁就去世了。

谭叔叔的儿子谭楷则麻烦更多。因为谭叔叔搞投机倒把、挪用公款，被关过大狱，他没读什么书，小小年纪就浪迹社会。后来靠接母亲的班参加了工作，被安排在粮食部门上班。谭叔叔为了解决谭楷的后顾之忧，给儿子买了一套商品房。可谭楷觉得自己有个劳改释放的爸爸这个政治污点，工作再怎么卖力也没有出头之日，上班三天打鱼，两天晒网，吊儿郎当，经常挨领导的批评，没干多久，粮食部门精兵简政，谭楷成了下岗职工。

下岗就下岗吧，只要不怕吃苦，照样能挣着吃饭的钱。可他不愿吃苦，成天打牌喝酒混日子，混到快40岁了，还吃着低保，连老婆都没找着。可他从不在自己身上找原因，把一肚子怨气都集中在谭叔叔身上，觉得自己没有混出个人样，全怪老子是个“劳改犯”。要是老子过去不被“关进笼子”，他今天可能早就成功了。打牌喝酒没钱了，就理不直气却壮地找谭叔叔要。谭叔叔给了，哪怕只是给得不痛快，儿子都要找他大闹天宫，父子经常为钱的事吵吵闹闹。

“给我50万块钱，我要做生意当老板。”有一次，儿子回家向他提出这样的要求。

“你要当老板，就必须先当好服务员，服务员都当不好，还能做生意当老板？当你的搓衣板吧。你要我拿这么大一笔钱，先找个商店当一年的服务员再来找我。”谭叔叔对儿子的要求，没有一口拒绝，但提出了先决条件。

儿子不同意，要求谭叔叔马上拿钱。谭叔叔坚决不给，儿子顿时大怒。父子俩开始是争执，发展成对骂，最后动起手来。父亲年龄大手脚慢，儿子年轻手脚快，父子动手，打架占上风的肯定是儿子。谭叔叔挨了谭楷几下，从此，不但断绝了给儿子的经济支持，也断绝了与儿子的来往。

我们成了忘年交

老婆去世了，儿子不来往了。谭叔叔每天出门回家，都要在诊所里逗留几分钟，和我摆摆龙门阵。有一天，谭叔叔到诊所来，主动对我说，他最近有一颗牙齿有些痛，要我给他“扯掉”。由于谭叔叔免费为诊所打扫过道，我检查后发现，他左上颌第一磨牙已经裂开，肯定保不住了，就免费给他拔除了。

“谭叔叔，您拔掉的那个牙齿可以来镶了，我给您做一颗烤瓷牙。”过了3个月，估计谭叔叔的拔牙伤口应该长好了，我提醒他。

“我这么大岁数了，又不像年轻人那样要耍女朋友，缺一颗牙齿不影响吃饭睡觉，不镶啦。太麻烦。”想不到谭叔叔竟这样回答我。

“谭叔叔，您可别把缺牙不当一回事，牙齿缺失对老年人的健康影响极大。牙齿缺失后，口腔内余留牙会在咀嚼及其他力量作用下发生位移，引起前后牙倾斜，近远中间隙变小，对颌牙伸长等。缺牙间隙的变化，不仅会影响牙列的咀嚼能力，还会危害相邻牙及对颌牙的牙周健康，进而危害整个口颌系列。甚至有研究发现，阿尔茨海默病患者缺牙数，明显高于健康老人。也就是说，牙缺得多，会加重认知功能减退和老年痴呆。”我给谭汉叔做工作。

“有这么严重呀！”谭叔叔很惊讶。

“谭叔叔，这我还能哄您吗？老年人缺牙后及时修复，不但咀嚼能力增强了，还可以增加脑血流量，对脑保健及脑血管疾病预防有很大帮助，可以预防老年痴呆，改善老年人生活质量。”

“照你这么说，我得赶快把这个缺牙补上？”

“当然，当然。这事一点耽误不得。”

我在给谭叔叔镶牙前，又免费给谭叔叔照了个片子。发现他不但牙齿有缺损，而且大多数牙齿的磨损比较严重，有的根尖的炎症已经波及上颌窦，造成上颌窦黏膜增生，窦腔昏暗，需要做多种治疗。

“你是这方面的专家，我相信你，牙齿该治的治，该补的补，该拔的拔。”当我将治疗方案向谭叔叔通报后，他马上表态。

我按照医疗常规，给他做了全口洁治，补了两个龋洞，有两颗牙做了根管治疗，左上颌第一磨牙的空缺位置，给他安了一个活动假牙。

经过治疗和修复，谭叔叔的口腔疾病得到了解决，吃饭不痛了，咀嚼有力了，人也长胖了一些。

“你这个小黄医生真还有两把刷子，我这牙齿经你这么一整，真还给治住了。难怪在这个卡卡角角，还有这么多病人来找你。”这样一来，谭叔叔对我的印象大为改观，对我和诊所的帮助支持更上心了，有时就像我们诊所的一个“编外员工”。

有天下午下班，我因为要去赶一个朋友的聚会，急急忙忙离开诊所，竟忘记了关空气压缩机的电源开关，但是综合治疗机的强吸开关已经打开，这样空气压缩机就会长时间工作，不但浪费电，机器还很容易损坏。谭叔叔见诊所的灯全都关了，而空气压缩机却频繁在启动。知道是下班时忘了关，随即用传呼机给我发来信息。我迅速从宿舍赶回诊所，关掉了空气压缩机的电源，避免了机器损坏。

还有一次，谭叔叔晚上回家，看到一个人在敲诊所的门，便上前询问。得知是一位患者下午在诊所拔了牙，晚上突然出血，到诊所找我。谭叔叔问明情况，当即招呼患者到他家里休息，并马上与我联系。我得到信息后立即赶到他家，将患者接进诊所，及时进行了处置。

另外一件事，让我印象更深。

那天上午，诊所接待了一名女患者，因为要拍片，需要取下头部佩戴的首饰，否则会在全景片上遮盖牙齿和根部影像，影响观察。她戴了一副金耳环，摘下后就用一张纸巾包住，随手放进了上衣兜里。等到拍片结束，她看见楼道旁边有个垃圾桶，便将手上用过的纸巾随手扔了，也顺带将衣服兜里包裹金耳环的纸当废纸一并扔掉了。

谭叔叔上午买菜回家时，看见楼道放垃圾桶的地上，一张纸巾半开，阳光正好透过墙缝照射在了垃圾桶上，那半开的纸巾闪闪发光。出于好奇，他就捡起那半开的纸巾，一看，竟包着一对金耳环，马上揣进了包包，走进了诊所，将菜放在前台的桌子上。他两只手背在后面，挺直腰杆，在诊室来回踱了一会儿，环视了周围一圈，声音洪亮地吼道："你们有没有人丢东西？"周围的人听见他吼，都摇头说："没丢，没丢。"我也摇头说："没丢。"

谭叔叔听说没人丢东西，转身就去前台拿起菜，出诊所回家去了。临出诊所门，撂下一句话："没人丢东西的话，就算了！"

听谭叔叔这样说，我大致猜到肯定是有人丢了东西，恰好被他捡到，但具体是什么东西，谁丢的，不得而知，毕竟诊所每天来来往往的人那么多。

午饭时，前台值班的员工告诉我，说有一位患者今天丢了一对金耳环，着急坏了，她估计那副金耳环是被她丢到垃圾桶里了，她去垃圾桶找，把垃圾桶给仔仔细细翻了一遍，没有找到，才进诊所问我们的人捡没捡到。我一听就想到了谭叔叔来诊所的情形，估计那位患者的金耳环被他捡到了。

"谭叔叔，吃过午饭没有啊？"我赶紧上楼，敲开谭叔叔的门，语气温和地对谭叔叔说。

"正在吃，怎么了？"

"我们诊所有个病人丢了一对金耳环，是不是您捡到了啊？"

"是呀，我是捡到了一对金耳环，我还在你们诊所问过你们，你们个个都说没丢东西嘛。"

"那个时候还没发现丢了，等到失主发现的时候，还把臭垃圾桶翻了个底朝天，都没找到，急惨了，我才想到您来诊所问有谁丢东西的事。"

"看来就是来你们诊所的病人丢的，你喊她上来，我问问她，核实核实。"

谭叔叔毕竟久跑江湖，十分老辣。他当时并没有将金耳环直接交给我，而是选择了亲手交给失主。在交还前，他询问了失主丢的耳环是多大的？什么形状？是什么花纹？有什么特征？当失主将一切都回答得纹丝不差时，才将耳环还给了失主。失主为表达谢意，拿出200元的感谢费，谭叔叔再三推辞，没有接受。

人的感情是磨出来的。我和谭叔叔的感情越磨越深。他不但把我看成是忘年交，还把我当成了他的晚辈看待。

有一天中午，大雨滂沱，我没有带伞，那时候又没有外卖送货上门，我只好在诊所等候着雨慢慢地停下来。谭叔叔看雨下个不停，我吃不上饭，二话没说，便煮了一大碗面，还煎了两个鸡蛋，给我端下来，让我饱餐了一顿。

谭叔叔不但对我生活照顾有加，对我父亲也很关照。

我父亲到达州来耍，一个人逛街没有兴趣，又没有熟人摆龙门阵，只有天天待在屋里，没住几天就吵着要回老家，抱怨说："你这里有什么好耍的？天天关在家里，像'笼养鸡'！"

谭叔叔知道了，对我说："你上班忙，我不上班，有的是时间，明天就领他去耍，把达州好耍的地方耍个遍。"

果真，第二天谭叔叔就当起了义务向导，先领着父亲去了人民公园，看其他老人下棋、打拳、跳舞，听画眉鸟唱歌，看画眉鸟打架，看信鸽比赛。之后又领着父亲到河市机场，看飞机如何起飞，如何降落。父亲看到那样一只"大铁鸟"在天空飞来飞去不可思议，对飞机起起落落的壮美画面震惊不已。谭叔叔还领着我父亲到冷冻厂观看现代化的杀猪流程，当父亲看到猪通过电击、放血、烫毛、清洗、分割等一条龙流水作业，一头头鲜活的肥猪很快变成一块块鲜肉，大加赞赏，说："人真是聪明，猪叫都不叫一声就可以下锅了！"

特别让父亲高兴的，是谭叔叔领着逛了达州的"新、马、泰"。那时旅游还没有成为一个产业，国人极少有去过新加坡、马来西亚、泰国的。达州所谓的新、马、泰，就是南外新达水泵厂刚修建起的十三层办公大楼；马河沟才封顶的几栋六层高的住宅小区；柴市街刚试营业的达城最大的泰和商场。当时达城的街道很旧，景点很少，可看的地方没几个，一些市民就把这三个地方比喻成“新、马、泰”。没事了，吆喝一声，“我们也去新、马、泰逛逛，开开眼界！”逛完这三个地方，还不耽误回家吃午饭。

谭叔叔在达城长大，是达城通，领着父亲逛了“新、马、泰”，还逛了火车站、凤凰山、石莲花水库（后改名为莲花湖）。他知道达州城每条街道的来龙去脉、历史掌故，边看边解说，义务向导一当就是半个多月。

谭叔叔和父亲年龄接近，都历经过人生的波波折折，话能说到一起，大有相见恨晚之势。谭叔叔领我父亲逛完了街，又去吃达州城的名特小吃。杂酱面、肉丁面、酸辣包、酱肉包、腊肉包、水八块、猪八块、糍粑块、赖豆花、来凤鱼、萝卜丝丸子，样样都吃了一个遍。

两个老人从早逛到晚，一点也不觉得累，我父亲高兴得合不拢嘴，要不是老家有人几次打电话催他回去，他住了一个月还舍不得走。

加上谭叔叔和我父亲的这一层关系，谭叔叔与我的关系更加密切了。我见他只有一个人生活，也经常切点卤菜，买瓶好酒，上楼和他对饮几杯。

甘愿当“老白鼠”

“北平，我朋友送了我一条河里的鲤鱼，我一个人又吃不完，晚上你上来，我们把它解决了。”一天下午，我正准备下班，谭叔叔提着一条鱼，兴冲冲地来到诊所。

“谢谢谭叔叔，有什么好吃的，都想到我，您上去弄，我等一会儿就上来。”谭叔叔这么热情，我也不好拒绝，就去买了一瓶全兴大曲，上楼与谭叔叔对酌。

酒过三巡，谭叔叔就把他的假牙拿出口腔，放在旁边的盒子里。

“谭叔叔，您这个假牙戴着不舒服吗？”我注意到他那个细节，问他。

“你给我做的这个活动假牙能嚼东西，但是，戴在口里面还是有一点不自然。”谭叔叔说。

“谭叔叔，您左上颌第一磨牙旁边的牙齿有一点松动，做烤瓷我担心管不了多久，只能给您做一个活动假牙。”我实事求是地回答。

“还有更好的治疗方案吗？”谭叔叔问。

“有是有，只是我的技术现在还不怎么成熟。”

“你说的是种植牙吗？”

“对，是种植牙。谭叔叔，您怎么知道？”我反问。

“据我所知，现在的种植牙，成功率已经很高了，国内大医院都开始引进了，你们也可以去开展这项新技术嘛。”谭叔叔说。

“谭叔叔，您了解得还很多嘛。种植牙有悠久的历史，在古埃及时期，就有人用骨头制作牙齿，来代替缺失的天然牙齿。而现代人工种植牙的技术，是近百年才形成体系。本世纪50年代，瑞典哥德堡大学Branemark教授在做实验时发现钛与机体生物相容性很好，并于1966年得出了骨整合理论，并将金属钛植入口腔，取得成功。我国开展人工种植牙的历史也有几十年了，那是华西医科大学陈安玉教授，在我国率先成立了人工牙种植科研组，并与四川大学、成都飞机发动机公司采取新工艺研制成功羟基磷灰石人工骨，1988年成功开发出我国第一套纯钛人工种植牙系统，命名为CDIC种植系统。我上大学时，陈教授就是我们的系主任。我为了学习种植牙技术，1992年曾参加过华西口腔举办的种植牙学习班，也曾开展过种植牙的业务，不知是什么原因，成功率不是很高。”听谭叔叔说到种植牙问题，我就将自己所知的种植牙技术向谭叔叔和盘托出。

“北平，据我看到的资料，现在的种植牙已经从过去的片状、叶状，改变成了圆柱状，成功率已经达到95%以上了。我在报亭上翻报纸，看到一篇专门讲种植牙的文章，特地把报纸买了回来，拿给你看看。”说着，谭叔叔进卧室取来报纸，原来是一份健康报。

那张报纸用了整整一个版，介绍国内外种植牙技术的最新研究成果应用、中国大专院校和口腔医院的推广情况。经过医学统计，用诺贝尔（Nobel）和ITI种植体，五年的成功率达到了95%以上。文章预测，由于种植牙的优势多多，很快将在中国普及开来。

“谭叔叔，您专门把这张报纸买来给我看，让我了解种植牙的最新动态，谢谢您！我马上去联系同学，争取尽快掌握种植牙的最新先进技术。”

“北平啊，开展种植牙技术需要专门的器械和材料，如果你资金周转有困难，我可以借给你几十万。反正我口里缺了牙，可以当你搞实验的‘老白鼠’啊。”谭叔叔慷慨地对我说。

“有您谭叔叔的鼓励和支持，我一定学好种植牙新技术。”我坚定地对谭叔叔表态。

晚饭后，我便给全国大城市的同学打电话，向他们咨询种植牙短期培训学习班的情况。很快，我参加了在成都举办的科特斯种植牙学习班、在北京举办的奥齿泰种植牙学习班、在南宁举办的诺贝尔种植牙学习班。通过学习，我系统掌握了种植牙理论体系、种植牙的适应症、种植牙的后遗症、骨增量技术、上颌窦提升种植技术，对开展种植牙有了充分的底气，并真的拿谭叔叔这只“老白鼠”做实验。

谭叔叔缺失的是上颌第一颗磨牙，因为根尖长期炎症，造成骨质吸收，牙槽嵴顶到上颌窦底仅仅只有5毫米。我在局麻下，小心翼翼地制备洞型，生怕破坏上颌窦的黏膜。然后用上颌窦提升工具，撬开上颌窦底部的骨板，塞入生物膜和骨粉，然后植入5×8毫米的科特斯种植体。

“谭叔叔，您感受如何？”做完手术，我问“老白鼠”。

“整个手术过程，没感觉到痛，只是你撬的时候，头部震动，整个脑壳感觉要炸了，虽然能坚持，但很难受。”谭叔叔如实告诉我。

手术当天晚上，谭叔叔觉得伤口有点疼痛，吃了芬必得，疼痛减轻，能正常入睡。第二天手术区域面部肿胀，输了三天消炎的液，肿胀慢慢消退。我每天上班他都到科室来摆谈几句，诉说他手术后的感受。我也每天观察他的术后反应、伤口的愈合状态。半个月拆线，五个月做二期，将覆盖螺丝取出，换上愈合帽。牙龈成型之后取模，送加工厂制作基台和牙冠。做好后，调和粘接完成。

谭叔叔从开始种植手术到牙冠完成，历经半年时间，他每个阶段的反应，我都做了观察记录。结合种植牙书本知识的学习，更加领会了种植牙每一个步骤的技术要领，也更加增强了每一次操作的风险意识。

谭叔叔算得上是我们诊所开展种植牙手术名副其实的“老白鼠”，对于我来说，恩莫大焉。20多年来，我已安装了1000多颗种植牙，成功率超过了95%。

来自养老院的电话

应了“天下没有不散的筵席”那句古话，后来，我的诊所规模越办越大，从凤凰头那个三楼搬到了三圣宫50号，人员也增加到40多人，接诊面积达到1300余平方米，治疗椅30多张。我与谭叔叔不再是邻居了，但他有熟人需要治牙病还领来找我，隔三岔五转街还转到我的诊所来坐一坐。

2014年秋天，一个星期天的晚上十点多钟，我刚洗漱完，准备早点休息，第二天回南江老家看望父母。这时，手机响了，我一看是个陌生号码，心里涌起一丝忧虑。

身为牙科医生，最害怕晚上接到电话，因为这可能是患者出现了突发情况——要么是哪位拔牙之后出血不止；要么是治疗之后疼痛难忍；要么是哪位患者对我们治疗不满意要投诉；要么是谁摔伤了面部，需要对口腔清创缝合。但忧虑归忧虑，来电是必须要接的。

“喂，您好，我是黄北平，您是哪位？”

“北平啊，我是谭龙云啊。”电话里传来一个沙哑的声音，有点熟悉又很陌生。

“谭龙云？啊——您是谭叔叔？”我听到那个沙哑的声音，既像“谭叔叔”，又不像谭叔叔，听到“谭龙云”三字，我才最终确认是他。

“对对。我就是你老诊所楼上那个谭龙云嘛。”谭叔叔回答。

“谭叔叔，对不起，您电话里声音变化太大，我一时没听出来，对不起。谭叔叔，这么晚打电话找我有事吗？”

“北平啊，你能不能明天来看我一下，我活不了几天啦。有些事想同你摆摆。”谭叔叔有气无力地说道。

“谭叔叔，您两个月前还带病人找我看牙，身体棒棒的，好好的一个人别在家胡思乱想啊。”我以为是他年纪大了，有时想得太多。

“我不是胡思乱想，真的不行了，要死了，你最好明天来看看我。”谭叔叔坚持说他“要死了”。

“谭叔叔，您是不是还住在原来那里？”

“不是，不是，我住在养老院里。”

“要得，我明天一定来。”

答应了第二天去看谭叔叔，就不能回家看父母了，我立即给父母打电话，告知谭叔叔住进了养老院，给我打电话的事，以免父母担忧。

我是摄影爱好者，想着明天去养老院看谭叔叔，就想到有些影视中宣传的养老院的画面——老人们有的下棋，有的打拳，有的弹奏乐器，马上给相机充电，将笔记本、笔放到摄影包里，准备在看谭叔叔时，顺便拍几张养老院里“老年乐”的大片。

第二天吃过早餐，在街上买了点水果，带上相机包，直奔养老院。等我开车到达养老院门口，准备拐进门时，门卫拦住了我。

“你是哪个？来这里干什么？”门卫见我拿着照相机，以为我是记者，凶神恶煞地呵斥。

许多单位管制严格，生怕对本单位不利的事件被曝出去，“防火、防盗、防记者”。

“我是来看谭龙云叔叔的。”我回答。

“你是他什么人？干什么的？把你的身份证拿出来我们登记！”门卫警惕性很高。

“我是谭龙云亲戚，来看看他。”我应答，同时把身份证递给了门卫。

“按照管理规定，你在这里拍的照片，出来时我们要检查。不该拍的，要删除。”门卫登记完身份信息，还对我的摄影包进行了很认真的检查，确信我没有录音笔、窃听器，才放我进去。在我要进去的时候，门卫还特意这样警告我。

走进养老院，院子里几乎空无一人，根本没有我想象的那些画面。

“谭龙云在哪个房间？”我询问一名护工。

“二楼左边最里面的那间。”护工朝楼上指了指。

我来到二楼，有的房门敞开，有的房门紧闭，透过敞开的门，我看见里面的老人要么是躺在床上睡觉，要么就是坐在窗户边望着外面发呆。他们眼神空洞，不知是在看什么，还是在期待什么。墙上的电视机没有打开，不知道是这些老人不愿意看电视，还是有线电视根本就没有开通，只是聋子的耳朵——摆设。

当我找到谭叔叔的房间，推门进去，一股异味扑面而来。狭小的房间放了两张单人床、两个床头柜、两个很窄的衣柜，房间里有一个狭窄的卫生间。窗户没开，各种各样的异味散不出去，我刚从外面进来，很不适应屋内的空气，只有屏住呼吸。

谭叔叔坐在里面的那张床上，两手撑着床沿，看见我进来，便起身向我走来，我赶紧扶他在床沿坐下。两个月没见，谭叔叔像是生了一场大病，脸部凹陷，嘴唇惨白，精神萎靡不振，如果不是双手撑着床沿，似乎随时都有可能倒地。

“谭叔叔，吃过早饭没有？”我把水果放在桌子上。

“你看嘛，这就是早饭。”谭叔叔有气无力地指了指桌子。桌子上有剩下的半碗白米稀饭、半块馒头，以及还没有剥皮的一个煮鸡蛋。

“鸡蛋怎么没吃？每天吃个鸡蛋才能保证最基本的营养啊。”我问。

“北平啊，每天早饭都这样，没味道，吞不下去。”谭叔叔一脸无奈地对我说。

“谭叔叔，您想吃什么就给他们说嘛，多拿点钱点餐，让他们单独给您做嘛。”

“北平啊，这里没人将就你，要求提多了招人嫌弃。哪像你父母那样享福，有你们这么孝顺的儿女。”谭叔叔停下喘了口气又说：“北平啊，谢谢你能来看我，根本用不着破费给我买水果嘛。”

“谭叔叔，别客气了，您打电话叫我来有啥子事？”

“哎，你晓得我之前那个门市嘛，我卖了200万，加上存款，现在还剩将近300万，看来我也活不了多久啦，我不晓得怎么处理这些钱。还有你原来诊所上面的那套房子。”谭叔叔一脸愁容地对我说。

“您如果要征求我的意见，我觉得最好还是把财产给谭楷最合适。”

“莫提那个狗东西了，几十岁了还不懂事，连个家都没有，只知道在外面喝酒抽烟打牌，不说我这点钱，就是给他1000万，他很快都会输光。这么多年了，他从来都没回家看过我，想起他老子就生气！”说到这里，谭叔叔情绪激动起来。

“谭叔叔，谭楷有些地方确实做得不对，可他毕竟是您的儿子，世界上没有哪个比得上您和他亲了，您不把财产给他又给哪个嘛。”

“北平啊，不瞒你说，我之前联系过银行。在我一无所有的时候，银行贷给我10万块钱，让我有本钱买门市做生意，对我有恩啦。我给银行的行长说，让他们帮我联系一个好的敬老院，每一个月从银行把钱划给敬老院，我生病住院的时候，由银行帮忙找人护理，当我死了之后，只要帮忙办理丧事，钱由我出，他们负责张罗，最后剩下的钱我全部捐给银行。银行说，他们没有这个服务机制和政策，直接拒绝了我。”谭叔叔显得很无奈。

“银行恐怕真没有这样的业务。”我点点头，随声附和。

“我又去找了社区。社区的人开始倒很热心，还派人提了箱牛奶到家里来看我。当我提出把存款和住房交给社区，要求他们替我养老送终时，他们也不愿意接这个手。说社区事情多，腾不出人来专门为我服务，叫我直接到养老院。哎。”谭叔叔摇了摇头。

“社区就那么几个人，也有一大摊子事情，恐怕也不好派人来专管您这些财产。”我点点头。

“我到了养老院之后，以为交了钱，他们会用心为我们老人服务。我也想过，如果他们对我好，把我送老归山，我也准备把钱捐给他们。但是，我在这里住了两个月，感觉服务质量和态度让我有些失望。我真不甘心就在这里躺着等死呀！”

“我还是那个建议，把钱给谭楷，让他来好好照顾您。”

“把财产给我儿子？他倒是高兴啰，可要他照顾我，想都莫想。这几天，我也考虑过，这钱，我死了之后还是准备留给他一些的，让他到老了不至于饿死。其余的不能给他，还是得为我的后事做准备。北平啊，你们单位有几十个人，你能不能每天派个人来照顾我，把我送老归山，我就把剩下的财产全部给你？”说着说着，谭叔叔突然将“牌”打到了我的手上。

“谭叔叔，您这样安排，肯定不行。我们诊所是有几十号人，光护士就有10多个，我找人服侍您三五天可以，一两个月也还将就，但服侍时间久了，确实做不到。”我断然拒绝。

我们单位确实有几十号人，可他们不是医生就是护士，每天干着与口腔相关的工作。要他们去伺候一个老人，可能没有人愿意。《增广贤文》说得好：“相见易得好，久住难为人”，谭叔叔的性格，我是了解的，他连与自己的儿子都处理不好关系，我能找人长期把他伺候得舒舒服服？这事我一旦接手，本来是忘年交，很可能要变成大仇人。

谭叔叔见我态度坚决，也就不再提这个事情。

“谭叔叔，您莫固执了，父子之间没有‘隔夜仇’，再大的疙瘩也可以解开嘛。如果您不想找谭楷说，您把他的电话给我，我给他说，让他把您接回家去，好好服侍您，住在家里怎么也比住在这儿好啊。”为了提高谭叔叔晚年的生活质量，我还是忍不住苦口婆心地劝说。

“他六七岁的时候我就去坐牢，我出来他早就没读书了。他看不惯我，我更看不惯他，我们之间肯定说不到一起。钱他当然想要，恐怕钱一到他的手，几天就要整光，连我现在住的房子，他都要卖掉！”

“有些事您用不着担心。您儿子和我曾经在一个饭局上认识，也摆过龙门阵。从他的言谈举止看，他懒是懒，浪荡也是浪荡，但还不是那种蛮不讲理的人，相信只要对他晓之以理，动之以情，我们是可以谈得来的。如果您儿子把您接回去后，我先在这里给您支个招——钱您不要一次给那么多，需要用多少就给多少。您回去就住老诊所的楼上，您住着那房子他就是想卖，谁敢来买？还有我们呢。别怕。”我给谭叔叔打气。

“我打电话他不会接，只有用你的电话试试。”说了好一阵，谭叔叔的心动了起来，把谭楷的电话号码告诉了我。

圆满幸福的晚年

“谭楷吗？我是黄北平医生，告诉你一件事：你爸爸现在生病了，住在养老院，日子很不好过，想你这个唯一的亲人啦，你是不是该抽时间去看看他呢？”我与谭楷接通电话后，先告之谭叔叔的近况。

“他住在哪个养老院？”停了好一阵，电话那头终于传来了他儿子的问话。

“在××养老院啊。我知道你和你爸爸有些过节。可父子间的过节能有多大？你爸爸现在是行将就木的人了，我今天去看他，发现他对于和你把关系搞得这么僵，很是后悔。从他的话中，我还听出他还是有将财产给你的意思呢。”我开导他，尽量动之以情，晓之以利。

“我爸爸这老头子活得也不容易，劳改释放回来后，没有正式工作，为了养活我，下河挑沙，到煤场当搬运工，吃了不少的苦。过去怪我脾气不好，对他去劳改总是想不开，觉得是他耽误了我的前途……”

“兄弟呀，你能记得这些，说明你还是一个有良心的人。你能不能去养老院看看你父亲，把他接回来你们一起住？我看他那样子也活不了多久了，尽孝要尽早啊，免得你爸爸死了你想尽孝都找不着机会了。你想一想，想好了我陪你去。”我趁热打铁。

“那好吧。”又过了几秒钟，谭楷同意了。

第二天，我就开车带着谭楷去了养老院。毕竟血浓于水，儿子首先向父亲认错道歉，父亲也承认了自己的不对，父子握手言和，相谈甚欢，当天就办了出院手续，将谭叔叔接回了家。

过了一段时间，谭叔叔又给我打电话，说有事要找我商量。我以为他又和儿子闹翻了，要找我去“灭火”呢。

“北平啊，谭楷总是这么飘着也不是办法，我想拿点钱让他开个小面馆，你觉得怎么样？”我到了谭叔叔家，发现他家请了做家庭卫生的钟点工，家里收拾得干干净净，谭叔叔也穿着整齐，脸色红润。原来谭叔叔不是找我来帮他“灭火”，是找我为谭楷“开源”出主意。谭叔叔说这番话的时候，谭楷就坐在旁边笑着直点头。

“开小面馆好啊，二马路有家小面馆，天天食客爆棚，屋里坐不下，街沿上都坐着人，还要排队候餐，据说收入也不简单，一年净赚六七十万。而且开小面馆技术不复杂，就是要作料齐全，把卫生搞好，盐味拿准，投资也不大，只是租间临街的门市，买上锅碗瓢盆，雇两个服务人员就行了。”听说谭楷准备开小面馆，我立即表示赞同。

“为了开面馆，楷楷已拜了大竹满园春的掌勺师，当了一个月下手，学得了一些手艺。”谭叔叔说。

“门市我也看了几个地方，小红旗桥、大北街、张家湾都有临街房出租，大北街的要贵一点。”谭楷介绍。

“当然开面馆要找大北街这样的地方，大北街是步行街，天天人来人往，不怕没生意。门市贵点不要紧，投入大，产出也大嘛。”我停了停，接着说，“开面馆想赚钱，就得不怕辛苦，要起早贪黑哟。”我怕谭楷一时心血来潮，担心他干不了几天懒惰的旧病复发，提前帮谭叔叔打打预防针。

我的担心实在多余。没过几天，谭叔叔投资50万元的面馆果真在大北街旁边放炮开张。谭楷戴着厨师高帽，穿着白色工作服，像模像样地当上了面馆的掌勺师。刚开始营业那段时间，谭叔叔拄着拐杖，天天去坐镇指挥。谭楷确实是浪子回头，把个小面馆经营得风生水起，回头客不少。我的诊所离谭楷的面馆不远，也抽空去过问过问。当然，也少不了带人去吃面，照顾他的生意。

见儿子洗心革面，踏踏实实开面馆，谭叔叔心里高兴，精神越来越好，从养老院接回家时，上厕所都离不了拐杖，后来出门连拐杖都丢了。更让谭叔叔高兴的是，快50岁的谭楷竟然脱了单。原来，谭楷面馆一位姓邱的服务员爱人病故，带着一个5岁的女儿，与谭楷低头不见抬头见，两人日久生情，办了两桌酒，领了结婚证，而且女子不久就把肚子给腆了起来，生下一个胖小子。这下，谭叔叔那嘴更是合不拢了。

“北平啊，我今天与你摆个空龙门阵——我是不是该在凤凰山选个阴地呢？”阴地就是墓地，凤凰山建有一个规模很大的公墓。一天，谭叔叔来到我的诊所，突然提出。

“当然可以哟，谭叔叔，您现在怎么突然想起这件事呢？凤凰山刚开始建公墓的时候，价格便宜得很呢，现在可是贵了两三倍啦。”

“不瞒你说，我过去怪儿子懒，找不着老婆，怕的是‘绝后’，没人扫墓，想死后一把火烧了，随便在哪里挖个坑坑，把骨灰一埋就完事，现在有了孙子，谭家一脉续上了香火，得要留个阴宅，不当孤魂野鬼哟。”

“好。好。您喜欢热闹，葬在凤凰山公墓，熟人多。”

当天下午我就开车带着谭叔叔一家人去凤凰山公墓选了个墓地。谭叔叔很满意，他儿子、媳妇也很满意。回家的路上，全家人一直都对我说着感谢的话。

谭叔叔能有这样一个晚年，算是幸福圆满啦。

又过了两年，谭叔叔去世了。

听到这个消息，我很悲痛，下班后立即赶到殡仪馆。谭楷与老婆带着一儿一女戴孝迎宾；灵堂里还摆了几桌麻将，十几个人把万子、筒子、条子摔得噼啪响。丧事办得既有传统气息，又很符合把丧事当喜事办的时代新风。谭叔叔的遗像挂在灵堂正中的墙上，那是他进监狱前工作证照片的翻拍扩大版，人显得年轻又帅气，与我看到的谭叔叔简直判若两人。据谭楷介绍，用这张遗像是谭叔叔生前自己决定的，也是他自己找人翻拍修版制作的。我猜想他是想把自己最光彩最值得怀念的形象留给亲友，留给这个折磨了他一生的世界。我本想在那里多陪一陪谭叔叔，考虑到第二天还有手术，零点一过就不得不回了家。

人是有感情的动物。如今，谭叔叔虽然走了，但是他这个“老白鼠”至今让我铭记在心。

气功不是万能的

一天下午，我处理完等轮次的全部病人，整理好病历，正准备下班，朋友唐建走了进来。

唐建是我分配来达县地区中心医院工作不久就认识的一位朋友，他比我大5岁，原来在地区食品加工厂工作，几十年来，我们交往很密切，有说不完的故事。

唐建泼来一瓢冷水

我刚分配到达县地区中心医院工作时，每月的那点工资，不是一般的“月光族”，还总在闹饥荒。我经常都在琢磨，怎么在工作之余搞个第二职业，挣点外快。

经过观察，我觉得如果学会开摩托车，借钱买一辆，可以通过开“摩的”赚钱。

当时，达县还没有出租车，但已经有人开“摩的”拉客赚钱。因为“摩的”是独家经营，所以收费高，生意蛮好，社会上已流传这样一句话：喇叭一响，黄金万两。我估算，每天拉客4个小时，可以挣40—50元钱，除去油钱，半年就可以把本钱挣回来。我开一年“摩的”，再把摩托车卖掉，或许财务就能过关，再也不用天天为钱的事愁得“抠脑壳”了。

主意已定，我便开始行动。

当时摩托车还算紧俏商品，有钱也不一定想买就能买到，恰巧我的一个高中同学在重庆嘉陵摩托车厂上班，我给他打电话询问买摩托车的情况。他说，“你什么时候要？厂里有规定，每个职工可买一辆摩托车，走内部价，可比市面上便宜500元左右。”那位同学大包大揽。

当时的摩托车最好的要多少钱一辆我不知道，但能拉客的最便宜也得要2000多元，我手里根本拿不出钱。买摩托车的渠道虽然已经找好了，可钱从哪里来？想来想去，找表姐借，成功率最高。

表姐是我姑姑的女儿，与我们几姊妹的感情很深，她从南江县嫁到达县的北外乡，虽然也是个农民，可表姐夫是个拖拉机手，家里虽然不算富裕，但比我家的经济条件要好得多。

“表姐，我想向您借点钱周转一下。”我硬着头皮向表姐开了口。

“你借钱干什么？”表姐一听我要借钱，似乎一下提高了警惕。

“我想借点钱买一辆摩托车……”我将借钱的用途老老实实告诉了表姐，我估计表姐担心我乱花钱，借钱去搞“高消费”。

“要多少？”表姐一听说我要买摩托跑“摩的”，笑了，问。

“2000元，保证半年内还清。”

“我这里总共只有2000块钱。我必须留500元钱，用于垫资拉货，以及加油和修车，只能借给你1500元。”表姐确实很大方，也实话实说。

“谢谢表姐，1500元就已经解决了大头，其余的我再找科室老师和同事借。钱我暂时不拿，等我把车学会，提车时再来拿钱。”

表姐给我解决了买摩托车的最大障碍——钱的问题。

我向科室几个同事开口，他们都同意借给我一二百元。

买车的渠道有了，钱也有了保障，我开始学习开摩托车。

学开摩托车并不难，来我们科室进修的朱占平医生就有一辆嘉陵50

型摩托车，我练了一下午，就掌握了摩托车的性能和操作方法。然后又开了几次，就敢开着摩托车在公路上“呜呜呜”地跑了。

有了摩托车，还要办一个摩托车驾驶证。当时办理各种驾驶证照的程序还很不规范，监管也不是很严格，我和交警队的熟得很，只要买了摩托车，估计当天就可以把驾驶证搞定。

完成了所有准备工作，我便找一个驾驶技术好的人，帮我到重庆去接车。通过朋友介绍，我认识了唐建。

唐建早就买了摩托车，自己开车上下班方便，有时也开“摩的”捞点外快，驾驶技术呱呱叫，在达县玩摩托车的那群人里小有名气。

为了顺利完成到重庆的接车任务，我特地上街买了一大包卤菜，一瓶白酒，在我简陋的寝室里招待唐建。

“你接车回来也准备拉客？”刚上桌子，唐建突然这样向我发问。

“是的，是的。”我忙不迭地应答。

“黄医生，我说一句话，或许你不爱听。开摩托车虽然挣钱，但是危险无处不在。行内这样形容：摩托车，学得快，开得快，死得快。”唐建确实是一个性情中人，刚端上杯子，突然盯住我的眼睛说了这样几句话。

“啊！”一听这话，我突然愣住了。好事还没有开张，你唐建怎么能说这样的话呢？这可太让人扫兴，使我很不愉快，背上都发凉了。

“开摩托的危险那么大，您怎么还在开？”生气的同时，我也不服气，顶他。

“黄医生啊，我开摩托死了无所谓哟，反正我工人一个，家里弟兄多。你就不一样啰，父母辛辛苦苦供你把大学读出来，将来赚钱的机会多得很，现在如果为了去赚开摩托车拉客这样的几个小钱而出现意外，那就划不来啰。”本来我请他喝酒，是喝完酒就准备到重庆去接车，可他却给我迎头泼来一大瓢冷水。听唐建那口气，看唐建那态度，他是极不情愿陪我到重庆去接摩托车的。

生气归生气，细细想一想，开摩托车的危险系数确实不低，应该将买摩托车拉客赚钱的事先放一放，摩托车先不去接了。

也是事有凑巧，就在我请唐建喝酒的一周之后，我们医院一位同事骑摩托车与一辆货车相撞，致使脑干损伤，肺破裂，最终抢救无效，车毁人亡。眼前这血淋淋的教训，使我彻底放弃了购买摩托车拉客赚外快的念头，主动埋葬了那条吹糠见米的“致富道路”。

更巧的是，唐建这位超级摩托车骑手竟也差点被摩托车要去性命。那是半年之后，唐建骑着摩托车大白天在达城南外火峰山一个急弯处，摩托车突然失控，翻滚到坡下，下肢受伤骨折，被送进了医院。

在我身边接二连三发生的摩托车事故大大警醒了我，我暗自庆幸：全靠唐建给我泼了那样一瓢冷水，打消了我买摩托车拉客赚钱的念头，如果当时唐建什么话都不说，帮我接回了摩托车，我暗中拉客，赚钱心太过迫切，加上驾驶技术又是个“冒冒鸡”（不过硬），说不定躺在病房的除了唐建，还有我呢。

唐建的骨伤治好后，在我们医院理疗科做康复理疗。而理疗科和口腔科都在一层楼，唐建没事就到口腔科来找我吹壳子（闲聊），时间一长，我们竟成了很要好的朋友。

“黄医生啊，我的摩托车驾驶技术怎么样？”他这样问我。

“这还用说，顶呱呱的。”我恭维他，同时也是事实。

“出事的道路我也经常在跑，熟得很，半夜不开灯都跑过好多次，为什么这次白天还大意失了荆州？”

“什么原因？”

“原来是道路上有油，也不知那油是怎么来的，特别滑腻，导致摩托车哧一下就溜出了公路，根本来不及采取避险措施。哎！”

“人无大碍就算万幸。”

“万幸的是我那天没拉客。要是拉了客……噫！”他使劲摇头。

“是，是。”我点头应允。

“自己摔伤摔死自己承担，要是把客人摔了，那我这辈子可就永远伸不直腰杆啦。”

“您这次住院得花不少的钱吧？”我问。

“住院的钱还不是太大的问题。我那天是开着摩托给单位拉东西，算是因公负伤，住院费、医药费、误工费单位全报销。”唐建向我解释。

“这样，您住院就能少交很多钱。”我由衷地替他高兴，也为自己庆幸。更感到唐建之前给我泼的那瓢冷水，是多么的及时，简直功莫大焉，善莫大焉。

他成了气功迷

不久后，社会上掀起一股练功热，唐建由此迷上了气功，在达县有“唐气功”之称。他还极力引荐我去练功。

唐建很喜欢阅读，我们经常在一起讨论文学。他也在《达州日报》、凤凰山论坛等媒体上发表过文章。达州市作家协会年底组织联欢晚会时，他是晚会的积极策划者，每年都会邀请相关部门的领导、全市的写作爱好者参加。他还通过各种关系，到一些企业拉赞助，筹集办晚会的经费。有两年我也应邀参加了晚会，并为晚会活动提供了一定的经济支持。

只不过好几年，我既没有读到唐建在媒体上发表的文章，更没有看见他的身影。

“这段时间到哪里发财去了？怎么电视上无声，街面上无影了？”那天他突然来到诊所，见面握手后，我问他。

“我通过一位朋友的推荐，在云南那边买了一套房子。那里空气好，四季如春，适宜休闲养老。黄医生，你也去买一套嘛，多一些老乡，在一起好耍。”他是天生胆汁型的人，热情有加，抓住我的手不放。

“云南那个地方不错啊，不冷不热，是旅游、居住、养生、写作的好地方。我十多年前在那里待了一个月。”我抽出手，让座。

“云南那地方确实好，山好水好人也好。我在云南又结交到一位重要的朋友。”他喜滋滋的。

“您很善于交际，朋友遍天下啊。在云南又结交了一个什么样的重要朋友呢？”

“我认识了一位姓雷的气功大师，人们都称他‘雷气功’。”

“您本身就是‘唐气功’，‘雷气功’的功夫比您还高？”

“我以前没有练过别的气功。你也晓得的，跟着磁带练，只是强身健体。那个雷大师对内家气功修炼了几十年。我骑摩托受伤，这么多年了，遇到天晴下雨，手脚都会麻木疼痛，雷大师用草药给我敷，又用他的气功给我治疗，弄了一个多月，我这手脚不麻了，也不痛了，手还可以干重活。雷大师说，他再教我一套功法，什么炎症、感冒，不用吃药，不用打针，只要闭目练上一阵子，病就自然好了。”讲到那位姓雷的气功师，唐建眉飞色舞，滔滔不绝。

“祝贺您遇到了高人，您可以拜他为师啊。”我一边听，一边点头。

“不瞒你说，我已经在跟他学了。黄医生，雷老师准备下半年来达县，到南江光雾山去看红叶。我们是多年的朋友，雷老师来了之后，我请雷老师和你一起聚一聚。你可以学习一下，以你现在的技术，加上他的气功，我相信你的治牙技术肯定会更加精湛。”他讲到气功，兴致一直极高。

唐建说的光雾山，是国家5A级风景名胜区，就在我的老家南江县。那里层峦叠嶂，怪石横生，溶洞遍布，云蒸雾绕，林海浩荡，胜景众多。精品景点包括神州第一洞、巴山水青冈、雾海生明月、红叶燃千岭等“十大美景”。此外那里还有灿烂的巴人文化、蜀汉文化、三国文化、唐宋文化、明清文化、红军文化。特别是光雾山的红叶、800平方公里的原始森林，处处是景，五彩缤纷，风景如画，成为到四川旅游的男女老少重要的打卡地。

“唐大哥，等您的师父来达县，我请他吃饭。到光雾山旅游，我还可以给他当司机，当导游，当摄影师。”对于那位姓雷的气功师要到南江赏红叶，我表示欢迎。好客是我们大巴山人的一个特点。

“好，好，等雷老师来了我们再具体安排，好，好。”唐建兴致颇高，喋喋不休。

“唐大哥今天来有什么好事？”我问他。

“无事不登三宝殿。我右下边的牙齿老塞食物，最近一段时间隐隐作痛，吃东西都不敢用力，请你给我看看是什么原因。”

“要检查一下再说。”

我打开一次性检查盘，对他口腔的情况进行了望、触、叩、探检查，发现他全口牙结石较多，牙龈表面充血，右下第一磨牙2度松动，远中邻合面有一个很深的龋洞，已经烂到牙髓腔，探诊无疼痛，叩诊有明显疼痛。

“您右侧下颌第一磨牙龋坏，由于您没有及时处理，引起了牙髓的坏死，最后形成了慢性根尖周炎。”检查完，我把检查情况告诉唐建。

“牙髓坏死，根尖周炎，我的牙病这么严重吗？”唐建对口腔疾病没有什么概念。

“您去照一个颌骨全景片，牙齿的病变程度就一目了然了。”我说。

“那我照一个。”他同意拍片。

数据很快传到我的诊断室，他口腔里的病变，在电脑上清晰可见。

“您除了右下第一磨牙严重一些外，其他牙齿也有几个小的龋坏。只不过这些早期龋开始都没有任何症状，就像您右下边这颗牙齿，几年前也只是一个很小的龋洞，如果早期发现，直接用补牙材料充填起来就可以了。因为您没有管它，龋洞慢慢扩大，细菌侵入牙髓腔，造成牙髓炎症。只不过您的牙髓炎症是逐渐侵蚀，所以没有大痛。牙髓炎症逐渐通过根管扩散到牙齿根尖，形成根尖周炎，慢性根尖周炎如果持续时间较长，可能会形成根尖肉芽肿，时间再长一些可能会产生根尖囊肿。”我慢慢向唐建进行科普。

“你说得对。我这牙齿两年前就开始对冷热酸甜敏感，一年前在云南牙痛过几天，当时雷老师给我发了几次功，我也和老师一起练功治疗，疼痛减轻了。隔一段时间牙痛了，雷老师又给我推拿按摩加气功治疗，一直没有大痛。这次回达县十多天了，没有坚持练气功，又天天和朋友喝酒，牙齿又痛起来，咀嚼食物都困难了。”唐建向我解释。

“您练气功只能暂时止痛，要根治，只有口腔专业治疗。”我说。

“雷老师说，气功不但可以治疗炎症，还可以治疗损伤，有些肿瘤、有些癌症都可以治好。”唐建说。

“气功，是一种中国传统的保健、养生、祛病的方法。它是通过呼吸的调整、身体活动的调整和意识的调整，以强身健体、防病治病、健身延年、开发潜能为目的的一种身心锻炼方法。长期坚持受益无穷，甚至会产生超出常人的某些功能。说实话，我年轻的时候就是一位武术和气功的爱好者，在达州我也结交了几个练习武术和气功的老师，也向他们学习了一段时间。我个人认为，如果长期锻炼一种功法，对身体素质方面肯定有很多好处，也能增强人的抵抗力和免疫力，对于一些软组织损伤、局部疼痛，通过按摩经络，加上气功疏通，有很好的缓解作用。但是，气功并不能包治百病，要根治各种疼痛，那必须由专业医生找出疼痛具体产生的原因，做正规专业的治疗。我当牙科医生这么多年，还没有看到通过气功就把口腔中的器质性病变治疗痊愈的报道。”我对唐建苦口婆心。

“嗯，嗯，嗯。”唐建似乎听得很认真，嘴里一直“嗯嗯”着。

“您的C区第一磨牙近远中根尖有2×3毫米的弥散阴影。这个牙齿是慢性根尖周炎，必须要从牙齿的咬合面开一个小孔，然后把牙髓腔里发炎、腐败变质的牙髓清理干净，然后把根管疏通，再封消炎的药。封药3—4次后，根尖炎症会逐渐消除，之后再用根管充填剂加牙胶尖，把根管严密充填。这样做，这颗牙齿以后就不会发炎了。”我又指着照片告诉他。

“这样治疗需要多长时间？”

“整个过程大约需要一个月。”

“吃药消炎不可以吗？”

“吃药消炎只能缓解症状，不能根治。”

“必须要钻牙齿吗？我听别人说，牙齿钻了之后容易咬破。”

“治疗后的牙齿如果不做牙冠修复，确实容易咬破。但是，牙齿的根尖周炎，除了根管治疗，目前还没有找到更好的方法。”我严肃地对他说。

唐建做事很认真，他用手机将全景片影像拍照收藏，还从挎包里拿出笔记本和圆珠笔。我讲他口腔和牙齿的每一个问题，他都认真地记录下来。比如上颌两侧第三磨牙已经龋坏成残冠，需要拔除，不然会形成病灶，引起心脏和肾脏的疾病，楔状缺损的形成原因和充填方法，特别是他右下第一磨牙疼痛的病因、形成过程、治疗程序，他都进行了详细的记录。

但唐建又很倔强，尽管我苦口婆心地劝他对病牙进行正规治疗，他还是拒绝了。“谢谢你，黄医生。你给我解释清楚了，我的这颗牙齿不是肿瘤，就是一般的炎症，这下就放心了。我明天就到云南，请我老师给我运运气，自己再好好练练功，相信会把牙齿治好的。如果治不好，我再回来找你嘛。”

“唐大哥，用气功的方法或许可以缓解牙齿疼痛，但是不能根治，您既然那么相信气功，就回云南找您雷老师用气功治疗看看再说。”我见他油盐不进，只得笑着送他出门。我就要看看这位气功大师用气功治疗根尖周炎，到底有多大的效果。

治牙病还得找牙医

三个月后，唐建带着略显痛苦的微笑又来到了我的诊室，手里还提了一袋鲜花饼。

“黄医生好！我昨天才从云南回来，给你带了一点云南的特产。”唐建一进诊室，就热情地和我打招呼。

“谢谢！您太客气了。您用气功治疗牙病的效果如何？”我道谢之后，还是三句话不离本行，问起了他的牙齿情况。

“没有大痛，但还是不能嚼东西。”唐建没有肯定，也没有否定气功的疗效。

“还是照一张牙片看看变化情况吧。”我建议。

“我就是想来照张牙片看看呢。”唐建同意。

这次牙片与三个月前的X光片进行对比，炎症的范围更大了，骨质破坏更严重了，已经波及到第二磨牙的近中根。

“您那气功老师是怎么给您治的呢？”我也想打听气功师在用什么方法给他治疗牙病。

“我一到云南就找了气功师父，师父每天都给我发功，给我按摩面部、手上、脚上的穴位。我自己也坚持练功，牙齿倒是没有大痛，但是仍然不能咀嚼食物。师父说，牙齿太坚硬，光用气功治疗恐怕不行，还是要配合牙科医生局部用药效果才好。嘿嘿。”说着，他不好意思地笑了起来。

“您那师父这一点说得对。牙齿的牙釉质确实很硬，按照摩氏硬度标准，以世界上最硬的金刚石为10级，金子、银子的硬度为3级，不锈钢的硬度为4级，而牙釉质的硬度则高达7级，算世界上极少有的坚硬物质。我以前给您说过，气功不可能包治百病。您这牙齿，两张片子一对比，是不是可以看出，炎症的范围扩大了？”

“黄医生，你不讲我都看到了。上次你说我牙齿有很多问题，我便上网查了很多科普资料，也在网上咨询了有关医生，他们和你说的一模一样。你看，我还做了笔记！”说完递给我一本写得密密麻麻的笔记，可能有几十页吧，全部都是科普文章。可能是外行的原因，很多专业名词搞错了意思，被安排在不对的地方，还有很多画了红线的字词，他说是不太理解的地方，想请我帮忙解答一下。

这是一个信息爆炸的时代。随着智能手机普及，知识共享变得更加容易了，连不是医生的人，都可以很轻松地了解到这个领域的最新进展，通过寻章摘句，将自己打扮成医学权威，给人开方治病。这种信息爆炸的时代有很大的弊端，看似普通人越来越容易得到信息，但网络上的信息七嘴八舌，有可能错误，也可能偏激，还可能是商业网站的科普软文，甚至散布伪科学，让黄钟毁弃，瓦釜雷鸣。而一般阅读者除了被动接收，几乎没有甄别信息真伪的能力。如果迷信网络信息，很可能被误导。

但看着唐建写的那几十页笔记，我对他不禁打心眼里更加敬佩。人都快到耳顺之年了，还把这么多时间、精力花在完全未知的领域，来探索一些全新的知识，做了那么详细的笔记，说明他的求知欲非同一般。爱学习的人永远年轻，这种精神是现在很多年轻人都不具备的。

“唐大哥，您对口腔知识学习了这么多，您都可以做一名口腔科普作家了。您牙齿现在的状况您也清楚了，是我给您治疗呢，还是再到云南去找您的雷大师？哈哈。”

“我是专门回来找你治的。你还说那话。哈哈。”唐建多少有点难为情。

“找我治，您这牙至少要用一个月，您有那么多时间吗？”

“有时间。有时间。你就治吧。”

我在唐建的病牙咬合面用低速弯机球钻去除部分龋坏组织，打开牙髓腔，将里面发炎、腐败变质的牙髓清理干净，将根管疏通，再封了4次药，当拍片发现根尖阴影消除后，再做了根管充填。根管治疗后，又给病牙做了牙冠修复。

牙齿做过根管治疗后，死髓牙齿失去神经血供的营养支撑，如同一棵失去了生命的树，会变得脆弱，加之磨牙承担的咀嚼力较重，更容易造成牙齿破裂。做完根管治疗后在牙齿外做冠修复，是套上一层“保护壳”。进行冠修复后，绝大部分的牙齿都可正常使用10年以上。

在后面的两个月时间里，唐建主动要求我将他口腔的残根拔除，将牙结石进行了洁治，将楔状缺损和龋坏牙进行了充填，对口腔问题进行了彻底解决。

唐建的牙病治好了，他特别高兴，用他的话说，刷牙不出血了，口气清新了，冷热酸甜，想吃就吃了，除了保险柜啃不动，其他什么都能啃。

“您那位气功师父如果真要到达州来，我要请他吃饭，陪他到光雾山看红叶。”这一次，他没有再提邀请气功师父到达州和我见面的事，我本身对中国传统文化有一定兴趣，主动地提出了邀请。

“要得，要得。”唐建积极回应，但并没对气功多说什么。

有一天唐建打电话，要求我给他推荐一个比较好的中医。

“哪一方面的医生？”我出于职业习惯，喜欢多问几个问题。

“看中医也要分专业？”唐建问。

“中医也分科，有中医内科、中医外科、中医儿科等。每个医生钻研的侧重点不同，也各有所专长，不是每一个医生都从头看到脚。”

“想不到看个中医也这么麻烦。你只给我推荐一个出名的中医就行了。”

“哪一个看？。”

“我老妈。”

“她哪里不舒服？”

“吃饭没味，口发苦。”

“多大年龄了？”

“80多了。”

“我估计，老年人，身体各个组织器官功能降低，分泌物减少，感觉降低。让她多吃点蔬菜，多吃点水果，不要吃辛辣食物。如果严重的话，吃点滋阴补阳的中成药。”根据他的叙述，我便根据我所学的中医理论进行推断。

我在大学里学了半年的中医理论，加之我父亲是个中草药医生，我从小就跟着他识别中草药，有些病我也中西医结合治疗，而且效果还不错。口腔很多黏膜病，病因不明，西药治疗效果不好，有时用中草药治疗，常常能取得很好的疗效。

“您带过来我看看吧，如果口腔、舌头、黏膜有问题，我可以给您处理。如果口腔没问题，我再给她推荐相应的中医师。”我告诉唐建。

唐建的妈妈曾经是一位小学教师，口腔保健意识比较强，生活习惯比较好，坚持早晚刷牙，中午饭后漱口。她80多岁了，除了右上颌第一磨牙曾经咬硬物牙尖折断做了一颗烤瓷牙，以及两侧双尖牙有楔状缺损外，大部分牙齿还比较健康。口腔黏膜光滑红润，也没有什么异常发现。

我叫她把舌头伸出来，观看舌苔之后，正准备结束检查，我隐隐觉得她舌尖有点偏。我叫她将舌头端端正正地伸出来。但是她每一次伸出来的时候，舌尖都偏向左侧。

我突然想起我们大学解剖老师在讲舌下神经时，让我们牢记“手推车动作”。她说舌下神经就像人的两只手，推着一个手推车，如果哪只手有毛病，搭不上力，车子就会朝有病的那只手的方向偏。舌下神经的道理也一样，只要哪侧神经有问题，力量弱了，舌尖就会朝向病变侧偏斜。

老太太的舌尖朝左偏斜，可能是长期伸舌习惯造成，也可能是舌下神经出了问题，也可能是舌下神经的根部，即脑部有肿瘤压迫了舌下神经，还有可能是舌下神经出颅之后的某一段受到压迫而影响到功能。也就是说，老太太出现这种情况，可能是舌下神经出了问题，并有可能是脑子里出了问题。

确诊脑部是否长了肿瘤，最好的方法就是做核磁共振。但是，做核磁共振的时候，口腔不能有金属物品。一方面金属物品会对核磁共振产生干扰，从而导致检查不准确。另一方面，核磁共振检查时，它所产生的强大的磁场，对金属烤瓷牙周围的牙周组织产生损害，从而影响健康。

老太太口里有一颗烤瓷牙，那是10多年前做的。当时全烤瓷技术还不成熟，都是在钴铬合金或者镍铬合金表面烧结一层烤瓷，以改善美观。

如果老太太要做核磁共振，必须要将口腔里的金属烤瓷牙去除。

“我那个烤瓷牙用了10多年了，一直都很好，什么都可以嚼，我不取。”老太太说。

“阿姨，您最好做一个核磁共振，放心一点。”我劝她。

“我只是吃饭口里没有味儿，怎么可能是脑壳的问题呢？医生说那是胃里的湿热引起的。”老太太说。

“阿姨，正常人伸舌头，舌头位于正中，您舌头伸出来有点偏左，有可能脑部长了瘤子，压迫舌下神经。当然，做核磁共振如果没有肿瘤，那就更好嘛，就可以放心了嘛。”我说。

“我先吃几副中药试试。”老太太说。

“那好吧。如果效果不好还是做一个全面体检。”她实在不愿意做核磁共振，不愿拆除那颗金属烤瓷牙，我也没办法。

一个月后，老太太在家里发生了一件不可思议的事情，唐建迅速联系我，要求取出那颗烤瓷牙，立即做核磁共振检查。

那是中午，老太太做好了饭菜，端上了桌，她自己则盛了一碗米饭，从厨房到饭厅，一边走一边说话。突然，老太太站在那里，一动不动，目光发呆，手里的饭碗掉到了地上。唐建喊她，她也没有反应。大约过了半分钟，老太太醒了过来，像什么事情都没有发生一样。

“我的碗怎么掉到地上了？”老太太不知道刚才发生的事情，问大家。

“您刚才突然没表情，喊也喊不应。”唐建说。

这时候，老太太才终于同意做一个核磁共振检查。

我将她口里的金属烤瓷牙取出，并帮忙联系了达县地区中心医院做核磁共振的医生。核磁共振检查发现，老太太的脑部长了一个3×3毫米的胶质瘤。

由于早期发现，老太太迅速到成都华西附属医院住院，进行了微创内窥镜手术，三天就出院，一周就恢复了健康。

唐建的母亲出院后，我又给她做了一颗全烤瓷牙，之后，老太太口腔不发苦了，舌头“不跑偏”了，吃饭也感觉到香甜了。

为了感谢我的早期发现和提醒，唐建在家里做了一顿丰盛的晚餐，请我和几个朋友大吃大喝了一顿。

“坨子肉”治牙

唐建请我吃过那顿晚餐后，马上委托给我另一个治疗任务——给他父亲看牙。

唐建的父亲，外号叫“坨子肉”。

“坨子肉”是四川重庆一带用五花肉做成的一种样子类似于红烧肉的名菜，是过年过节、婚丧嫁娶必不可少的主菜。特别在川东地区，请客时往往以席桌上坨子肉的大小来评判一个家庭的富裕和好客程度。坨子肉呈正方形，像一个四四方方的“坨子”，有5—7厘米大小，需用2—3两五花肉做成。一个席桌以十人计，每人一块“坨子肉”，一份“坨子肉”至少要两斤多五花肉。

据唐建讲，他父亲当过兵，曾经是达县地区的篮球运动员，经常代表达县地区到其他地区进行比赛。有一次到巴中去比赛，他和其他队友打赌吃“坨子肉”，那一顿，唐建的父亲一个人吃了3碗坨子肉，相当于他一个人一顿吃了四五斤五花肉。从那之后，队友就给他取了一个绰号——“坨子肉”。

后来地区篮球队解散，“坨子肉”分配到一个县的肉联厂担任副厂长，近水楼台，大鱼大肉没少吃。弄得一米七五的个子，体重达到200斤，40多岁就得了高血压和糖尿病。得了病之后，他仍然不忌口，酒儿顿顿喝，烟儿天天抽，肉照常吃。医生开的药也是三天打鱼两天晒网，想起了就吃，没想起就不吃，有时人不舒服了就加倍地吃药。时间一长，高血压和高血糖就降不下来了。

由于高血压控制不佳，“坨子肉”出现肾脏损伤，导致蛋白尿，最后发展为肾功能不全。高血压还导致了他的脑动脉硬化、脑出血、四肢麻木疼痛，有时还出现烧灼刀割样疼痛，之后又出现过缺血性腔隙性脑梗死。持续升高的血糖，损害到大血管，累及冠状动脉，引起冠状动脉粥样硬化性心脏病，长期心绞痛。糖尿病又累及眼底，引起视力下降，看物模糊不清。幸好各种并发症都发现得早，处理很及时，才没有出现更大的后遗症。

由于高血压和糖尿病的危害，“坨子肉”过早地告别了运动生涯。据唐建说，2013年，他父亲一年之中有7个月是在医院里度过。

好在“坨子肉”从疾病的痛苦中认识到健康的重要性，出院之后，坚持服药，坚持锻炼，控制饮食，定期复查，高血压和糖尿病得到了控制，现在他父亲最大的问题，是嘴巴里的问题需要好好地治一治。

到了唐建给他父亲预约的就诊时间，“坨子肉”拄着拐杖，行动缓慢，一个人准时来到了科室。

“黄医生啊，我当兵那阵，俯卧撑能做200个，单杠引体向上能做100个，现在成了病壳壳啦。”一进诊室的门，“坨子肉”就诉苦。

“唐叔叔，这是自然规律啦。随着年事渐高，老人的疾病会越来越多，胆囊会长息肉、肾脏会结石、胃肠会溃疡、心脏会早搏、肛门会得痔疮、眼睛会内障、牙周会发炎。我看您还算不错的啦，至少生活还能自理嘛。”我安慰他。

“吃饭、睡觉、洗澡、上厕所自己还勉强能做，就是嘴巴里这几个‘断桩桩’，把我折腾得不好受，你给我拔了。”我还没有检查，“坨子肉”就先提出了诉求。

“唐叔叔，您看这样好不好？我先给您拍一张片，了解全口的情况，再给您制订治疗计划。”

“要得。我到市医院去拔牙，他们问了几句，就说没法拔，给我开了几盒药就把我打发了。”

“他们主要考虑您身体不好，拔牙容易引发很多并发症，术后造成麻烦。”我帮同行医生圆场。

“拔牙有风险，哪件事没有风险？走到街上楼上还掉瓷砖呢。这些年来，楼上高空抛物砸死人的经常听说，但我从来没有听说拔牙拔死人的。”唐叔叔说。一听这话，我就知道唐建个性倔强，他老汉更是一个犟拐拐。

“拔牙拔不死人，主要是其他疾病引起死亡，怪到拔牙了。唐叔叔，我们还是先照个片看看吧。”

照片很快传到了我的电脑，和其他大多数老年人一样，“坨子肉”口腔里病变也是一大堆。他下颌两边的智齿都已成了残根。左下第一磨牙缺失，第二磨牙残根，根尖呈现弥散性阴影，周围牙龈红肿。左侧上颌后牙因无对合，伸长，导致上颌牙合面右高左低。右下尖牙有一2×2毫米的圆形规则阴影。上颌切牙和双尖牙均有不同程度的龋坏。

从治疗上看，既要拔牙，还要做囊肿手术。既要补牙，还要做根管治疗。镶牙方面，既要做烤瓷牙，还要做活动假牙，如果活动假牙戴不习惯，还得做种植牙。

“唐叔叔，您牙齿的问题很多，您最好把家里的人叫一个来，我好交代。”

“我口里的牙齿，我做主，你说吧，怎么治？”

“唐叔叔，我听唐建说，您有高血压、糖尿病，打麻药、拔牙的风险很大哟。”

“我是有高血压、糖尿糖。但是，我坚持吃药，坚持锻炼，现在已经接近正常了。”

“您还有脑梗，肾功能不全！您还是到中心医院去拔吧。”我知道他的病很重，不敢冒险。

“我到中心医院去过。那天是几个年轻医生上班，他们看了看嘴巴，都说他们不敢拔。啥子鬼医生嘛！”唐叔叔说起那事就来气。

“唐叔叔，中心医院不拔，我更不敢拔呀。”我脱口而出。我说的是心里话，拔这种牙得担多大的风险，哪个当医生的不怕遇到风险？

“那我的牙齿就判了死刑啰？”唐叔叔瞪着一双眼睛看着我。

“嗯……”我真是无言以对。

“县医院不拔，市医院不拔，公立医院不拔，个体医院也不拔，那我们这些老家伙只有等死啰！每个人都要老啊。”

“每个人都要老啊”这句话深深地刺痛了我。

是呀，每个家庭都有老人，每个人都要老的。如果大家都怕担风险，他们的痛苦就无法得到解除，久而久之，通过人际间的传导效应，这种痛苦将会波及到每一个人。

当医生的职责是救死扶伤，必须将患者的生命和健康放在首位，为了解除患者的痛苦，该担的风险还是要担的。医生面对风险不是少做，更不是不做，而是要多学习，多钻研，争取多为病人解除痛苦才对。当然，医生永远不能打无准备之仗，要多掌握各种突发病变的原因、症状，备齐相关的器材和急救的药品，当出现不测情况时，能够从容面对和处理，将风险降低到最小的程度。

“唐叔叔，您这个牙齿我给您治疗，不过要等两三天，我要买一台心电监护仪，还要补充一些急救的药品。”我坚定了要承担风险的信念，便诚实地告诉唐叔叔。

“谢谢小黄！我等！我还要签字保证，假如在治疗过程中，出现任何意外，我承担一切后果，绝不找北平牙科的麻烦，也不准家属找北平牙科的麻烦。”

随后的治疗，在充分的准备下有序地展开。

补牙，根管治疗，做烤瓷修复，每一个步骤都比较顺利，特别是烤瓷牙，可能是我取模比较小心，用硅胶做了咬合记录，加工厂将烤瓷牙做回来之后，我一戴到口腔，唐叔叔就说：“好！很好！就跟自己的牙一样舒服。”

但是，在拔唐叔叔的残根时，还是把我吓了一跳。左侧下颌残根，三度松动，我打了麻药之后，觉得手术简单，便吩咐科室一位年轻医生：“你来给他把这颗残根拔了，再缝合一下，我去给另一个患者做根管治疗。”

意外总是在不经意间发生。这位年轻医生按常规拿起拔牙钳将那个残根轻松地拔了出来，哪知拔了之后大量血液像喷泉一样从牙槽窝涌了出来，他没有经历过这种情况，顿时吓得在安静的科室里发出了刺耳的尖叫：“黄老师，快点！快点！哎哟！不得了啦！”

“什么事？你受伤了？”我正在用扩大针慢慢地给一位患者探找根管，他一叫，把我也吓了一跳。

“黄老师，快来，病人大出血！”年轻医生回答。

我迅速跑过去，一看“坨子肉”满口都是血，便叫他把血吐在痰盂里，哪知吐掉之后，口里又充满了鲜血。我拿了一个纱球，迅速压在拔牙的位置，叫他使劲咬住，鲜血仍然从纱球旁边涌出。纱球压不住，我便用棉花球塞进牙槽窝里，一个不行，塞第二个、第三个，然后用手紧紧地压在棉球上面。隔了一分钟，我感觉出血少了一些，便叫助手拿来一个冰袋压在拔牙位置的面部，随即叫年轻医生用强力吸唾管将口里的血液吸出。慢慢地出血减少了，我的心跳也慢慢地恢复了正常。

既然能压近止血，我排除了血管瘤的可能，初步判定为根部肉芽组织小血管出血。我做好准备工作，将棉球取出，快速塞入吸收性明胶海绵，加压缝合，患者就没有再出血了。

这位年轻医生，才从学校毕业两年，被这突如其来的出血吓得双脚发抖。见我处理完毕，他操作器械都不收拾，就往外跑。

“你往哪儿跑？收器械呵。”我叫住他。

“上厕所。”年轻医生说完就跑了。

“小伙子，我有心脏病都不怕，你怕啥子嘛！我出点血就把你吓得屁滚尿流？”年轻医生回来后，“坨子肉”还幽默地与他开玩笑。

由于“坨子肉”密切配合，清楚每一个操作的术后反应和可能发生的并发症，该吃药时吃药，该输液时输液，半年的时间，就解决了口腔的所有问题。

牙齿安好了，“坨子肉”说话吐词清晰了，吃东西也更方便了，精神也好多了。

“唐叔叔哇，您现在的牙齿与您的同龄人相比，已经算是不错了，以后要注意口腔保健，加强锻炼。”我告诫唐叔叔。

“锻炼和吃药我知道。口腔怎么保健？”唐叔叔问。

“三顿饭后刷牙。有病无病每半年到口腔科来检查一下，顺便洁一次牙。”我笑着给他解释。

果然，从此以后，“坨子肉”每半年都按时到我们诊所来做一次牙周洁治术。

“坨子肉”解决了口腔里的问题，又坚持锻炼和口腔保健，牙好，胃口好，身体好了，整个人显得年轻了20岁。

我的“棒棒”朋友

一天下午，我处理完就诊的所有病人，把牙科治疗椅复位，台面收拾整洁，为第二天早班做好准备，然后换下工作服，准备去参加一个朋友的聚会。

此时，一位急匆匆的病人堵在了诊断室的门口，要求我给他看看牙齿。

“棒棒”来治牙

他40岁左右，衣衫褴褛，满嘴胡渣，不修边幅，头发像枯草一样乱糟糟的，肩上扛着一根竹棒，竹棒上吊着一串绳子。凭他那副打扮，我马上断定他是城里庞大的“棒棒军”中的一员。

“棒棒”，在20世纪90年代的重庆大街小巷非常普遍。他们全都来自农村，因生活所迫不远千里来到城市谋生，由于文化水平较低，又无一技之长，无法胜任较为复杂的工作，只得干些搬运货物的杂活，用体力换取微薄的收入。“棒棒”大多家境贫寒，拖儿带口，一大家子都指望着他们那根“棒棒”的收入。为节省费用，他们晚上就在车站码头或桥洞过夜，哪怕能找个地方投宿，也是挤5元钱一晚的大通铺。

我并非第一次和“棒棒”打交道，过去诊所搬重一些的东西时，就曾多次请过“棒棒”帮忙，但“棒棒”找上门来治牙齿，还是头一次。

电影《沙家浜》里面有一段经典台词不少人都会哼哼：“垒起七星灶，铜壶煮三江，摆开八仙桌，招待十六方。”茶馆是招待十六方的茶客，医院是接待十六方的患者，不管是富人还是穷人，不管是高官，还是“棒棒”，只要进了医院的门，都是我们的“顾客”，我们都得一视同仁，认真检查治疗。

我又重新穿上白大褂，给“棒棒”看病。

“请您把这张表填一下。”按照诊所常规，病人看病前都得先填一下基本资料。助理将资料单递到他的面前请他填写。

“不会，不会。”他连看都不看，便将资料单推回助理面前。

“您只在这里写上你的名字，其他的我问你答，我替你填。”助理指着资料单，耐心地告诉他。

“我没上过学，连自己的名字都不会写。”他尴尬地笑着，头摇得像个拨浪鼓。

“你只记下他叫什么名字就行了，其他的资料不着急，过后再补充吧。”我因急着要去赴约，不愿过多浪费时间，便直接向助理交代。

“我叫yu文才。”他对助理这样说。

“哪个yu？是干钩于还是人禾yu？”助理拿起笔，正准备记下，可又犯了难，问道。

“我也不知道我是哪个yu，你看看身份证就知道了。”他一边说一边从裤子后兜里摸出身份证递给助理。“棒棒”是必须要带上身份证的，那个年代的“棒棒”鱼龙混杂，人员素质也参差不齐，雇主怕“棒棒”损害物品或者携带物品跑路，在雇用“棒棒”时，往往查验身份证，有些特别细心的雇主还要将身份证拍照备查。

“啊，干钩于，好了。”助理记录下了于文才的简单信息，将身份证还给了他。

“于老师，您在这椅子上躺下吧，我给您看看。”我一边对于文才做交代，一边在心里琢磨着：父母煞费苦心给他取了一个“文才”的好名字，却没有送他上一天学，使他名不副实，缺少写自己名字的“文才”，真是一个小小的讽刺。

“你莫叫我老师，我是啥子老师嘛，还是叫我‘于棒棒’安逸些。”

“对不起，那我以后就叫您‘于棒棒’了啊。”叫患者“老师”，是我们诊所的惯例，将患者叫“棒棒”显然欠尊重，但于文才坚持要我叫他“于棒棒”，我只好照他的意思办了。

“对，就叫‘于棒棒’嘛，哦，你也给我铺一张那种布吧。”“于棒棒”在躺上治疗椅前，斜眼一瞅，指了指其他治疗椅上的铺巾，对我提出要求。

“好！好！立即铺。”我原先想着，马上就要下班了，仅仅只是一次普通检查，一次性铺巾就免了吧，谁知道这个“棒棒”还“穷讲究”，非得要我铺上铺巾。行行行，患者至上，既然他提出了这样的要求，我自然没有拒绝的道理，回头便叫助理拿来一张铺巾铺在治疗椅上。

见铺好了铺巾，他才肯躺上牙科椅。

我乃“小人之心”

“您牙齿哪儿不舒服？”

“医生，我每天早上起床都要吐一口血，怀疑肺上有问题，在医院照了片，肺又是好的，医生叫我找口腔医生。最近几天右边牙齿肿胀疼痛，咬都不敢咬，脸也肿起了，我用左边咬，咬两天，又把左边的牙齿咬痛了。”这个“棒棒”说起话来滔滔不绝，三言两语就把病情交代得一清二楚，看来他虽然是个文盲，可常年在社会上摸爬滚打，锻炼出了好口才，语言表达能力并不缺乏。

当他面对我讲话时，一股酸臭味直接扑面而来。纵使我戴着外科手术口罩，也根本阻挡不住他嘴里喷出的那股让人难受的臭味。我头一晕，差点呕吐。

“给他倒杯漱口水！口腔消消毒再检查。”我摆摆手，急忙吩咐助理。

我不好说他口腔臭，这样会伤一个人的自尊，便委婉地采取了漱口的方法，让他用漱口水漱口，可以口腔消毒，还能暂时缓解口腔中的异味。

“您坐起来，将漱口水含在嘴里，含一分钟再吐掉！”助理将漱口液递给他，告诉了使用方法。

“于棒棒”并没有抵触情绪，马上照着做了。

“您张开嘴，让我检查看看。”我打开一次性检查盘，对他说。

口腔科的常规检查是望、触、叩、探。望，就是肉眼检查，看看牙齿表面有无龋坏，有没有缺损，牙龈有没有红肿，黏膜有没有病变；触，就是把手放在患牙的颊面，感受牙齿运动中的异常及旁边牙龈的质感；叩，就是用口腔镊子的尾部敲击正常牙及患牙的咬合面或侧面，询问敲击后患者的主观感受以确定有无根尖部病变或者牙周病变；探，就是用口腔探针对牙齿的点、隙、裂、沟和牙齿邻面进行探查，以确定牙齿有无龋坏、缺损等。通过这4个步骤，对口腔每个牙齿进行检查，就能初步判断病变的部位以及严重程度。

于文才一张口，仅仅肉眼一看，就能看出他口腔里的病变很严重。厚厚的牙结石附着在牙齿的表面。牙龈颜色有的变红，有的变暗，龈乳头圆钝肥大，表面光亮，稍一压迫就有血流出来。有的牙龈沟里面还有脓性分泌物。一口牙齿都有不同程度的松动。这是比较严重的牙周炎了。而且右上颌第一磨牙龋坏，已经成了残冠，颊侧肿胀突出，用探针横向压迫，有明显的波动感。

“您是慢性牙周炎，伴牙周脓肿，为了看清您牙槽骨的损害情况，建议您去照一张颌骨全景X光片。”我告诉他。

为了节约时间，我省略了中间那些烦琐的流程，让助理直接领他去照片室拍片，照片费等处理完成一并解决。

全景片显示他的全口牙都存在不同程度的牙槽骨水平吸收，牙周膜间隙增宽。部分牙槽骨呈垂直吸收，右上第一磨牙根尖牙槽骨有透射影像，边界不清，根分叉骨质吸收。

诊断明确，他是“牙周病伴急性根尖周炎”，急需切开引流。

治疗急性根尖周炎首先是排脓减压。“于棒棒”的右上第一磨牙已经成残冠，没有任何的保留价值，只有等急性炎症消除之后拔除。他颊侧肿胀，有波动感，考虑直接从颊侧切开引流。

“‘于棒棒’，您是急性根尖脓肿，需要切开引流。炎症消了之后还要洁牙和拔牙。”我指着电脑上的片子，向他介绍治疗过程。

“我除了修修补补，下点苦力，啥子都不懂，治牙听你们医生的，该怎么处理就怎么处理吧。”“于棒棒”摆了摆头，回答。

我给他局部注射了麻药，之后用手术刀切开脓肿，白花花的脓液夹着血液顺势而出，脓液流出之后，我又将橡皮引流条放入脓腔中，既达到引流的目的，又能防止切口闭合。切开引流之后，我又给他开了一些药，告诉了服用方法，送了一瓶含漱液，并交代了下一次复诊的时间。

“一共多少钱？”“于棒棒”从治疗椅上站起身，问。

“照片费、治疗费、药费和漱口液，一共150元。”助理回答。

“我身上只有100块钱，剩下的能不能下一次带来？”“于棒棒”似乎有些为难，欲言又止。

“您也可以用手机微信刷哟。”助理说。

“什么微信？我不会用微信嘛。”他从裤兜里掏出手机摆弄着，随即将手机屏幕凑到我的面前，一脸疑惑地说。我定睛一看，原来他用的是那种只具备简单通话功能的老年机，根本没有转账的功能。

“没关系。下次带来就行了。”我并不感到意外，点了点头。一个连自己名字都不会写的“棒棒”，怎么能苛求他使用微信这样的现代电子转账程序呢？

“于棒棒”离开诊断室之前，特地把铺巾收起叠好，挟在腋下，准备带走。我估计铺巾对他可能有特殊用途，况且为了卫生安全，我们的铺巾都是一次性的，不会为了节约成本给病人循环使用，也就没有阻止。

他在离开诊室前，又三步一回头，眯着眼将诊室打量了一番，特别是对天花板和墙壁似乎情有独钟，眼光注视停顿了好一阵。

“这个‘棒棒’爱贪小便宜，这里瞅瞅，那里盯盯，鬼鬼祟祟的，一看就不像什么好人，下次来复诊时一定要提防。”“于棒棒”刚走出门，助手嘀咕起来。我虽然没有说什么，但对助手的观点很是认同，毕竟害人之心不可有，防人之心不可无嘛。诊所过去就曾发生过几次小偷光顾的小事故，有了前车之鉴，我们不得不多留个心眼。

隔了两天，“于棒棒”按预约时间准时来到科室，肩上扛着那根标志性的扁担，手里还提着一个小编织袋，他把扁担和编织袋放在墙角，二话没说，先补交了上次欠的50元治疗费。这让我对他的刻板印象有了改变——他欠账不赖账，倒也算是一条汉子。

在上治疗椅之前，他从小编织袋中拿出上次带走的那块铺巾，仔细地铺在治疗椅上，解释道：“我经常在工地上干活，灰尘大，衣服脏，不铺上这个布会把你们椅子弄脏的。铺上就不会弄脏了。”

听他这么一说，我的脸唰地一下红了。他的这几句话倒是大大出乎我的意料，我原来以为他上次在躺上治疗椅前要求铺上铺巾是“穷讲究”，殊不知他是怕衣服上的灰尘弄脏了治疗椅。我错怪他了，刻板印象害人啊。想到这里，我心生愧疚，不禁对他产生了几分敬意。

“他牙结石多，你不要把洁牙机挡位开大了，慢慢来！挡位开大了，洁了回去，牙齿有点酸。”我向助手交代。其实助手对于这些常识早已经烂熟于心，只不过我提醒一下，他自然又将多生几分专注，少几分疏忽。

助手给“于棒棒”做了全口的龈上洁治和龈下刮治，进行了牙周冲洗和脓腔、牙周袋上药。

治疗结束后，助理不放心，还把“于棒棒”叫到面前，对如何用药进行了仔细交代。

操作结束后，“于棒棒”交了治疗费，却没有立即离开，眼光又朝我身后扫了几眼，目光停留在墙壁上，然后对我说：“黄医生，你这个房间的墙壁上有点渗水，我学过水电安装和灰工，不嫌弃的话，我可以帮忙给你看一下。”

听“于棒棒”这样说，我这脸就不是一般的红了，而是觉得有人在用巴掌“啪啪啪”地扇，火辣辣的生疼！原来他上次临走前在诊断室里左顾右盼，是凭直觉感应到我这诊断室墙角有点渗水，他在仔细观察，而我们却在怀疑他可能是那种顺手牵羊的小人，左顾右盼是在“踩点”！

太让人惭愧啦！社会地位的高低与品德的高尚与否并不能画等号，“于棒棒”今天可算是给我上了一课：社会地位高的人不一定品德高尚，而社会地位不高的人不一定没有高贵的灵魂。我们简直是以小人之心度君子之腹，太高抬我们自己，而贬低于文才这个“棒棒”了啊。

为我们节约一大笔钱

事情不出“于棒棒”所料，诊断室上面有个厕所，可能防水工程的疏忽导致了渗水问题的出现，那面墙靠天花板的部位经常湿润，有的地方还长了一层淡淡的绿毛。为了解决渗水问题，我曾找装修公司的人来看过，他们提出要解决渗水的问题，得把楼上卫生间的便池挖开，重新补漏，时间需要一周左右，经费大约要两万多元，既费金钱，又耗时间，而楼上的住户既不理解，也不配合，导致这件事一拖再拖，搁置了下来，时至今日仍旧没能解决。

“于师傅，您说对了，这里确实有点漏水，我找过装修公司，他们说要把楼上卫生间的便池挖开，重新补漏，我正在跟楼上的住户沟通。”我诚实地回答。

“如果不是楼上的原因，就不用挖上面的便池了。我经常给别人补漏，黄医生，让我上去看看。”“于棒棒”毛遂自荐。

“那就辛苦您喽。”他如果有办法解决渗水的问题当然再好不过，就算他解决不了，多一个人看看，多出一个主意，以后找专业的公司来做，货比三家，也不会吃亏。

“于棒棒”得到我的首肯，一点也不拖沓，立即弯腰从编织袋中取出一个小型探照灯戴在头上，又从旁边拿了一张椅子，将他治疗时用的铺巾铺在上面，站在椅子上，揭开天花板扣板。顿时，天花板上积存的污水和灰尘，落在了他的身上。他不顾污水和灰尘，抖抖身子，接着用小型探照灯在天花板里来回扫射，不放过每一个角落，仔细查找到底是哪里在漏水。

“把你们那餐巾纸扯几张给我。”“于棒棒”在天花板上面看了一阵，按住帽檐，蹲下身子伸手向我要治疗台上的餐巾纸。我将一包餐巾纸递给他。

“有没有干毛巾？”他用餐巾纸在天花板上摸索擦拭了一会，又转头问我。

“有，有。”诊所有的是经过严格消毒的干毛巾。见“于棒棒”干得有模有样，我对他又多了几分信任，忙取了一条毛巾递给他。

“你们这里有没有石膏粉？”他拿着干毛巾在天花板里摸索擦拭了一阵，似乎摸到了门路，一跃从凳子上跳下来又问。

“有石膏粉，我们做假牙灌模型经常用它。”我回答。

“那你给我拿一斤来。”“于棒棒”说。

“于棒棒”用纸把手擦干，又戴上头灯，拿起石膏粉，再次站到凳子上，把头伸进天花板中，将干石膏粉抹在湿润的部位，很快，石膏粉就湿润了，他把湿润的石膏粉去掉，再抹上干的石膏粉。没有漏水的部位，石膏粉湿得慢，经过好几次反复尝试，很快，他就确定渗水就是铸铁管有一个很小的裂纹，当水流经过时，它就往外渗水。

“问题找到了，是那个铸铁管，有一个很小的裂缝，水就是沿着那个小裂缝渗出来的。”于文才下来后说。

“于师傅，谢谢您。铸铁管很脆，补起来麻烦吗？”

“不麻烦，不麻烦。”

“要准备些什么材料？”

“材料你莫管，把渗水的铸铁管换成塑料管就行了，连楼上的坐便器都用不着挖。需要的东西我明天下午带来就是了。”“于棒棒”说得很轻松，连补漏所需材料都包揽了下来，这倒是省去了我不少事。

“估计需要多长时间？”

“估计一个小时就能做好。”“于棒棒”很肯定。

“前次找人来看，他说要2万多块钱，时间更是得要一周，您一个小时就能搞好，这效率太高了吧。”这确实太出乎我的意料。

“行的。行的。您就把心放在肚子里，你看我明天什么时候来收拾比较合适？”

“因为上班时间有患者来看病，最好是诊所下班之后来。”

“要得，明天下午你们下班后我就来帮忙收拾收拾。”

由于天花板长期没有打扫，加上渗水，灰尘和脏水搅杂在一起，弄得他的衣服湿漉漉、脏兮兮，特别是他那脸，更是黑得如同抹了一层炭灰，像个雷公，简直和刚出井的煤矿工人没有两样，嘴一张，只看到他昨天下午洗过的牙齿白得发亮。

“于师傅，辛苦您了。脸弄得这样脏，洗把脸吧。”见他检查得那么认真，我心怀感激，忙不迭地递给他一条新毛巾。

“我哪里是什么师傅嘛，你还是叫我‘于棒棒’嘛，听着安逸些。”他一边说一边在洗脸池洗脸，连“师傅”也不让我叫，仍然坚持要我叫他“于棒棒”。

洗过脸，我要留他吃饭，他留下一句：“我还要到南外去给别人搬运瓷砖，人家还等着呢。”说完，他扛着扁担，提上编织袋，急匆匆走了。

第二天下午快要下班的时候，他果真带了一个钢锯、一段塑料管、生胶带、胶水，头戴塑料安全帽，还扛着一架人字梯，来到诊所。

“下水道臭。于师傅，您戴上吧。”我将提前为他准备好的口罩递上去。

“不戴这东西，戴上它影响出气。”他说。

他推开我的手，不慌不忙，熟练地戴上小型探照灯，取下天花板扣板，把头和手伸进去，先将那生锈的铸铁管用小钢锯锯断，再在塑料管上涂上胶水，准确地套在铸铁管上，然后在上下接口处涂刷防水涂料，抹上防水水泥。等了一会儿，水泥初凝结时，他又用手将水泥表面压实，抹光。又等了一会儿，他来了一句：“补好了！”然后从人字梯上一骨碌翻下来，呲着一口白牙，对我憨厚地笑着。

“于师傅，辛苦您了。”“于棒棒”虽然文化水平不高，但做起事情来认真仔细、有条不紊、不怕脏、不怕累，不禁让我这个知识分子对他刮目相看。

“多少钱？于师傅。”等“于棒棒”洗好脸，把身上收拾整洁，我走上前问。一分劳动一分代价，他既然给我解决了屋顶渗水的老大难问题，我理应付与他相应的报酬。

“不要钱！不要钱！”“于棒棒”一听我要付钱，脸一黑，连连摆手。

“拿着，拿着，您费了这么大的劲，还用了那么多材料，怎么能不要钱呢？”钱他可以不要，但我却不能不给，况且这是人家凭自己劳动应得的。

“这些生胶带和塑料管，有些是废旧的，有些是别处用过后剩下的，我本来没有花钱买。不要钱。”于棒棒再次摆手拒绝。

“于师傅，给您500元钱，您莫嫌少。”见他坚持不收，我结合用料和用工时间，掏出500元钱塞给“于棒棒”。

“不要，不要。”“于棒棒”摆手拒绝，依旧跟个犟驴似的，说什么就是不肯收。

“您是嫌少吧？再加500元，收下吧。”我以为装修公司的技术人员都提出要2万多元，我给500元他觉得我“太狗”（吝啬），就又取了500元，硬塞到他的手里。

“黄医生，你误会了，这不是钱的事，500元已经够多的了，我有时候几天都挣不到500元呢。但你拿再多的钱我都不会要，我已经说了，一码事归一码事，那点材料我又没花钱买，只是下了点力，我本来就是下力的人，这钱我实在不能拿。”“于棒棒”坚决地把我递给他的1000元钱给推了回来。

“您现在既然不要钱，那我以后从治疗费中给您补偿吧。”他让诊所节约了一笔“巨款”，可他又实在不愿意要钱，怎么办？我只能以后让他堤内损失堤外补，尽量在治疗费上给予照顾了。“谢谢您，于师傅。回去后一定要好好刷牙，按时用药，到时来复查啊。”临走，我把他送到诊室门口，千叮咛万嘱咐。

半个月的复诊期到了，“于棒棒”并没有按时来复诊，怎么回事呢？我本着对患者负责的态度给他打电话。

“黄医生啦，经过你们治疗，我牙齿吃东西不痛了，可以嚼了，刷牙也不出血了，估计我这口烂牙治得差不多了，暂时就不来看了。”“于棒棒”在电话里这样说。

“牙周病是一种慢性疾病，它的治疗是一个漫长的过程，临床症状消失，并不代表已经痊愈了。而且您化脓那个残冠，如果不及时拔除，可能会引起心脏和肾脏的疾病。您还是抓紧时间来看看，该上的药还必须得上，该拔的残冠必须尽快拔除。”我在电话中耐心地劝导“于棒棒”。

“要得，要得，我有时间就来。”“于棒棒”在电话中满口答应。可他却一拖再拖，等他再次来到诊所时已经是几个月之后了。

“您把嘴张大点让我看看。”我和“于棒棒”的关系已经十分熟络，也没什么可避讳的，在他躺上治疗椅之前，我还是照旧让助理给他倒了半杯漱口液，叫他漱了口。经检查。“于棒棒”的牙龈红肿确实已经大部分消退，牙周炎症已经得到初步控制，可牙齿上又覆盖了一层软软的牙菌斑，说明他口腔清洁做得依旧不够。

“于师傅，牙周病是三分治疗七分保养，日常洁牙只是保持牙齿健康的一个环节。我叫您每天三餐饭后刷牙，您坚持得如何？”看着他牙齿上新长出的牙菌斑，我皱起了眉头，明知故问。

“我现在每天刷两次，早晨起床之后洗脸、刷牙，晚上睡觉之前洗脸、刷牙，中午在外边干活就没有刷牙。”

“我告诉您三顿饭后刷牙，可您为什么偏偏要饭前刷呢？”

“我们家里的人和亲戚朋友，他们都是早晨起来先刷牙，后吃早饭。我有两次饭后刷牙，他们还笑话我假斯文。”他挠了挠头，不好意思地回答。

“大多数人没有养成三餐饭后刷牙的良好习惯，也不能全怪他们，这与我国的口腔医生只治疗口腔疾病，很少宣传普及口腔保健知识有关。在国外，人一出生就要建立口腔保健的资料，不管有没有牙病，每年都要到定点的口腔医生那里去做一次口腔全面检查，清洗一次牙齿，并指导正确的刷牙方法。三餐饭后刷牙的好习惯你可一定得坚持下去，别怕他们笑话。他们笑话您正是因为他们缺乏口腔医学知识。您知道吗？刷牙是为了清洗牙齿缝里的残留食物，保持口腔卫生。饭后不刷牙，食物残渣残留在牙缝之间，腐烂过程中会产生细菌，浸润腐蚀损伤牙齿。而饭前刷牙，对口腔卫生保健的效果可就远没有饭后刷牙那么明显了。所以，您必须坚持三顿饭后刷牙，即使中午饭后不具备刷牙的条件，最好也要用清水漱漱口，使劲‘咕噜咕噜’，把残留在牙缝间的食物‘咕噜’出来。”我耐心地向他科普口腔卫生保健知识。

“好。好。我知道怎么做了。”

“给您再做一次全口牙齿洁治，再把您上面那个残冠拔除。”在安排助理给他洁洗了牙齿之后，我亲自给他拔除了那颗残冠，并将根尖的肉芽组织进行了刮除。

“于师傅，三个月以后，等拔牙创口长好了，您来做一颗种植牙，牙齿安好了，咀嚼功能恢复了，吃饭也有味了，身体也就好了。”

“今天治疗多少钱？”“于棒棒”从治疗椅上站起来问。

“您上次给我修水管，不要钱，我这次给您拔牙，也算了吧。下次安种植牙，我还会给您优惠的。这次您可得守约，莫忘了三个月来种牙哟。”我拍拍他的肩膀，笑了笑，说道。

拔牙没过几天，“于棒棒”又来到了诊所，不过这次他不是来看牙齿，而是专程来学雷锋给我帮忙的。“我上次来拔牙上厕所时，发现你们厕所里有块瓷砖松动破裂了，今天我干活的地点离你们这里很近，就顺手带了一块瓷砖，提了点水泥砂浆，顺路来把那块烂瓷砖给换了。”他一边嘟囔着，一边快步走进厕所，三下五除二，没用上10分钟，就让那块松动破损的瓷砖旧貌换了新颜。

仔细一看，换上的瓷砖和过去的瓷砖颜色图案很相仿，如果不细看，基本分不清楚哪一块是新换的。

“您从哪里找来这么一块瓷砖，颜色、大小恰到好处。您是从哪家瓷砖门市专门挑选的吗？”我好奇地问。

“不是，不是。我屋子里瓷砖多的是。有些人家搞装潢，结束后找我去打扫清洁，我就把他们废弃的瓷砖、木工板、水管、电线等收集起来，有需要修补的人家，恰好就差那么一点原料，购买很不方便，我在征得老板同意后挑选合适的材料用上，让老板少花钱，少跑路，既省时又省钱。”

“那还真是，配一两块瓷砖真费事，有时为了找到相似颜色和图案的一块瓷砖，跑一两天都不一定买得着。”我点点头，深有体会地说。

“我屋子里的瓷砖很多，有时配起来就方便多了。给老板节约成本，给我带来生意，这可是双赢的买卖，所以我的客源也比同行多不少，一天忙到黑，闲不下来，哈哈。”

“哈哈，您这也是给别人做好事呀。”我给他点赞。

“哈哈。每天有活路做，我就满足了。”

听“于棒棒”这么说，我对他更是产生了由衷的敬佩。身为一个文盲“棒棒”，没有天天钻进钱眼里，处处为别人着想，很不简单。

好人终有好报

很快到了三个月，我准备让助手给“于棒棒”打电话，要他挤时间来修复牙齿。

奇怪的是“于棒棒”没有来，却来了一个20多岁的小伙子。

“黄叔叔，您好，请问，装一颗最好的ITI种植牙，你们医院要多少钱？”他走进诊断室，很有礼貌地向我提问。

“全疗程加牙冠修复要1万。”一听他能准确地说出“ITI种植牙”这个很有点专业性的名词，我就知道他起码已对种植牙的业内情况进行过调查，我不敢马虎，实事求是地回答。

“你们的报价很合理。我在成都上班，成都的价格可比你们贵不少。”他听完后，二话不说，马上拿出1万元准备交。

“还没有检查能不能做呢，您莫急着交钱嘛。”我说。

“拔了三个月，可以种了。”他说。

“是您做呢还是给别人做？”

“我不做，给我的老汉（“父亲”在地方上的称呼）做。我老汉一辈子辛辛苦苦，不到五十岁就未老先衰，牙齿的毛病多，还拔了一颗，我特地在网上查了一下最好的修复方法，并咨询了相关的医生，希望给我老汉做一颗好一点的牙齿。”年轻人一脸诚恳地说。

“您真是个大孝子。我们一定给您父亲把牙齿种好。”这位小伙子的孝心很感染人啊。现在的年轻人，不少都自私自利，只考虑自己的利益得失，而忽视了父母的需要，心安理得当啃老族，能像他这样真心实意为“老汉”着想的还真不多见。

“医生，我老汉对我们两个儿女很大方，对他自己却抠得很，总舍不得在自己身上花钱，所以，你们给我父亲报价，说这颗种植牙只需要3000元。”

“您父亲叫什么名字？”

“叫于文才。”

“于文才？您父亲是干什么工作的？”一听“于文才”三字，我心里禁不住一咯噔，难道他老汉就是那个“于棒棒”？我马上问。

“黄叔叔，我老汉说他认识你，他的牙就是你们这里拔的，他说你这个人很好。”

“啊，您老汉就是于师傅哇。”真是无巧不成书，他的父亲正是“于棒棒”，我惊得目瞪口呆。

“对，对。就是他老人家。”

“您的父亲跟我已经是老朋友了，给我们诊所做了不少修修补补的事，给他钱他又不要，这样吧，他做种植牙我只收成本价，所有手术费免收，您只给8000元就行了。”

“那谢谢黄叔叔了。”

“小伙子，有个事情我一直没弄明白。您父亲人很聪明，名字也取得很有文采，可就是有一点可惜得很，为什么他就没有上过一天学呢？”我主动降了2000元的种植费，还给他讲起了与“于棒棒”带有传奇色彩的交往过程，同时提出了一个心里埋藏很久的疑问。

“黄叔叔，既然您问到这个问题，那我也不怕家丑外扬了。于文才不是我的生父，而是我的继父。他出生在万源县一个叫皮窝的地方。”

“万源县的皮窝？那个地方我知道。那里之所以叫‘皮窝’，是因为解放前那一带特别穷，居民住的房子屋顶盖的不是瓦，是树皮，所以叫了那么个怪怪的名字。”

“对。我老汉5岁时，父亲母亲因病一年中相继去世，他是他二爸二妈拉扯大的。他二爸二妈家子女多，大都没有上学，顺理成章也就没有供我老汉上学。”

“经济落后必然导致文化落后，那时大山里的孩子上学很困难。”我叹了一口气，感慨道。

“老汉7岁的时候就下地种洋芋，9岁就帮人上山砍柴，以换取一碗饱饭——不是大米饭，是洋芋（土豆）或苞谷饭。”

“我老家也是南江的大山里，大山上的人主要食物就是洋芋和苞谷。大米、白面只有过年过节，或者来客才吃得上。”

“我老汉15岁那年，来到达州当‘棒棒’，在一些工地上干杂活。由于他人很勤快，对人又真诚，很多师傅都愿意教他。他先后当过石匠、木匠、泥瓦匠、水电工，成了万金油，粗活细活都能干。我亲爹去世那年，我才6岁，妹妹才4岁，家里全靠母亲，生活没有着落，我老汉那时30来岁，经人介绍，和妈妈成了家，上门给我和妹妹当了后爹。我老汉这个人心地特别仁慈，宽厚善良，把我和妹妹看得最金贵。他自己吃了没读书的亏，自己省吃俭用，也要为我们提供良好的教育环境，自己是大字不识一个的文盲，却把我和妹妹都培养成了大学生，现在我和妹妹都在成都找到了工作。我们也时刻没忘记他老人家对我们的恩德，经常给他买点好吃的、好穿的。因为我老汉经常在外面干粗活，怕弄脏了好衣服，经常穿得很褴褛，而我和妹妹给他买的新衣服，却塞满了衣柜。我老汉这辈子真是太亏了啊。”年轻小伙子眼含热泪，说得很动情。

“您老汉这辈子有个家，有能挣钱糊口的手艺，还有你们这样一对孝顺的儿女，他亏什么？老天不亏厚道人嘛。您老汉不亏！不亏！”我听小伙子对“于棒棒”一口一个“我老汉”“我老汉”地叫，十分动容，感到他们父子间的关系很温馨，很真诚，关系融洽得比起很多亲生父子都不差。

这一次他儿子知道他拔了一颗牙，不放心，还特地在网上查了一下最好的修复方法，咨询了相关的医生，并主动悄悄地来将种植牙的费用交了。不为别的，就是希望他父亲把牙齿做好，吃东西方便，身体健康。

我心里怀着一种真诚的感动，打电话叫“于棒棒”过来，给他做了种植牙手术。

种植体植入骨中三个半月之后，照片显示与牙槽骨结合紧密，我便给他做了牙冠修复，并交代了种植牙的注意事项。希望他能按时复诊，以便我们为他进行相关的维护。

时间过得真快，不久前，我们诊所扩大规模，将隔壁200多平方米的房子买了过来，并打算将诊所一楼一起装修。

为了让诊所档次提高，我特地找设计公司的人来看了看，希望装修出来能显得高端大气。设计公司的人看过后，报价每平方米的设计费80元，看在我们是熟人介绍的份儿上，可以给我们优惠价，每平方米收60元。

我们诊所需要装修的面积有600多平方米，这样算下来光设计费就要花3万多元，是一笔不小的开支。

“黄医生，要什么设计公司嘛，自己设计就行啰！何必要花那3万多元的设计费嘛。”“于棒棒”在给我们诊所清理室内杂物时，听到装修设计人员正在那里给我报价，也不顾及设计师的颜面，扯着大嗓门嚷道。

“你一个‘棒棒’，啥子叫设计你都不懂，张着个嘴巴乱说。”设计师见有人夺他的生意，气不打一处来，马上就把枪口对准了“于棒棒”。

“我是不懂设计，但是我晓得，难者不会，会者不难。”“于棒棒”不甘示弱，梗着个脖子回复。

“我设计这么一套装修图纸，以及3D设计效果图，白天晚上加班加点地干，都要弄一个星期，收这点设计费是最少的，不是熟人介绍，少了5万我都不干。”设计师不服气。

“你说这些我不懂，但是我晓得。你们那些地板、墙壁、天花板，都是照抄别人的。”“于棒棒”不依不饶。

“你一个‘棒棒’，啥也不懂，张着个嘴巴乱说。”“于棒棒”句句切中要害，设计师被说得哑口无言，恼羞成怒。

“我不是乱说，你们那些图案哪一幅不是从网上下载的？或者到别人装修得好的地方照下来的？难道是你画的吗？”于文才直戳设计师的痛处。

“我会抄别人的，你会不会哟？”设计师反问道。

“你会的，我不会，我会的，你也不会。”“于棒棒”反击。

设计师见说不过“于棒棒”，猛地一甩手，扭头走出了诊所大门。

设计师走后，“于棒棒”给我出起了主意。

那几天，我随着“于棒棒”跑西外，到南外，进河市坝，走南闯北，足迹踏遍整个达州城区，把他认为装修得最有特色的房子看了个遍，拍了上百幅照片，然后将自认为装得最好的几家给装修工人作参考。

为了保证建材质量，“于棒棒”又当起了采购员，带我们单位派出的监理人员到建材市场，东挑西选，货比三家，力求性价比达到最高。在施工过程中，他又摇身一变，成了监工员，跑上跑下，指点这里做得不对，那里质量又不达标，得返工重做。在他的倾力相助下，短短两个月，装修任务圆满完成。不少人见了新装修的诊所，都啧啧称赞，说诊所装修风格独树一帜，奢华却不庸俗，雅致不失高贵。有人问我是找谁设计的，我骄傲地指了指自己的鼻子，再补上一句：“还有‘于棒棒’。”

后来结算，装修只花了30万元，比原先的预算低了20万元。

当然，“于棒棒”为我装修房子跑上跑下忙了那么多天，出了那么多力，我也不会让他白给我当那么久的材料采购员和质量监督员，该给的报酬必须得给。除劳务费外，我给他加了5000元钱，他开始不要，我还是坚决地给了他。

友情就像那陈年老酒，经过岁月的发酵才愈发让人回味，我和“于棒棒”成了真正要好的朋友。他有时候为别人做事，路过我的诊室，也会主动到科室来看一看，哪里有点漏水，哪里的乳胶漆掉了一块，哪里的抽屉推拉不顺畅，他都会拿些材料，主动进行修复。甚至科室的植物和花卉需要修剪了，他都会拿个剪刀，主动进行修剪，干这些杂活，比我们内部的职工还积极，还专业，还精心。

“于棒棒”和“秦丝妹”

“于棒棒”的牙病治好了，早上起来也不吐血了，精神也好了，人似乎变了一个模样，走起路来腰杆挺得直直的。

有一天，“于棒棒”来洁牙时，还把老婆也带到了科室。

“黄医生，‘于棒棒’经常在家中称赞你，说你人很随和，还叫我来看看牙齿。”“于棒棒”的老婆很热情，一见面就和我唠起了家常。

我早就听说过“于棒棒”和他老婆的一些故事，但第一次见到他老婆，依旧让人眼睛一亮。她中等身材，健康匀称，五官端正，一头乌黑秀发，岁月似乎没能在她身上留下明显的痕迹，特别是那一口牙齿，排列整齐，洁白如银，虽是50来岁的人了，仍然风韵犹存。和“于棒棒”比，说句欠宽厚的话——那可真是鲜花插在牛屎堆上了。

他老婆姓秦，原是地区丝绸厂的缫丝工，俗称“丝妹”。丝厂挑“丝妹”条件很苛刻，一是手指要纤细，粗手笨脚的姑娘拿捏不了比头发还细的丝；二是视力要好，视力欠佳就看不清丝在机台上的变化情况，不能及时采取止损措施，保证不了缫丝率；三是更重要的，“丝妹”的牙齿必须整齐，因为牙齿不整齐就咬不住丝，无法将断丝瞬间接上。哪个姑娘要是能进丝厂当上“丝妹”，即使算不上大美女，颜值也绝不会低到哪儿去。所以，丝厂红火那些年，“丝妹”都是香饽饽，从来不愁嫁。

“秦丝妹”的第一任老公是工厂的技术员，结婚7年，生了一儿一女，生活本来幸福美满，可天有不测风云，人有旦夕祸福，她老公突然得暴病身亡，“秦丝妹”成了寡妇。厂里的姐妹见她一人拖着两个小孩实在困难，多次做媒都没成功。有好心人知道“于棒棒”吃苦耐劳，就做了月老，为他和“秦丝妹”牵线搭桥，没想到一谈就成功。就这样，两个苦命的人组建起一个新家。后来丝厂破产，工人下岗，“秦丝妹”下岗时原本想出去找工作，可“于棒棒”要她把两个娃儿带好，说自己能养活这个家，让老婆当起了“全职太太”。家庭的重担落在“于棒棒”一个人身上，那根随着“于棒棒”走南闯北的扁担，果真挑起了一个家，挑大了两个很有出息的孩子，夫妻虽是半路结缘，但“妇唱夫随”，琴瑟调和，家里搞得红红火火。

“您牙齿很好嘛！哪里不舒服？”

“年轻的时候牙齿确实很好。现在老了，也和‘于棒棒’以前那样，早上起来牙齿出血，吃东西塞牙了。”

塞牙说明牙龈萎缩了。牙龈萎缩、牙缝变大的主要原因是患了牙周炎。根据《第四次全国口腔健康流行病学调查报告》显示：我国成年人的牙周健康很不容乐观，35—44岁人群的牙龈出血检出率为87.4%，55—64岁人群的牙龈出血检出率为88.4%，65—74岁人群的牙龈出血检出率为82.6%。35—44岁人群牙结石检出率为96.7%，55—64岁人群检出率为96.4%，65—74岁人群检出率为90.3%。牙龈出血和牙结石的检出率越高，说明这些人群的牙周病越严重。牙周炎对口腔的损害犹如“水土流失”，它会使得牙支持组织长期处在炎症环境中而慢慢萎缩。

我检查了“秦丝妹”的牙齿，排列整齐，无拥挤，无倾倒。但是，由于从来没有进行过牙齿保健和清洁，龈上牙结石附着在牙齿的舌面、颊面和邻接面，导致牙龈红肿出血，有的部位牙龈萎缩，导致食物嵌塞。这是典型的慢性牙周炎，早期治疗牙周组织还能恢复正常，治疗晚了，牙齿就会松动、移位、脱落。

“您这口腔没有大问题，就是牙结石导致牙周病，牙龈红肿，口臭。通过清洁上药，再吃点消炎的药，就好了。”我给“秦丝妹”解释。

“能够治好我就高兴了。‘于棒棒’现在还嫌弃我，说我口里的味道难闻。哼！假眉日眼的（装模作样之意），中午吃了饭还要刷个牙。我说他，‘不懂中文，不懂英文，只懂假斯文’。哈哈。”说着说着，“秦丝妹”忍不住扑哧一笑。

“于师傅做得很好。就是要三顿饭后刷牙，每半年来清洗一次牙齿，这样就能有效地预防牙周病。这一点您应该向于师傅学习，如果您也这样坚持下来，我保证您这牙齿到80岁都不会出问题。”我给她打包票。

“那好，我也向‘于棒棒’学习，也喊我们全家人向‘于棒棒’学习！”“秦丝妹”笑着说。

“那你不得说我假斯文了嘛。”“于棒棒”微笑着附和。

“秦丝妹”经过系统的牙周治疗，牙齿不出血了，更健康，更靓丽了。她和“于棒棒”每半年都一起来科室做一次牙周治疗。我相信，他们即使得牙病，也能及早发现治疗，他们就算活到90岁，大部分牙齿还能发挥咀嚼功能！

作为“于棒棒”最真诚的朋友，一个牙科医生，不就是希望他两口子有一口好牙嘛。牙好胃口好，胃口好是身体好的基础。

为了天佑远离龋齿

这天，是达州的“元九登高节”。不需要组织，不需要号召，达州全城的民众都要去登城北的凤凰山、城南的翠屏山。商店、餐馆、银行、学校、办公室全部关门，数十万人倾巢出动，登高望远，风雨无阻。医院属于特殊行业，元九登高那天，大多数人都去登高，但得留人值班。考虑到诊所其他人员平时很辛苦，登高节这天全城放假，难得有个全家人一起去郊游的好机会，头一天，我就做了这样的安排：“明天其他人员都去登高，由我留在诊所值班。”

爱刨根问底的孩子

清晨，我刚起床洗脸，手机铃声突然响起。

“你是黄医生吗？”手机里传来一个陌生女人的声音。

“我是黄北平。您是哪一位？”

“我是大竹的赵玉萍。一个朋友推荐的您。请问你们诊所今天开门吗？”

“要开门。您有什么事？”

“我娃儿牙齿痛得不行，准备今天带他到你们诊所看一看。”

“来吧。今天我值班。”

“你值班？哎呀，我们就想找你，真是运气太好了。那我们马上就来。”那个叫赵玉萍的女人在电话里表现得很兴奋。

吃过早饭我刚将诊所的门打开，赵玉萍就领着娃儿来了。小孩10岁左右，长得瘦弱，右手捂着面颊部，表情很痛苦。

“小朋友怎么啦？”我微笑着问赵玉萍。

“他牙齿长虫了，痛了好几天了，脸巴儿（小孩的脸）都肿起了。”赵玉萍回答。

“小朋友长虫牙，肯定爱吃零食嘛，让我看看。”我让小朋友躺在治疗椅上，打开一次性检查盘，用口镜拉开口角，发现小朋友的乳牙几乎全部成了残根，黑黑的，残留在牙槽嵴顶上，表面牙龈红肿充血。

四颗六龄牙，右下第一磨牙烂到了牙髓及根尖，叩诊有明显的疼痛。必须做根管治疗。其余的三颗，龋坏也烂到牙本质层，出现了米粒大的龋洞，没有侵犯到牙髓腔的神经血管，可以去龋消毒之后，进行充填。

这个小孩除了龋病严重，还有口呼吸习惯。

“小朋友，你叫什么名字呀？”我轻声问。

“我叫任新宇。”

“你几岁了？”

“10岁了。”

“10岁啦，你才10岁这牙齿就被虫虫咬得这么厉害，以后可得注意保护啦，要不到了三四十岁，你这一口牙齿都将被虫虫吃完啦。”

“叔叔，我口里的虫牙这么多，但是我没有看到虫虫啊。”任新宇一脸稚气地问。

“虫牙，并不是牙齿被虫吃掉了。平时大家所说的牙齿的虫虫，其实指的是存留在口腔内的微小细菌。这种细菌个头很小，要用放大镜放大1000多倍才能看到。如果经常吃糖，刷牙不认真，口腔内的这些细菌，专门吃牙面的糖，产生酸性物质和毒素，破坏牙体硬组织而形成龋齿。这就是人们常说的虫牙。”诊断室里只有任新宇一位小患者，我就慢慢向他解释。接着，我继续向母子二人解释：“儿童发生龋病而又没有及时治疗，会引起牙髓炎，以后逐渐发展成根尖周炎、根周脓肿等，严重时还会导致颌骨骨髓炎、颜面组织的蜂窝组织炎。当身体抵抗力降低时，还可以引起全身其他组织的疾病，如眼病、亚急性细菌性心内膜炎、肾炎等等。这些由牙病而引起的其他部位的疾病，医学上称为病灶感染性疾病，而感染发炎的牙齿则称为病灶牙。小朋友，你口里这么多虫牙，很危险啊 。”

“黄医生，新宇的虫牙都要换嘛？”赵玉萍听我解释了龋齿的危害，提出了这样一个问题。

“赵老师，你知不知道任新宇小朋友现在痛的是六龄牙？那是一辈子都不会换的恒牙？”

“啊？不会换了？我以为新牙齿要从前往后全部替换呢。”赵玉萍听着直摇头。

“六龄牙就是小孩6—7岁的时候，在乳牙列最后面长出来的第一磨牙。六龄牙在全口中咀嚼面积最大，承担着更多的咬合力和咀嚼功能，是牙弓的主要支柱。任新宇小朋友这个牙齿才长出来三年多，就烂成这个样子，太可惜了。”我惋惜地说。

“我原先一直以为小孩儿才10岁，这些牙齿要换的，现在可怎么办？”赵玉萍听我这么说，直皱眉头。

“叔叔，我这个牙齿痛了四五天，太难受了，给我拔了吧。”任新宇提出要求。

“这个牙齿是恒牙，拔了就不可再生了，会对你的口腔健康有很大的影响。”我坚决地摇摇头。

“哎呀，都怪他奶奶，经常惯着他，给他糖吃。”赵玉萍埋怨婆婆。

在交谈中得知，任新宇家住大竹县，父亲与人联合开了一个厂子，母亲在小学教书。由于上三代都是单传，他一生下来就得到几个家庭的特别关爱。因为零食吃得太多，全口牙齿烂得差不多了。对烂到牙髓及根尖的六龄牙，该做根管治疗的必须做根管治疗，对没有侵犯到牙髓腔的六龄牙，能够保牙髓的尽量保留活的牙髓。

“赵老师，新宇这个牙齿现在是急性根尖周炎，要把它保下来，要在他那龋坏的牙齿上钻一个小孔，把根管疏通，让根尖部的脓液流出来。急性炎症消退之后，再封消炎的药，最后把它补起来。经过这样的治疗，新宇的牙齿就可以正常使用了。”我拿出治疗方案征求任新宇妈妈的意见。

“黄医生，新宇的牙该怎么治你就怎么治。你是这方面的专家，我们从大竹赶来，就是因为相信你。”赵玉萍回答得很干脆。

“新宇呀，我要给你打点麻药，打麻药进针的时候有一点点痛，你要忍着点。”我告诉任新宇。

“那点痛，我不怕。”任新宇说着竟将嘴巴张得大大的。

任新宇不但很听话，也很坚强，打麻药的时候，尽管眉头皱了好几次，可仍然没有哼一声。

“黄叔叔，怎么正月初九这天，只有达州才登高？我们大竹就不登高呢？”任新宇是一个求知欲很强的孩子，知道达州今天全城关门过登高节，但不知道达城登高节的来头，他曾问过他的父母，父母也没有给他解释清楚，此时打了麻药，牙齿暂时不痛了，虽然嘴巴有些麻木，说话口齿并不清楚，还是禁不住对达州的元九登高刨根问底起来。

“这话说起来有点长，这涉及唐代的大诗人元稹。他与好朋友白居易常相唱和，世称‘元白’。据史书记载，815年，元稹谪贬通州，就是在今天的达州任司马，司马是刺史的佐官。元稹励精图治，兴修水利，鼓励农桑，政绩斐然，为百姓干了不少好事。就是在通州任上，元稹写下了感怀世事变迁的《连昌宫词》，受到文坛推崇。818年正月，元稹调到河南去当官，正月初九这天，元稹离别达州，全城老幼倾城相送。元稹乘船顺州河而下，百姓顺山而上，登上翠屏山、凤凰山山顶，向元稹挥手告别。元稹兄弟姊妹中排行第九，称元九；正月古称元月，初九又是元稹离开通州的日子，故通州人将这天合称‘元九’。从此以后，每年正月初九，达城民众扶老携幼登山，以示对元稹的怀念。‘元九登高’成为达州人的一大习俗，从唐朝延续到了现在。所以，平时熙熙攘攘的达城今天却很少看到人，他们都登山去了。”面对这个求知欲很强的孩子，我时间又很充裕的情况下，他问什么，我都尽我所知给他解释。作为医生，我也想通过这种交流，转移他的注意力，减少他对手术的恐惧。

我与任新宇边讲故事边做治疗。根管治疗要打开牙髓腔、拔除感染发炎的牙髓、根管疏通扩锉、根管消毒、根管充填，以及永久充填。我将他那颗疼痛的牙齿钻开之后，用拔髓针拔除发炎的根髓，把狭窄的根管疏通，根尖的脓液就顺着根管流了出来。压力减小，新宇的疼痛也就缓解了。

退新宇一半医疗费

“黄叔叔的水平真高，您给我做了手术后，不痛了。”任新宇从治疗椅上站起来，兴奋地说。

“新宇呀，这才是第一次治疗。要把你这牙齿彻底治好，还要换几次药。从现在起，要早晚刷牙，三餐饭后漱口，中途不吃零食，不喝碳酸饮料。过一周来复查和上药。”我向小朋友交代注意事项。

新宇很喜欢学习，发现书架上有几本我和作家刘秀品合作撰写的《第二父母》，他便拿出一本翻阅。

“黄叔叔，这本书是您写的吗？太厉害了。”新宇翻开封面，看到我的照片和简介，吃惊地问。

“这是我和作家刘叔叔一起写的。”我回答。

“我最喜欢看书了。黄叔叔，我能不能买一本？”新宇说。

“如果你喜欢，我就送你一本吧。这本书虽然当当网有售，但在我这里，都是送给喜欢看书的人。”我告诉新宇。

“谢谢黄叔叔。谢谢黄叔叔。您能不能给我签个名字呢？”任新宇接过书后很激动，要求我给他在书上签名。

“当然可以。”我按照任新宇的要求，在扉页上写了“祝新宇小朋友好好学习，天天向上”这句话，郑重地签上了我的名字。

“这本书由新星出版社出版，是专门讲老师是怎么像父母那样关爱学生，学生是怎样接受老师教育，师生间有良好的互动，比较适合中小学生阅读，你如果有兴趣，回去后可以翻翻。”我边送任新宇和赵玉萍出诊所边推荐。

刚刚过了一个星期，任新宇仍然由妈妈带着来复诊、换药，口腔里的肿胀已完全消退，自诉牙齿也不疼痛，舒服多了。由于牙齿不痛，新宇的话更多了，好奇心也表现得更加强烈，我拿出每一个器械，他都要问它的名字、用途，我都耐心地向他介绍。

“黄叔叔，您是从华西医科大学口腔系毕业，学口腔是不是很难？”任新宇不禁问起我这样一个问题。

“你是怎么知道我是华西医科大学口腔系毕业的？”我有点奇怪。我从来没有给他说过我是从哪个学校毕业的啊。

“《第二父母》那本书里写的啊。我不但知道黄叔叔是从华西医科大学口腔系毕业的，还记住了书中的好多故事呢。书里有一节‘看大飞机’，我们班也有这么一次。那天老师正在讲课，我们就听到飞机在天上嗡嗡嗡地‘叫’。有一个靠窗的同学看到一架飞机飞得很矮（低），显得很大，就喊了一声‘看大飞机’，同学们都冲出了教室，老师也跟着跑了出来。”说到这里任新宇话题一转，问：“黄叔叔，你们小学教语文的杨老师把‘脚’拼成‘鸡咬脚’，你们那个杨老师是不是体育老师哦？”

“不是的，我们那个杨老师是从私塾出来的，那时也没有拼音，他没有学过汉语拼音，只参加了一周的汉语拼音短期培训就教我们，所以教得很不标准。”我告诉他。

“黄叔叔，我们的语文就是体育老师教的。”他笑着对我说。

“不可能吧？”我表示怀疑。因为现在的师资力量已经配得很强，特别是语文、数学老师，连最基层学校的老师都得经过师范院校的正规教育，拼音是应该学得很好的。

“真的。他是我们的班主任老师，语文教得好，乒乓球、篮球也打得好，每天下午还陪着我们跑步，教我们打球，我们都很喜欢他。”任新宇解释。

“你这么说我就相信了，你的班主任老师是个全才。我读小学的时候也有这么一个王老师，他语文教得好，乒乓球也打得好。”我回答。

“黄叔叔，我有一个要求，您能不能满足我？”他又说。

“有什么要求你都可以提出来，能满足的我尽量满足。”

“黄叔叔，您送给我的《第二父母》，班上好几个同学看了都说好，您能不能便宜点卖给我几本，也签上您的名字，我回去后送给最要好的几个同学。”他笑眯眯地提出。

“没问题，你要几本我就签上名送你几本就是了，不要钱。因为我们写这些书本来就是准备送人的。”我告诉他，即取来6本《第二父母》，签上名送给了他。“新宇呀，你现在最重要的任务是把牙齿治好。我上次已给你说了，要早晚刷牙，每次刷三分钟，三餐饭后漱口，不吃零食，不喝碳酸饮料。3个月后，你还要来复诊，复诊后再根据治疗的效果决定下一步的治疗。牙齿好了，咀嚼效率高了，身体的营养跟上了，学习效率会更高。”

“好的，黄叔叔，那我就坚持从刷牙开始，坚持不吃零食，早日把牙齿治好。”任新宇抱着几本《第二父母》高高兴兴地走了。

他走时的那个笑模样，给我的印象极深。

过了3个月，任新宇复诊的时间到了，我叫负责回访的护士小刘给他打电话，他的电话关机，打他妈妈的电话也关机。

任新宇的电话关机很正常，现在很多小朋友成天玩手机，要么在手机上看短视频，要么在手机上打游戏，家长担心孩子玩手机上瘾，影响学习，影响健康，手机被没收。

任新宇母亲的手机也关机，这也没什么奇怪。有可能是没电了，也可能是正逢假期，他们全家人出国旅游去了。国外有的地方没信号，有的地方有信号，国际漫游费又太贵，接一次电话要不少钱，没有要紧的事情，干脆把手机关了。

我告诉护士小刘，关了机就暂时别打了，等几天再说，他们有空的时候自然会来的。

又过了一个月，任新宇还是没有来复诊，小刘打他和赵玉萍的电话还是处于关机状态。这就有点违背一般患者求医的常规了——哪个患者不希望自己的牙病早日治愈？哪一个患者的父母不希望早日看到自己孩子的牙齿洁白如玉？都怕错过了治疗期耽误治疗啊，为什么任新宇和他的妈妈例外？他们是不是遇到了什么不测？一种不祥的预感涌上了我的心头。

“您是任新宇的妈妈吗？我是北平牙科的黄医生。”又过了几天，我翻阅资料，看到任新宇的病历，心里便挂念起来，我直接给赵玉萍打，这一次，打通了。

“你好，黄医生。”赵玉萍的声音很低沉。

“新宇早该来复诊了，为什么没来呢？”我问。

“新宇不能来复诊啦，他……走了。”赵玉萍声音已带哭腔。

“啊！他走了？怎么回事？”我惊愕得张大了嘴巴。要知道，“走了”这个词，在川东北一带可是代表“死了”，是不能随便用的。

“骑自行车的时候，摔下来，头部受伤。”赵玉萍在电话中开始啜泣。

“赵老师，任新宇是一个很听话很可爱的孩子，我们都很喜欢他。但事情不幸已经出了，你们再难过也于事无补了。赵老师，新宇的牙齿只治疗了一半，这样，我退一半的治疗费给您，以表达我的心意。您以后来达州，我就退给你们。”虽然打电话之前我也预感到任新宇可能出了事，但没想到会出这样大的事，当在电话里真正听到他“走了”的消息时，我还是震惊得目瞪口呆，痛惜得说话都有点语无伦次了。

“谢谢你，黄医生。那点治疗费就算了吧，我不要了。”赵玉萍连“再见”都没说，就挂断了电话。

赵玉萍此时的心情我能理解，当人的精神受到重创，情绪降落到冰点时，是连一句话都不愿说的。而那点治疗费也没有多少，她说“算了吧”，那就算了吧。

活泼可爱的任新宇突然走了，赵玉萍说他是从自行车上摔下来头部受伤“走的”，语焉不详，我对这件事心里一直有个梗。

恰巧，大竹县与任新宇一个学校一个年级的一位牙列拥挤患者，慕名找我诊治。因为任新宇在学校成绩很出众，他的不幸又是一个大新闻，全校学生都知道。我从那位小患者处打听到，任新宇确实走得太悲惨。

任新宇不但学习特别好，还喜欢运动，乒乓球、篮球、足球样样喜欢。见有的同学骑越野自行车，他也喜欢上了，上个学期他向家长提出要求，如果能考到全年级第一名，就给他买一辆攀爬自行车。这个要求并不过分，全年级10个班，要考到第一名太不容易，他的爸爸妈妈高高兴兴地答应了。结果他真的考了全年级第一名。他的爸爸妈妈兑现承诺，就给他买了一辆比较高档的攀爬自行车。假期的时候他就和同学一起出去玩儿，结果在一个很高的石坎上，出现意外，头先着地，脑干损伤，抢救都没来得及。任新宇的爸爸妈妈差点悔断肠子——给儿子奖励个什么东西不行，为什么要给他奖励那辆攀爬自行车？

得知了任新宇不幸的真相，我心中泛起丝丝酸楚，哀痛阵阵。下班后，我把任新宇的病历调了出来，为了以后不再想到他，引起忧伤，我决定将他的信息资料从电脑里删除。但当我将鼠标箭头移到删除位置，准备按动时，脑海里又浮现出他那纯真的笑容，真是不忍按下删除键。但为了避免过年过节发祝福短信时发到这个号码，在他的家人心里的伤口上撒盐，我点开编辑栏，在他的手机号码后面添加了一个9字。

任新宇永远离开了我们，他妈妈说，治疗费也不退了，本以为与他这家人的交往结束了，谁知这才仅仅是开始，更有意思的故事还在后头。

将饮料倒进垃圾桶

大约过了三年左右，有天上午快下班的时候，赵玉萍又一次来到诊所，她脸色红润，手里抱着一个七八个月的小男孩，后面跟着一个男人。我感觉她已经从失去任新宇的痛苦中走出，浑身洋溢着一种新的朝气。

“黄医生，我们这么久没见面，你可能都把我给忘了。”赵玉萍这样说。

“没忘没忘，您不就是大竹的赵老师嘛。以前带新宇治牙，到诊所来过好几次，印象那么深，怎么会忘呢。”我肯定地回答。

“黄医生，给你介绍一下，这是任新宇的爸爸。”赵老师向我介绍跟在她身后的男人。

任新宇的爸爸紧紧地握着我的手，他那手又宽又厚，显得特别有劲。

“黄医生，这是我的小儿子任天佑。”赵老师再把怀中的小男孩摇了摇，轻声吩咐：“‘天佑’快叫黄叔叔。快叫黄叔叔。”

任天佑很听话地看着我叫了几声：“啊！啊！”奶声奶气的。

“乖，乖。天佑好乖哟。”我伸出右手摸了摸佑佑的小脑袋，夸赞道。

天佑确实长得乖，虎头虎脑，白白净净，一对眼睛像玛瑙，晶莹发光。

“赵老师，我以前说过，新宇的治疗没有做完，我要退一部分治疗费。今天我叫前台退给你。”我以前承诺过的，不管多久，都要兑现。

“黄医生，过去的事情，就不要再提了。我们专程从大竹来，就是想和黄医生商量个事。中午也快到‘饭点’了，我们请你到街上吃个便餐吧。”任天佑的爸爸看了看赵老师说。

“谢谢你们，心意我领了，诊所有一个小伙食团，一般情况下中午我就在小伙食团吃。而且为了保证下午有充沛的精力，中午我必须休息一个小时。”我婉拒，心想，有什么事，直说就行了嘛，何必要请我到外面去吃饭呢。

“黄医生，实话告诉你，任新宇走了后，我们才生了任天佑。特别想要拜一个当医生的做‘保保’。这个‘保保’要性格温和，为人忠厚，还必须得属牛。我两口子到处找，都没有找到合适的。从你给任新宇治牙看，你这个医生不但性情温柔，而且对人也特别忠厚，如果你能给我们天佑当‘保保’，那我们天佑这一辈子就有福了。”任天佑爸爸说。语言谦和，态度真诚。

川东北一带，人们把“干爹”叫“保保”，“认保保”就是“认干爹”，“当保保”就是“当干爹”。这种事在基层单位，特别是在山区，很普遍。既然要认孩子当“干儿子”，孩子虽然不是自己生的，但都得对孩子一辈子牵肠挂肚，负责到底。对于拜了“保保”的双方父母，不是亲戚也将成为亲戚，当“保保”可不是一件小事，我有点犹豫。

“黄医生，我和天佑的爸爸思来想去，都觉得你当天佑的‘保保’最合适，所以带着天佑专程来求你，请你不要推辞啊。”赵老师见我犹豫，也跟着天佑爸爸诚恳地求我。

“既然你们这样看得起我，那我就当天佑的‘干老汉’吧。我们成了干亲家，那就是一家人了，中午我请客，吃个团圆饭。”我下定了当“保保”的决心，这样回复他们。

当医生的，本来就需要有一副慈悲心肠，给天佑当“保保”，给他亲人一种心理安慰，这本身也是做善事。再说，天佑的父母忠诚老实，成为干亲家，多了一个亲戚，也是好事一桩。天佑又长得这么可爱，看一眼就叫人喜欢，当他的干爹何尝不是一件很快乐的事。

“黄医生，想不到你这么爽快地答应了，谢谢你。天佑有你这样一个‘保保’，一定会健康成长。好。我们去吃团圆饭。”天佑的爸爸激动得语无伦次。

来到诊所附近的风味餐厅，我点了菜，因为天佑的爸爸要开车，就以茶代酒，吃了一顿便餐，本来是我要付账的，可天佑的爸爸死死拉住我，结果赵老师付了款。

天佑全家人对拜“保保”这件事很重视，专门叫上亲戚朋友，举行隆重的拜“保保”仪式。天佑的爸爸特别叮嘱，请我这个“保保”在仪式上讲几句话。

既然天佑的家里对我这个“保保”如此看重，我这个“保保”也得要拿出当“保保”的样子。按照当地拜“保保”的惯例，我给干儿子准备了礼物——一副银筷子和一个银碗，一套新衣服，一个大红包。意思是祝干儿子这辈子有吃有喝有钱，生活幸福美满。

天佑的拜“保保”仪式办得热闹隆重，亲朋好友请了满满六桌，来庆贺的宾客，有的给天佑送衣服，有的送玩具，有的送零食，有的送各种饮料，那饮料码了一堆，有10多箱。看到那些零食和饮料，我心中产生一种强烈的不安——如果天佑天天都吃这些零食，他还可能好好吃饭吗？如果他天天喝这些饮料，他那牙齿不也要和新宇一样，几岁就要把一口牙齿烂掉吗？

拜“保保”依例而行，我和夫人被安排在主宾席的正位上。天佑由他妈妈抱着，做着叩头拜谢的动作，教他叫“干爸爸”“干妈妈”。我和夫人当众把银筷银碗赐给了他。

“下面请专程从达州赶来的天佑的‘保保’黄医生致辞！大家鼓掌！”当轮到我讲话的时候，司仪高声宣布，几桌人都呱唧呱唧拍起巴掌。

本来我也准备了一个发言稿，无非是祝天佑健康成长、前途无量之类的空话套话口水话。可我没有照准备好的稿子讲，而是临时改变主意，走到亲朋好友给天佑送的一堆饮料前，提起一箱用色素和白砂糖勾兑的饮料，当众撕开包装盒，取出几罐，拉开罐口，倒进了垃圾桶，然后对着许多惊愕的眼睛开口说话：“各位亲友，我将你们才送来的这种饮料当作污水倒进垃圾桶，既是一种浪费，也显得很不礼貌。我先向大家表示歉意。”说着，我向几桌亲友深深地鞠了一躬，然后接着说：“或许是应了‘爱之愈深，责之愈严’这句古话吧，既然天佑拜了我这个‘保保’，我就得对天佑这个孩子尽到‘保保’的责任。我是当医生的，天天接触儿童的牙病，有资料显示，中国80%的学龄前儿童有蛀牙，80%的青少年有牙龈炎。为什么有些孩子的牙齿几岁就坏了？吃糖太多是重要原因。很多碳酸饮料，又是儿童烂牙齿的祸根之一。有些饮料就是糖精、香精、色素、自来水、防腐剂勾兑的，长期服用会导致牙齿脱钙，软化牙质，产生龋坏。即使后来用材料将烂掉的牙齿补起来，效果都不会很好。亲朋好友们，我知道你们喜欢天佑，爱护天佑，但是，爱的最好方法，就是要让他远离各种碳酸饮料，远离各种零食，让他拥有一口健康整齐的牙齿。牙齿好了，身体好了，才会有一个美好的未来。”

“啊，是这样？啧啧啧。”餐厅响起一片惊叹声。

将“保保”效应发挥到极致

见大家都听得很认真，我接着讲。“各位亲朋好友，你们关心天佑的心情，我完全理解。你们给他送好喝的好吃的，都是希望天佑茁壮成长，但你们知道吗？给小孩儿吃的零食越多，小孩儿越不喜欢吃正餐，净吃一些垃圾食品，严重影响小朋友的身体健康。

“我在这里给大家分享一个小小的经验，供大家参考。孩子不可能永远不吃零食，但有一个原则，有一个规矩。他们如果想吃零食，可以跟大人说，也可以买，但买回去不能马上吃，先放在冰箱里，等星期六或者星期天晚上，让孩子们对这一周的学习、生活做一个总结，如果表现比较好，在规定的饭菜吃完之后，可以尽情地吃零食。吃完后马上收起来，下一周周末再吃。这样坚持了一段时间，孩子既有目标，也有期盼，更有克制。既吃了零食，也受到了教育。”

“好！好！”我的讲话，获得了亲朋好友的喝彩。

“黄医生，你这次在台上讲话，大家都深受教育。特别是我妈，真的是听进心里去了。她过去惯新宇，现在惯天佑，经常给他们零食吃，买饮料喝。我们说别惯着孩子，她有时当面答应不给，背后又偷偷给。这次听了你的讲话，她老人家饭后就让送零食和饮料的人把送的零食和饮料全拿走，说什么‘这些东西都给天佑吃了喝了，还不把他整出病来呀，可别害我的小宝宝了，把这些饮料都拿走，都拿走，一样不留’。”隔了几天，天佑的爸爸和妈妈再次抱着天佑来到诊所，天佑的爸爸喜滋滋地告诉我。

“黄医生，现在学生坏牙齿的太多了，学校的教导主任是我们的亲戚，那天天佑拜‘保保’也来了，亲眼见你将饮料倒进垃圾桶，听了你的那一番讲演，受到很大启发，学校有一堂卫生健康教学课，他回去后向校长汇报，那堂课就讲学生如何养成不吃零食、不喝饮料的好习惯，保护牙齿的健康，特委派我来，请你到我们学校去讲堂课，看你能不能抽点时间，再往大竹跑一趟？”赵玉萍紧接着老公的话，转达了他们学校的邀请。

“好的。好的。”我没有丝毫犹豫，马上表态同意。牙病和其他的病一样，早治疗来自早诊断，早诊断来自自身的保健意识。医疗设施再完备，医疗制度再健全，医疗服务再周到，也不可能为每个人配备一名保健医生，个人自己的保健意识提高了就是最好的保健医生。向学生宣传牙齿的保健知识，保持儿童的口腔健康，本来就是我们牙科医生义不容辞的责任，这是更好地发挥“保保”效应。

“你们学校什么时候讲这堂课？”我问。

“学校里什么时候都可以安排，就看你的时间了。”赵老师表态。

“那我好好准备准备，花时间做个PPT。”

“准备啥子嘛，就跟天佑拜‘保保’那天一样，你肚子里有货，随便往外倒就是了嘛。”赵老师说。

说讲就讲，第二周我就驾车赶到大竹赵老师的学校，讲了一堂儿童口腔保健课。学校的老师听，领导听，学生听，有些学生的家长闻讯也来听，把礼堂坐得满满的。

我讲了什么是乳牙，什么是恒牙，它们的萌出时间和顺序，让大家认识到六龄牙的重要性。我讲了龋病的形成原因、发展过程和诊断治疗，让孩子们少吃零食少吃糖。我还讲了不良习惯对儿童牙齿生长发育、牙齿排列错位的影响，指导孩子多吃蔬菜，多吃水果，以利于颌骨发育，帮助恒牙顺利萌出与排齐。

针对有些学生刷牙马虎了事，我还讲了刷牙的正确方法，即巴氏刷牙法。要求早晚刷牙，饭后漱口。还当场背诵了几首如何好好刷牙的儿歌。

《小小牙刷功劳大》

手拿花花杯，喝口清清水，
抬起头、闭着嘴，咕噜咕噜吐出水。
你也刷、我也刷，小小牙刷手中拿，
上下左右全刷遍，爱清洁的好娃娃。
早也刷、晚也刷，小小牙刷功劳大，
人人夸我讲卫生，我是一个好娃娃。

《露出牙齿白花花》

小牙刷，手中拿，张开我的小嘴巴。
上面牙齿往下刷，下面牙齿往上刷，
左刷刷、右刷刷，里里外外都刷刷。
早晨刷、晚上刷，刷得干净没蛀牙。
刷完牙齿笑哈哈，露出牙齿白花花。

可能是我讲的内容比较接地气吧，课堂上不时响起一阵阵“啊啊”声。

“黄叔叔，我能不能向您提一个问题？”在最后15分钟的课堂互动环节里，有个学生举手。

“请大胆提。”我鼓励他。

“黄叔叔，您现在的牙齿白白净净，整整齐齐，请问您是什么时候开始刷牙的？”他提的问题一听就有点刁钻。

“老老实实说，我是……读高中的时候才开始刷牙的。”我稍微顿了顿，诚恳回答。

“啊，读高中，啊……”课堂上响起一阵嘈杂声。

“我不能为了宣传刷牙，就隐瞒我到了高中阶段才开始刷牙的历史。因为我老家在农村，家庭的经济条件不好，小时候没条件漱口刷牙，直到上了高中，进入集体生活，才开始做口腔保健。但我的牙齿为什么没有出现龋坏呢？第一个原因，和我小时候的食物有关。小时候我吃的什么呢？主要是土豆和玉米，很少吃肉，根本没有吃过糖块，更没喝过碳酸饮料。这些食物含糖量低，含糖量低就不利于细菌的生长繁殖。第二个原因是牙病和遗传因素有关，我父母的牙齿很好，都是八九十岁的人了，牙齿没坏没掉，能正常使用。我受父母遗传因素的影响很大。不知道我这样回答同学们是否理解？”

“懂了！懂了！”课堂上再次响起一阵欢呼声。

那次讲课学生反应很好，我自己也觉得收获很大。

2014年，我加入了达州市科普作家协会。科普作家协会是由各类科学工作者依法组建的群众社团组织，目的是向社会普及科学知识。100名科普作家分批分次深入学校，深入社区，深入乡镇，开展科普讲座。我的任务，一是到学校主讲如何防治儿童龋齿，教学生如何正确刷牙；二是到社区宣传牙齿保健知识，引导成年人每年都做一次牙科检查，对牙病早预防早诊断早治疗。

生活需要科学，科学改变生活，科普作家的科学普及活动受到社会的热烈欢迎，得到领导的大力支持，成了香饽饽。不少学校和社区主动与科普作家协会联系，要求去开展科普讲座，有的地方讲了一次还要求讲第二次。

搞科普宣传，都是尽义务，没有报酬，付出时间和精力不说，坐公交车还得自己贴车票钱，开私家车得烧自己的汽油，可我们心甘，我们情愿，我们付出，我们快乐！因为我们为科学战胜愚昧，战胜虚假，战胜伪科学，尽了一份力。

被“误判死刑”的牙齿

我和一位名叫杨绍和的患者相识，并认他为舅舅，缘于一次有大惊而无大险的车辆事故，说起那次事故，我至今都背脊梁发麻。

车子差点下崖

那次事故是在探访荔枝古道的途中发生的。

“一骑红尘妃子笑，无人知是荔枝来。”这首诗出自唐代诗人杜牧。描写的是唐玄宗不惜劳民伤财，通过一个又一个的驿站，从重庆市涪陵区妃子园，把新鲜的荔枝运送到长安，让他最宠幸的贵妃杨玉环大饱口福。

据民间坊传和历史文献记载，荔枝古道有好多条。在多条荔枝古道中，文献记载最翔实，沿途文物古迹最多的，是子午荔枝古道。这条古道起始于四川涪陵，是古代连接四川、陕西、湖北的古代陆上商业贸易路线，天宝年间为给杨贵妃送荔枝，进行了大规模的拓宽修建，成为当时最负盛名的交通要道。由于襄渝铁路的修建，以及川陕高速公路的通车，曾经繁华热闹的荔枝古道被完全废弃，逐渐消失在崇山野岭之中。

2005年4月，四川省达州万源市退休老师苟在江，在万源市鹰背乡瓦子坪村竹筒沟发现一块碑。碑文开篇即:“此竹筒沟，通衢道也。然则天宝供果过境而被劫，官军剿焉。”此碑的发现，为杨贵妃吃的荔枝是从四川运送到长安的，提供了有力的证据。

2015年，陕西、四川和重庆三省市，为了更好地保护和利用荔枝古道，正式启动了荔枝古道联合申报世界自然与文化遗产的工作。

我和谭守庚、叶平三位摄影爱好者，都想为荔枝古道申报世界文化遗产出点力，决定重走荔枝古道。从2016年开始，利用休息时间，起早贪黑，对古道沿线遗存的庙宇、古建筑、古树木、摩崖石刻进行拍摄，6年来，总共行程5万多里，经历了很多艰难险阻，特别是在拍摄望星关的过程中，差点发生车毁人亡的险情。

望星关在万源市永宁乡境内。史书记载，张飞夜闯三关斩杀六将，最后一关就是望星关，他杀了守关的将士，看看天色还早，便将马拴在旁边的一棵枞树上，还睡了一觉。1800年过去了，张飞当年拴马的小树，已经长成了五六个人才能合抱的参天大树。在落日的映照之下，望星关远离尘嚣和喧哗，显得格外温暖和宁静。枞树高耸入云，枝叶茂盛，晚霞的余晖从枞树的树冠上拂过，将其染成了橙红色。枞树的枝干隐约可见，宛如一条通往天空的千年古道，给人一种庄严而神秘的感觉。望星关和枞树，构成了一幅如诗如画的场景。美景惹人醉，我们一边欣赏，一边拍摄，本来几分钟可以拍摄完，我们竟然逗留了一个多小时。

拍摄完之后，我们开车下山。山路蜿蜒曲折，陡峭狭窄，雨过天晴，路面湿滑，司机得保持绝对的专注和对车辆的精准掌控。我长期生活在城里，过去很少开这种湿滑的泥石山路，加之不熟悉路况，在一个急转弯处，转弯的角度掌握得不好，没转过来，只有向后倒，后退一小段，再行转弯。当我排挡进入倒挡的过程中，车辆在泥泞路面上不听使唤，自动向前滑。我猛踩油门，还是无济于事。车辆停止时，右侧前轮已经滑出公路，悬空在外，下边就是万丈悬崖！

下车察看，幸好左侧前轮被一块石头挡住，如果没有那块石头，凯迪拉克肯定已掉下悬崖，车被毁人也亡了。看着车的险状，我“哎呀”了一声，背上惊出冷汗，双腿禁不住筛起糠来。驾驶技术比我高超的谭守庚下车观察后，也把嘴巴张得大大的，摇着头说：“要是没这个石头，恐怕我们都落下山了！”

如何将汽车拖上来？我不敢动车，谭大哥也不敢动车，只有商量用其他的办法脱困。

叫保险公司来拖车？不行。一是这样做，花费的时间很长，来来去去至少要三四个小时。二是这里道路狭窄，拖车上不来，只有想办法用人力把车子拖上公路。

荒山野岭，一般的车辆不会来，不会有过路车，只好走十多公里山路，到山下去找人。

谭大哥比我大7岁，我的体力比他好，我们商定由他看住车辆，我下山搬救兵。

我带上手电筒，沿着公路向下，大约走了1公里左右，看见一户人家，走进院子，发现院子打扫得比较干净，有几只鹅，见到我之后，发出了猛烈的尖叫。有一条狗，被链子拴在门前，也对我“汪汪汪”怒吼。

“有人没有？”我大声喊。声音在山谷回荡，传得很远很远，但是没有人应答。

既然没有人，那我就只好赶紧下山，又走了10多分钟，看见一辆红色摩托车载着一个妇女向山上驶来。我站在路边，远远地向他们打招呼，示意他们停一下，希望他们能用摩托车把我送到山下的永宁镇去。但开摩托车的大哥并没有停，像风一样从我面前飞了过去。

我想山上只有一户人家，他们必定住在上面。他们即使是一根稻草，我也必须得紧紧抓住。我立即回身上山。走近院子，看见那辆红色摩托车果真停在院坝边，大门也打开了。

“老乡，您好！”我向那位“骑士”打招呼。

“你是哪个？来这里有什么事儿？”老乡冷淡地问，一副很警惕的样子。

“大哥，您好。我是到望星关拍照片的，在上面转弯的时候有个车轮子在公路边上悬起了，能不能用您的摩托车把我送到镇上去，找人来帮忙。”

“我不得空。”他仍然冷冷地回答。

“我给您拿100元钱。”城里的那些“摩的”司机，送这段路也就10来元钱，来回不会超过20元，我考虑到这荒郊野外，求人帮忙不易，把报酬给得很高。

“不行。”

“我给您拿200元嘛。”我心想是不是钱给少了他不同意，想多敲点，就又加了100元。

“不是钱的问题，我不得空。我老婆病了，明天一早要送她到大医院去看病。”他回答。

“我姓黄，是达州市中心医院的医生，有什么病让我看看吧。即使我治不了，也可以找我们医院的其他医生治。”我听他说老婆有病，忙毛遂自荐。我虽然此时早就从达州市中心医院离职，并不是达州市中心医院的在职医生，但我确实在达州市中心医院工作过14年，打自己是达州市中心医院医生的牌子也不是“冒皮皮”。并且有不少的师兄师弟师姐师妹仍在中心医院上班，找他们看个病没有问题。

“你是达州市中心医院的医生？”他有点不相信。

“对的，原来的达县地区中心医院。”我解释。

“哎！芬！你出来看一看，这里有一个达州市中心医院的医生。”他向屋子里大声喊叫。

“医生，请坐！”他一听说我真是医生，态度马上就客气起来。“我老婆前几天在山上做活路，被刺锥了，回来手臂就肿起老高，到镇上输了三天液，也没有多大效果，准备送她去大医院。”

一会儿，他老婆从屋里出来，右手弯曲，用一根布条挂在脖子上。走近一看，她手臂肿胀发红，用手触压，四周发硬，只有外关位置稍微有点柔软。

“肿了几天了？”我问。

“有五六天了。”他妻子痛苦地回答。

按照感染的规律，里面应该化脓了。我用手再次在肿胀的中心位置压了压，有一点凹陷性水肿，估计脓液的位置比较深。

“我们一起到永宁镇去，我抽一下，如果有脓的话，抽出来疼痛就缓解了。”

“黄医生，我姓周。好，我们现在就走。”自称姓周的人见我不但说话很肯定，检查她老婆的患病处也很内行，完全相信了我。

我们三个人骑着那辆红色摩托车，直奔永宁镇。

豪放的杨老弟

刚进入镇口，看见一个药店，同时兼营打针输液。

“有没有麻药和10毫升的空针？”我站在门外问。

“有。”老板回答。

我领着老周的老婆进了店，同时问了她的血压、血糖指标，以及心脏的健康状况，得到都基本正常的回答后，我便给她注入了2毫升麻药。

疼痛缓解，我用空针头刺入她肿胀的中心深处，一股浓稠花白的脓液，在没有加负压的情况下，便缓缓自动流进了空针筒。

开始是白花花的脓液，之后是脓血分泌物，我抽了3管，总共有20多毫升。

随着脓液的抽出，肿胀区域压力减小，表面皮肤由光亮变成了皱褶，患者不痛了，手也感到轻松多了。

“谢谢你了，医生。”患者真诚地说。

“谢谢黄医生，今天幸亏遇到了你，如果不把脓抽出来，还不晓得她今天晚上有多痛。你是找人弄车子吧？我有一个姓杨的熟人，车子开得好，再烂的路都敢开，经常帮人把车从烂路上开出来，我现在就打电话找他。”老周见我认真给他妻子治疗了手臂，也一再地感谢我。

仅仅过了10来分钟，那位姓杨的师傅就开着台长安车，来到了诊所前。

杨师傅30多岁，平头，面目慈祥，说话时嘴角上扬，一见面就给人一种亲切的感觉。

“麻烦您了，杨老弟！请抽烟。”求人帮忙，一见面，我主动给他拿了一包烟。

“老哥，别客气，我不抽烟。你的车什么情况？”他不接烟，微笑着问我。

我把车子出事的地点、出事的情况向他进行了介绍。

“哈哈！这个地方转弯太急，好多驾驶员不注意都出现过这种情况，我都帮别人在那里弄过三次车了，问题不大。”他轻描淡写地说。

“是不是需要买绳子，找人把车拖上来？”我问。

“我车上有绳子，带上备用的。我们这里山高路窄，修车工具、救援工具随时都带在车上。”杨老弟说完之后，开着他的长安车，载着我直奔望星关。

我们到了之后，天已经黑了。杨老弟拿出一只强光电筒，先打灯朝车底部照了一下，然后在路边找了几个坚硬的石头垫在后轮前面，又在车子的四周看了一遍。

“你这个车是四驱的吧？没有问题，我开得上来。”准备工作做好之后，杨老弟自信地对我说。

“还是用绳子拴起来，往后面拖吧。”我很担心。

“只要是四驱的，没有问题，这种情况我经历过多次。”杨老弟胸有成竹。

杨老弟坐进车里，先系好安全带，看了一下各种按钮的位置，以及排挡的操作顺序，启动车辆发动机，离合器进入倒挡，脚踩制动，松开手刹，轻踩油门。车辆发出了低沉的轰鸣，先是向前一点，然后慢慢地向后移动，突然抖了一下，悬空的车子前轮回到了坚实的公路上。

我在旁边看着他操作，当车辆向前一点的时候，我的心随着车辆的向前移动，差点要蹦出来，吓得我手脚发抖，生怕车子再往前一滑，连人带车滚下悬崖！那样损失的，就不止是我的凯迪拉克，而是要搭上杨师傅的一条性命了！车辆已安全回到公路上，我的心跳都没有恢复正常。

看着车子和人都安然无恙，我心中的石头才慢慢落下。真是山外还有山，龙中还有龙，这位杨老弟艺高人胆大，驾驶技术比我这个开了20多年车的老驾驶员强多了。

“杨老弟，谢谢您的帮忙。”我上前握住他的手，对他说，同时将准备好的500元钱塞进他的口袋。

“都是路上跑的，小事一桩，要什么钱咯。”说着，他将钱从口袋里掏出，塞给我。

“这是您辛苦了的，必须收下。”我说着，再次塞给他。

“我说了不收，你就不要给了。”他严肃地对我说。

回想了一下我车里面装的东西，后备箱有几瓶水、几件备用的衣服，还有几本我和刘秀品合写的书。

“杨老弟，我是达州市北平牙科的黄北平。你以后有什么牙齿方面的问题，直接来找我。以后到达州，一定要跟我联系。”他不要钱，我只好拿出一本《第二父母》，写上我的名字、电话号码、地址，当作名片送给他，希望他以后到达州联系，我再好好感谢他。

“你是牙科医生？我的牙齿没问题，我那老爸倒是牙齿经常痛。他住在鹰背乡老家，每次痛得恼火了，我就把他接出来，去医院看一看，已经拔了两颗牙齿了，还是喊痛。”他说。

“他是华西医科大学口腔系毕业的，原来在中心医院当口腔科主任，自己出来办的口腔医院，技术在达州市首屈一指，甚至在省里都很有名气。找他看牙齿，算是找对人了。”在一旁的谭大哥吹捧我。

“那好，我在不忙的时候就接他出来，到你那儿给他看一看，好好治一治。”杨老弟接过书后对我说。

“要得，我们达州见。”和杨老弟告别后，我和谭大哥开车到万源城关镇，准备第二天的拍摄任务。

一个月后，杨老弟带着他的父亲来到我的诊所，一阵寒暄后，我叫他父亲填写一下个人资料，也叫杨老弟填一个资料，免费给他照一个口腔全景片，如果发现牙齿有问题，早点处理。

当我看到他们父子的名字时，觉得很是惊讶。他父亲叫杨绍和，杨老弟叫杨清高。

“你们的辈分是不是‘天、大、方、建、绍、清、静’？”我问。

“是呀是呀，你怎么知道的？”他们也很吃惊。

“你们上辈是从南江过来的吧？”

“对！对！我爷爷是个木匠，从南江到万源做木活，就在这边安家了，这你怎么也说得准？”杨绍和觉得奇怪，杨清高更觉得奇怪。

“我就是南江人。我母亲也姓杨。南江杨氏老祖宗杨天祥的坟墓我去拜过，杨家祠堂我也去参观过。”我回答。

“哎呀，我们还是亲戚。按辈分，你是我的姑表哥了。”杨清高听到我的介绍，一把抓住我的手，使劲摇晃起来。

“我母亲是绍字辈，您老辈子我该喊舅舅了。舅舅！”我抓住杨绍和的手，紧紧地握在一起。

他乡遇亲人，更有亲切感，何况杨清高还是在我最需要帮助的时候帮助过我的恩人呢。

被“误判死刑”的牙齿

杨绍和舅舅的颌骨全景片照出来了。右下第一磨牙和第二磨牙缺失，余留牙牙槽骨轻度水平吸收，全口检查没有龋坏，全口牙无明显松动，四个区的双尖牙有浅的楔状缺损，用冰测试右上第一双尖牙和第二双尖牙颈部有明显刺激痛。询问他的病史，疼痛已经有两年了，阵发性疼痛，偶尔夜间疼痛，疼痛持续时间有时几秒钟，有时十几秒钟。疼痛时牵涉到右侧头部、面部，在当地医院把下边最后一颗牙齿拔掉，管了一周，再次疼痛时，又在当地医院拔了一颗牙齿。这次拔牙之后，疼痛没有明显缓解。以前一天疼一两次，现在每天疼十多次，吃止痛药，都没有什么效果。

牙齿痛的原因有十几种，必须查明牙痛的真正原因，才能对症施治。从口腔检查和X光片来看，舅舅牙源性疼痛基本上可以排除。上下颌骨、上颌窦、颞下颌关节也没有发现问题。

“舅舅，您那牙具体是怎么个痛法？”

“像用刀儿割一样，火烧火燎的。”

“舅舅，您牙痛时牙龈肿胀吗？”

“不红不肿。”

“每一次疼痛持续多长时间？”

“有时候一两秒钟，有时候五六秒。”

“一天大约发作几次？”

“以前每天大约发作五六次。”

“医生拔出来的牙齿是不是坏的？”

“拔出来的两颗牙齿都是好的。先是撬了很久很久，撬不下来又用铁钳子钳着，扭半天才揪下来。”

舅舅这个“牙痛”，病史比较清楚，症状也比较典型，应该是三叉神经痛。

三叉神经痛，被称为天下第一痛。疼痛时有的像电击，有的像刀割，有的像闪电。通常三叉神经痛在面部都有一个扳机点，如果无意触碰到它，会痛不欲生。典型的三叉神经痛分原发性和继发性疼痛，原发性病因不明确。继发性三叉神经痛，除了有临床症状，还可以通过检查发现器质性疾病，如肿瘤、炎症、血管畸形等。

牙痛和三叉神经痛的“痛”是有区别的。牙痛持续的时间较长，三叉神经痛则表现为短暂阵发性疼痛，每次发作只持续几秒，痛得快，消失得也快。牙痛往往受冷热刺激而加重，但三叉神经痛并不受冷热刺激的影响，没任何刺激，说痛就痛。

初步确诊杨绍和舅舅患的是三叉神经痛，我迅速与市中心医院的朋友联系，特地为他加了一个号，做了颅脑CT以及头部核磁共振检查，排除了肿瘤以及血管病变。

没有发现其他病，我只能对他的三叉神经痛进行治疗性诊断。

所谓治疗性诊断，就是当某一种疾病不能完全确诊，在医生的指导下实验性用药，观察两三周，再对治疗结果进行全面评价，最后得出疾病的诊断结果。

治疗三叉神经痛，还可以通过封闭、射频理疗以及手术的方法，我先选择的是创伤最小的方法。

我给杨绍和开了药，建议他每天自己揉一揉合谷穴、颊车穴和翳风穴，并教了他准确寻找几个穴位的方法。农村艾叶多，建议用艾叶卷成筒，熏烤合谷穴和颊车穴。

杨绍和舅舅平时抽烟，还喜欢吃辛辣刺激性的食物，可谓是无辣不欢。

“为了治好三叉神经痛，您一是戒烟，二是吃清淡的食物。”我特地告诫舅舅。

表弟杨清高做事特别认真，专门拿了一个笔记本，在一旁把我的医嘱一点一点地记录下来。“爸爸，你不要回老家住了，就住在我那里，先治疗一个月，再到黄大哥这里来复查。”

半个月左右，杨清高就打来电话，他说我说的几种方法他都在认真执行，杨绍和舅舅的三叉神经不痛了。

既然见了效果，我考虑到药的副作用，又建议他剂量减半，再吃半个月看看。如果疼痛再次出现，再把剂量加上去。

一个月之后，杨清高带着杨绍和舅舅来到了诊所。

“舅舅，您这一个月服药的情况怎么样？”我问。

“都是按你的要求服了的。”舅舅答。

“烟戒了没有？”

“戒了，戒了。一支烟都没有抽了。”

“饮食还是喜欢吃辛辣的吗？”

“不，不，没沾辛辣的东西了。在儿子家里住了一个月，天天都吃得比较清淡。现在三叉神经也不痛了，睡眠也好了，人还长胖了几斤。”舅舅满脸喜悦。

舅舅的治疗效果非常好。通过实验性用药，可以确诊他就是原发性三叉神经痛。他的那两颗牙齿错拔了。

这种拔错牙的现象在山区农村并不少见。不说那些跑摊的假牙医，就是有些基层医院的医生，由于没有经过口腔疾病诊断治疗的专业培训，谁自诉牙齿痛，最拿手的办法就是一拔了之，导致一些根本不用拔除的好牙也被“误判死刑”。除三叉神经痛被当作牙痛，将牙齿误拔外，还有因为上颌窦与牙是邻里关系，上颌窦一旦发炎，肿胀的黏膜会压迫牙根，引起牙痛和根部不适，有些医生也把疼痛的责任算在牙齿上，对牙齿狠下杀手。

当然，这些话我没有当面向舅舅和杨清高说。医生之间，要互相补台而不是互相拆台。

关于穴位按摩，我还特地给他介绍了华西中医老师有关针灸按摩的神奇案例。随口背了一段口诀，“面口合谷收，肚腹三里留，头项寻列缺，腰背委中求”。

杨绍和舅舅对我背的这个口诀特别感兴趣，还让我教他识别这几个穴位的位置，我教了他，他拿着笔，在自己身上的穴位处做了记号。

两个月过后，杨绍和舅舅又来到我的诊所，手里还拿了20世纪六七十年代出版的《针灸学讲义》和《中医推拿与临床应用》两本书。他告诉我：“这是县上给生产大队发的，这样的医书我家里还有很多本。我想探讨一下针灸，你能不能给我点拨点拨？”

我见他对中医针灸比较感兴趣，告诉他：“我虽然在大学里学了60节中医课，那只是接触到中医的皮毛。真正的中医、中药、经络理论以及针灸按摩博大精深。如果有兴趣可以看一看这类书，也可以拜师学一学。在农村，中草药以及推拿按摩还是很有用的。”我尽我的所能，给他传授了一些，还把他带到一个开理疗按摩诊所的朋友那里，教他经络的走向、归经、穴位的寻找方法，以及各种不同的按摩手法。

见他学习这么认真，我从医药公司买了一个人体穴位模型送给他。

可怕的新冠疫情

有次，杨绍和舅舅特地给我提了一袋黑芝麻，介绍说：“这是用苇席晒出来的，没有泥沙，没有灰尘，可以直接吃。”

我在大学实习中医的时候，中医老师说黑芝麻具有滋养肝肾、益血乌发、保护血管的作用。他建议，如果有条件，每天可以早晨起来空腹吃一两勺，改善睡眠，延年益寿。参加工作后，也曾吃过几次黑芝麻，可在市场上买的黑芝麻，有些染了色素，有些表面上了油，也有些含有杂物，吃起来口感不好，也就没坚持吃了。杨绍和舅舅送的黑芝麻干净、干爽，没有添加任何东西，吃起来清香。几年中，我每天早晨吃一两勺生的黑芝麻，胃肠变好了，白头发似乎都越来越少了。见我对生吃黑芝麻很感兴趣，他家的黑芝麻收获后，每年都要专程给我送些来，给钱他不要，我只得买些罐头、好酒回敬他。

“您泡水喝的天麻是哪里来的？”有一次舅舅与我聊天时，我随意问了一句。

“我自己上山挖的啊。”舅舅有点骄傲地回答。

“上山就能随便挖着？”

“过去很容易挖着，现在难多了。天麻就像灰菜（四川对土魔芋的称呼）一样，一年生植物，当年出苗后，如果未采集，回苗后，根就烂掉了。大概五个月以后又重新长根、变大，次年农历四月下旬开始出苗。天麻分红秆天麻和乌秆天麻。红秆天麻先出苗，一般一苗一根，俗称望山猴。乌秆天麻端午节后出苗，一苗多根，俗称窝儿天麻。野生天麻受天气和人为因素影响，产量稀少，一般只有住在大山里的农民才能找到。野生天麻在农历的腊月和正月挖掘质量最好，有的农民平常去山里转悠，看到有出苗的天麻，就找些树枝、树叶遮挡住，免得被别人挖走了，并做好记号，等到腊月或正月再去挖。”舅舅给我普及挖天麻的知识。

“舅舅，您以后挖到野生天麻，自己用不完的，不要卖给别人，全部卖给我，我都给你收了。我爸爸妈妈年纪大了，想买点野生天麻给他们炖鸡吃，补补身体。”我对舅舅提出要求。

“我挖着了给你送来，还可以将周围农民挖的天麻也收起来，都给你送来。其他的不讲，起码可以保证质量，没掺杂使假。”舅舅答应得很痛快。

“我先放2000元钱在您那里，用作买天麻的定金，有了天麻您就替我先买下。”舅舅临走前，我将2000元钱递给他，他开始还扭扭捏捏，后经我再三说明用途，才将钱塞进了腰包。

从那以后，舅舅有了天麻就用布袋装好，找机会送到牙科诊所来。秉着多退少补，不让他经济上吃亏的原则，每次临走时，我都再预付2000元的定金。这样持续了四五年，舅舅没有一年爽约。

但在2022年，舅舅3月没来，4月没来，7月、8月没来，9月、10月都没来。我心中疑惑万分，心想会不会是今年没有挖到天麻，所以才没来。由于每天太繁忙，这件事逐渐被我抛诸脑后。直到12月的一天下午，杨清高表弟突然来到诊所找我，由于等轮次的病人太多，我不得不让他先到候诊室休息。

“不好意思哈，老表，我忙到现在，让你久等了。”直到下了班才与杨清高见面，我向他抱拳道歉。

“没事的，黄大哥，我还怕打扰了你哦。”杨清高坐在椅子上，语气平和。

“好久没有见到舅舅了，他最近身体怎么样？还好吗？”见表弟来了，舅舅没来，我不得不问。

“黄大哥，我今天来，就是为父亲的事情找你的。”一开口说话，杨清高的眼睛先红了。

“舅舅出啥事了？”见杨清高神色有变，联想到从不爽约的舅舅将近一年都没到达州来，我猛然间有所醒悟。

“黄大哥，我父亲上个月因新冠肺炎去世了，我是把丧事办完了才来达州的。”杨清高一脸的悲伤。

“怎么这么突然？他平时身体看起来多健朗的嘛，怎么没扛过区区一个新冠肺炎呢？”听到杨绍和突然去世，我很震惊，简直难以置信。

“他平时身体是很好，一年四季基本上没有吃过药。11月底，突然发高烧，喉咙痛，吃不下饭，鼻子不通，我怀疑他不是得的普通感冒，用试纸一测，果然是两道红杠。往县医院送，当时医院里已经住满了病人，入不了院，只得抬回家里找当地的医生治。可当时别说买不到治疗新冠肺炎的特效药，连买感冒药都困难。当地医生什么退烧的办法都用上了，可高烧一直不退，几天就不行了。”说到这些，杨清高已泣不成声。

“哎，舅舅已走了，老表要节哀啊。”

“谢谢黄大哥。父亲从得病到去世，头脑清清楚楚，他觉得自己将不久于人世后，多次向我交代，你要买天麻，他今年因身体不适，一直没有上山，周围农民也因为怕感染都没敢上山，天麻没有买到，他感到抱歉，病中嘱托我，一定要将你交给他的2000块定金还给您，我今天来的一个重要目的，就是为了完成父亲病重时给我交代的这件事。”说着，杨清高从包里摸出一个信封递给我。

“你今天来找我就是为了把2000块钱还给我？这个钱我怎么能要呢？”我将那个信封放到杨清高的手上。看着那个信封，心中五味杂陈，悲痛和感动交织在一起。舅舅是一个多么朴实而又善良的农村老人啊，即使是在生命临近结束之际都不忘信守他的承诺。

“黄大哥，这你可不能推辞，父亲的意愿我哪敢违背！”杨清高又将信封递给我。

“杨老弟，舅舅的意愿我能理解。但如果我知道舅舅去世，肯定要来送他最后一程，这2000块钱，就当我给舅舅买个花圈、做个祭幛。”我把信封塞回杨清高的手里。

“黄大哥，我今天来，就是专程给你送钱的。我父亲说过，这一辈子欠的钱，一定要还清，免得欠到下一辈子。你不收，我可要生气了。”杨清高又把信封塞回我的手里。

话都说得这么决绝，我只有收下了。

杨绍和舅舅就这么走了，2000元的定金我无奈收了，可这件事一直梗在我的心里，总想怎么妥当处理一下。隔了一个多月，机会来了——市科普作家协会到万源市开展科普采风活动，结束的时候，我拐弯来到永宁镇，找到杨清高，告诉他我是专门来给舅舅上坟烧纸的。

“北平哥，他老人家葬在乡下，离这里有20多公里路，你有这个心意就够了，烧纸就免了吧。”杨清高说。

“我来都来了，哪能免了呢？我们到乡下去，正好看看舅母。”我坚持。

“那就谢谢北平哥了。”杨清高这才同意。

我在镇上买了香、蜡烛、火纸、供果，开车一个小时，来到杨老弟的老家。在舅舅的坟前点香蜡，烧纸钱，给舅舅恭恭敬敬作了三个揖。想起舅舅生前的模样，内心一片酸楚，默默地祝愿舅舅在另一个世界快乐、幸福。

祭拜过舅舅，与舅母见面，我摸出早就准备好的2000元红包，恭恭敬敬送到舅母的手上，作为对舅母的孝敬钱。杨清高见我态度如此诚恳，也就没再说什么了。

“妈，你把家里收拾收拾，将喂的鸡鸭处理了，搬到镇上去住。过两天我就来搬家。”与舅母告别时，杨清高做出这样的安排。

中午，杨老弟在永宁镇最好的饭馆点了丰盛的饭菜招待我。我借口上厕所去结账，老板说杨老弟早就给结了。

开车不喝酒，是当今驾驶员的一条行为准则，任何时候任何地方都不能突破。我饭后还要开车，菜虽然很丰盛，我和杨清高都是以苦荞茶代酒，只象征性碰了几次杯。

“你慢走了，热天上我们这里来避暑。黄大哥，我每次来达州，见你忙得喝口开水的时间都没有，都奔60的人了，别为了挣钱命都不要，得注意休息。”饭后杨清高把我送到高速路口，告诫我。

“哪是我为了挣钱不要命啊，是病人坐在那里等着，逼着我要不停地干啊。杨老弟，来达州一定要联系我哟。”我和杨清高挥手告别。

“祝一路平安。”车子启动，杨清高也挥着手。

杨绍和是我舅舅，杨清高是我表弟，我们是亲戚，但亲缘关系隔得很远，是“认起的”。可这种“认起的”亲戚，比有些血缘关系很近的亲戚，感情还要深厚、真挚，心还贴得更近。我和他们父子相识相知的画面，如电影一样经常在我脑海里播放，令我终生难以忘怀。

这样的亲戚值得永远走下去。

没打起来的官司

没想到给患者薛梅拔一颗智齿，出现了一点小小的意外，竟差点惹上一场官司。幸喜我对那次意外处理得好，官司最终没有打起来。

牙根掉进了翼颌间隙

开花店的薛梅，女，27岁，相貌清秀端庄，是我诊治的一个患者。那天她是由姐姐陪着来看牙的，因为病人很多，她们等了很久才进到我的诊室。她自诉右下智齿反复肿痛，最近消了炎，不痛了，要求拔除。我检查了一下，发现她的右下颌智齿表面牙龈轻微红肿，牙周袋没有明显的分泌物。我叫她去照了一张片子，显示右下第三磨牙低位近中倾斜阻生，只有拔掉那颗智齿，才能彻底解除薛梅的牙痛之忧。

作为一个牙科医生，这样的智齿我几乎天天都要拔一两颗。我按常规给她注射了麻药，翻瓣，磨除牙冠阻力部分。由于智齿与前面的牙齿之间有一个牙龈盲袋，容易嵌塞食物，长期发炎，肉芽组织较多，手术中不断渗血。当我用牙挺挺松牙根后，又以颊侧牙槽骨为支点，希望将牙根部分整体挺出。也许是薛梅牙根分叉过大，也许是牙根有些弯曲，也许是牙槽骨中隔密度较高，脱位阻力过大，当我用微创挺稍一用力，远中根断在了牙槽窝里。

由于牙槽窝窄小，取出断根，钳子、镊子都派不上用场，只有用根尖挺选择一定的角度和方向，把它挺出来。或者用牙科探针弯成特殊形状，深入到牙槽窝与牙根之间，把断根钩出来。对我这样的口腔科医生来说，这类操作是小菜一碟。

我用持针钳将牙探针一端弯直，再在尖端弯制成一个微小的钩儿，先用棉球将牙槽窝里面的血吸干，在脑海里记住牙根与牙槽窝的位置关系，即使血迅速浸满牙槽窝，也可以凭脑海记忆将牙根钩出来。

我感觉牙根已经出了牙槽窝，便将残根顺着牙槽窝舌侧壁往上钩，在向上钩的过程中，手中感觉牙根突然消失了。我用绵球再次将牙槽窝里的血吸干，发现牙槽窝空荡荡的，寻找周围，仍然找不到牙根。我用手指探查，发现牙根落入了舌侧骨膜下翼下颌间隙内。

我以前拔牙从未出现过这样的情况，只是听说过其他医院的牙科医生拔牙时牙根掉入翼下颌间隙，通过全麻才取出来的事。当时，我心中还一直纳闷，牙齿怎么会掉入翼下颌间隙呢？就是将一个牙根硬往翼下颌间隙塞，也塞不进去啊！今天我也是小心翼翼的，怎么那残根就稀里糊涂掉进了舌侧骨膜下翼下颌间隙呢？

出现这种情况，我那脑袋“嘣儿”一下就大了！

既然残根已掉进了翼下颌间隙，总得要尽快想办法把它弄出来啊。我用左手的手指将牙根固定住，用右手拿着探针，试图将那残根钩上来。由于牙根呈椭圆形，加之创口渗血较多，几次钩取都没有成功。

我立即让助手陪薛梅到楼下去照一个三维成像，我通过三维成像一看，简直崩溃了——仅仅下楼照了个片，牙根往翼下颌间隙掉得更深了。

我走进里间的办公室，喝了一口茶，尽量让紧张的情绪冷静下来。大脑飞速转动着，思考着对病人最佳的处理方案。

现如今摆在我面前的第一个办法是，我自己现在继续把牙根取出来。

这样我就必须用手术刀在舌侧骨壁做一个切口，用探针或镊子将牙根取出。由于这个牙根比较光滑，如果手术不顺利，患者出血比较多，手术过程中牙根可能继续下落，当坠落到口底的时候，取出的难度就更大了，操作稍有不慎，就有可能大出血。最坏的结局就是在下颌下缘面颈部做一个切口，把牙根取出来。如果患者是瘢痕体质，面部很可能会留下一个长长的疤痕。

第二个方法，是我现在停止操作，将薛梅转到华西口腔医院，由华西口腔的专家将牙根取出来。这样我就得承担患者的医疗费、误工费、精神损失费。当然，能用钱摆平的事再大都是小事，最重要的，不是我要付出多少资金，而是对我和我们医院的荣誉将造成很大伤害。

稍加权衡，患者的健康、安全、利益，才是最大的事，必须放在最优选的位置。与患者的健康、安全、利益比起来，个人的金钱损失和医院的荣誉伤害又算得了什么呢？像薛梅这样一个年纪轻轻的女病人，虽然性命比伤疤重要，但在她的眼里，容貌可能比命还要紧。宁可不要命，也要保持清秀的面貌，不令破相。思考再三，我决定马上停止操作，告诉薛梅停止操作的真相。

"实在对不起，由于出现了一点意外，有一个牙根掉进翼下颌间隙了，如果继续做手术，我没有绝对把握能顺利把牙根取出来，如果再不顺利，很可能要在颌面部下部分的皮肤上切一个小口才能把它取出来。第二种方法，我立即将你转到华西口腔医院，他们那里设备更全，取出掉进翼下颌间隙的牙根更容易。"我把薛梅和她姐姐请进办公室，告诉了她们牙根落入翼下颌间隙的事实，并诚实地告诉她们，我继续操作下去的风险。

"什么什么？你把残根弄到什么间隙去了？等一下，等一下，我要马上把X光片照个照片，还要把病历的原件照下来。"一听我这样说，薛梅的姐姐当即火了，反应特别激烈。

我早就知道，薛梅的姐姐是某医院的护士，以前还在我这里治疗过牙齿，算认识，但听我简单地介绍完情况，她马上提出又是要给X光片拍照，又是要照病历。她为什么要留取这些第一手资料？是不是准备以后要跟我打官司？还是要找一拨人，每天到诊所大吵大闹，干扰诊所的医疗操作，最后敲诈一笔钱？

我心里不由得一震，同时想，薛梅的姐姐在医院里上班，是一个经过系统学习的医务工作者，应该理解医疗操作的风险和一些并发症的不可预料、不可控制，我得给她做好工作。

患者姐姐的道歉

"薛医生（当时川北地区都把护士甚至护工都统统叫医生），你先冷静点，X光片，你可以照，这类影像资料是任何人都不可能篡改的。至于病历，我还没有操作完成，也就是说还没有写，等写好了随时可以复印，也可以照相。"我平静地告诉薛梅的姐姐。

"你这个应该算医疗事故，应该马上报卫生执法部门，请他们做医疗卫生鉴定。"薛梅的姐姐厉声强调。

"你在医院上班，可能知道医疗鉴定的常规程序。所有的医疗鉴定，都是在治疗完成之后，由医疗鉴定部门，组织相关的专家进行鉴定，确定伤残的程度，是不是医疗事故。我诊所在这里，人是跑不掉的，该赔多少，我是一分钱不少给你赔的。当前最要紧的，是在最短的时间内，如何将薛梅落进翼下颌间隙的牙根取出来，避免病情的恶化，使薛梅少遭痛苦。"

"薛梅现在还没耍朋友，如果脸上留下疤痕，影响美观，对她的心理打击有多大？这个损失怎么算？"薛梅姐姐仍很强硬，想当时就把损失的问题敲定。

"我觉得，现在还不是追究医疗责任的问题，是如何想办法早点把薛梅掉进翼下颌间隙内的牙根取出来的问题，尽量避免其他并发症，尽量避免薛梅的脸上留下疤痕。这件事情不幸已经出了，所有的后果我会承担，所有的损失，我该付的一定付。你们说对吗？“我推心置腹，向薛梅姐姐解释。她姐姐的火气很大，但理智告诉我，患者家属发火，我一定不能发火。

“黄医生，你的意见现在怎么办最好？”雪梅这时才开口说话。她的姐姐发火，薛梅本人却并未发火。

“我这里可以取，但是创伤有可能比较大，不敢保证脸上不留下疤痕。我建议还是到华西口腔医院去取。”我老老实实告知了由我继续操作下去可能出现的风险，建议她们上华西口腔医院去治疗。

“黄医生，我们不可能自己到华西口腔医院去挂号吧，该你联系哟。”薛梅姐姐这时也松了口。

“这些事全程由我负责。”我回答。

我知道，在华西口腔医院，拔出疑难牙齿，在我们这一代人之中，华成舸名气最大。我在全省口腔学术会议上多次听过他进行学术讲座。但是，他比我小将近10岁，我大学毕业时，他还没有进校，我们虽然见过面，但是没有任何交往。

我打电话问华西的同学，希望帮我找找华教授，我有事求他。同学告诉我，他们平时各忙各的，与华教授没有直接交往，但知道华教授的电话。

我让同学把华教授的电话发给了我。

“华教授吗？我是黄北平，向您请教一个问题，我这里有个患者取智齿的时候，把一个牙根掉进了翼下颌间隙内，我费了好大的劲儿也弄不出来，请教您怎么办最好。”当着薛梅和她姐姐的面，我拨通了华成舸教授的电话。

“可以不管它，也可以来我们华西，取出来就是了。”华教授说得很轻松，甚至说“可以不管它”。

“华教授，还是早点把牙根取出来好。能不能帮我加一个号？”我问。

“我一天忙得很，不管挂号的事。”华教授直接拒绝了我。

“华教授，我是华西‘口七九级’的，麻烦您帮个忙。”无奈，我只得端出我们是校友这块牌子了。

“你是七九级的？”华教授似乎有点怀疑。

“我是‘口七九’的，和吴亚飞、王虎是同学。”我回答。

“明天我要上班，你来吧，我叫护士给你加一个号。”华教授听我这么说，立即爽快答应。

全省每次开学术会，参会人数都有好几百，我与华教授虽然见过面，但他对我这个学长并没有留下多少印象。一听说我是“口七九级”的，态度马上转变，没打一点官腔，主动为我加了号。

“麻烦华老师啦。我们马上就去买车票。”华教授答应帮忙处理，我心里的石头就落地了。

与华教授联系好，我又对薛梅和她姐姐说：“你们做好准备，我明天陪你们到华西，所有费用，由我负责。至于责任追偿问题，把病彻底治好后，你们可以在任何地方进行鉴定，我有过错，该赔偿的一定赔偿。你们觉得这样好不好？”

“好吧，先治疗了再说。那我们明天就到成都去。”薛梅一听我这样说，马上表态同意。姐姐见妹妹表了态，也就没有再说什么。

我自己陪同薛梅到华西口腔医院，另派了一个护士照顾薛梅的生活。到了华西口腔医院，因是预约挂号，很快就到了她的轮次。华教授花了不到20分钟，就顺利地取出了残根，脸上也没有留下任何伤口。

“华教授，翼下颌间隙平时就没有间隙，那个残根怎么这么容易就掉进去了呢？”我拔牙几十年，第一次遇到这种情况，很是不解，当面向华教授请教。

“我也说不清楚，可能是智齿长期发炎，翼下颌间隙也发生过感染，那里刚好有一个通道，鬼使神差就掉下去了。当医生做手术，就像走钢丝一样，尽管你全神贯注，说不定，哪一分，哪一秒，就会掉进万丈深渊。我们天天做高难度手术，尽管下了班，一听到电话铃响，心跳都要加快

20次。有统计显示，在医生队伍中，寿命最短的就是外科医生。”华教授发出了内心的感慨。

薛梅顺利完成了手术，当天还去宽窄巷子耍了半天，第二天才回达州。一行来去成都的所有费用，都是我全部承担的。

又隔了一周，薛梅来诊所拆掉缝线。拆线后我检查，伤口长得很好。

“薛梅，智齿的问题已经解决了，也没留下后遗症，我手术中确实出现了意外，你多受了一次痛，两姊妹还跑了一趟成都，你们觉得这个问题怎么解决好？”我把薛梅两姊妹留在诊所，诚恳地征求她们对牙根掉进翼下颌间隙内这件事的处理意见，以求将这件事做个了结。

我猜想，薛梅的姐姐肯定咨询了医院的相关医生，知道了拔智齿时残根掉进翼下颌间隙，根本算不上医疗事故，连医疗差错都算不上，只是拔牙手术中出现的一个并发症。

如果她们提出赔偿的要求，只要在合理的范围内，我也准备赔点钱。如果薛梅的姐姐还坚持要到卫生局去告我，我该尽的责任尽到了，可以好好配合。好在薛梅没有破相，这个结果对薛梅来说，是天大的好事，对我这个医生来说，也是比什么都感到舒心。

“黄医生，我们到北平牙科看牙，就是冲着你的技术和名声来的，我能感受到你对手术也是小心翼翼。医疗也不可能100%的成功，出了这样一点问题，这是谁都不愿意看到的。出了问题你也是积极地想办法，第一时间就告诉了我们，而且最终还是通过你，把问题解决得这样圆满。我们不是大户人家，你赔点钱，我们也富不起来。如果我们过分地狮子大张口，多敲你一笔钱，那是不义之财。用了不义之财，也不会得到好报。我们到成都去治疗，你亲自出场，还派人陪同，已花了不少钱，赔偿的事就算了吧。”又是薛梅率先表态。

“黄医生，我一听说薛梅的残根掉进翼下颌间隙内，心里就急了，我过去曾听说过有的人取牙齿把残根掉进下巴里，搞得最后脸上留下很大一个疤痕。薛梅连男朋友都还没耍，我担心她也有可能由此被破相，一急之下，就说了那些过头的话。现在问题解决得这么好，鉴定没必要搞了，状也不告了！黄医生，请你原谅我的冲动。”薛梅姐姐不但主动提出不搞医疗鉴定，不去卫生局告状，还不好意思地红着脸向我道歉。

“薛梅，你和你姐姐为智齿残根的事上过华西，前前后后用了几天时间，你花店的生意耽搁了几天，别的损失你们不要求赔偿，你歇业的损失我一定要补偿的。你店里一天大约有多少收入？”见薛梅两姊妹如此通情达理，我主动提出承担她歇业的损失。

“生意好的时候，店里一天有300多元的收入，生意差的时候也就100多元。没损失多少钱，算了算了。”薛梅推辞。

“我们按每天最好的收入算，一天400元，你来拔牙算一天，到成都前后算3天，今天拆线算一天，共5天。你姐姐陪你也算5天，合计10天，共计4000元。”我说出了我的算法。

“哪里要得了那么多？你实在要给，我看就给1000元吧。”薛梅不同意我给那么多。

“1000元太少了，太少了！”我不同意。

“黄医生，你觉得太少，那就给2000元，最多也就2000元！”薛梅说。

“2000元也太少，我觉得还是4000元合适！”我们讨价还价，不过我给钱的是讨“高价”，薛梅收钱的是讨“低价”。

“我看你们也别再争了，就取一个中间数，3000元。这既表达了黄医生的心意，也符合薛梅的实际情况。”薛梅的姐姐打出一张“和牌”。

“好，那就3000元，我们都不争了。”说完，我通过微信支付，向薛梅的手机里转了3000元钱。

“感谢你们两姊妹的理解。感谢你们两姊妹的宽容。从现在开始，我们也算是交上朋友了，只要我这个牙科诊所不关门歇业，薛梅，包括你未来的男朋友，每年的牙齿清洗，我全部免费！”弥补了薛梅的花店几天歇业的损失后，我又做了这样的承诺。

随着人们对牙齿保健的重视，洁牙将是很重要的牙齿保健方法。我将用这样的方法报答她们对我的谅解和宽容。面对特别通情达理的患者薛梅，我内心充满了温暖，我只有用更加完美的服务，来回报她和她的家人。

“黄医生，那就谢谢了。”薛梅很感动，欢快地与我握手道别。

化干戈为玉帛，一场有可能要打的官司最终没有打起来。薛梅不但没有记恨我的那次小小意外，还给我介绍了好几个闺蜜到诊所来治牙病，矫正牙齿。她结婚后，真还领着她的丈夫多次来洁牙。她的丈夫高大俊美，办事豪爽，我们也成了好朋友。

薛梅这件事情，官司最终没有打起来。一方面是患者本性善良，宽宏大量，理解医生；另一方面是薛梅姐妹感受到我出了意外不推责，积极处理，以自己的真心换得了她们的真心，以自己的真情换得了她们的真情。

没打起来的官司

类似的打不起来的官司的例子还有。

有一位患者名叫罗波，男，25岁，因牙列拥挤，到我们诊所矫治牙齿，两年后牙齿排列整齐，咬合关系达到正常，拆除了固定矫治器，戴哈利式保持器。

罗波对他的矫治效果非常满意，还介绍了几个病人来诊所治牙。他是电工，看到我们科室电线有点老化，还主动带上电工工具，帮忙更换检修那些老化的电线。

那天，朋友请他吃牛肉，牛蹄筋煮得不是很软和，吃之后，他的双侧颞下颌关节开始疼痛，不敢咬合食物，吃了消炎的药，疼痛缓解，但左侧颞下颌关节在张口时出现关节弹响。

“黄医生，我这个牙齿现在没法吃硬的东西，张嘴的时候还要响一声。这是什么原因，该怎么治疗？”罗波找到我，询问口腔内关节的问题。

我检查了口腔，用咬合纸测试，没有发现咬合高点。用双手扪诊，发现左颞下颌关节区有轻度压痛，张口时颏点向右偏斜，左关节有清脆弹响。

“这是颞下颌关节紊乱综合征。”我告诉他。

颞下颌关节紊乱综合征是口腔中的常见病、多发病。目前认为，咬合异常和肌功能紊乱，是导致颌关节紊乱综合征的主要原因。肌功能紊乱既可能产生于咬合障碍，又可能来自精神紧张。据专家统计，在青少年人群中，大约有三分之一的人有颞下颌关节紊乱综合征的主观症状。

颞下颌关节紊乱综合征早期症状为开口过大和关节弹响，如果没有及时治疗，可能会出现头痛、耳痛、咀嚼时关节及肌肉疲劳。关节弹响也可能从音色清脆转变为关节的摩擦音和破碎音。颞下颌关节紊乱综合征如果继续发展，可能形成开口受限以及运动受限。

专家们进一步研究，在儿童颌关节紊乱综合征患者中，有80%的患者存在不同程度的牙颌畸形。因此，正畸治疗既可矫正牙齿的排列异常，也可矫正上下颌骨的颌位异常，是治疗颞下颌关节紊乱综合征最有效的方法。

我从1992年开始从事正畸工作，30多年来，我总共矫治了6000多名患者，我矫治的年龄最大的成年人李文芳，当时46岁，现在已经快满80岁了，牙齿还整整齐齐地排列在口腔。她在我这儿矫治过牙齿，她的女儿也在我这儿矫治过牙齿，她的外孙女还在我这儿矫治牙齿。

在我矫治牙齿的病人中，绝大多数的关节弹响和关节运动受限，通过专业的正畸治疗、排齐牙列、消除咬合障碍，最后颞下颌关节都恢复了正常。

当然，颞下颌关节紊乱综合征的发病原因受多种因素影响，有些原因专家们都还没有弄清楚。有些病人治疗效果好，有些病人治疗效果不好。

“你这是颞下颌关节紊乱综合征，与矫正牙齿无关。颞下颌关节紊乱综合征大部分是单侧咀嚼造成的。你要让它休息一下，不要吃过硬的东西，不要张口过大，吃点消炎的药。”我实事求是地说。

罗波听我解释后没有多说什么，便离开了科室。

半个月过后，罗波又来到了科室，后面还跟着来了一个人。

“黄医生，你是怎么搞的？罗波在你这里矫了牙齿，关节就出了问题。”后面跟着的那个人，剃着光头，胸口有文身，很不礼貌地说。

“罗波得的是颞下颌关节紊乱综合征，这是一个常见病、多发病，与矫正牙齿没有什么关系。”我说。

“你说没关系，就没关系吗？我认为他这个病就是你矫正牙齿造成的。”光头说。

“罗波在这里矫了几年的牙齿，都很正常，我已给他解释了颞下颌关节紊乱综合征这个病的情况。”

“罗波这个人太老实，不会说话。我叫龙彪，道上的人都叫我彪哥，罗波是我的表弟，我来替他做主解决这件事。”那自称彪哥的人这样介绍他自己。

“不管你是他什么人，都要讲道理。如果你觉得我的解释不可信，可以去咨询一下其他医生。”一听光头的那番自我介绍，我严正回答。

“我们下周要到成都去办事，听罗波说，你是华西医大毕业的，那你给你老师写个条子，让他们给罗波看看。”彪哥说。

“那好啊，教我的易老师就在关节科，你拿着我的字条，请易老师帮我加一个号。”我表态同意。

“罗波在工厂里上班，这个月工资还没有发，你借给他500块钱，他下个月发了工资还你。”彪哥说。

“那好吧，早点去看，早点治疗。”我想都没有想就答应了，数给罗波500元钱，也没有叫他写个借条。我觉得叫罗波写借条，就把人与人之间的关系弄得太生疏了，他毕竟是我的患者。

正因为没有让他写借条，为不是问题的问题解决埋下了隐患。

隔了一周，罗波和那个彪哥又来到了科室。

“到成都去了吗？易老师怎么说？”我问。

“易老师说，这个病比较麻烦，治疗的时间比较长。”罗波回答。

“那就慢慢治哟。”我说。

“你说慢慢治，说起来很轻松，可罗波治不起啰。他25岁了，还没有耍朋友，他们单位效益又差，怎么治疗？”彪哥说。

“不管耍没耍朋友，也得慢慢治嘛。”

“罗波这个病，就是你矫正牙齿造成的，你就应该拿钱给他治疗。”彪哥说。

“谁说这个病是我矫正牙齿造成的？易老师说过吗？”我问。

“易老师是你的老师，他肯定不会说。我只是问你，如果你没有什么责任，为什么要给他拿钱到成都去看病呢？”彪哥拿出这个“把柄”。

“你说的他没有发工资，才到我这里借的钱。”

“你没有责任，为什么要借钱呢？”彪哥“理直气壮”地追问。

只怪我头脑简单，拿钱的时候都还顾着情面，丝毫没有想过可能产生的后患。

“我有没有责任，不是我说了算，也不是你说了算。你可以申请医疗鉴定。鉴定之后，我有什么过错，该承担什么样的责任，该我赔偿的，我一定赔偿。”见彪哥总是“扯弯弯筋”，我只得与他“操正步”了。

“到什么地方鉴定？”罗波问。

“在达州就可以鉴定。你写一个申请到达州市医学会，他们就会组织相关的专家进行鉴定。”

“不能在达州鉴定，那些鉴定人员和你非常熟悉，肯定官官相护，你有责任也要给鉴定成没责任。”彪哥强调。

“那你到成都去鉴定吧。”

“成都也不能去，那里到处都有你的同学和老师，鉴定的结果肯定不公正。”彪哥也不干。

“如果你怀疑一切，那就没有办法解决了。如果你相信我，罗波的颞下颌关节紊乱综合征就在我们这里治疗。如果你要鉴定，你可以到全国任何地方去。鉴定结果出来，如果有我的责任，我一定赔偿。”我承诺。

其实罗波的态度一直比较友好，他同意就在我们诊所治疗颞下颌关节紊乱综合征，可彪哥不依不饶。“黄医生，你至少要赔一万元。”彪哥咬着让我赔钱。

“前一次那500元把我教聪明了。你尽管去鉴定，到北京鉴定都可以。如果没有我的责任，我一分钱都不赔。”我坦然回答。

“罗波，走！我不相信他姓黄的一点责任都没有。看着吧，我要让你不得安宁。”彪哥大声说，拉着罗波离开了诊所。

彪哥丢下几句狠话，拉着罗波走了，我心里虽然有点忐忑，可转念一想，我确实医疗没出什么差错，怕他什么。他要是讲理，我与他讲理就是，他要是来横的，我就报警。

隔了两个月，罗波一个人来到科室，身后没跟彪哥。他见我正忙于拔牙，自觉地退到科室门外，等我空闲了，才走进我的诊室。

“黄医生，彪哥是我远房一个表哥，平时在社会上混，就是他鼓动我找你的麻烦，想从你这里搞一点钱。我虽然对你很了解，知道你做事很认真，对病人尽心尽力，但没有经受住彪哥的挑唆，也跟着对你说过几句错话，真对不起哟。”罗波一进门就对我做检讨。

“你们到重庆去没有？”

“没有，彪哥通过一个朋友，到县医院看了，那个医生说的与你说的差不多。我前段时间出差到西安，到第四军医大学去看了，医生也说，我这个牙齿矫正得很正规，咬合关系都对了位的。这个颞下颌关节紊乱综合征，不但这个病比较常见，而且还比较顽固，要三分治疗，七分保养，特别是精神因素，对它的预后很重要。西安那个医生还教我不要单侧咀嚼，吃东西不要吃得快，更不要吃硬的。他们的检查诊断和你说的差不多。”罗波真诚地说。

“你准备下一步怎么治疗？”

“我不会再找你麻烦了，你该怎么治，就按照你的方案治，我一定积极配合。我借你的钱，等年终发了奖金，一定还你。”

“只要把事情说清楚就行了，那点钱还不还都无所谓。”我几句好话一听，防人之心又抛到九霄云外去了。

我给罗波做了一个升高咬合的平面导板，教他自己按摩相应的穴位，之后，他的颞下颌关节紊乱综合征就慢慢消失了，性格也开朗了，还在外面承包一些装修水电安装的业务，经济状况开始大有改观。不久，他认识了一位姑娘，坠入了爱河。心情一好，平面导板也不用戴了。

罗波的颌关节紊乱综合征被治愈，我们不打不相识，成了很要好的朋友。他还给我介绍了好几个矫正牙齿的病人，他结婚时，还提前几天特地给我送了请柬。我虽然很忙，还是提前一个多小时下班，去参加了他的婚礼，为他真诚祝福。

赠人玫瑰，手留余香。罗波由一个性格内向的人，变得开朗自信，他簇拥着新娘，脸上洋溢着幸福的笑容，我为他高兴，也为我的辛勤付出得到高额的回报感到高兴。

妥善处置与患者之间的医疗意外，我的体会很深，最关键的是医院和医生要把维护患者的利益放在第一位。

医学是一个处于不断探索的行业，充满了很多的神秘和不可预知性，需要经验的积累。今天认为正确的东西，或许过上一段时间可能都是错误的。医生不能一辈子吃老本，得不停地学习和更新知识。人体既复杂又娇贵，治病过程中，再高明的医生出现差错都是难免的。一旦出现医疗差错，应该实事求是，敢于担当，保证患者起码的知情权，并尽快拿出补救措施，将医疗失误的后果降低到最小程度，这也是现代医学对人体最基本的尊重。如果确实出现了医疗差错，医疗单位和医生有错不认错，甚至隐瞒事实真相，篡改病历，损害患者的利益，那最终的结局是既输官司又得赔钱，个人名声也一败涂地。

患者能把病治好，那是患者之幸，也是医生之幸，患者能与医生和谐相处，相互理解，那更是患者之幸，医生之幸，医患同幸。

医生和患者，是医疗体系中的两大核心角色。他们之间的关系如同航行中的舵手与乘客，需要相互信任、理解和支持，才能共同面对疾病的挑战，驶向健康的彼岸。

人们呼唤，正本清源，让医疗回归“医者仁术”的本位。

医患故事没有完，医患故事还在延伸。再往下写篇幅就长了，我还是以一位作家2017年为北平牙科写的一篇小赋为本书作结。

《北平牙科赋》

古邑达州市，名巷三圣宫；黄氏医师坐诊，北平牙科落户。欲渡捂腮皱眉者，专治龇牙咧嘴人。牙殇之士登门，无齿之徒倾心；哑巴入室开腔，聋子耳背心明。

大爱仁心，浓缩于椅前椅后；高超技艺，展现于嘴闭嘴张。残根病齿，挖掉腐朽育新枝；种植烤瓷，脱胎换骨假胜真。瘪嘴龅牙，敢让错乱归正位；整形美容，定让旧貌迎新春。病友到此，花好月圆缺齿无忧；客人心知，玉嵌金镶换容有术。进门牙关紧闭，出院笑口常开。民以食为天，食以齿为先；牙好胃口好，百味入口鲜。

楼宇不高，患者慕名；庭院不深，大爱则灵。诊所铁打的营盘，天天开门迎客；患者流水的上帝，个个有口皆碑。口腔世界小，人生舞台大。四面美誉洋洋盈耳，八方宾朋纷纷临门；点赞为白衣天使助威，笑声为痊愈患者送行。妙手济世，祝天下再无牙痛之忧；医者仁术，愿万众尽享美味人生。

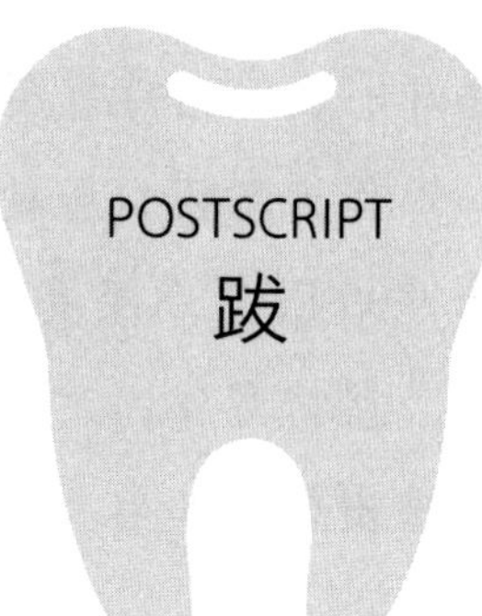

文化的传承者和知识的传播者

黄北平是华西口腔医学院七九级的学生，在读期间我曾指导过。毕业后他去了四川边远的大巴山区，为那里百姓的口腔健康服务了几十年。3年前我读了黄北平撰写的纪实文学作品《华西坝的钟声》，书中记载了30多位华西口腔老师的工作和生活，这些老师都是他在华西口腔就读期间课堂上教过他、临床上指导过他的老师。老师们师德高尚，博学精专，严谨仁爱，他们是中国口腔医学发展之栋梁，百年华西口腔基业之源泉。黄北平虽工作在大巴山区，但懂得感恩，无数次回到母校，拜访老师，记录他们的点滴，记载老师们的成长史、奋斗史和奉献史，史料真实，事迹感人，成为华西学子争相收藏的一本华西记忆。

近日收到黄北平与他人合著的文学作品《齿生有缘》。该书描述了口腔科黄医生从医40年来，与各类患者相识结缘的真情故事，科学与文学融合，可读性与知识性兼具。全书用通俗的语言、绝妙的故事，生动形象地宣传了口腔保健和治疗的专业知识，体现了科普宣传的知识性、可读性和趣味性。作者提出了口腔科普需要下基层、进校园、入社区，从儿童做起，引导百姓建立科学刷牙、定期洁牙、及时治疗等科学生活观。

作为华西口腔的毕业生，黄北平长期扎根大巴山区，全心全意为患者服务，深受患者欢迎和好评。同时，他敬畏专业，热爱生活，坚持写作，用实践证明，扎根基层的华西口腔人在平凡中也能创造出精彩人生。

周学东

2024年8月19日

周学东，四川大学教授，中国医学科学院学部委员，华西口腔医院主任医师，博士生导师，华西口腔医院学术院长、口腔疾病防治全国重点实验室主任。主要从事龋病、口腔感染性疾病与全身健康的研究和临床诊疗。以第一完成人获国家科技进步二等奖1项、全国首届创先争优奖、省部级科技进步一等奖6项、国际口腔医学威廉·盖茨（William J. Gies）奖2项，入选爱思唯尔“中国高被引学者”榜单，研究成果3次入选中国医学年度重要进展。主编《牙体牙髓病学》《龋病学》《中华口腔科学》等教材专著19部；获得中国医师奖、全国优秀教材奖、全国优秀科普作品奖等。